Ally Trust

The Hell -
Du entkommst
mir nicht!

Thriller

Das Buch

Für Cheyenne kann nun ihr Leben richtig beginnen. Ihre Hochzeit mit Nicolai steht kurz bevor. Ihr Peiniger Steve Bozman sitzt im Gefängnis und verbüßt seine Strafe. Aber halten ihn Gitterstäbe und Justiz von seinen durchtriebenen Plänen ab?

Die Autorin

Ally Trust ist in Deutschland geboren und lebt dort in einem kleinen ruhigen Ort. Schon in der Kindheit hat sie sich Geschichten ausgedacht und begann in ihrer Jugend mit dem Schreiben. Seitdem schreibt sie leidenschaftlich gerne. 2011 veröffentlichte sie ihr erstes Buch. Vor ihren Büchern hat sie schon einige Kurzgeschichten geschrieben und veröffentlicht.

Ally Trust

The Hell - Du entkommst mir nicht!

Bibliografische Informationen der Deutschen Nationalbibliothek: Die
Deutsche Nationalbibliothek verzeichnet diese Publikation in der
Deutschen Nationalbibliografie; detaillierte bibliografische Daten sind im
Internet über http://dnb.dnb.de abrufbar.

Impressum

Copyright: © 2013 Ally Trust
Cover und Gestaltung: © Ally Trust
Herstellung und Verlag: BoD – Books on Demand, Norderstedt
Alle Rechte vorbehalten

ISBN: 9783848242054

Kapitel 1

Ich lief so schnell ich konnte. Mein Herz raste. Panisch schaute ich mich immer wieder um. Er war noch da und kam immer näher. „Cheyenne, ich werde dich kriegen. Du kannst mir nicht davonlaufen. Es gibt kein Entkommen", lachte er höhnisch. Ich lief schneller, aber ich hatte das Gefühl, als ob ich gar nicht von der Stelle kam. Ich fiel hin. Ich versuchte aufzustehen, doch ich konnte nicht. Ich schaffte es einfach nicht. „So jetzt habe ich dich", hörte ich seine Stimme hinter mir. Ich sah hoch und schaute direkt in Steves grinsendes Gesicht. Ich schrie auf. „Du kannst schreien, soviel du willst. Dich wird niemand hören und jetzt komm her." Er packte mich an meinem Arm und versuchte mich hochzuzerren. Ich schrie weiter und wehrte mich. Doch er ließ mich nicht los. „Chey, Süße, wach auf. Es ist nur ein Traum", hörte ich eine Stimme und tat, was sie sagte. Ich öffnete meine Augen und sah Nicolai, der neben mir im Bett saß und mich besorgt anschaute. Ich zitterte am ganzen Körper und merkte, dass mir die Tränen an den Wangen herunterliefen. Nicolai nahm mich in den Arm und ich schmiegte mich an seine Brust. „Ich dachte, diese Träume sind endlich vorbei", schluchzte ich, denn ich hatte sie schon seit einem Monat nicht mehr. Meine Therapie hatte ich erfolgreich abgeschlossen und Mrs. Snyder war stolz auf mich, dass ich die Ereignisse so gut verarbeitet hatte. Wobei Nicolai mir dabei auch sehr geholfen hatte. Es war für mich immer noch, wie in einen Traum, dass dieser tolle Mann mit mir zusammen war. Mich wirklich liebte. Vor einem Jahr lebte ich noch in der Hölle. Steve Bozman, mein Vormund seit dem Tod meiner Mutter, hatte mich täglich geschlagen. Am schlimmsten war es, wenn er mich genommen hatte. Nicolai war es, der mich aus dieser Hölle herausgeholt hatte. Ich war ihm unheimlich dankbar dafür. Wenn er nicht gewesen wäre, wäre ich jetzt wahrscheinlich nicht mehr am Leben. Ich hatte es nicht mehr ausgehalten, diese Schläge und Qualen. Und nachdem Steve mich zwingen wollte die Adoptionspapiere zu unterschreiben und mich sogar zu prostituieren, wollte ich einfach mein Leben beenden. Nicolai hatte mich schließlich von dieser Brücke gezogen und mir geholfen gegen Steve vorzugehen. Steve wurde für seine Taten verurteilt und saß nun seit vier Monaten schon im Gefängnis. Dort würde er für fünfzehn Jahre bleiben. Das hoffte ich zumindest.

„Hey Süße, du hast viel durchgemacht in den letzten Jahren. Da kann es schon mal vorkommen, dass du mal einen Albtraum hast. Komm erzähl mir davon", sagte Nicolai liebevoll.

„Es war so schrecklich. Ich lief und lief und Steve war hinter mir her. Ich fiel und er stand plötzlich neben mir. Er versuchte, mich zu sich zu ziehen. Er sagte, es würde kein Entkommen geben. Ich schrie und wehrte mich, aber er ließ mich einfach nicht los", erzählte ich ihm.

„Es war nur ein Traum. Er sitzt im Gefängnis und kann dir nichts mehr tun", beruhigte mich Nicolai und strich mir sanft über den Rücken.

„Ich weiß und darüber bin ich auch froh", sagte ich und beruhigte mich langsam. „Es tut mir leid, dass ich dich durch mein Schreien geweckt habe."

„Du weißt, dass du dich dafür nicht entschuldigen musst. Mir macht es nichts aus, wenn du mich weckst. Außerdem bin ich immer für dich da und helfe dir", erwiderte Nicolai und schaute mir dabei fest in die Augen.

„Danke."

„Du brauchst mir nicht zu danken. Das mache ich doch gerne. Komm, lass uns wieder hinlegen", sagte er.

Die Sonne schien ins Zimmer, als ich am nächsten Morgen erwachte. Es war Juni und heute begannen die Semesterferien. Nun hatten wir bis Mitte August frei und brauchten nicht zur Uni. Es war einfach schön im Bett liegen bleiben zu können und auszuspannen.

„Hey, guten Morgen Süße", sagte meine Lieblingsstimme. Ich drehte meinen Kopf zur Seite und schaute in das lächelnde Gesicht meines Verlobten. Ich konnte es immer noch nicht glauben. Wir würden wirklich heiraten. Er wollte mich zu seiner Frau nehmen. Unsere Hochzeit würde am elften September stattfinden. Vorher hatten wir in der Kapelle, in der wir heiraten wollten, keinen Termin mehr bekommen. Aber es war mir egal. Von mir aus hätten wir auch einfach im Standesamt heiraten können. Im kleinen Kreis. Aber ich wusste, dass Nicolai gerne eine große Hochzeit haben wollte. Ich wollte ihm einfach diesen Gefallen tun, da er so viel schon für mich getan hatte. Wie gesagt, mir war es egal. Die Hauptsache war, dass er glücklich war. Die Hochzeitsvorbereitungen selbst waren schon fast abgeschlossen. Die Einladungen waren verschickt und wir hatten einen Saal gemietet, indem wir nach der Trauung feiern würden. Zu Essen würde es ein Buffet geben, was wir noch aussuchen mussten. Die Dekoration würde Nicolais Mutter übernehmen, da ich Angst hatte, dass Elle es übertreiben würde, wenn ich ihr die Aufgabe geben würde. Elle und Kate würden mir beim Aussuchen des Hochzeitskleides helfen und waren meine Brautjungfern. Ich war sehr traurig darüber, dass ich niemanden hatte, der mich zum Altar führen würde. Normalerweise war das die Aufgabe des Brautvaters. Aber mein Vater war, als ich zehn Jahre alt war, gestorben. Nicolais Vater hatte sich angeboten diese Aufgabe zu übernehmen und ich hatte dankend zugestimmt.

„Morgen", erwiderte ich und lächelte ebenfalls.

„Hast du noch gut geschlafen?"

„Ja, habe ich. Ich hatte einen sehr schönen Traum", erwiderte ich.

„So? Und wovon hast du geträumt", fragte Nicolai interessiert.

„Von dir", gestand ich ihm. Ich hatte wirklich von ihm geträumt. Eher gesagt von uns beiden, wie wir zusammen an einem Strand waren.

„Na das konnte ja wirklich nur ein schöner Traum sein", grinste er, beugte sich zu mir herüber und gab mir einen Kuss, den ich sofort erwiderte. Seine Zunge bat an meiner Unterlippe um Einlass, dem ich ihm gewährte. Unsere Zungen begannen ein wildes Spiel und ein Stöhnen entfloh meiner Kehle. Ich legte meine Arme um seinen Nacken und zog ihn näher zu mir heran. Meine Finger griffen in seine dunkelblonden kurzen Haare, als er mit seiner Hand unter mein Schlafshirt glitt und über meinen Bauch fuhr. Nicolai löste sich von meinen Lippen und wanderte meine Wange entlang zu meinem Hals. Ich glitt mit meinen Händen gerade über seinen Rücken, fasste den Saum seines T-Shirts und wollte es ihm ausziehen, als es an der Tür klingelte.

„Muss das jetzt sein", stöhnte ich genervt.

„Ignoriere es einfach", nuschelte Nicolai an meinen Hals. Wieder klingelte es. Dieses Mal energischer.

„Das wird bestimmt Elle sein. Wir sind um elf Uhr zum Shoppen verabredet."

„Du gehst freiwillig mit meiner Schwester shoppen", fragte Nicolai überrascht und ließ von meinem Hals ab.

„Naja, sie hatte mich gefragt, und weil du doch mit deinem Vater zu diesem Meeting gehst, dachte ich, tue ich ihr den Gefallen", gestand ich. Ich hasste es ihn anzulügen, aber es musste sein. Elle und ich würden nicht shoppen gehen. Zumindest hatten wir es eigentlich nicht vor. Wir würden zu einem Motorradladen fahren. Nicolai hatte am neunzehnten Juni Geburtstag und ich würde ihm ein Motorrad schenken. Ich hatte lange überlegt, was ich ihm schenken könnte. Er machte gerade seinen Motorradführerschein und hatte noch kein Motorrad. Deshalb dachte ich mir, dass es das perfekte Geschenk für ihn wäre. Natürlich war es ein teures Geschenk, aber Nicolai hatte so viel für mich getan und mir bei der schweren Zeit, die ich gehabt hatte, geholfen. Ich wusste nicht, wie ich ihm dafür danken konnte. Mit allem Geld der Welt war es eigentlich nicht zu bezahlen. Trotzdem wollte ich ihm dieses Geschenk machen. Er hätte sich sowieso ein Motorrad gekauft, sobald er seinen Führerschein hätte. Carlos würde uns begleiten, da ich mich mit Motorrädern nicht auskannte und ich wollte nicht, dass mich ein Verkäufer übers Ohr haute.

„Stimmt, ich muss ja heute mit meinem Vater zum Meeting. Wie viel Uhr haben wir denn eigentlich", fragte er und schaute auf den Wecker, der auf dem Nachttisch stand. „Es ist ja erst neun Uhr. Was will sie denn schon hier?"

„Hey, macht auf. Ich weiß, dass ihr da seid", rief Elle nun und klopfte gegen die Tür.

„Gib uns zwei Minuten", erwiderte Nicolai laut und stand vom Bett auf. „Sei froh, dass du keine Geschwister hast. Sie können ganz schön nerven", wandte er sich stöhnend an mich.

„Ich brauche gar keine Geschwister, wenn ich Elle zur Freundin habe", grinste ich zurück.

„Da hast du auch wieder recht." Nicolai ging zum Kleiderschrank und holte sich etwas zum Anziehen heraus. Nicolai und ich hatten mein Zimmer zum gemeinsamen Schlafzimmer umgestaltet.

8

Nicolais Zimmer war nun unser Büro, wo unsere Schreibtische standen und auch gleichzeitig unser kleiner Fitnessraum. Denn unsere Sportgeräte standen ebenfalls in dem Zimmer. Außerdem hatte Nicolai dort auch den Boxsack aufgehängt, an dem ich meine Schlagtherapie anwenden konnte, wodurch ich meine Panikattacken losgeworden war. Ab und an trainierte ich auch noch an ihm. Ich stand ebenfalls auf und zog mir schnell eine Jogginghose und ein T-Shirt an. Anschließend ging ich zur Wohnungstür und öffnete sie.

„Guten Morgen Chey", grüßte Elle und kam herein.

„Morgen Elle. Sag mal, wir waren doch erst um elf Uhr verabredet", erwiderte ich und schloss die Tür.

„Ich weiß. Aber ich dachte mir, wir könnten doch zuerst zusammen frühstücken. Carlos kommt auch gleich. Er holt gerade noch beim Bäcker die Brötchen."

„Guten Morgen Schwesterherz. Na was treibt dich denn schon so früh hier her", fragte Nicolai, als er aus dem Schlafzimmer kam.

„Frühstücken", entgegnete sie grinsend.

„Und wo ist Carlos", fragte er und schaute sich um.

„Der holt das Frühstück."

Ich ging ins Schlafzimmer und holte mir eine blaue Jeans und ein dunkelrotes kurzärmliges Shirt aus dem Schrank. Dazu nahm ich mir noch Unterwäsche und Socken.

„Wo willst du denn hin", fragte mich Nicolai, der mir entgegenkam, als ich gerade aus dem Schlafzimmer gehen wollte.

„Ich will eben duschen gehen und mich fertigmachen."

„Du willst doch wohl nicht ohne mich duschen? Warte einen Moment", sagte er und holte sich frische Unterwäsche aus der Kommode. Zusammen verließen wir das Schlafzimmer und machten uns auf den Weg ins Bad.

„Wir gehen eben duschen", rief Nicolai seiner Schwester zu.

„Alles klar. Ich werde schon mal den Tisch decken. Macht nichts Unanständiges im Bad. Ich hore alles", erwiderte sie grinsend.

„Nein, werden wir nicht", entgegnete Nicolai und grinste ebenfalls.

Wir gingen ins Bad und Nicolai verschloss hinter uns die Tür. Ich zog mich aus und warf die dreckige Wäsche in den Wäschekorb. Nicolai hatte sich ebenfalls ausgezogen und stellte das Wasser in der Dusche an. Er half mir beim Einsteigen in die Duschkabine und folgte gleich darauf. Ich nahm mir das Haarshampoo und schäumte meine Haare ein. Ich wollte mir gerade das Duschgel nehmen, als

Nicolai mir zuvorkam.

„Ich mach das schon", sagte er nah an meinem Ohr und ein leichter Schauer lief mir den Rücken hinunter. Im nächsten Moment spürte ich schon seine Hände auf meiner Haut, die von meinen Schultern aus zu meinen Brüsten glitten. Ich stöhnte auf, als er begann, sie zu massieren.

„Nicolai, wir sollten das nicht tun. Deine Schwester kann uns hören", keuchte ich.

„Was tun wir denn", hauchte er in mein Ohr und eine Hand wanderte nun von meiner Brust hinunter zu meinem Bauch. Ich wusste, wo das enden würde und das durften wir nicht tun. Elle würde alles hören können und ich wollte nicht, dass sie unser Liebesspiel mitbekam. Seine Hand war nun an meiner empfindlichen Mitte angekommen und begann mich zu streicheln. Wieder stöhnte ich auf und ein wolliges Gefühl durchfuhr mich.

„Nicolai, das ist jetzt wirklich keine gute Idee. Elle wird uns hören."

„Dann müssen wir halt leise sein", erwiderte Nicolai und küsste meinen Hals.

„Hey ihr beiden. Das Frühstück ist fertig", hörten wir Elle rufen.

„Ignorier sie einfach", flüsterte Nicolai und küsste sich meinen Hals entlang.

„Das funktionierte vorhin doch auch schon nicht."

„Da hast du recht."

„Beeilt euch mal", rief sie nun und klopfte an die Tür.

„Muss sie uns immer stören", fragte Nicolai genervt. „Wir sind ja gleich fertig", rief er seiner Schwester zu. „Sie kann einem auch alles verderben", murrte er nun. „Hm, dann müssen wir das hier eben auf heute Abend verschieben, wenn wir alleine sind."

„Ich glaube, das wäre besser. Sie wird uns nicht eher in Ruhe lassen, bis wir aus dem Badezimmer kommen", seufzte ich.

„Dann lass uns mal fertig duschen. So wie ich sie kenne, steht sie gleich sonst noch im Bad."

Nachdem wir ausgiebig gefrühstückt hatten, machten wir uns auf den Weg zum Motorradhändler. Elle und ich fuhren in ihrem Wagen dorthin. Carlos fuhr uns mit seinem Auto hinterher, damit es nicht auffiel, dass sein Wagen noch in der Tiefgarage stand, er aber nicht da war. Er hatte Nicolai erzählt, dass er zu seinem Vater in die Firma fahren wollte. Da die Firma sich am anderen Ende der Stadt befand, wäre es auffällig gewesen, wenn er sein Auto stehen gelassen hätte. Wir parkten auf dem Parkplatz des Motorradhändlers, stiegen aus dem Wagen aus und betraten zusammen das Geschäft. Hier befand sich eine große Auswahl an verschiedenen Motorradmodellen.

„Hey Chey, wie wäre es mit dem hier", fragte Elle lachend und zeigte auf ein pinkes Motorrad.

„Ich glaube nicht, dass es Nicolai gefallen wird", grinste ich. „Aber die Vorstellung, ihn zu sehen, wie er auf diesem Motorrad sitzt. Am Besten hat er dann noch die passende pinke Kleidung an und den Helm auf", lachte sie.

„Ja, die Vorstellung ist wirklich gut, wie er dann durch die Stadt damit fährt", stimmte ich in ihr Lachen mit ein. Wir schauten uns weiter um und Carlos half mir bei den technischen Daten, mit denen ich mich nicht so gut auskannte. Es dauerte nicht lange und ich fand die perfekte Maschine für Nicolai. Es war eine schwarz verchromte Harley Davidson Fat Boy Spezial.

„Kann ich Ihnen vielleicht helfen", fragte ein Verkäufer mittleren Alters mit leicht angegrauten, kurzen Haaren. Auf seinem Namensschild, welches er an seinem schwarzen Anzug befestigt hatte, stand Emilio Steal.

„Sehr gerne. Ich interessiere mich für dieses Motorrad", erwiderte ich.

„Das ist eine sehr gute Maschine. Sie hat … ." Er begann, über die technischen Daten des Motorrads zu erzählen. Carlos übernahm für mich das weitere Gespräch und fragte noch einige Dinge.

„Könnte ich vielleicht eine Probefahrt mit dem Motorrad machen", fragte Carlos und ich schaute ihn überrascht an.

„Aber natürlich. Ich werde gleich alles dafür veranlassen. Sie können gerne schon mal nach draußen gehen. Ich bringe Ihnen die Maschine dann gleich", erwiderte Mr. Steal und verschwand.

„Du hast einen Motorradführerschein", fragte ich ihn, als wir nach draußen gingen.

„Ja, den habe ich letztes Jahr gemacht. Gavin hat auch einen. Wir machen ab und zu zusammen Motorradausflüge."

„Er auch? Das wusste ich gar nicht", entgegnete ich. „Wo ist denn dein Motorrad?"

„Das steht bei uns zu Hause in der Tiefgarage. Allerdings auf der anderen Seite. Da neben meinem Parkplatz kein Platz mehr frei war", erklärte er. Mr. Steal kam mit der Harley und einen Helm aus einer Halle, die an das Geschäft angrenzte. Er übergab Carlos den Helm, den er sich gleich aufsetzte, anschließend die Maschine, sowie den Schlüssel und den KFZ-Schein, falls er von der Polizei angehalten werden sollte. Schließlich müsste er ihnen den vorzeigen.

„Darf ich den Damen etwas zu trinken anbieten, solange Sie warten", fragte Mr. Steal Elle und mich.

„Natürlich", erwiderte Elle lächelnd. Wir folgten ihm wieder in den Laden und er brachte uns zu einer Sitzecke, wo wir uns setzten und warteten, bis Carlos von der Probefahrt zurückkam.

Nach einer halben Stunde war er auch schon wieder da und kam mit Mr. Steal zu uns.

„Und wie fährt sich das Motorrad", fragte ich ihn.

„Es fährt sich richtig gut. Es lässt sich leicht lenken und liegt gut in den Kurven", erwiderte Carlos.

„Also kann ich es für Nicolai kaufen?"

„Ja, also ich denke mal, er wird sich über diese Maschine freuen."

„Soll ich dann den Kaufvertrag fertigmachen", fragte Mr. Steal freundlich, wobei man bei ihm schon die Dollarzeichen in den Augen sehen konnte.

„Was meinst du", fragte mich Carlos.

„Ich würde sagen, ich nehme sie", erwiderte ich.

„Das ist eine sehr gute Wahl. Kommen Sie doch bitte mit in mein Büro. Dort mache ich die Unterlagen fertig", sagte Mr. Steal. Wir folgten ihm in sein Büro und setzten uns. Mr. Steal nahm hinter seinem Schreibtisch platz und suchte alle erforderlichen Unterlagen heraus.

Eine halbe Stunde später war alles erledigt. Carlos hatte sogar noch mit dem Händler verhandelt und so bekam ich die Maschine etwas günstiger. Ich hatte mit Mr. Steal vereinbart, dass er das Motorrad zu uns nach Hause liefern lassen würde. Allerdings würde es Elle annehmen, damit Nicolai nichts merkte und in der Tiefgarage bis zu seinem Geburtstag verstecken.

„So und nun lasst uns noch ins Shoppingcenter fahren", sagte Elle, als wir den Laden verlassen hatten und zu den Wagen gingen.

„Muss das sein", stöhnte Carlos.

„Ja das muss. Du musst ja nicht mitkommen. Ich werde dann mit Chey alleine gehen."

„Aber Elle ...", versuchte ich zu protestieren, doch es hatte einfach keinen Sinn. Ich kannte Elle. Sie würde ihren Willen durchsetzen. „Nein Chey, du kommst mit. Du hast doch meinem Bruder gesagt, dass du mit mir shoppen gehst. Da kannst du wohl kaum nach zwei Stunden wieder zu Hause sein. Er kennt mich und er weiß, dass ich nicht nur zwei Stunden shoppen gehe."

„Da hast du recht. Es wäre zu auffällig, wenn wir so früh zurück wären." Das Meeting, wo Nicolai sich mit seinem Vater befand, würde nicht allzu lange dauern. Wenn Nicolai nach Hause käme und ich schon vorher da wäre, würde er mir wahrscheinlich nicht glauben, dass wir keine Lust mehr hatten. Elle beendete eine Shoppingtour eigentlich nie vor vier Stunden. Sie dauerte sogar eher länger. „Na gut. Fahren wir ins Shoppingcenter. Aber du wirst mich nicht zwingen etwas anzuprobieren und mich auch nicht in jeden Laden schleppen. Ach ja und wir gehen etwas Essen."

„Das mit dem Essen ist machbar", erwiderte sie.

„Elle", ermahnte ich sie, denn ich würde meine Bedingungen durchsetzen. Würde ich es nicht tun, würde ich den ganzen Tag in Umkleidekabinen verschiedener Läden verbringen und dazu hatte ich keine Lust. Ich war nicht so shoppingverrückt, wie Elle. Ich ging eigentlich nur einkaufen, wenn es notwendig war.

„Ist ja gut. Ich werde dich nicht zwingen und auch nicht in jeden Laden schleppen", gab sie schließlich nach. „Zufrieden?"

„Ja."

„Okay, dann sehen wir uns nachher zu Hause. Viel Spaß euch zwei", sagte Carlos und ging zu seinem Wagen.

„Danke, werden wir haben", erwiderte Elle.

„Vielen Dank, dass du mitgekommen bist und mir bei dem Motorradkauf geholfen hast", bedankte ich mich bei Carlos.

„Kein Problem. Das habe ich doch gerne gemacht", entgegnete er lächelnd.

„So dann lass uns mal los, sonst werden wir nie ins Einkaufszentrum kommen", drängte Elle und stieg in ihren Wagen. Ich winkte Carlos noch zum Abschied und stieg ebenfalls ein. Elle startete den Wagen und fuhr los.

Zehn Minuten später kamen wir am Einkaufszentrum an. Elle parkte das Auto im Parkhaus und wir stiegen aus. Wir gingen

13

gerade zum Zugang des Shoppingcenters, als uns ein Ehepaar entgegenkam. Sie schauten mich mit einem bösen Blick an, und als wir an ihnen vorbei waren, hörte ich die Frau etwas von undankbar sagen. Ich wusste, dass sie über mich redeten. Das fing ja schon gut an. Noch ein Grund, warum ich nicht so gerne einkaufen ging. Zumindest seitdem Steve im Gefängnis saß. So ungefähr die Hälfte der Bewohner der Stadt mochte mich nicht und glaubten an die Unschuld von Steve. Sie wollten nicht wahrhaben, dass dieser Typ wirklich ein gewalttätiger Mann war, der mich sogar umbringen wollte. Für sie war es der freundliche, hilfsbereite Mann, der nie einer Fliege etwas zuleide tun könnte. Ich dagegen war das verwöhnte, aufsässige Mädchen, was den Tod ihrer Eltern nicht verkraftet hatte und sowieso noch nie den neuen Freund ihrer Mutter leiden konnte. Dabei hatte er sich doch so aufopferungsvoll um das arme Mädchen gekümmert und bei sich aufgenommen, als sie ihre Mutter verloren hatte. Das war doch alles gelogen. Er hatte sich gar nicht um mich gekümmert. Ganz im Gegenteil. Ich war eher seine Haushaltshilfe oder mehr seine Sklavin, die er geschlagen und genommen hatte, wann er wollte. Außerdem hatte er sich mein Haus und alles, was meiner Mutter gehört hatte, unter den Nagel gerissen und als seines ausgegeben. Dabei hatte ich es alles von meiner Mutter geerbt gehabt. Ich und nicht er. Nun saß er zurecht im Gefängnis, denn schließlich musste er für seine Taten büßen. Seit dem Prozess kannte mich nun die ganze Stadt, denn die Presse hatte es am letzten Verhandlungstag geschafft Fotos von mir zu schießen, die anschließend in den Zeitungen gelandet waren. „Ignoriere diese Leute einfach. Sie wollen nur die Wahrheit nicht sehen", sagte Elle, die ebenfalls die Blicke und das Gesagte mitbekommen hatte. „Das versuche ich ja. Es ist allerdings nicht so einfach, wenn anscheinend die halbe Stadt gegen einem ist", seufzte ich. „Vielleicht. Dafür steht die andere Hälfte hinter dir und du weißt, dass du das Richtige getan hast. Er hat seine Strafe verdient." „Da hast du recht und ich bin wirklich froh, dass er im Gefängnis ist." „Da gehört er auch hin. Nun komm, lass uns shoppen gehen", sagte sie, zog mich durch die Zugangstür und steuerte auch gleich den ersten Laden an. Kaum hatten wir den Laden betreten, wurden wir von einer Verkäuferin aufgehalten.

„Entschuldigen Sie, es tut mir leid, aber Sie müssen den Laden verlassen", sagte sie etwas nervös.
„Warum denn", fragte Elle und war ziemlich irritiert darüber, dass wir den Laden verlassen sollten.
„Das ist die Anweisung von meiner Chefin, dass Sie diesen Laden hier nicht betreten dürfen", erklärte die Verkäuferin und wandte sich dabei an mich.
„Was ist denn hier los? Habe ich nicht ausdrückliche Anweisungen gegeben, dass diese Person meinen Laden nicht zu betreten hat", rief eine Frau mittleren Alters und kam aufgebracht zu uns.
„Entschuldigen Sie bitte, Mrs. Stone. Ich habe den beiden Damen gerade erklärt, dass sie den Laden verlassen müssen", sagte die Verkäuferin und klang dabei ängstlich. Diese Mrs. Stone musste eine schreckliche Chefin sein, wenn ihre Angestellten Angst vor ihr hatten.
„Ja, ja schon gut", entgegnete Mrs. Stone und sah zu mir. Sie blickte mich von Kopf bis Fuß herablassend an. „Sie haben in meinem Laden nichts zu suchen."
„Und wieso nicht? Ich habe Ihnen doch gar nichts getan", hakte ich nach. Ich konnte mir den Grund schon denken. Das war nicht der einzige Laden in dieser Stadt, den ich nicht mehr betreten durfte. Der Grund dafür war, dass diese Ladenbesitzer zu Steve hielten und mich als Lügnerin darstellten.
„Weil Sie eine elende Lügnerin sind und einen unschuldigen Mann ins Gefängnis gebracht haben."
„Ich lüge nicht und Steve Bozman ist kein unschuldiger Mensch", verteidigte ich mich.
„Ja, ja hören Sie doch auf zu lügen und geben Sie endlich zu, dass Mr. Bozman unschuldig ist", forderte Mrs. Stone.
„Niemals. Er ist nicht unschuldig. Er hat mir so einiges angetan und er verdient seine Strafe."
„Ach erzählen Sie doch nichts. Sie werden noch sehen, was Sie von Ihren Lügen haben und jetzt verlassen Sie sofort meinen Laden. Sie haben hier Hausverbot."
„Komm Chey, wir gehen. Und hier war ich mal Stammkundin", sagte Elle entrüstet und drehte sich um.
„Miss Fresco, Sie dürfen selbstverständlich bleiben. Wir haben heute eine neue Kollektion hereinbekommen. Die sollten Sie sich mal ansehen", entgegnete Mrs. Stone überfreundlich. Sie wusste,

15

dass Elles Familie reich war. Vor allem kaufte Elle in diesem Laden regelmäßig ein und ließ dort eine Menge Geld. Mrs. Stone wusste das und jetzt hatte sie Angst eine ihrer Stammkundinnen zu verlieren.

„Nein danke. Sie haben mich als Kundin verloren. In einem Laden, wo meine beste Freundin nicht willkommen ist, werde ich auch keinen Fuß mehr setzen. Erkennen Sie endlich mal die Wahrheit. Ihr Steve Bozman ist ein Dreckschwein und hat nichts anderes als das Gefängnis verdient."

„Aber ... Miss Fresco", stotterte Mrs. Stone, doch Elle marschierte, ohne darauf zu reagieren, aus dem Laden. Ich folgte ihr sofort, denn ich wollte nicht länger in diesem Geschäft bleiben. Allerdings hatte ich ein schlechtes Gewissen. Meinetwegen konnte Elle nicht in diesem Laden, wobei sie dort immer gern eingekauft hatte.

„Du solltest ohne mich shoppen gehen. Dann kannst du wenigstens in jedes Geschäft", sagte ich.

„Quatsch. Ich werde nicht ohne dich shoppen gehen. Vor allem brauche ich Ladenbesitzern nicht mein Geld geben, die dich als Kundin nicht akzeptieren. Also mach dir darüber keine Gedanken. Dieses Shoppingcenter hat noch genug Läden, die wir unsicher machen können", erwiderte sie und zog mich auch gleich zum nächsten Geschäft. Wir gingen hinein und Elle lief zu den ersten Kleiderständern. Typisch Elle. Grinsend schaute ich zu, wie sie sich ein Teil nach dem anderen anschaute und überlegte, ob sie es anprobieren sollte oder nicht. Aus diesem Laden wurden wir zum Glück nicht herausgeworfen. Im Moment zumindest nicht. Ich wusste nicht, ob ich auch hier Hausverbot hatte und ob mich bis jetzt noch keine Verkäuferin erkannt hatte. Mein Handy klingelte. Ich holte es aus meiner Tasche heraus und sah auf das Display. Die Rufnummer war unterdrückt und so konnte ich nicht sehen, wer anrief.

„Ja", meldete ich mich, nachdem ich den Anruf angenommen hatte. Niemand meldete sich.

„Hallo", sagte ich nun, doch wieder meldete sich niemand. Ich hörte nur Atemgeräusche. Ich legte auf, denn es wurde mir doch zu blöd am Telefon ein Monolog zu führen. Ich steckte das Handy wieder in meine Tasche und schaute mich im Laden um. Vielleicht würde ich etwas Schönes finden, obwohl ich eigentlich keine Lust auf Shoppen hatte. Ich sah mir gerade eine Hose an, als wieder mein Handy klingelte. Ich nahm es aus meiner Tasche. Schon wieder war die Rufnummer unterdrückt. „Hallo", meldete ich mich. Wieder waren nur diese Atemgeräusche zu hören. „Hallo, wer ist denn da? Ich kann Sie hören. Was wollen Sie denn?" „Du wirst sterben", sagte eine männliche Stimme und legte auf. Ich nahm langsam das Handy von meinem Ohr und starrte auf das Display, was jetzt nur noch den beendeten Anruf anzeigte. Wer war dieser Anrufer? Woher hatte er meine Handynummer? Und warum sagte er, dass ich sterben würde? Hatte Steve etwa wieder jemanden beauftragt, der mich töten sollte? Das hatte er doch schon einmal getan. Ich bekam Angst. Sollte alles wieder von vorne losgehen? Ich hatte doch gerade erst wieder ein normales Leben begonnen. Bilder tauchten vor meinen Augen auf. Bilder, die ich nie wiedersehen wollte. Es waren Bilder aus meiner Zeit in der Hölle. Ich versuchte sie zu verdrängen, doch es gelang mir nicht. Auch hörte ich diese Stimme des Anrufers in meinem Kopf.

„Du wirst sterben", sagte sie immer wieder.

„Chey", hörte ich eine Stimme, aber ich konnte nicht darauf reagieren. Ich starrte immer noch, wie gelähmt, auf mein Handy. Steves Gesicht erschien vor meinen Augen und grinste mich an. Ich wollte ihn nicht sehen. Er sollte verschwinden.

„Chey, was ist los", fragte jemand genau neben mir und rüttelte mich an der Schulter. Ich schaute auf und erkannte Elle, die mich besorgt ansah.

„Du bist ja kreidebleich und zitterst ja." Ich tat es wirklich und hatte es gar nicht gemerkt gehabt. Mir wurde schwindelig und in meinen Ohren begann es zu rauschen. Meine Beine wurden weich. Ich verlor den Halt und kippte zur Seite. Elle reagierte sofort und fing mich auf. Auch wenn sie etwas kleiner war, als ich, so hatte sie doch eine Menge Kraft.

„Chey, oh mein Gott", rief sie und schaute mich an. „Bleib ja bei mir. Wehe du wirst ohnmächtig. Wir brauchen einen Arzt. Ruf doch mal jemand einen Arzt." Sie schaute eine Verkäuferin an, die uns beobachtete.

„Was sehen Sie mich so an? Dieser Person werde ich keinen Arzt rufen. Soll sie es doch selbst tun", sagte diese schnippisch.

„Das kann doch wohl nicht wahr sein. Wissen Sie, was das ist? Das ist unterlassene Hilfeleistung und somit machen Sie sich strafbar.

Wenn Sie das nicht wollen, sollten Sie schleunigst einen Arzt rufen."

„Nein, das werde ich nicht tun. Dieser Person werde ich nicht helfen", beharrte diese Frau und sah mich mit einem bösen Blick an. Noch eine Anhängerin von Steve. Mir schwirrte immer noch der Kopf, doch ich wollte keinen Arzt. Ich wollte hier nicht noch mehr Aufsehen erregen, als ich es schon getan hatte. Ich hatte vom letzten Jahr noch genug von Ärzten, als ich durch die ganzen Verletzungen in Behandlung gewesen war. Eigentlich wollte ich nur aus diesem Laden raus.

„Ich brauche keinen Arzt. Es geht schon wieder", sagte ich zu Elle.

„Du bist gerade zusammengebrochen. Natürlich brauchst du einen Arzt."

„Nein, ich möchte keinen. Bitte Elle", flehte ich sie an und stand vorsichtig auf. Dabei schwankte ich und Elle musste mich festhalten, damit ich nicht wieder umkippte.

„Also schön. Du möchtest keinen Arzt? In Ordnung, auch wenn ich nicht damit einverstanden bin. Aber ich bringe dich jetzt nach Hause und werde Nicolai anrufen. Mal sehen, was er dazu sagt", erwiderte Elle streng. Oh nein. Wenn sie Nicolai anrief, dann würde er doch sofort von dem Meeting nach Hause kommen. Ich wollte ihn dort doch nicht wegholen, schließlich konnte er doch durch diese Gespräche, die dort geführt wurden, etwas lernen.

„Muss das sein? Du weißt, dass Nicolai sofort nach Hause kommen wird, wenn du ihn anrufst. Außerdem möchte ich dir die Shoppingtour nicht verderben. Mir geht es wieder gut, also lass uns weitershoppen."

„Das kommt gar nicht infrage. Du schwankst, als wärst du betrunken und zitterst am ganzen Körper. Erzähl mir nicht, dass es dir gut geht. Das stimmt nämlich nicht. Komm jetzt. Wir fahren nach Hause. Shoppen können wir an einem anderen Tag immer noch." Elle legte stützend einen Arm um meine Taille und führte mich aus dem Laden. Mir ging es wirklich noch nicht wieder so gut, wie ich mir selbst eingestehen musste. Deshalb war ich froh, als wir ein paar Minuten später endlich in Elles Wagen saßen. Mir war immer noch so schummrig im Kopf. Ich sah, wie Elle ihr Handy aus der Tasche holte und eine Nummer wählte. Ich wusste, was nun kam.

„Nicolai? Ich wollte dir nur mitteilen, dass Chey gerade einen

Schwächeanfall hatte und ich sie jetzt nach Hause bringe", sprach sie ins Handy. Nun musste Nicolai etwas erwidern, denn sie war einen Moment lang ruhig. „Nein, sie wollte keinen Arzt. Du weißt doch, sie hat einen Dickkopf." Wieder hörte sie zu und verabschiedete sich anschließend. Sie legte auf, steckte das Handy wieder in ihre Tasche und startete den Motor.
„Nicolai ist schon zu Hause. Das Meeting dauerte nicht so lange", teilte sie mir mit und fuhr los
„Ach ja, er ist nicht sehr erfreut darüber, dass du keinen Arzt wolltest."
„Das kann ich mir vorstellen", seufzte ich und lehnte meinen Kopf an die Seitenscheibe der Beifahrertür und schloss meine Augen.

Ich musste eingeschlafen sein, denn als ich die Augen wieder öffnete, standen wir schon in der Tiefgarage, des Hauses, auf Elles Parkplatz. Ich sah auf die Fahrerseite und bemerkte, dass Elle nicht mehr im Wagen saß und die Autotür offen stand.
„Da seid ihr ja endlich. Ihr habt ganz schön lange für den Weg gebraucht", hörte ich Nicolai sagen.
„Es gibt halt einige Ampeln hier in Toronto, und wenn sie auf Rot stehen, darf ich leider nicht fahren", erwiderte Elle. Ich löste den Sicherheitsgurt und öffnete die Beifahrertür. Ich wollte gerade aus dem Wagen steigen, als Nicolai mich aufhielt.
„Hey, da ist ja jemand wach geworden", grinste Elle mich an.
„Warte Süße, ich helfe dir", sagte Nicolai und hob mich auf seine Arme.
„Du brauchst mich nicht zu tragen. Ich kann doch selbst laufen."
„Das habe ich im Shoppingcenter gesehen", entgegnete Elle. „Wie geht es dir denn?"
„Etwas besser, wobei mir noch etwas schummrig im Kopf ist", gab ich zu.
„Und dann wolltest du noch weiter mit mir shoppen gehen." Sie verschloss ihren Wagen und wir gingen zum Aufzug.
„Du wolltest was", fragte Nicolai fassungslos. Wir stiegen in den Fahrstuhl und fuhren hinauf zu unserer Wohnung.
„Ich wollte Elle nicht die Shoppingtour vermiesen", antwortete ich.
„Ach Süße, du bist zu selbstlos. Denkst erst an alle anderen, anstatt an dich", sagte Nicolai und schaute mich liebevoll an. Wir kamen bei unserer Etage an und stiegen, nachdem sich die Fahrstuhltüren

geöffnet hatten, aus. Während wir zur Wohnung gingen, holte ich den Wohnungstürschlüssel aus meiner Handtasche heraus und gab sie Elle. Sie schloss die Tür auf und wir traten ein. Nicolai ging mit mir gleich ins Wohnzimmer und legte mich auf die Couch. „Du bleibst jetzt erst einmal liegen", wies er mich an. Er ging in die Küche und kam kurz darauf mit einem Glas Wasser zurück, welches er mir reichte. Ich setzte mich ein Stück auf und trank einen großen Schluck. Anschließend stellte ich das Glas auf dem Wohnzimmertisch an und legte mich wieder hin. „Chey, was war in dem Laden los? Warum hattest du diesen Zusammenbruch", fragte Elle, die sich auf den Sessel gesetzt hatte. Nicolai saß neben mir auf der Lehne der Couch und strich mir sanft über das Haar. „Ich habe dich mehrmals angesprochen, doch du hast nie reagiert und hast nur auf dein Handy gestarrt." „Stimmt, mein Handy. Wo ist es eigentlich", fiel mir plötzlich ein und ich wollte aufstehen. Doch Nicolai hielt mich davon ab und drückte mich sanft wieder auf die Couch. „Ich habe es in meine Tasche gesteckt, als du aufgestanden bist", erwiderte Elle, holte es aus ihrer Handtasche heraus. „Oh du hast fünf Anrufe in Abwesenheit. Ich habe es gar nicht klingeln gehört." „Wer war es denn", fragte ich, obwohl ich es mir eigentlich schon denken konnte. „Das weiß ich nicht. Die Nummer war jedes Mal unterdrückt", entgegnete sie, nachdem sie auf das Display geschaut hatte. „Das war bestimmt wieder dieser Typ", sagte ich mehr zu mir selbst, als zu den anderen. Ich fragte mich immer noch, wer dieser Kerl war und warum er gesagt hatte, dass ich sterben würde. „Welcher Typ? Ich verstehe gerade gar nichts", kam es von Elle und legte das Handy auf den Wohnzimmertisch. „Ich auch nicht. Süße, wen meinst du und was war im Shoppingcenter los", hakte Nicolai nach. „Ich habe im Laden zwei Anrufe bekommen. Die Rufnummer war unterdrückt. Beim ersten Mal habe ich nur Atemgeräusche gehört. Ich legte auf, weil es mir doch zu blöd war, jemanden beim Atmen zuzuhören. Beim zweiten Anruf hat eine männliche Stimme gesagt, dass ich sterben würde, und legte dann auf. Ich habe Angst bekommen und die ganzen Bilder, sowie die Erinnerungen kamen wieder hoch. Mir wurde schwindelig und in meinen Ohren rauschte es. Dann verlor ich das Gleichgewicht", erzählte ich ihnen und schauderte bei der Erinnerung des Anrufes.

„Oh mein Gott. Hast du die Stimme erkannt", fragte Elle geschockt.

„Nein, leider nicht. Sie kam mir auch nicht bekannt vor. Ich weiß auch nicht, woher er meine Handynummer hat. Was machen wir denn jetzt? Was ist, wenn Steve dahintersteckt und er mir wieder einen Killer auf den Hals hetzt", fragte ich und wurde panisch.

„Hey, keine Angst, Süße. Dir wird nichts passieren. Ich werde auf dich aufpassen. Du ruhst dich jetzt erst einmal aus und dann sehen wir weiter", erwiderte Nicolai.

Kapitel 2

Zwei Wochen waren vergangen, seit dem Schwächeanfall im Laden vergangen. Ich hatte weiterhin Anrufe bekommen, wo mir immer wieder gesagt wurde, dass ich sterben würde. Wenn Nicolai ans Handy gegangen war, wurde sofort aufgelegt. Nicolai war mit mir zur Polizei gefahren. Doch dort konnte nichts unternommen werden, da die Rufnummer des Anrufers unterdrückt gewesen war und sie somit nicht orten konnten, woher der Anruf gekommen war. Sie rieten mir zu einer Fangschaltung, womit man dann herausfinden konnte, wer der Anrufer wäre beziehungsweise woher der Anruf kam. Das hatte auch funktioniert. Nur leider kamen die Anrufe von verschiedenen Telefonzellen. Derjenige war sehr clever gewesen und hatte per Tastenkombination die Rufnummerübermittlung in den Telefonzellen ausgeschaltet. Irgendwann hatte es mir gereicht und ich hatte mir im Telefonladen eine neue Handynummer besorgt. Dadurch brauchte ich die Fangschaltung nicht mehr. Die Polizei meinte trotzdem, ich sollte mich bei ihnen melden, wenn der Anrufer sich auf der neuen Nummer melden würde. Es konnte ja sein, dass er gute Kontakte hatte und so an meine Handynummer kam.

Heute war Samstag der neunzehnte Juni. Nicolais Geburtstag. Das Motorrad hatte der Händler Anfang der Woche geliefert und wie abgesprochen hatte Elle die Maschine angenommen und in der Tiefgarage versteckt. Mein Geschenk für Nicolai war genau passend, denn er hatte den Tag zuvor die Führerscheinprüfung bestanden und durfte nun Motorrad fahren. Zum Glück hatte er noch keine Zeit gehabt nach einer Maschine zu schauen, denn er musste sich um die Organisation seiner Geburtstagsparty kümmern, die er heute Abend in dem Club Sunrise schmeißen würde. Er wurde heute zwanzig Jahre alt und wollte etwas größer feiern. Ich war heute Morgen schon vor Nicolai wach geworden und zauberte ihm nun ein Geburtstagsfrühstück.

Gestern Abend hatte ich, als Nicolai im Club noch etwas für die Party zu regeln hatte, einen kleinen Geburtstagskuchen gebacken, den ich im Küchenschrank versteckte. Es war ein Schokoladenkuchen. Jade hatte mir das Rezept für diesen Kuchen gegeben, weil ich ihn so gerne aß. Auch Nicolai schmeckte er und so hatte ich mich für diesen Kuchen entschieden. Ich war froh gewesen, dass Nicolai gestern nicht mehr an den Schrank gegangen war, sonst hätte er ihn gefunden. Der Kuchen stand nun auf dem gedeckten Tisch. Ich machte mir gerade einen Kakao, da ich Kaffee nicht mochte, als Nicolai in die Küche kam.

„Guten Morgen, Süße", sagte er noch etwas verschlafen.

„Guten Morgen", erwiderte ich und ging zu ihm. „Herzlichen Glückwunsch zum Geburtstag." Ich gab ihm einen Kuss auf seine wundervollen Lippen und umarmte ihn.

„Danke, Süße", sagte er, nahm mich in seine starken Arme und küsste mich aufs Haar.

„Möchtest du erst frühstücken oder sofort dein Geburtstagsgeschenk", fragte ich und löste mich aus seiner Umarmung.

„Ich glaube, die Frage hat sich wohl erledigt", grinste er, als sein Magen laut knurrte.

„Gut. Das Frühstück ist auch schon fertig. Setzt dich", sagte ich, holte die Kaffeekanne und goss ihn in die Tasse. Nicolai setzte sich und begutachtete den Tisch.

„Schokoladenkuchen", fragte er schmunzelnd.

„Ja. Ich weiß doch, dass du ihn gerne isst."

„Stimmt, ich esse ihn gerne, aber ich kenne da jemanden, der diesen Kuchen liebt", grinste er und schnappte sich das Messer. „Dann werde ich ihn mal probieren."

Nachdem wir ausgiebig gefrühstückt und uns fertiggemacht hatten, wurde es Zeit Nicolai sein Geschenk zu überreichen. Ich war ziemlich aufgeregt und hoffte, dass es Nicolai gefallen würde.

„Bereit für dein Geschenk", fragte ich ihn.

„Ja, das bin ich", erwiderte er lächelnd.

„Okay." Ich nahm einen Schal und verband ihm damit die Augen.

„Was wird das denn jetzt", fragte Nicolai überrascht.

„Na ich werde dich jetzt zu deinem Geschenk bringen. Keine

Angst ich werde dich führen. Vertrau mir."

„Das tue ich doch, Süße. Na dann bin ich ja mal gespannt",
erwiderte er. Ich nahm seinen Arm und führte ihn aus der
Wohnung. Mit dem Fahrstuhl fuhren wir in die Tiefgarage. Wir
stiegen aus und ich führte ihn nun zum Aufenthaltsraum der
Wachleute, wo wir das Motorrad nach Absprache mit dem
Wachpersonal verstecken durften. Ich nickte George, den
Wachmann, freundlich zu, der gerade den Raum verließ. Er lächelte
ebenfalls und machte sich auf den Weg zu seinem Kontrollgang
durch die Tiefgarage, um zu sehen, ob alles in Ordnung war. Ich
stellte mich hinter Nicolai und nahm ihm den Schal von den
Augen.

„Herzlichen Glückwunsch, mein Schatz", sagte ich und stellte mich
neben ihn. Nicolai schaute sich kurz um und entdeckte dann sein
Geschenk.

„Nein, das gibt es doch nicht. Wahnsinn. Aber das hättest du doch
nicht ...", sagte er überwältigt und ging auf das Motorrad zu.

„Doch. Du hast es nach alldem, was du für mich getan hast
verdient", entgegnete ich.

„Danke Süße. Vielen Dank. Ich weiß gar nicht, was ich sagen soll.
Das ist das beste Geschenk, was ich je bekommen habe, abgesehen
von dir natürlich. Du bist für mich das größte Geschenk, was deine
Eltern mir machen konnten." Er kam mit strahlenden Augen zu
mir und zog mich in seine Arme. Ich war so gerührt von seinen
Worten. Er betrachtete mich als sein größtes Geschenk.

„Du bist so süß", flüsterte ich, zog seinen Kopf zu mir herunter
und küsste ihn. Sofort erwiderte er den Kuss und zog mich dichter
an seinen Körper. Schwer atmend lösten wir uns wieder
voneinander und schauten uns tief in die Augen.

„Ich liebe dich", hauchte er.

„Ich liebe dich auch", erwiderte ich.

„Und gefällt ihm die Maschine? Ansonsten würde ich sie gerne
nehmen", fragte George, der gerade in den Raum kam.

„Tut mir leid George, aber mir gefällt sie, sehr sogar", erwiderte
Nicolai grinsend.

„Schade, dann werde ich mir wohl doch eine kaufen müssen.
Herzlichen Glückwunsch zum Geburtstag."

„Danke. Ja, das wirst du wohltun müssen. Dann können wir ja mal
eine Motorradtour machen", schlug Nicolai vor.

„Das ist eine gute Idee. Ach übrigens, für das Motorrad ist ein Parkplatz auf der gegenüberliegenden Seite von deinem Parkplatz reserviert. Ein anderer war leider nicht frei", sagte George.

„Das ist kein Problem", entgegnete Nicolai.

„Hier, den wirst du brauchen", sagte ich und überreichte ihm den Zündschlüssel für die Maschine.

„Die Papiere für das Motorrad liegen oben in der Wohnung."

„Danke Süße. Dann werden wir mal die Maschine zu ihrem Platz bringen und anschließend gehen wir shoppen."

„Shoppen", fragte ich überrascht. „Bist du jetzt zu deiner Schwester mutiert?"

„Nein, das bin ich nicht. Keine Angst. Ich brauche doch die passende Schutzkleidung. Du übrigens auch, wenn du mit mir fährst", erwiderte er lächelnd.

„Ich soll mit dir auf diesem Ding fahren", fragte ich geschockt, denn ich war noch nie mit so einer Maschine gefahren. Ich hatte schon ein wenig Angst während der Fahrt vom Motorrad zu fallen. Klar, wenn man sich richtig festhielt, könnte das nicht passieren. Aber in einem Auto fühlte ich mich doch irgendwie sicherer.

„Natürlich. Du brauchst auch keine Angst zu haben. Es wird nichts passieren. Du weißt doch, dass ich vorher schon Mofa gefahren bin. Motorrad ist fast das Gleiche, nur das die Maschine etwas größer ist. Aber dafür habe ich ja auch die Fahrstunden genommen und mit dem Führerschein darf ich offiziell Motorrad fahren. Na komm, wir haben heute noch viel vor". Das stimmte. Heute Nachmittag würde Nicolais Familie bei uns zum Geburtstagskaffeetrinken vorbeikommen und abends würden wir dann in den Club gehen. Nicolai schob das Motorrad aus dem Aufenthaltsraum zu seinem Parkplatz und stellte es dort ab. Anschließend fuhren wir mit dem Fahrstuhl zu unserer Wohnung, wo wir unsere Jacken und meine Tasche holten und machten uns auf dem Weg zu dem Motorradhandler.

„Oh guten Morgen, Miss Disseur. Es freut mich, Sie wiederzusehen. Was kann ich denn für Sie tun", fragte Mr. Steal, der gleich zu uns kam, als wir den Laden betraten.

„Guten Morgen, Mr. Steal. Wir bräuchten Schutzkleidung für das Motorrad", erklärte ich ihm.

„Da haben wir eine große Auswahl. Ich bin sicher, Sie werden etwas Passendes finden. Ich nehme an, Sie sind der Verlobte von

Miss Disseur", wandte er sich Nicolai zu.

„Ja genau", erwiderte Nicolai.

„Ihre Verlobte hat mit der Maschine eine gute Wahl getroffen. Sie gefällt Ihnen doch, oder Mr. …?"

„Fresco. Ja, sie gefällt mir wirklich gut. Meine Verlobte hat wirklich einen sehr guten Geschmack", sagte Nicolai, legte seinen Arm um meine Taille und zog mich zu sich.

„Da kann ich Ihnen nur zustimmen. Also, wenn Sie möchten, zeige ich Ihnen den Raum, wo sich die Motorradbekleidung befindet."

„Sehr gerne", erwiderte Nicolai. Wir folgten Mr. Steal durch die Verkaufshalle zu einem Raum, indem sich die Motorradausrüstung befand. Es war, wie er gesagt hatte, eine große Auswahl an Helmen, Jacken, Hosen und weiteren verschiedenen Utensilien. Mr. Steal beriet uns sehr gut. Als wir fertig waren, hatten wir drei große Tüten voll. Wir verabschiedeten uns von dem netten Verkäufer und verließen den Laden.

„Ich muss noch eben in die Apotheke. Wir haben keine Kopfschmerztabletten mehr", sagte ich, als wir zum Wagen gingen.

„Hast du Kopfschmerzen", fragte Nicolai besorgt.

„Nein, aber ich möchte sie vorsichtshalber für morgen holen, falls heute Abend zu viel gefeiert wird", erklärte ich ihm.

„Du meinst wohl, falls du zu viel trinkst", grinste er.

„Oder du", konterte ich.

„Soll ich mitkommen?"

„Nein, brauchst du nicht. Die Apotheke ist ja gleich nebenan", erwiderte ich und deutete auf den Laden neben dem Motorradgeschäft.

„Okay, ich lade in der Zeit die Sachen ins Auto", sagte Nicolai und ich machte mich auf den Weg zur Apotheke. Ich betrat den Laden und bekam gleich die Feindseligkeit einiger Leute zu spüren, indem sie mir abfällige Blicke zuwarfen. Ich ignorierte sie so gut ich konnte und ging geradewegs zur Theke.

„Guten Tag, ich hätte gerne eine Packung Kopfschmerztabletten", sagte ich freundlich zu der Verkäuferin, die hinter der Theke stand. Diese betrachtete mich ebenfalls abfällig. Sie wandte sich, ohne ein Wort zu sagen, um und ging zu einem Regal, aus dem sie eine Packung nahm. Sie kam wieder zur Theke zurück und knallte die Schachtel darauf. Ich bezahlte, ohne auf die Unfreundlichkeit der Verkäuferin zu achten und nahm die Tabletten.

„Na wen haben wir denn da", hörte ich eine Stimme hinter mir sagen. „Das ist doch das kleine Miststück, was unseren lieben Mr. Bozman ins Gefängnis gebracht hat." Ich drehte mich um und sah, dass ein großer stämmiger Mann genau auf mich zu kam. Ich wollte diesen Laden einfach nur verlassen. Ich wollte nicht hören, wie sie mich wieder als Lügnerin darstellten und mich beleidigten. „Na na na, wo willst du denn hin? Du bleibst schön hier und hörst dir an, was wir dazu zu sagen haben", sagte dieser, als ich an ihm vorbeigehen wollte, und hielt mich am Arm fest.

„Lassen Sie mich los", entgegnete ich und versuchte mich aus seinem Griff zu befreien. Sein Griff war so fest, dass ich es nicht schaffte.

„Nein, du bleibst hier." Ich zog weiter an meinen Arm und schaffte es endlich mich zu befreien. Nun drängte ich mich an dem Mann vorbei, doch dieser stellte mir sein Bein in den Weg, worüber ich stolperte und auf dem Boden knallte. Ich schrie auf und hielt mir meinen linken Arm, auf den ich gefallen war. Statt mir zu helfen, lachten die Leute im Laden nur und bildeten einen Kreis um mich. Ich bekam Angst, denn ich wusste nicht, was sie nun tun würden.

„Oh, du armes Ding, hast du dir etwa wehgetan? Du hast es nicht anders verdient, du elendiges Stück Dreck", sagte eine ältere Frau.

„Sie ist genauso eine Schlampe, wie ihre Mutter", kam es von einer anderen Frau.

„Meine Mutter war keine Schlampe", zischte ich und Wut kam in mir auf. Die Leute konnten über mich sagen, was sie wollten, aber über meine Mutter durften sie das nicht. Sie war eine herzensgute, freundliche und immer hilfsbereite Person gewesen. Sie hatte meinen Vater sehr geliebt und hatte sich, seit seinem Tod, der für sie sowie auch für mich ein großer Verlust gewesen war, zurück ins Leben gekämpft. Sie war immer für mich da gewesen, bis sie leider an Krebs gestorben war. Ich wusste nicht, warum sie sich in Steve verliebt hatte. Aber wenn sie gewusst hätte, was für ein Mensch er war und zu was er wirklich fähig war, hätte sie sich nie auf ihn eingelassen. Sein wahres Gesicht hatte er erst gezeigt, als meine Mutter tot war.

„Natürlich war sie das. Sie hat, bevor sie Bozman kennengelernt hat, regelrecht herumgehurt. War mit jedem Mann im Bett, den sie kriegen konnte", behauptete ein junger Mann. „Ich hatte sie auch." Er grinste mich schelmisch an.

27

„Nein, das stimmt nicht. Sie lügen", schrie ich ihn an.

„Wer hier lügt, ist doch wohl klar. Du bist die Lügnerin. Sag endlich die Wahrheit, damit Steve Bozman endlich aus dem Gefängnis freikommt. Außerdem wollen wir unseren Polizeichef zurück, der ebenfalls deinetwegen im Gefängnis sitzt", kam es von der älteren Frau. Ja, Lewis Cunningham saß ebenfalls im Gefängnis, weil er Steve geholfen hatte. Er hatte genau genommen nicht nur verhindert, dass ich Steve anzeigte, sondern auch noch mich bedroht und die Bremsleitung an meinen Wagen durchschneiden wollen, damit ich womöglich starb und nicht gegen Steve vor Gericht aussagen konnte. Zum Glück wurde das durch die Wachleute in unserer Tiefgarage verhindert. Cunningham bekam für seine Taten zehn Jahre Haft.

„Ich habe die Wahrheit gesagt."

„Nein, hast du nicht."

„Vielleicht sollten wir die Wahrheit aus ihr herausprügeln", rief der junge Mann und ich sah, wie er mit seiner Hand zum Schlag ausholte. Ich kniff die Augen zusammen und schützte meinen Kopf mit den Armen, wobei ein Schmerz durch meinen linken Arm schoss und ich zusammenzuckte. Anscheinend hatte ich ihn mir bei dem Sturz schwerer verletzt, als ich gedacht hatte. Ich hoffte nur, dass ich ihn mir nicht gebrochen hatte. Tränen der Angst begannen nun meinen Wangen entlangzulaufen und ich begann zu zittern. Ich wartete auf den Schlag, aber es passierte nichts. Stattdessen hörte ich einen Knall.

„Du wirst meine Verlobte nicht schlagen. Ich schwöre dir, rührst du sie einmal an, mache ich dich fertig", knurrte jemand und ich war froh seine Stimme zu hören. Ich hob meinen Kopf und sah Nicolai, der wütend auf den Mann, der mich schlagen wollte, hinuntersah. Dieser lag nun auf dem Boden und hielt sich stöhnend seine Seite, auf die er gefallen sein musste. Was genau passiert war, wusste ich nicht, aber ich nahm einfach mal an, dass Nicolai ihn weggeschubst haben musste. Ich hoffte, dass es für Nicolai keine Folgen haben würde, denn ich wollte nicht, dass er meinetwegen bestraft wurde.

„Schämen Sie sich eigentlich nicht ein wehrloses Mädchen fertigzumachen und sogar schlagen zu wollen? Gehen Sie mit jedem so um, der nicht Ihrer Meinung ist", fragte Nicolai die umstehenden Leute und kam zu mir. Er half mir auf und nahm mich in den Arm. „Hast du dir wehgetan", fragte er mich besorgt. „Mein Arm tut mir weh, auf dem ich gefallen bin, als mir ein Bein gestellt wurde", erwiderte ich leise.

„Wer war das", fragte Nicolai und Wut flackerte in seinen Augen auf.

„Er", antwortete ich und deutete mit dem Kopf auf den Herren, der mich zuvor festgehalten und zu Fall gebracht hatte. Früher hätte ich mich nie getraut jemanden zu verraten, der mir etwas angetan hatte. Aber Nicolai hatte mir beigebracht, mich zur Wehr zu setzen und mir nichts gefallen zu lassen.

„Mr. Conder. Sie haben also meine Verlobte verletzt? Das wird für Sie Konsequenzen haben. Wie würde Ihnen eine Anzeige wegen Körperverletzung gefallen", wandte Nicolai sich an ihn. Seine Stimme war ruhig, doch es lag etwas Gefährliches darin. Es wurde Zeit die Apotheke zu verlassen, bevor doch noch etwas passierte, was Nicolai hinterher bereuen würde.

„Nicolai, lass uns bitte gehen", flüsterte ich ihm zu.

„Das werden wir jetzt auch", erwiderte er.

„Tun Sie, was Sie nicht lassen können, Mr. Fresco. Zeigen Sie mich doch an, aber ich gebe Ihnen einen Tipp. Werden Sie dieses Mädchen los. Es schadet Ihnen nur Ihren Ruf und Ihrer Zukunft. Vor allem aber schadet sie der Firma Ihrer Familie. Wegen ihr werden Sie noch mehr Kunden verlieren", sagte Mr. Conder. „Das sind Menschen, die Privates nicht von Beruflichem unterscheiden können. Im Übrigen kümmern Sie sich lieber mal um Ihre eigenen Angelegenheiten. Der Firma geht es gut und so wird es auch in Zukunft sein. Von meiner Verlobten werde ich mich übrigens auch nicht trennen, denn ich liebe sie, falls Sie wissen, was das ist", entgegnete Nicolai und wandte sich dann mir zu.

„Komm Süße, wir gehen."

„Ja, hau nur ab, du Schlampe. Am besten verlässt du gleich die Stadt, denn hier will dich sowieso keiner haben", rief mir eine Frau hinterher, als wir zur Tür gingen.

„Wer hier die Schlampe ist, wissen doch alle. Schließlich durfte bei Ihnen doch die ganze Footballmannschaft ran", konterte Nicolai bissig. Das hatte gesessen, denn die Frau schaute ihn mit weit aufgerissenen Augen und aufgeklapptem Mund an. Anscheinend stimmte es, was Nicolai gesagt hatte und sie hatte nicht damit gerechnet, dass er es wusste. Hinter mir hörte ich Getuschel. So wie es schien, war es für die Leute auch eine Neuigkeit. Darüber könnten sie sich ja jetzt ihr Maul zerreißen und mich dafür in Ruhe lassen. Nicolai führte mich aus der Apotheke zu seinem Wagen. Dabei hielt er mich weiterhin fest im Arm. Das Geschehene saß mir immer noch tief in den Knochen. Weder das Zittern noch die Tränen hatten nachgelassen. Ich war so froh, dass Nicolai mich gerettet hatte. Nicht auszudenken, was diese Leute noch mit mir gemacht hätten. Bei diesem Gedanken schluchzte ich laut auf. Wir waren mittlerweile am Wagen angekommen und blieben an der Beifahrertür stehen.

„Es ist alles gut, Süße. Ich bin bei dir. Diese Leute werden dir nichts mehr tun", beruhigte mich Nicolai und zog mich noch dichter zu sich.

„Danke, dass du mich gerettet hast. Wer weiß, was sie noch alles getan hätten. Ich hatte solche Angst", schluchzte ich.

„Du brauchst mir nicht zu danken. Ich habe mir Sorgen gemacht, weil du nicht zurückgekommen bist. Gott sei Dank bin ich noch rechtzeitig gekommen. Diesen Leuten ist wirklich alles zuzutrauen, aber sollte dich einer von ihnen auch nur anrühren, bekommt er es mit mir zu tun", sagte er und Wut spiegelte sich in seinen Augen wider.

„Ich möchte nicht, dass du dich für mich strafbar machst."

„Das werde ich schon nicht. Wenn ich dir helfe, ist es schließlich Notwehr. So und nun lass uns ins Krankenhaus fahren."

„Aber ich möchte nicht ins Krankenhaus. Das mit dem Arm geht schon wieder. Siehst du", erwiderte ich und bewegte als Beweis den Arm. Allerdings schoss ein Schmerz durch meinen Arm und ich verzog das Gesicht.

„Na das sieht aber nicht danach aus. Das sollte sich ein Arzt ansehen."

„Muss das wirklich sein", fragte ich, da ich keine Lust hatte ins Krankenhaus zu fahren.

„Ja, das muss sein. Und danach werden wir bei der Polizei Anzeige gegen diesen Conder erstatten."

„Aber ...", begann ich, wurde jedoch von meinem Verlobten unterbrochen.

„Nichts aber. Chey, wir werden Anzeige gegen ihn erstatten. Du musst den Leuten damit zeigen, dass du dir das nicht gefallen lässt. Außerdem hat er dich verletzt. Na komm schon. Steig ein", sagte er, schloss das Auto auf und öffnete für mich die Beifahrertür. Ich seufzte und stieg schließlich ein. Nachdem Nicolai auf dem Fahrersitz platz genommen hatte, startete er den Motor und fuhr los. Ich schaute aus dem Seitenfenster und dachte darüber nach, was vorhin geschehen war. Die Leute würden mich nie in Ruhe lassen, auch wenn ich nun diesen Mann anzeigte. Aber was hatte er noch gesagt? Nicolai sollte mich loswerden, sonst würde es der Firma schlecht gehen. Ihnen liefen anscheinend immer noch die Kunden weg und das nur meinetwegen. Das war schon im letzten Jahr so gewesen, als die Leute erfahren hatten, dass Nicolais Eltern für mich die Vormundschaft übernommen hatten. Cristobal, Nicolais Vater, hatte mich beruhigt und gesagt, dass sie dafür neue Kunden bekamen und das viele seiner Kunden auf meiner Seite stehen würden. Aber anscheinend war es doch nicht so, sonst würden ihnen nicht die Kunden weglaufen. Wenn sie keine Kunden mehr hätten, würde die Firma pleitegehen. Aber das war doch genau das, was ich nicht wollte. Ich wollte doch nicht, dass die Firma bankrottging.

„Worüber denkst du nach, Süße", fragte Nicolai und riss mich somit aus meinen Gedanken.

„Über vieles. Erst einmal darüber, wie es weitergehen soll, da mich die Leute nie in Ruhe lassen werden. In immer mehr Läden habe ich Hausverbot und in die ich noch darf, werde ich von den Leuten fertiggemacht. Ich weiß nicht, wie lange ich diesen Aggressionen noch standhalten kann. Dazu kommt noch, dass meinetwegen die Firma deiner Familie kaputtgeht und eure Existenz auf dem Spiel steht. Vielleicht wäre es besser, wenn ich einfach gehen würde. Weg aus dieser Stadt. Ihr hättet dann keine Probleme wegen mir mehr. Ihr könntet dann in Ruhe leben. Ihr könntet wieder in jeden Laden gehen und die Firma würde dann auch wieder besser laufen", sagte ich leise und dabei traten mir die Tränen in die Augen, denn ich wollte eigentlich nicht weg von meiner neuen Familie und schon gar nicht von Nicolai. Kaum hatte ich das gesagt, fuhr Nicolai an den Straßenrand und hielt an.

„Das meinst du nicht ernst", entgegnete er geschockt und schaute mich an.

„Was soll ich denn anderes tun? Ich liebe dich über alles und genau deswegen wäre es besser, wenn ich ginge. Dann könntest du ohne diese Probleme dein Leben weiterleben und bräuchtest dir keine

Sorgen machen", brachte ich schluchzend heraus.

„Cheyenne, schau mich bitte an", forderte Nicolai mich ernst auf. Ich tat, was er sagte und sah in sein Gesicht. „Zu aller erst geht es der Firma nicht schlecht. Ganz im Gegenteil. Mein Vater möchte sogar eine Zweigstelle in London eröffnen, die Gavin leiten wird."

„Er wird was", fragte ich überrascht, denn davon hatte ich noch gar nichts gewusst.

„Ja, Gavin wird die Firma in London leiten und somit soll der europäische Markt in Angriff genommen werden. Die Firma hat schon Aufträge aus England bekommen und mein Vater möchte nun weiter expandieren. Er sucht jetzt nur noch Räumlichkeiten und Angestellte. Aber spätestens in einem halben Jahr soll alles laufen", erklärte er mir.

„Und was ist mit Kate?"

„Sie will mit ihm gehen. Sie überlegt, ob sie dort nicht ein Lifestylemagazin herausbringen wird. Sich dort also selbstständig macht. Du siehst also, der Firma geht es wirklich gut."

„Aber der Typ in der Apotheke hat doch gesagt, dass die Firma Kunden verliert." Ich hatte mich doch nicht verhört und jetzt versuchte Nicolai mir weiß zu machen, dass es der Firma gut ging. Wie sollte das denn sein, wenn sie doch Kunden verloren?

„Da hat er recht. Es sind ein paar Kunden abgesprungen. Aber diese können Privates nicht vom Geschäftlichen trennen. Solche Kunden braucht die Firma nicht. Sie ist darauf nicht angewiesen. Du musst also nicht gehen. Vor allem möchte ich nicht, dass du gehst. Ich weiß, du würdest es aus Liebe zu mir tun, aber das brauchst du nicht. Du weißt, ich liebe dich und ich kann nicht ohne dich leben. Also wenn du gehen würdest, würde ich mit dir gehen, egal wohin", sagte er und schaute mir dabei tief in die Augen.

„Aber ich möchte nicht, dass du meinetwegen alles aufgibst", erwiderte ich.

„Du bist für mich das Wichtigste in meinem Leben und ich würde dich niemals aufgeben. Mach dir bitte keine Gedanken mehr darüber. Und wegen der Leute hier in der Stadt werden wir eine Lösung finden. Wir schaffen das, okay?" Ich nickte nur.

„Komm her", sagte er und ich beugte mich zu ihm herüber, schlang meine Arme um seinen Hals und drückte mich eng an ihn. Nicolai erwiderte die Umarmung und hielt mich fest.

„Ich liebe dich", sagte ich leise.

„Ich liebe dich auch." Ich löste mich ein Stück von ihm, aber nur um meine Lippen auf seine zu legen. Nicolai vertiefte sogleich den Kuss, wobei er sich leider viel zu schnell von mir löste und mir die Tränen von den Wangen wischte.

„Ist jetzt alles wieder gut", fragte er liebevoll.

„Ja. Danke, dass du immer für mich da bist. Was würde ich nur ohne dich tun?"

„Naja, du würdest jetzt nicht ins Krankenhaus fahren und deinen Arm untersuchen lassen", schmunzelte er.

„Da hast du recht." Seufzend ließ ich mich in den Beifahrersitz sinken.

„So schlimm ist es doch nicht", gab Nicolai zurück und fuhr wieder auf die Straße Richtung Krankenhaus.

Am Krankenhaus angekommen, parkte Nicolai das Auto auf dem Parkplatz und wir stiegen aus. Zusammen gingen wir ins Gebäude, gleich durch in die Ambulanz, wo ich mich anmeldete. Ich musste nicht lange warten, bis ich aufgerufen und in die Röntgenabteilung geschickt wurde, wo mein Arm zuerst geröntgt wurde. Anschließend wurde ich in einen Behandlungsraum gebracht, wo ich auf den Arzt warten musste. Ich saß auf der Behandlungsliege, als Nicolai plötzlich scharf die Luft einsog.

„Wer war das? War das auch Conder", fragte er und deutete auf meinen Arm. Ich schaute mir meinen Arm an und sah, was er meinte. Die Jacke hatte ich beim Röntgen ausziehen müssen und danach nicht wieder angezogen. Unter der Jacke trug ich ein kurzärmliges Shirt. An meinem Oberarm befand sich ein handgroßer Bluterguss. Das musste passiert sein, als Conder mich festgehalten hatte. Sein Griff war wirklich fest gewesen und nun hatte ich seinetwegen auch noch einen Bluterguss. Sehr schön.

„Ich nehme an, dass es davon kommt, als Conder mich festgehalten hatte, als ich gehen wollte", erklärte ich ihm.

„Er hat was?" Wut stieg wieder in Nicolai auf.

„Er hat mich festgehalten. Ich konnte mich zwar aus seinem Griff lösen, doch dann hat er mir sein Bein in den Weg gestellt und ich bin gefallen."

„Dieser Bastard", knurrte er und ballte seine Hände zu Fäusten.

„Na wen haben wir denn hier? Guten Tag Miss Disseur, Mr. Fresco, was ist denn passiert", fragte Dr. Clarks, der gerade in den

Raum kam. Ich kannte ihn noch von dem Krankenhausaufenthalt, wo Steve mich zusammengeschlagen und schwer verletzt hatte. Eigentlich hatte er mich eher versucht zu töten, und wenn Nicolai und Carlos nicht gewesen wären, hätte er es damals in der Tiefgarage auch geschafft.

„Guten Tag Dr. Clarks", grüßte ich ihn und Nicolai tat es ebenfalls. Ich erzählte ihm, was passiert war. Er schaute sich die Röntgenbilder an und untersuchte meinen Arm.

„Sie haben Glück gehabt. Ihr Arm ist nicht gebrochen. Allerdings haben Sie ihn sich durch den Sturz verstaucht. Wir werden einen Salbenverband anlegen und Sie sollten den Arm ein paar Tage schonen, dann sollte es eigentlich wieder gut sein. Ansonsten kommen Sie noch einmal vorbei. Es ist wirklich unfassbar, wie weit Menschen gehen, wenn sie die Wahrheit nicht erkennen wollen", sagte er kopfschüttelnd.

„Wir wollen gleich noch zur Polizei und Anzeige gegen diesen Kerl erstatten", verkündete Nicolai.

„Das würde ich auch tun. Lassen Sie sich nichts gefallen. Ich werde Ihnen den Arztbericht, den ich Ihnen gleich noch schreiben werde, kopieren. Dann haben Sie einen für sich und einen, den Sie der Polizei geben können. Sie werden es dort für die Anzeige brauchen", entgegnete Dr. Clarks und ging zu dem Schreibtisch, der im Raum stand, worauf ein Computer stand. Eine Krankenschwester kam in den Raum und legte mir den Verband an. Als sie fertig war, half mir Nicolai die Jacke wieder anzuziehen. Anschließend gab mir Dr. Clarks noch den Arztbericht mit der Kopie, den er, während die Krankenschwester bei mir war, geschrieben hatte. Wir verabschiedeten uns von ihm und verließen das Krankenhaus.

„Möchtest du hier zur Polizei oder nach Mississauga", fragte Nicolai, als wir ins Auto einstiegen. In Mississauga waren wir damals gewesen, als ich die Anzeige gegen Steve gemacht hatte. Cunningham war zu der Zeit noch der Polizeichef in Toronto und als Steves bester Freund, hätte er nicht zugelassen, dass ich ihn anzeigen würde.

„Ich glaube, es reicht, wenn wir hier in Toronto zur Polizei gehen. Cunningham ist ja hier kein Polizeichef mehr, also wird die Anzeige ja nun aufgenommen."

„Da hast du recht." Nicolai startete den Motor und wir fuhren los.

34

Das Polizeirevier lag nur zwei Blocks vom Krankenhaus entfernt. So dauerte es nicht lange, bis wir den Wagen auf dem Parkplatz vor dem Revier abstellten und ins Gebäude gingen. Eine junge Frau saß am Empfang und lächelte uns freundlich an, als wir zu ihr gingen. Nein sie schaute nicht uns an, sondern Nicolai. „Guten Tag, was kann ich für Sie tun", fragte sie ihn zuckersüß. Würde das eigentlich nie aufhören, dass die Frauen versuchten meinen Verlobten und noch dazu vor meinen Augen, anzumachen? Sahen sie denn nicht, dass er bereits vergeben war?

„Meine Verlobte möchte gerne Anzeige wegen Körperverletzung erstatten", sagte Nicolai und betonte dabei das Wort Verlobte. Er mochte es ebenfalls nicht, wenn Frauen versuchten ihn anzumachen. Vor allem nicht, wenn sie dabei aufdringlich wurden, was wir schon einige Male erlebt hatten.

„Oh natürlich. Einen Moment bitte", erwiderte sie und schaute mich abschätzend an, bevor sie zum Telefonhörer griff. Sie wählte eine Nummer und berichtete dem Gesprächspartner unser Anliegen. Anschließend legte sie auf und wandte sie dieses Mal mir zu.

„Kommissar Wellington erwartet Sie. Sein Büro ist den Gang entlang dritte Tür auf der linken Seite", erklärte sie mir mit einer gespielten Freundlichkeit und deutete mit der Hand in die Richtung, in die wir gehen sollten. Ich bedankte mich bei ihr, auch wenn ihr Verhalten nicht das Beste mir gegenüber war, und wir machten uns auf den Weg zum Büro. Dort angekommen klopfte ich an die Tür und nach einem Herein traten wir in das Büro.

„Guten Tag, wie kann ich Ihnen helfen", fragte der Kommissar, als er uns hereinkommen sah.

„Guten Tag, ich würde gerne eine Anzeige wegen Körperverletzung erstatten", sagte ich.

„Nun gut, dann setzen Sie sich bitte und erzählen mir, was vorgefallen ist." Der Kommissar deutete auf die zwei Stuhle, die vor seinem Schreibtisch standen. Wir nahmen platz und ich begann, noch einmal den Vorfall in der Apotheke zu erzählen. Kommissar Albert Wellington, so wie er sich uns vorgestellt hatte, notierte sich alles, was vorgefallen war, sowie auch die Daten, die er für die Anzeige benötigte. Wir gaben ihm die Kopie des Arztberichtes und ich zeigte ihm noch den Bluterguss an meinen Oberarm, wovon er ein Foto für die Akte machen ließ, was als Beweis verwendet werden konnte.

„So ich habe dann alles zusammen, was ich brauche, um die Anzeige fertigzumachen. Sie werden dann über alles Weitere per Post informiert. Es war in jedem Fall richtig, dass Sie Anzeige erstattet haben. Die Leute sollen schließlich nicht meinen, dass sie sich alles erlauben können", sagte Kommissar Wellington. „Ich kenne Mr. Bozman und ich habe schon immer gewusst, dass er nicht so ganz koscher ist. Es ist wirklich schrecklich, was er Ihnen angetan hat. Er hat seine Strafe wirklich verdient. Solche Leute gehören hinter Gittern. Ebenso sein Freund Lewis Cunningham, unser ehemaliger Polizeichef. Er war auch nicht so ohne. Er hat viel für Bozman getan, wie zum Beispiel Strafzettel verschwinden lassen. Für Geld hat dieser Mann alles getan. Aber das er sich auf einen versuchten Mordanschlag einlässt, das hätte ich nicht gedacht."

„Die Leute sind halt zu vielem fähig", entgegnete Nicolai.

„Da haben Sie leider recht. Aber ich hoffe, Sie haben die Geschehnisse gut verarbeiten können."

„Ja, das habe ich. Die Therapie, die ich gemacht habe, hat mir sehr geholfen", erwiderte ich.

„Das freut mich zu hören. Dann wünsche ich Ihnen alles Gute. Wie gesagt, Sie werden dann über alles Weitere informiert", sagte Kommissar Wellington.

„Vielen Dank für Ihre Hilfe. Eine Frage habe ich aber noch. Kann es für meinen Verlobten Folgen haben, weil er den jungen Mann geschubst hat, der mich schlagen wollte?"

„Nein, da brauchen Sie sich keine Gedanken zu machen. Der Mann wollte, wie Sie gerade schon sagten, Sie schließlich schlagen und Mr. Fresco hat in Notwehr gehandelt. Sie könnten ihn allerdings wegen versuchter Körperverletzung und alle Beteiligten wegen Beleidigung und unterlassene Hilfeleistung anzeigen. Wenn Sie das möchten, können wir es gerne aufnehmen."

„Nein, das muss nicht sein. Ich kenne sowieso nicht alle Namen der Beteiligten. Mr. Conder war ja derjenige, der mich verletzt hat", erwiderte ich. Es musste wirklich nicht sein. Diese Anzeige würde schon für genug Aufregung bei den Leuten sorgen, wo ich wahrscheinlich wieder deren Aggressionen deswegen abbekommen würde.

„Gut, wenn noch etwas sein sollte, dann kommen Sie vorbei oder rufen mich einfach an." Er gab mir eine Visitenkarte mit seiner Telefonnummer, unter der er zu erreichen war. Ich bedankte mich und wir verabschiedeten uns von ihm.

„Siehst du, so schlimm war es doch gar nicht", sagte Nicolai, als wir das Polizeirevier verlassen hatten.

„Da hast du recht. Trotzdem bin ich froh, dass ich das hinter mir habe. Ich würde gerne noch eben eine Zigarette rauchen. Irgendwie brauche ich sie jetzt." Nein, ich hatte das Rauchen noch nicht aufgegeben. Ab und zu brauchte ich einfach mal eine Zigarette. Besonders nach so einem Vorfall, wie in der Apotheke.

„Na gut, aber lass uns erst nach Hause fahren. Wir müssen ja nicht unbedingt vor dem Polizeirevier rauchen. Außerdem können wir uns zu Hause auf dem Balkon setzen", schlug Nicolai vor.

„Okay, einverstanden."

Kapitel 3

Um Punkt drei Uhr stand Nicolais Familie bei uns vor der Tür. Nicolai hatte die Vorbereitungen, wie Tischdecken und Kaffeekochen alleine übernommen. Da er die Anweisungen des Arztes ernst nahm, durfte ich nichts tun.

„Herzlichen Glückwunsch zum Geburtstag", rief Elle und kam in die Wohnung gestürmt, wo sie ihren Bruder um den Hals fiel. Nach ihr folgten seine Eltern, seine Großeltern, Gavin, Carlos und Kate. Sie alle gratulierten ihm ebenfalls.

„Was ist denn mit deinem Arm passiert", fragte Jade, Nicolais Mutter, besorgt.

„Ich hatte ein unschönes Erlebnis in der Apotheke", begann ich und erzählte zum dritten Mal an diesem Tag, was passiert war.

„Das ist doch wirklich unfassbar. Was sind das bloß für Menschen, die auf ein wehrloses Mädchen losgehen", kam es verständnislos von Nicolais Großmutter.

„Es ist wirklich unglaublich. Aber diesen Mann anzuzeigen war absolut richtig. Er muss begreifen, dass er nicht alles tun darf", sagte Jade aufgebracht.

„Stimmt, Conder hat sich schon so einiges geleistet. Er hat dafür aber noch nie die Quittung bekommen", mischte sich Nicolai ein.

„Woher kennt ihr ihn eigentlich", wollte ich nun wissen. Mir war in der Apotheke schon aufgefallen, dass Nicolai ihn mit Namen angesprochen hatte. Ich hatte darüber gar nicht weiter nachgedacht, weil ich noch geschockt von dem Vorfall gewesen war. Jetzt fiel es mir allerdings wieder ein.

„Er war früher unser Nachbar, bevor er ans andere Ende der Stadt gezogen ist", erklärte Nicolai mir.

„Er war früher schon so eigensinnig und wollte die Wahrheit nicht sehen. Er hatte damals Gavin und Nicolai beschuldigt, sein Küchenfenster mit einem Fußball eingeschossen zu haben. Die Jungs hatten mir geschworen, dass sie es nicht gewesen waren und ich habe ihnen geglaubt. Mrs. Flint von gegenüber hatte gesehen gehabt, dass es Mr. Conders Sohn Dustin gewesen war. Das wollte

Mr. Conder allerdings nicht glauben. Für ihn stand fest, dass es die Jungs waren. Dustin hat ihm zwei Wochen später gestanden, dass er die Scheibe kaputt geschossen hatte. Wir warten heute noch auf eine Entschuldigung von Mr. Conder. Aber ich glaube, da können wir noch ewig warten", erzählte Jade und seufzte. „Gut, dass er weggezogen ist. Ständig hat er sich aufgeregt, wenn die Kinder im Garten gespielt haben. Dabei ist es doch normal, dass Kinder beim Spielen laut sind. Ich hoffe doch, du glaubst den Unsinn, dass unsere Firma bankrottgeht, nicht, was er behauptet", schnaubte Cristobal.

„Das haben wir vorhin schon geklärt", kam es von Nicolai und strich mir sanft mit der Hand über den Rücken.

„Ja, er sagte mir, dass ich mir keine Sorgen machen müsste. Ich wusste gar nicht, dass ihr expandieren wollt."

„Das hat sich auch erst in den letzten Tagen entschieden", entgegnete Cristobal.

„Gavin und Kate werden also nach London gehen!" Ich war schon traurig darüber, dass sie bald auf einen anderen Kontinent und somit weit weg wohnen würden. Kate war, wie auch Elle, zu meiner besten Freundin geworden und Gavin war wie ein großer Bruder für mich, den ich nie hatte.

„Ja genau. Wir werden bald nach London ziehen, aber du wirst uns öfter sehen und hören, als es dir lieb ist, denn wofür gibt es Flugzeuge, Telefone und das Internet", drohte Gavin mir grinsend an. Da hatte er recht. Man konnte sich immer noch besuchen oder telefonieren. Außerdem gab es ja noch die Webcam, durch die man sich beim Chatten sehen und darüber auch unterhalten konnte.

„Eben, ich werde doch meine besten Freundinnen nicht vergessen. Wir werden jeden Tag telefonieren oder chatten", sagte Kate und umarmte Elle und mich gleichzeitig, da wir nebeneinanderstanden.

„Gut, dass es Flatrates gibt", mischte sich Carlos ein. „Das könnte sonst teuer werden."

„Als ob ihr Jungs nie telefoniert beziehungsweise das Internet benutzt", konterte Elle.

„Stimmt, ihr Jungs seid nicht besser", stimmte Kate ihr zu. Ich wollte gerade sagen, dass sich doch alle an den Esstisch setzen sollten, damit wir Kaffee trinken konnten, als es an der Wohnungstür klingelte. Nicolai ging zur Tür und öffnete sie.

„Überraschung", ertönte es im Flur.

39

„Nicolai", schrie eine Stimme, die mir bekannt vorkam. Ich schaute zur Tür und sah Lilly, Nicolais kleine Cousine, die auf ihn zu lief und von ihm aufgefangen wurde.
„Was macht ihr denn hier", fragte Nicolai völlig überrascht.
„Na du glaubst doch nicht, dass wir deinen zwanzigsten Geburtstag verpassen", grinste sein Onkel Rupert. Er war der Bruder von Cristobal und hatte in Columbus/Ohio, wo er mit seiner Familie wohnte, von ihrem Familienbetrieb Fresco Architektur eine Zweigstelle, die er leitete. „Herzlichen Glückwunsch zum Geburtstag, Junge."
„Danke. Na dann kommt mal rein." Einer nach dem anderen gratulierte ihm und kamen dann ins Wohnzimmer, wo sie uns begrüßten. Nun musste ich erst einmal schauen, wo sie sitzen konnten, denn am Esstisch war gar kein Platz mehr. Neben Rupert und Lilly waren noch Nicolais Tante Jeanette, sein Cousin Ben und dessen Freundin Catherine gekommen. Ich holte schnell aus der Küche Teller, Tassen und Besteck und deckte den Wohnzimmertisch.
„Du sollst doch deinen Arm schonen", hauchte Nicolai an meinem Ohr, als ich gerade das Besteck verteilte, was mir einen Schauer über den Rücken laufen ließ.
„Ich musste doch eben den Tisch decken, weil wir doch jetzt ein paar Personen mehr sind."
„Das hätte ich doch auch tun können."
„Du kannst ja den Kaffee holen und ihn in die Tassen füllen", schlug ich ihm vor.

Nach dem Kaffeetrinken saßen wir alle zusammen und unterhielten uns. Nicolai erzählte den anderen voller Stolz von seinem Motorrad, was er von mir geschenkt bekommen hatte. Die Männer wollten natürlich die Maschine sehen und so fuhr er mit ihnen hinunter in die Tiefgarage. Kate erzählte mir von ihrem Lifestylemagazin, was sie in London herausbringen wollte. Sie hatte ihr Journalismusstudium beendet und wollte nun durchstarten.
„Sag mal Chey, wie kommt es eigentlich, dass du mit siebzehn schon mit der Uni angefangen hast? Eigentlich ist man doch erst mit achtzehn mit der Schule fertig, so wie wir jetzt", fragte Ben und deutete auf sich und Catherine.
„Das liegt daran, dass ich schon mit fünfeinhalb Jahren eingeschult

wurde. Ich war so gesehen zu schlau für die Vorschule. Die Lehrerin von der Vorschule hat ein paar Tests gemacht und herausgefunden, dass ich schon weiter war, als andere Kinder in meinem Alter. Sie hat sich mit meinen Eltern und dem Schulamt unterhalten und ich durfte die Vorschule überspringen", erklärte ich ihm.

„Na da hattest du ja wirklich Glück, dass du dich ein Jahr weniger mit der Schule herumplagen musstest."

„Naja eigentlich war es ja nur die Vorschule. Was habt ihr denn jetzt nach der Schule vor?"

„Wir werden beide in Columbus zur Uni gehen. Ich werde, so wie ich es vorhatte, Ingenieurwissenschaften studieren und Catherine Sozialpädagogik." Ich unterhielt mich noch etwas mit ihnen, als ich von Elle gerufen wurde.

„Du solltest dich langsam umziehen. Wir wollen doch gleich in den Club", sagte sie.

„Wir wollen doch erst um neun Uhr los und jetzt haben wir sieben."

„Ja genau. Wir haben schon sieben Uhr. Also los jetzt." Sie zog mich an meinen gesunden Arm hinter sich her ins Schlafzimmer.

„Hilfe, ich werde entführt. Tut doch etwas", rief ich. Allerdings lachten die anderen nur. Na sehr toll. „Nicolai hilf mir", versuchte ich es noch einmal.

„Tut mir leid. Gegen meine Schwester bin ich machtlos", kam es von ihm und er schaute mich entschuldigend an.

„Dann lässt du also zu, dass sie mich quält", fragte ich gespielt vorwurfsvoll.

„Ich quäle dich nicht. Los jetzt, wir suchen jetzt nach etwas zum Anziehen für dich", verkündete Elle, zog mich mit ins Schlafzimmer und schloss die Tür hinter mir. „So dann lass mich mal sehen, was du so in deinem Schrank hast." Sie öffnete meinen Kleiderschrank und schaute sich meine Klamotten an. Ich ließ sie machen, und setzte mich auf das Bett. Wenige Minuten später holte sie etwas aus dem Schrank heraus und hielt es mir hin. Es war ein dunkelblaues Kleid, was mir bis knapp über die Knie reichte. Es lag eng am Körper an und hatte Spaghettiträger.

„Das werde ich nicht anziehen", weigerte ich mich, als mir einfiel, dass man dadurch meinen Bluterguss am Arm und den Verband, den ich trug, sehen konnte und das wollte ich nicht. Es würde nur

Fragen aufwerfen und ich hatte keine Lust die Geschichte jedem zu erzählen.

„Warum nicht. Das Kleid steht dir doch so gut." Ich hatte das Kleid mit Elle zusammen gekauft, daher wusste sie, wie es an mir aussah.

„Schon, aber jeder wird den Bluterguss und den Verband an meinen Arm sehen und das möchte ich nicht."

„Stimmt, daran habe ich gar nicht gedacht. Warte." Sie ging zum Schrank und suchte nach etwas. Sie holte ein weiteres Kleidungsstück heraus und hielt es mir entgegen. Es war ein schwarzer, langärmliger Bolero. „So nun kannst du das Kleid anziehen. Also los. Wir haben keine Zeit. Du musst ja auch noch geschminkt werden. Ich warte im Badezimmer auf dich", befahl sie, drückte mir die Kleidungsstücke in den Arm und verschwand aus dem Schlafzimmer. Ich begann mich umzuziehen, wobei mir der Arm bei jeder Bewegung wehtat. Ein Klopfen ertönte an der Tür und im nächsten Moment trat Nicolai ein.

„Ich dachte mir, dass du vielleicht Hilfe gebrauchen könntest", sagte er und kam zu mir.

„Naja, da könntest du recht haben." Ich hielt ihm das Kleid hin und hob die Arme, sodass er es mir überziehen konnte. Anschließend half er mir noch in den Bolero.

„So fertig."

„Danke. Sind deine Gäste eigentlich noch da? Es ist so still im Wohnzimmer."

„Nein, sie sind schon gegangen", erwiderte er.

„Schade. Ich wollte mich gerne noch von deinem Onkel und seiner Familie verabschieden, bevor sie wieder zurückfliegen."

„Du wirst sie vorher bestimmt noch einmal sehen, denn sie fliegen erst am Dienstag wieder zurück. Übrigens Ben und Catherine kommen mit in den Club. Ich habe sie dort gerade auf die Gästeliste setzen lassen. Sie sind jetzt zu meinen Eltern gefahren, wo sie bis Dienstag wohnen werden und ziehen sich um. Kate und Gavin werden sie abholen und mit ihnen zum Club fahren."

„Chey, wo bleibst du", rief Elle aus dem Badezimmer.

„Ich glaube, ich muss zu ihr, sonst zerrt sie mich ins Bad."

„Tu das. Ich muss mich auch noch umziehen. Du siehst übrigens wieder einmal wunderschön aus", sagte er und gab mir einen Kuss. Wie gerne hätte ich diesen Kuss vertieft, aber dann wäre Elle

gekommen und hätte mich wieder mit sich geschliffen.
„Danke", erwiderte ich und verließ, wenn auch widerwillig, das Schlafzimmer.

Kurz vor neun Uhr kamen wir am Club Sunrise an. Wir waren mit Elle und Carlos mit einem Taxi gefahren. So konnte jeder von uns etwas trinken. Vor dem Club trafen wir uns mit Kate, Gavin, Ben und Catherine und gingen hinein. Nicolai hatte die sogenannte VIP-Lounge reserviert, in die nur geladene Gäste Zutritt hatten, die auf einer Gästeliste vermerkt waren. Die VIP-Lounge war mit gemütlichen Sitzecken, einer eigenen Bar und einer kleinen Tanzfläche ausgestattet. Vor dem Bereich standen zwei Sicherheitsmitarbeiter, die aufpassten, wer in diesem Bereich kam. So wurde verhindert, dass keine Leute hineinkamen, die nicht eingeladen waren. Nach und nach kamen die Gäste, die Nicolai gratulierten und uns begrüßten. Unter den Gästen befanden sich Nicolais Freunde sowie auch unsere gemeinsamen Freunde Martin, Gregor, Estelle und Gloria. Martin und Gregor hatten mir damals in Aspen geholfen, als Warren mich im Auftrag von Steve töten sollte. Sie sowie auch Olivia, die Freundin von Nicolais Freund Sean, die auch mittlerweile zu einer guten Freundin von mir geworden war, hatten mir das Leben gerettet. Nicolai und ich hatten uns mit ihnen angefreundet und trafen uns des Öfteren. Gregor und Martin waren Chefs eines Buchverlages in Mississauga, wo sie mit Estelle und Gloria wohnten.
„Hey Chey, wie geht es dir", fragte Gregor, als ich mich zu ihnen in die Sitzecke setzte.
„Mir geht es soweit gut. Die Therapie ist abgeschlossen und außer einem Albtraum vor zwei Wochen hatte ich keinen mehr."
„Das freut mich zu hören. Sag mal, möchtest du eigentlich nicht deine Geschichte aufschreiben und als Buch herausbringen? Das würde bestimmt ein Bestseller werden."
„Ich weiß nicht", sagte ich zögernd. Ich hatte noch nie darüber nachgedacht meine Geschichte aufzuschreiben. Ich schrieb zwar noch immer Ereignisse in mein Tagebuch, aber ob es tatsächlich jemand lesen würde, wenn ich ein Buch herausbringen würde, wusste ich nicht. Für mich hatten sich, bevor ich Nicolai und seine Familie kennengelernt hatte, nicht viele Menschen interessiert. Und wenn ich an die Leute in dieser Stadt dachte, die mich eh schon

nicht leiden konnten, weil ich ihren geliebten stellvertretenden Bürgermeister ins Gefängnis gebracht hatte und den Polizeichef gleich noch dazu, sie würden wahrscheinlich ausrasten, wenn sie von dem Buch erfahren würden. Wer weiß, was sie dann mit mir machen würden?

„Komm schon. Einen Verlag, der dein Buch herausbringt, hättest du dann schon", versuchte mich Martin zu überreden und grinste dabei.

„Ich werde es mir überlegen", erwiderte ich.

„Was wirst du dir überlegen", fragte Nicolai neugierig, der sich neben mich setzte.

„Mir wurde angeboten meine Geschichte als Buch herauszubringen. Aber ich möchte es mir erst überlegen, ob ich es wirklich tun soll".

„Hm, die Idee ist nicht schlecht. Dein Buch wäre bestimmt in der Bestsellerliste ganz oben. Aber das ist deine Entscheidung. Du musst wissen, ob du es tun möchtest", sagte Nicolai und strich mir sanft mit der Hand über den Rücken.

„Du bist so süß", erwiderte ich und gab ihm einen Kuss.

„Ihr seid so süß zusammen. Wie weit seid ihr denn mit den Hochzeitsvorbereitungen", fragte Estelle.

„Wir haben eigentlich alles geregelt. Nur das Essen müssen wir noch aussuchen", antwortete ich.

„Und du brauchst noch ein Hochzeitskleid", mischte sich Elle ein, die sich zu uns gesellt hatte.

„Stimmt, das brauche ich auch noch."

„Und dafür werden wir nach New York fliegen."

„Wir werden was", hakte ich nach, denn davon wusste ich noch gar nichts.

„Du hast schon richtig gehört. Wir werden nach New York fliegen und dein Kleid besorgen."

„Warum? Hier gibt es doch auch Brautgeschäfte", erwiderte ich.

„Aber in New York haben wir die bessere Auswahl."

„Und wann willst du dahin?"

„Ich dachte da so an Ende Juli. Oder auf jeden Fall noch, bevor die Uni wieder losgeht. Ich muss mich sowieso für das neue Semester einkleiden", verkündete Elle.

„Das ist doch nur eine Ausrede, damit du shoppen gehen kannst", stellte Carlos fest, der neben ihr auftauchte.

„Na und. Ich gehe halt gerne shoppen. Welche Frau tut das nicht?"
„Ich", kam meine Antwort wie aus der Pistole geschossen.
„Du bist da ja auch eine Ausnahme. Ich verstehe dich nicht, warum du nicht gerne einkaufen gehst."
„Ich mag es einfach nicht. Ich gehe nur dann, wenn ich wirklich etwas brauche", erklärte ich ihr.
„Hallo Nicolai. Herzlichen Glückwunsch zum Geburtstag", sagte eine quietschende Stimme neben uns. Ich hatte schon einen Verdacht, wer das sein könnte. Ich drehte meinen Kopf und hatte recht gehabt. Francesca, die Schwester von Nicolais Freund Dean, war hier und setzte sich gerade auf den Schoß von meinem Verlobten. Sie hatte ihn schon des Öfteren versucht anzumachen. Sie hatte uns einige Monate in Ruhe gelassen, seitdem sie Silvester in Aspen großen Ärger von ihren Eltern bekommen hatte, weil sie nur in Dessous in unserem Schlafzimmer auf dem Bett lag, mein Tagebuch gelesen und sogar etwas hineingeschrieben hatte.
„Was tust du hier", fragte Nicolai bissig und schob sie von seinem Schoß.
„Na mit dir deinen Geburtstag feiern. Ich habe für dich auch ein besonderes Geschenk." Sie strich mit dem Finger über sein Hemd.
„Lass das." Er schubste ihren Arm weg. „Im Übrigen bist du nicht eingeladen, also verschwinde."
„Aber Nicolai ... ."
„Nichts aber", unterbrach er sie barsch. „Wie bist du eigentlich hier hereingekommen?"
„Na durch den Notausgang, der offen war. Diese Typen da vorne wollten mich ja nicht durchlassen", sagte sie und zeigte mit dem Finger auf die Sicherheitsmänner.
„Genau das sollten sie ja auch nicht tun. Wie ich schon sagte, du bist nicht eingeladen und jetzt verschwinde."
„Wir könnten doch ... ." War diese Frau so schwer vom Begriff? Es reichte mir so langsam.
„Elle, hilfst du mir bitte mal", bat ich sie und unterbrach damit Francescas Gerede. Ich stand auf und packte Francesca am Arm. Elle reagierte sofort und schnappte sich ihren anderen Arm.
„Hey, was soll das", protestierte sie und versuchte sich aus unseren Griffen zu befreien, doch wir ließen nicht los.
„Das wirst du schon sehen", erwiderte Elle grinsend. Wir zogen sie zum Eingangsbereich der Lounge und schubsten sie hinaus.

„Du bleibst draußen", knurrte ich sie an.

„Was willst du denn eigentlich? Nicolai ist doch mit dir sowieso nur aus Mitleid zusammen. Er wird schon merken, dass ich viel besser für ihn bin", blaffte sie. „Glaub, was du willst, aber lass ihn endlich in Ruhe. Er ist nicht aus Mitleid mit mir zusammen. Er liebt mich nämlich wirklich. Siehst du den hier?" Ich zeigte ihr den Verlobungsring. Francesca bekam große Augen und ihr Mund stand offen. Anscheinend hatte sie damit nicht gerechnet und sah ihre Chancen wirklich dahin schwimmen. „Nicolai hat mir einen Heiratsantrag gemacht. Wir werden diesen Sommer heiraten. Der Termin steht schon. Sieh es endlich ein. Du hattest nie eine Chance und wirst auch nie eine bei ihm haben", sagte ich und wandte mich dann an die zwei Männer von der Security. „Achten Sie bitte darauf, dass diese Frau nicht mehr in die Lounge kommt. Sie ist nicht eingeladen. Es sollte bitte jemand mal nach der Notausgangstür sehen. Sie scheint offen zu stehen, denn diese Frau ist durch diese Tür hereingekommen."

„Ich werde es gleich veranlassen", entgegnete einer der Sicherheitsmänner und rief auch gleich einen weiteren zu sich. Ich drehte mich um und knallte fast gegen Nicolai, der hinter mir stand.

„Ist alles in Ordnung", fragte er und legte seine Hände auf meine Hüften.

„Ja, es ist alles gut."

„Dann ist ja gut. Weißt du eigentlich, wie sexy du bist, wenn du wütend bist? Ich könnte dich auf der Stelle vernaschen", hauchte er an meinem Ohr und wanderte mit seinen Lippen über meine Wange zu meinem Mund, den er dann in Beschlag nahm. Ich schlang meine Arme um seinen Hals und drückte mich näher an ihn. Seine Zunge bat an meiner Unterlippe um Einlass, den ich ihm gewährte. Sofort begannen unsere Zungen miteinander zu spielen und der Kuss wurde immer leidenschaftlicher.

„Hey, nehmt euch ein Zimmer", brüllte Gavin, der gerade an uns vorbeiging. Nicolai und ich lösten uns voneinander und sahen ihn an. Nicolai wollte gerade etwas erwidern, als ihm jemand zuvorkam.

„Lass die beiden doch. Du könntest mich ja auch mal so leidenschaftlich in der Öffentlichkeit küssen", mischte sich Kate ein.

„Du meinst so?" Gavin zog sie an sich und begann sie wild zu küssen.

„Nehmt euch ein Zimmer", benutzte mein Verlobter genau den gleichen Satz, den Gavin zu uns gesagt hatte und lachte. „Komm lass uns tanzen gehen", wandte er sich dann an mich. Er schlang einen Arm um meine Taille und führte mich zur Tanzfläche. Dort angekommen begannen wir uns zur Musik zu bewegen. Nicolai führte mich. Er konnte wirklich sehr gut tanzen. Nach zwei schnellen Liedern kam ein ruhigeres. Ich schlang meine Arme um seinen Nacken und er legte seine um meine Hüften. Wir bewegten uns langsam zum Takt der Musik und schauten uns dabei tief in die Augen. Ich versank, wie schon so oft, in seinen grünen Augen, in denen ich die Liebe zu mir sehen konnte.

„Ich liebe dich."

„Ich liebe dich auch", erwiderte ich und wollte ihn gerade küssen, als wir ein Getöse am Eingang der Lounge hörten. Was war nun wieder los? Wir drehten uns um und sahen, dass die Sicherheitsmänner alle Hände voll zu tun hatten, einige Leute davon abzuhalten in die Lounge zu kommen.

„Ich muss mal eben schauen, was da los ist", sagte Nicolai und ging zum Eingang. Ich folgte ihm, denn ich wollte wissen, wer diese Leute waren. Als wir dort ankamen, sah ich, dass es meine alten Mitschüler der Highschool waren. Sie waren auf der gleichen Uni, wie ich, gewesen, bevor sie dort rausgeschmissen wurden. Sie hatten mich auf der Highschool sowie auf der Uni gemobbt und durch Nicolai hatte ich endlich den Mut gehabt mich gegen sie zu wehren und zum Direktor zu gehen. Dieser hatte sie schlussendlich von der Universität geworfen. Ich hatte schon damals in der Highschool gepetzt, wie sie es nannten, doch da Stella die Tochter von Cunningham war, zwang mich Steve diese Behauptung wieder zurückzunehmen, denn er duldete nicht, dass ich die Tochter seines besten Freundes beim Direktor anschwärzte. Sowieso wären es alles Lügen gewesen, die ich erzählt hatte. Nichts davon hätte gestimmt, obwohl ich die Wahrheit gesagt hatte. Damals hatte ich meine Aussage beim Direktor zurückgezogen und sie kamen ungeschoren davon. An der Uni allerdings hatten sie durch Mr. Johnson, dem Direktor, ihre Strafe für ihre Taten bekommen. Was sie nun taten, wusste ich nicht, denn ich hatte sie seit der Gerichtsverhandlung von Cunningham, der für den Mordversuch verurteilt wurde, nicht mehr gesehen. Ich war auch gar nicht so scharf darauf sie wiederzusehen, doch nun standen sie vor dem Eingang der Lounge und versuchten hineinzukommen.

„Wir sind eingeladen. Er hat uns wahrscheinlich nur vergessen auf die Gästeliste zu setzen. Jetzt lassen Sie uns rein", schrie Stella und versuchte an den Wachleuten vorbei zu kommen.

„Nein, Sie stehen nicht auf der Liste, also gibt es für Sie auch kein Hereinkommen", sagte der Sicherheitsmann und ließ sie nicht durch.

Jetzt hört mal gut zu. Entweder ...", begann Cooper und baute sich vor ihm auf. Es sah lustig aus, denn der Sicherheitsmann war zwei Meter groß und muskelbepackt. Cooper dagegen war ein Meter siebzig groß und hatte nur leichte Muskelansätze. Er hätte gar keine Chance gehabt gegen den Wachmann anzukommen.

„Was ist hier los", platzte Nicolai dazwischen.

„Diese Personen sind der Meinung, sie wären eingeladen. Sie stehen allerdings nicht auf der Gästeliste", erklärte ihm der Sicherheitsmann.

„Sie sind auch gar nicht eingeladen", erwiderte Nicolai.

„Ach komm schon. Lass uns mitfeiern", versuchte Cooper ihn zu überreden.

„Nein. Für das, was ihr meiner Verlobten angetan habt, werde ich euch nicht mitfeiern lassen."

„Diese Schlampe hat es doch verdient. Ich verstehe nicht, dass du dich immer noch mit ihr abgibst", kam es von Stella.

„Ich habe dir schon einmal gesagt, dass du dich selbst anschauen sollst, dann weißt du, wer hier die Schlampe ist. Jetzt verzieht euch. Ihr seid nicht eingeladen", knurrte Nicolai und wandte sich dann an die Security. „Sie lassen sie nicht herein. Diese Personen sind in der Lounge nicht erwünscht."

„Keine Sorge, sie werden nicht hereingelassen", erwiderte einer der Wachmänner. „Und wenn ihr nicht gleich hier von dem Bereich verschwindet, fliegt ihr aus dem Club. Ich möchte euch hier nicht mehr sehen", drohte er nun den anderen.

„Ist ja gut. Mit dieser Schlampe möchte ich eh nicht feiern", kam es von Stella und ging. Die anderen folgten ihr. Ich war froh, dass sie endlich weg waren. Vor allem aber, dass Nicolai sich nicht erweichen gelassen hatte und sie doch noch in den Bereich eingeladen hatte, denn es hätte nur Ärger gegeben. Sie hätten mich höchstwahrscheinlich wieder gemobbt und mich nicht in Ruhe gelassen. Ich kannte sie gut genug, um zu wissen, dass sie nicht einfach nur gefeiert hätten.

„Hey, Bruder, lass uns auf deinen Geburtstag anstoßen", schlug Gavin ihm vor.

„Schon wieder? Wir haben doch schon vier Mal angestoßen."

„Na dann kann ein fünftes Mal nicht schaden", grinste Gavin. Wir gingen zur Bar und bestellten uns einen Drink, mit dem wir anstießen. Es blieb allerdings nicht bei einem Drink und nach dem Dritten merkte ich schon den Alkohol in mir wirken. Was genau ich getrunken hatte, wusste ich nicht, denn Gavin hatte die weiteren Drinks bestellt und mir die Gläser hingestellt. Nun war ich beschwipst. Meine Blase drückte und ich wollte zur Toilette gehen.

„Warte, ich komme mit", sagte Kate und zusammen machten wir uns auf den Weg zu den Toiletten, die sich außerhalb der Lounge befanden. Wir bahnten uns einen Weg durch die Menschenmenge, bis wir bei den Toiletten, die in einen Gang lagen, ankamen.

„Wir treffen uns dann wieder im Gang", sagte Kate, als wir den Toilettenvorraum betraten, wo wir zu den Toilettenkabinen durchgingen. Als ich dort fertig war, ging ich zu einem der Waschbecken und wusch mir die Hände. Hier standen noch weitere Frauen, die sich entweder schminkten oder sich in den großen Spiegel, der über den Waschbecken hing, betrachteten. Ich nahm mir ein Papierhandtuch und trocknete mir die Hände ab. Ich schmiss das Papiertuch in den Mülleimer und verließ den Vorraum. Ich wartete im Gang auf Kate, als Stella, Cooper und Carter zu mir kamen.

„Na da ist ja die Schlampe. Bist du eigentlich damit zufrieden, dass du unser Leben zerstört hast? Keine Uni nimmt uns mehr an", sagte Carter und schubste mich gegen die Wand, vor der ich gestanden hatte. Ich knallte schmerzlich mit dem Rücken dagegen, doch ich sagte weder etwas, noch verzog ich eine Miene. Ich wollte ihnen nicht zeigen, dass sie mir wehgetan hatten.

„Das ist eure eigene Schuld", verteidigte ich mich.

„Nein, das ist deine Schuld. Genauso wie du schuld bist, dass mein Vater im Gefängnis sitzt", zischte Stella.

„Das hat er sich selbst zuzuschreiben. Er hat mich bedroht und mir die Bremsleitung durchgeschnitten. Er hat damit in Kauf genommen, dass ich einen Unfall habe und dabei sterben könnte."

„Erzähl nicht so einen Scheiß", schrie sie mich an und holte mit ihrer Hand aus. Ich bereitete mich auf den Schlag vor, in dem ich die Augen zusammenkniff und meine Hände schützend über den Kopf legte, doch er kam nicht.

„Gibt es hier ein Problem", fragte Kate und ich war froh ihre Stimme zu hören. Ich nahm die Arme wieder herunter, öffnete die Augen und sah, wie sie Stellas Arm festhielt.

„Nein, es ist alles gut", log Cooper. „Kommt lasst uns gehen."

„Wir sehen uns noch", knurrte Stella und entzog sich Kates Griff. „Ach übrigens, ich soll dir schöne Grüße von Steve ausrichten. Er wird dich bald besuchen kommen", grinste sie hämisch und ging. Geschockt starrte ich ihr hinterher. Meinte sie das ernst oder wollte sie mir einfach nur Angst einjagen? Wie hatte sie das gemeint, er würde mich bald besuchen kommen? Er saß doch im Gefängnis und das noch für fünfzehn Jahre. So war es doch, oder? Ich bekam Angst. Würde er vielleicht bald herauskommen? Hatte ich vielleicht etwas nicht mitbekommen?

„Chey, ist alles in Ordnung? Haben sie dir etwas getan", fragte Kate besorgt.

„Ich ... Er ...", stotterte ich.

„Komm, ich bringe dich zu Nicolai. Du zitterst ja." Sie legte mir einen Arm um die Schulter und brachte mich zurück in die Lounge, wo sie mich zu einer freien Sitzecke führte und ich mich setzte.

„Ich hole Nicolai und dir erst einmal etwas zu trinken", sagte sie und ging. In meinen Kopf merkte ich nicht nur den Alkohol. Der Gedanke daran, dass Steve wirklich zu mir kommen könnte, schwirrte ebenfalls darin herum. Mich erschreckte der Gedanke, dass Steve aus dem Gefängnis kommen könnte. Ich glaubte nicht daran, dass er vorzeitig entlassen wurde und ausbrechen konnte er nicht, denn das Gefängnis in Kingston/Ontario, wo er und Cunningham inhaftiert waren, galt als eines der sichersten Gefängnisse in ganz Kanada. Was wäre, wenn er schon einen Freigang bekommen würde? Eigentlich musste ein Sträfling einen Großteil seiner Strafe abgesessen haben, bevor er einen Freigang bekam. Aber es könnte doch sein, dass er ihn schon früher bekäme, denn schließlich hatte er Beziehungen zu einflussreichen Leuten. Mit Sicherheit würde er zu mir kommen und sich rächen wollen. Im Gerichtssaal hatte er es mir doch schließlich angedroht. Er würde mich dann töten. So wie er es schon vor der Verhandlung vorhatte. Zumindest würde er es versuchen.

„Süße, geht es dir gut? Kate hat mir erzählt, was passiert ist. Haben sie dir etwas getan", fragte Nicolai besorgt und nahm mich in den Arm.

„Carter hat mich gegen die Wand geschubst. Aber es geht schon", tat ich es ab. Es ging mir auch wirklich gut. Der Schmerz vom Aufprall war verschwunden. Wahrscheinlich hatte ich nur einen Bluterguss, aber das war nicht so schlimm. Ich hatte im letzten Jahr immer wieder Blutergüsse gehabt. Sie kamen von den Schlägen und Tritten, die Steve mir jedes Mal verpasst hatte, wenn etwas nicht zu seiner Zufriedenheit gewesen war, oder ich mich gegen ihn gewehrt hatte.

„Bist du dir sicher", hakte er argwöhnisch nach, denn er wusste, dass ich öfter mal etwas verharmloste.

„Ja, es war nicht so schlimm."

„Was wollten sie denn von dir? Kate kam ja erst später dazu. Deshalb hat sie es nicht mitbekommen, worum es ging."

„Sie wollten mir die Schuld geben, dass sie von keiner Uni mehr genommen werden und dass Stellas Vater im Gefängnis sitzt. Stella wollte mich schlagen, weil ich sagte, dass ihr Vater selbst daran schuld sei, dass er im Gefängnis sitzt. Kate kam allerdings und hat es verhindert. Zum Schluss hat Stella mir schöne Grüße von Steve ausgerichtet und meinte er würde mich bald besuchen kommen. Nicolai, ich habe Angst. Was ist, wenn er wirklich vorbeikommt", fragte ich und wurde panisch.

„Du brauchst keine Angst haben. Er wird nicht kommen. Sie wollte dir doch nur Angst einjagen", beruhigte er mich. So ganz überzeugt war ich nicht. Ich dachte an den Freigang und was er dann tun könnte. Ich löste mich aus Nicolais Armen und schaute ihn an.

„Was ist, wenn er Freigang bekommt? Er könnte gute Beziehungen haben, wodurch er etwas eher einen Tag herauskann. Oder was ist, wenn er ausbricht?"

„Süße, ganz ruhig. Er wird noch keinen Freigang bekommen. Auch wenn er jemanden mit Einfluss dort kennen würde, so müsste er doch erst einen Antrag stellen. Ob er bewilligt wird oder nicht, entscheidet nicht nur eine Person. Und ausbrechen kann er nicht. Das Gefängnis ist so gesichert, dass er es nicht schaffen würde. Dort ist noch nie einer ausgebrochen."

„Und was ist, wenn doch", fragte ich.

„Das wird nicht passieren. Stella wollte dir nur Angst einjagen. Mehr nicht. Sie wusste, du würdest es glauben, wenn sie so etwas erzählt."

„Sie hatte recht. Ich habe ihr geglaubt."

„Mach dich nicht verrückt. Es wird nichts passieren. Das verspreche ich dir", sagte Nicolai, beugte sich zu mir herüber und küsste mich. „Möchtest du nach Hause? Wir beenden dann die Feier", fragte er fürsorglich.

„Nein. Es ist dein Geburtstag. Ich möchte ihn dir nicht verderben. Es reicht, dass du, meinetwegen, den Tag nicht wirklich genießen konntest. Erst das heute Vormittag mit der Apotheke und dann gerade der Vorfall. Ich möchte nicht, dass du wegen mir deine Party beendest."

„Bist du dir sicher? Wenn du lieber nach Hause möchtest, dann werden wir die Party beenden. Du weißt, dass du mir wichtiger, als diese Party oder mein Geburtstag bist", hakte er nach.

„Nein, ich möchte nicht nach Hause. Wir feiern jetzt deinen Geburtstag und du genießt die Party."

„Na gut, aber du sagst mir Bescheid, wenn du doch lieber gehen möchtest. Ich will nicht, dass du nur meinetwegen hierbleibst", forderte er.

„Ja ist gut."

„Hier, ich habe dir mal etwas Antialkoholisches geholt", sagte Kate und reichte mir ein Glas Cola.

„Danke", erwiderte ich und nahm das Glas.

„Geht es dir besser", fragte sie.

„Ja, es geht schon wieder. Lasst uns jetzt feiern", erwiderte ich und trank einen Schluck.

„Ja, lasst uns feiern", rief Gavin, der schon leicht am Schwanken war.

Es war noch eine sehr schöne Party gewesen. Alle feierten ausgelassen und es gab keine Zwischenfälle mehr. Um drei Uhr nachts lagen Nicolai und ich endlich im Bett. Ich war so müde, dass ich sofort einschlief. Ich träumte, ich säße im Wohnzimmer auf der Couch und es würde an der Tür klopfen. Ich stand auf, ging zur Tür und öffnete sie. Ich erschrak, als ich sah, wer davorstand. „Hallo Cheyenne. Ich habe doch ausrichten lassen, dass ich dich besuchen komme", sagte Steve. Ich versuchte die Tür wieder zu schließen, doch Steve war stärker als ich und schob sie wieder auf, sodass sie mit Wucht gegen die Wand knallte.

„Na na na, so behandelt man doch keinen Besuch, indem man die Tür wieder zu macht." Er kam auf mich zu und nun befand ich mich in meinem alten Zimmer. Das konnte doch eigentlich nicht sein, denn das Haus war doch abgebrannt, beziehungsweise hatte Steve es doch angezündet. Er war schuld, dass es mein Haus nicht mehr gab. Ich wich vor ihm zurück, bis ich die Kante von meinem Bett an den Beinen spürte.

„Was willst du", fragte ich mit brüchiger Stimme.

„Na, was werde ich schon wollen? Ich möchte Rache dafür, dass du mein Leben zerstört hast."

„Das habe ich nicht."

„Oh doch, das hast du und dafür werde ich jetzt dein Leben beenden", knurrte er und zog ein Messer. Ich versuchte von ihm weg zu kommen, doch er stand genau vor mir und grinste mich an. Er zwängte mich zwischen sich und dem Bett ein. Die einzige Chance, die ich hatte, war über das Bett zu klettern und versuchen durch das Fenster nach draußen zu kommen. Zur Zimmertür wäre ich nicht gekommen, weil Steve mich vorher schon festgehalten hätte. Aus dem Fenster zu springen war zwar auch nicht die beste Idee, da es schon sehr hoch war und ich mir bestimmt etwas brechen würde, aber es war besser, als von Steve umgebracht zu werden.

„Ich weiß, was du vorhast. Das kannst du vergessen", sagte er und schleuderte mich gegen die Wand, wo ich mit dem Kopf aufschlug und zu Boden sackte. Er musste meinen Blick gesehen haben, als ich zum Fenster geschaut hatte. Er kniete sich über mir und hob die Hand, in der sich das Messer befand. Ich schrie auf und versuchte von ihm weg zu rutschen, doch er hielt mich fest.

„Jetzt sag auf Wiedersehen." Er holte mit der Hand aus und stach zu. Ich schrie und schrie, selbst noch, als ich aufwachte und bemerkte, dass mich jemand an den Schultern rüttelte. Ich öffnete meine tränennassen Augen und sah, dass es Nicolai war, der mich versucht hatte zu wecken. Ich war so froh ihn zu sehen und fiel ihm weinend um den Hals.

„Es ist alles gut, Süße. Es war nur ein Traum", beruhigte er mich und schlank seine Arme um mich.

„Es war so schrecklich. Steve stand vor der Tür und plötzlich waren wir in meinem alten Zimmer. Er wollte mich mit einem Messer töten. Er hat zugestochen und dann bin ich aufgewacht", erzählte ich ihm und beruhigte mich langsam.

„Er kann dir nichts tun. Auch in deinen Träumen nicht. Du bist absolut sicher vor ihm."

„Ich weiß, aber es ist immer so erschreckend, wenn ich ihn im Traum sehe, oder seine Stimme höre", erklärte ich ihm. „Das ist verständlich. Es braucht Zeit, bist du alles richtig verarbeitet hast, was er dir angetan hat. Aber du wirst das schaffen und ich werde dir so gut es geht dabei helfen."

„Danke das du immer für mich da bist."

„Du brauchst dich nicht zu bedanken. Das mache ich doch gerne", lächelte er und gähnte. „Wollen wir uns noch etwas hinlegen? Ich könnte noch etwas Schlaf gebrauchen." Ich nickte und wir legten uns wieder hin, wobei Nicolai seine Arme um mich legte und ich mich an ihn kuschelte.

„Gute Nacht, Süße."

„Gute Nacht."

„Ich bin wieder da", rief Nicolai Montagmittag, als er in die Wohnung kam. Er war bei seinem Vater in der Firma gewesen, weil sie dort eine Besprechung mit Gavin und Rupert, wegen der neuen Zweigstelle in London, hatten. Nicolai würde nach der Uni ebenfalls in den Familienbetrieb mit einsteigen. Deshalb war er immer bei den Besprechungen dabei. Ich hatte gerade in der Küche Sandwiches, die wir zum Mittag essen wollten, zubereitet und ging ins Wohnzimmer.

„Süße, ich muss dir etwas sagen. Ich fliege Donnerstag mit meinem Vater nach Vancouver zu einem wichtigen Geschäftstermin. Es geht dort um einen Großauftrag und mein Vater möchte, dass ich mit dabei bin, damit ich noch etwas lerne."

„Das ist doch gut. So lernst du wieder etwas dazu. Wie lange bleibt ihr?"

„Freitagmittag sind wir wieder da. Ist es denn in Ordnung für dich, wenn ich fahre? Ich meine, du wärst eine Nacht alleine", fragte er.

„Natürlich. Mach dir da keine Sorgen. Ich habe doch keine Panikattacken mehr. Außerdem wohnen Elle und Carlos nur zwei Türen weiter. Also wenn etwas sein sollte, kann ich immer noch zu ihnen gehen."

„Da hast du auch wieder recht. Ach übrigens, ich habe die Post mit hochgebracht. Hier ist auch ein Brief für dich", sagte er und reichte mir einen von den Briefen, die er aus unserem Briefkasten mit hochgebracht hatte. Ich nahm den Brief und schaute ihn mir an. Es stand kein Absender auf dem Umschlag. Ich hatte ein komisches Gefühl, was diesen Brief betraf. Genau so einen hatte ich vor der Verhandlung bekommen gehabt. Es war eine Drohung gewesen, wenn ich gegen Steve aussagen sollte, würde meiner neu gewonnenen Familie etwas Schlimmes zustoßen. Das wollte ich natürlich nicht. Allerdings hatten der Staatsanwalt sowie Nicolai und seine Familie mir versichert, dass es sich nur um eine leere Drohung handeln und niemanden etwas passieren würde. Deshalb hatte ich dann auch gegen Steve ausgesagt, damit er seine verdiente Strafe bekam. Langsam und mit zitternden Händen öffnete ich den Umschlag. Ich sah ein blaues Blatt Papier, zog es heraus und schaute es mir an. Erleichterung stieg in mir auf, als ich sah, dass es nur ein Werbeflyer über eine Kosmetikbehandlung war. Die Anspannung, die sich in mir aufgebaut hatte, fiel mit einem Mal von mir ab.

„Was ist es denn", wollte Nicolai, der auf der Couch saß, neugierig wissen und deutete auf den Flyer. Ich hatte keine Geheimnisse ihm gegenüber, auch was die Post anging, nicht. Von mir aus konnte er meine Briefe lesen. Ich hatte schließlich nichts zu verbergen. Er dachte genauso und so durfte ich auch seine Briefe lesen.

„Nur Werbung für eine Kosmetikbehandlung", erwiderte ich.

„Möchtest du es dir vielleicht mal ansehen?"

„Nein, danke. So etwas brauche ich nicht", grinste er.

„Wirklich nicht? So eine Gesichtsmaske würde dir bestimmt gutstehen. Außerdem bist du jetzt zwanzig. Da sollte man schon auf die Haut achten. Ich glaube, ich sehe dort schon die ersten Fältchen", scherzte ich und besah mir dabei sein Gesicht.

„Du kleines Biest", sagte er und kitzelte mich durch. Ich lachte und versuchte von ihm wegzukommen, aber er hielt mich mit einer Hand fest und quälte mich weiter.

„Dein Lachen ist so schön", hauchte er und schon lagen seine Lippen auf meinen. Ich vertiefte den Kuss und bat mit meiner Zunge an seinen Lippen um Einlass. Sofort gewährte er ihn mir und unsere Zungen spielten miteinander. Langsam ließen wir uns auf die Couch sinken. Unsere Lippen trennten sich währenddessen nicht voneinander. Meine Hände glitten unter sein T-Shirt und ich streichelte über seine starke Brust und seinem Sixpack, was ihn aufstöhnen ließ. Ich griff mir den Saum von seinem T-Shirt und zog es ihm aus. Nicolai wanderte mit seinen Lippen meinen Hals entlang und ich keuchte auf. Er griff nach meinem Shirt, zog es aus und warf es auf dem Boden. Er glitt mit seinen Händen meinen Rücken entlang zu meinem BH. Er öffnete ihn und zog ihn mir ebenfalls aus. Seine Hände strichen über meine Brüste und ich stöhnte auf. Seine Lippen setzten seinen Weg von meinem Hals fort zu meinem Schlüsselbein und glitten weiter zu meinen Brüsten. Er machte mich wahnsinnig. Die Erregung wurde immer stärker und mir wurde heiß. Meine Hände wanderten zu seiner Hose. Ich öffnete sie und zog sie ihm aus. Nicolai drehte uns, sodass ich auf ihm lag. Er öffnete den Knopf von meiner Hose und zog sie mir samt Slip aus. Ich machte mich an seiner Boxershorts zu schaffen, die kurz darauf mitsamt seinen Socken verschwunden war. Nicolai zog mich zu ihm und schon lagen unsere Lippen wieder aufeinander. Er drehte uns um, ohne dass sich unsere Lippen voneinander lösten und nun lag ich unter ihm.

„Nicolai bitte", nuschelte ich unter seinen Lippen und er verstand sofort, was ich wollte. Er legte sich zwischen meine Beine und drang in mich ein, wobei wir beide aufstöhnten. Es war so ein schönes Gefühl ihn in mir zu spüren. Langsam und sanft bewegte er sich in mir. Immer wieder küssten wir uns und sahen uns tief in die Augen. Bei jedem Stoß schob ich ihm mein Becken entgegen. Ich wollte ihn tiefer spüren. Es dauerte nicht lange und ich merkte, dass ich bald soweit war. Auch Nicolai schien bald soweit zu sein, denn seine Stöße wurden nun schneller.

„Nicolai, bitte", stöhnte ich, als ich es nicht mehr aushielt.

„Komm für mich", hauchte er an meinem Ohr und stieß fester zu. Kurz danach sprang ich über die Klippen und nach zwei weiteren Stößen folgte Nicolai mir und brach schwer atmend auf mir zusammen. Sofort legte er sich neben mich, damit sein Gewicht nicht auf mir lastete.

„Und denkst du immer noch, dass ich alt werde", fragte er schmunzelnd.

„Nein, eigentlich nicht", erwiderte ich.

„Ich glaube, ich kann den Flyer wegwerfen", sagte ich, nachdem ich mich im Badezimmer von unserem kleinen Schäferstündchen frisch gemacht hatte und wieder angezogen war.

Ich ging in die Küche und warf den Flyer zusammen mit dem Umschlag in den Müll. Anschließend ging ich wieder ins Wohnzimmer zurück.

„Und etwas Interessantes dabei", fragte ich Nicolai und deutete auf die restliche Post, die er gerade durchsah.

„Nein, nur Rechnungen. Oh warte, hier ist noch ein Brief für dich. Er hat sich zwischen den anderen versteckt", sagte er und reichte mir einen weiteren Umschlag. Wieder stand dort nur mein Name und die Adresse drauf. Aber dieses Mal war ich ganz entspannt, als ich ihn öffnete.

„Es ist bestimmt wieder Werbung. Ich tippe mal auf ein Reiseangebot oder vielleicht ein Flyer über eine Massage", witzelte ich und zog das Blatt Papier heraus. Ich faltete es auseinander und mir stockte der Atem, als ich sah, was darauf geschrieben stand.

„Hallo Cheyenne,

ich nehme mal an, dir wurden meine Grüße ausgerichtet.
Es war nicht nett von dir mich ins Gefängnis zu bringen.
Und wenn ich hier rauskomme, bist du endgültig fällig. Mach schon mal dein Testament, denn eines steht fest, wenn ich dich in die Finger bekomme, wirst du sterben!
Ach und noch etwas. Pass schön auf die Menschen auf, die du liebst. Es könnte sein, dass ihnen etwas zustößt.
Gez. S."

Ich schaute weiter auf dieses Blatt und war wie gelähmt. Dieser Brief musste von Steve sein. Es war zwar nicht seine Handschrift, denn die kannte ich. Aber er konnte es ja auch diktiert haben und jemand anderes hatte es geschrieben, damit es nicht auf ihn zurückfiel. Der Brief wurde doch nur mit S. unterschrieben. Es könnte also auch jemand anderes gewesen sein. Ich war mir ganz sicher, dass ER es war. Panik und Angst stiegen in mir auf, als ich an den Inhalt des Briefes dachte. Mir würde das Leben wieder zur Hölle gemacht werden. Er selbst konnte es aus dem Gefängnis nicht, aber wahrscheinlich würde er jemanden dafür beauftragen und dieser jemand könnte auch meinen Lieben etwas antun. Oh mein Gott, wenn einer von ihnen meinetwegen verletzt werden würde, dass würde ich mir nie verzeihen.

„Süße, was ist los? Ist es so ein unfassbares Angebot oder ist die Werbung so schockierend", hörte ich Nicolai schmunzelnd fragen. Ich reichte ihm mit zitternder Hand den Brief. Er nahm ihn und las ihn sich durch. Sein Gesichtsausdruck wurde ernst. Er stand auf und kam zu mir.

„Der Brief ist von Steve. Zwar hat er ihn nicht selbst geschrieben, denn es ist nicht seine Handschrift, aber Stella sollte mir die Grüße ausrichten, die er erwähnt. Ich werde nie meine Ruhe haben. Er wird jemanden beauftragen und ihn auf mich ansetzen. Er will euch etwas antun lassen. Euch verletzen. Ich könnte es nicht ertragen, wenn jemanden meinetwegen etwas passiert. Wenn jemand wegen mir vielleicht .... Nein, nein, das darf nicht passieren", sagte ich hysterisch, sackte auf den Boden und begann zu schluchzen. Die Menschen, die ich liebte, könnten ja nicht nur verletzt werden. Steve könnte sie auch töten lassen und dieser Gedanke brachte mich völlig aus der Fassung.

„Süße, du brauchst keine Angst zu haben. Niemand wird verletzt oder gar getötet werden. Dieser Brief soll dir nur Angst machen", versuchte Nicolai mich zu beruhigen und kniete sich neben mir auf den Boden.

„Und was ist, wenn nicht? Steve hatte Warren auch beauftragt mich zu töten. So abwegig ist das gar nicht, dass er wieder jemanden beauftragen wird", konterte ich.

„Da hast du recht. Am Besten ist es, wenn wir zur Polizei fahren und ihnen den Brief zeigen", erwiderte Nicolai. Ich stimmte zu. Vielleicht konnten sie uns helfen.

Kapitel 4

„Tut mir leid, aber wir können im Moment nichts tun,
außer eine Anzeige gegen unbekannt aufzunehmen. Nur wird es
leider nicht viel bringen", sagte Kommissar Albert Wellington, als
wir eine halbe Stunde später auf dem Polizeirevier eingetroffen
waren und ihm den Brief gezeigt hatten.
„Sie haben gerade selbst gesagt, dass es nicht Bozmans Handschrift
ist. Dazu kommt noch, dass er ein Kontaktverbot hat. Er darf
weder telefonieren, Briefe schreiben oder Besuch bekommen. Das
Kontaktverbot wurde verhängt, als er damals Warren den Auftrag
gab Sie zu töten und ist auch nach der Verhandlung bestehen
geblieben."
„Aber am Samstag im Club Sunrise hat Stella Cunningham mir
Grüße von Steve ausgerichtet und meinte er würde mich bald
besuchen kommen", erzählte ich ihm.
„Stella Cunningham? Ist ihr Vater vielleicht Lewis Cunningham, der
alte Polizeichef, der ebenfalls im Gefängnis sitzt", fragte er
neugierig.
„Ja genau."
„Also Miss Cunningham kann wegen des Kontaktverbotes nicht
mit Bozman gesprochen haben. Es könnte sein, dass sie sich das
mit dem Grüßen und dem Besuch nur ausgedacht hat, um Ihnen
Angst zu machen. Vielleicht hat sie auch etwas mit dem Brief zu
tun", vermutete Wellington.
„Das könnte gut möglich sein. Sie und ihre Freunde haben früher
schon meine Verlobte gemobbt und nun sind sie wütend, weil sie
deswegen von der Uni geflogen sind. Stella ist natürlich noch
wütender, weil ihr Vater ebenfalls im Gefängnis sitzt und sie gibt
Cheyenne die Schuld daran", warf Nicolai ein.
„Nachweisen können wir es höchstens mit einer Schriftprobe, die
ich veranlassen könnte. Allerdings müssten dann auch ihre Freunde
eine Schriftprobe abgeben, weil es sein kann, dass einer von ihnen
das geschrieben hat."
„Eigentlich fast die halbe Stadt, die alle auf Bozmans Seite stehen
und nicht glauben wollen, was er in Wirklichkeit für ein Mensch

ist", wandte Nicolai ein.

„Da haben Sie recht. Also eine Schriftprobenabgabe von so vielen Menschen müsste erst einmal beantragt werden. Aber ob dieser Antrag, wegen eines Briefes, überhaupt genehmigt wird, ist fraglich. Es kommt öfter vor, dass Menschen Drohbriefe bekommen und wenn wir wegen jedem Brief eine Massenschriftprobeabgabe machen würden, wären die Menschen jeden Tag beschäftigt", erklärte Mr. Wellington.

„Da haben Sie recht. Das heißt aber auch, dass Sie mir nicht helfen können", stellte ich nüchtern fest.

„Leider nein. Wie gesagt, ich könnte den Antrag stellen, aber eine große Chance sehe ich nicht, dass er genehmigt wird. Anders wäre es, wenn sie mehrere von diesen Briefen bekämen."

„Dann warte ich lieber noch einmal ab. Vielleicht wollte mir ja wirklich nur jemand Angst einjagen", sagte ich.

„Sollte allerdings irgendetwas sein, sei es ein neuer Brief oder vielleicht auch irgendeinen Vorfall, dann melden Sie sich bitte sofort und wir schauen dann, was wir tun können."

„Ja, das werde ich tun."

„Ich habe noch eine Frage. Hat Bozman zu Cunningham Kontakt? Sie sitzen schließlich im selben Gefängnis", fragte Nicolai.

„Genau weiß ich es nicht, aber Kontakt könnten sie schon haben, denn sie können sich jeden Tag beim Hofgang sehen", erwiderte Mr. Wellington.

„Hat Cunningham denn auch Kontaktverbot", wollte ich wissen und hatte schon eine Ahnung, warum Nicolai das mit dem Kontakt wissen wollte.

„Nein, er hat kein Kontaktverbot."

„Also könnte doch Bozman über Cunningham die Grüße ausrichten lassen und den Brief in Auftrag gegeben haben", sprach Nicolai genau meine Gedanken aus.

„Das könnte möglich sein. Ich werde veranlassen, dass wir Cunninghams Gespräche, wie Telefonate und Besuche verstärkt überwachen. Auch die Briefe sollen strenger kontrolliert werden. So können wir herausbekommen, ob Bozman wirklich über ihn Anweisungen nach draußen bringt und somit sein Kontaktverbot umgeht. Wir werden uns dann bei Ihnen melden, sobald wir etwas herausgefunden haben. Ihre Telefonnummer haben wir ja", sagte

Wellington.

„Ja genau. Vielen Dank", erwiderte ich. Wir verabschiedeten uns und machten uns auf den Heimweg.

Am Abend hatte Jade die gesamte Familie zum Essen eingeladen. So konnte ich noch einmal Rupert und seine Familie sehen, bevor sie wieder nach Hause flogen. Jade hatte Rouladen mit Klößen und Rotkohl gekocht gehabt. Es schmeckte wie immer köstlich. Es war, nach dem wir ihnen von dem Brief und dem Gesagten von Mr. Wellington, erzählt hatten, noch ein sehr lustiger Abend geworden, da Jane und Jeanette Geschichten über ihre Kinder erzählt hatten, was sie früher so alles angestellt hatten. Ich fand es schade, dass Jeanette und Rupert mit ihren Kindern so weit weg wohnten und wir uns dadurch nicht so oft sehen konnten, denn ich mochte sie sehr. Cristobal und Jade hatten sie heute Morgen zum Flughafen gebracht und sie verabschiedet. Nun würden wir uns erst zur Hochzeit wiedersehen.

„Chey, kannst du bitte bei Tisch Nummer fünf die Bestellung aufnehmen", bat Elle mich. Jeden Dienstag- und Donnerstagnachmittag arbeitete ich mit Elle zusammen in einem Cafe. Ich arbeitete dort nicht unbedingt des Geldes wegen, denn durch das Erbe von meiner Mutter und den Verkauf der Filmproduktionsfirma Disseur Production, die meiner Mutter gehörte, hatte ich genug Geld, um sorgenfrei leben zu können. Naja einige Menschen würden vielleicht sagen ich wäre reich und ich bräuchte gar nicht mehr in meinen Leben arbeiten. Aber das wollte ich nun auch nicht. Meine Eltern hatten mir beigebracht, dass man für sein Geld arbeiten gehen musste. Sie wollten aus mir kein verwöhntes Kind machen, was von Mom und Dad alles bezahlt bekam und lehrten mich deswegen mit Geld umzugehen. Aber eigentlich hatte ich damals diese Arbeit angenommen, weil ich so wenigstens für einige Stunden von Steve wegkam und ihn nicht sehen musste. Der Nebeneffekt war, dass ich so schon einmal Erfahrungen in Umgang mit Kunden sammeln konnte, die ich später als Anwältin gut gebrauchen konnte, auch wenn es nicht das gleiche Berufsfeld war. Trotzdem Steve nun im Gefängnis saß und ich nicht mehr, um vor ihm Ruhe zu haben, arbeiten gehen musste, tat ich es immer noch. Die Arbeit machte mir nicht nur Spaß, sondern mit dem Geld, was ich im Cafe verdiente und dem Collegefond, den meine Mutter nach meiner Geburt für mich angelegt hatte, kam ich im Monat gut aus und brauchte fast nie an mein Erbe heran.

„Klar, mache ich", antwortete ich Elle, nahm einen Block und einen Stift und ging zum Tisch Nummer fünf an den zwei Frauen saßen. „Du kannst gleich wieder gehen. Von dir wollen wir nicht bedient werden", sagte eine der Damen hochnäsig. Nicht schon wieder. So etwas hatte ich bis jetzt schon einige Male, nach der Verhandlung, erleben müssen. Natürlich waren diese Leute Anhänger von Steve, die mich hassten, weil ich ihn ins Gefängnis gebracht hatte. Deswegen wollten sie sich nicht von mir bedienen lassen. Elle übernahm dann die Bedienung, wobei es auch schon vorkam, dass Kunden wieder gegangen waren. Ich wollte mich gerade umdrehen und Elle rufen, als die eine Frau plötzlich aufstand.

„Komm Babette wir gehen. Ich habe gar nicht daran gedacht, dass diese Person hier arbeitet. Ich möchte weder von ihr bedient werden, noch möchte ich ihr Gehalt mitfinanzieren. Und solange sie hier arbeitet, werde ich dieses Cafe auch nicht mehr betreten. Ihretwegen ist Mr. Bozman im Gefängnis. Er ist zu Unrecht verurteilt worden und das nur wegen ihrer Lügen."

„Da hast du recht. Ich habe auch keine Lust mit dieser verlogenen Göre im gleichen Raum zu sein. Lass uns gehen", erwiderte die andere Frau, die anscheinend Babette hieß. Sie stand auf und zusammen verließen sie das Cafe allerdings nicht, ohne mir noch einen hasserfüllten Blick zuzuwerfen. Ich stand ganz perplex dar und wusste gar nicht, was ich in dem Moment tun sollte. Sie aufzuhalten würde nichts bringen, denn sie würden mir gar nicht erst zuhören. Wie lange sollte das noch so weitergehen? Wie lange würde ich von den Leuten noch gehasst und beleidigt werden.

„Hey, mach dir nichts daraus. Sie werden noch merken, wie falsch sie mit ihrer Meinung liegen", sagte Elle und legte mir tröstend einen Arm um meine Schultern.

„Das wäre wirklich schön", seufzte ich.

„Miss Disseur, kommen Sie bitte in mein Büro", rief Mr. Newman, der Besitzer des Cafes und mein Chef. Oh oh, das konnte nichts Gutes bedeuten. Mr. Newman war eigentlich ein sehr netter Chef und untröstlich gewesen, als er erfahren hatte, was Steve mir alles angetan hatte.

„Ja natürlich", erwiderte ich und hatte ein ungutes Gefühl in der Magengegend. Hatte Mr. Newman es vielleicht mitbekommen, was die Frauen gesagt hatten und das sie gegangen waren? Wollte er vielleicht deswegen mit mir reden oder war es wegen etwas anderes? Hatte ich vielleicht etwas falsch gemacht? „Keine Angst, so schlimm wird es schon nicht", versuchte Elle mir Mut zu machen. „Das hoffe ich." Nervös ging ich in Mr. Newmans Büro, wo ich von ihm schon erwartet wurde. Ich schloss die Tür und stand unsicher im Raum herum. „Setzen Sie sich bitte", sagte Mr. Newman und deutete mit der Hand auf einen Stuhl vor seinem Schreibtisch, an dem er saß. Ich setzte mich und begann nervös meine Hände, die in meinen Schoß lagen, zu kneten. „Nun Miss Disseur, ich habe gerade die Situation mit den beiden Kundinnen mitbekommen und so kann es nicht weitergehen. Ich habe vollstes Verständnis für Ihre Vergangenheit und ich finde es einfach schrecklich, was Bozman Ihnen angetan hat. Er hat zu Recht seine Strafe verdient. Allerdings kann es so nicht weitergehen und ich muss Ihnen leider mitteilen, dass ich sie kündigen muss."

„Aber ... aber wieso denn", stotterte ich völlig geschockt von dem, was ich gerade gehört hatte. Er wollte mich wegen dieses Vorfalles kündigen. Ich konnte aber doch gar nichts dafür, dass diese Damen gegangen waren. Aufhalten hätte ich sie doch sowieso nicht gekonnt.

„Ich weiß, dass es nicht Ihre Schuld ist, dass die Kunden gegangen sind. Allerdings ist es nicht das erste Mal, dass Leute wieder gegangen sind. Viele Stammkunden kommen nicht mehr ins Cafe und der Umsatz ist eingebrochen. Es tut mir wirklich leid, dass Sie gehen müssen, aber ich muss an meine Existenz denken. Ohne Umsatz würde ich das Cafe schließen müssen, was hieße, dass ich kein Geld mehr verdienen und so nicht mehr meine Familie versorgen könnte. Sie werden sicherlich verstehen, dass ich das nicht zulassen kann." Natürlich verstand ich das. Ich wollte doch auch nicht, dass er das Cafe schließen müsste. Vor allem nicht meinetwegen. Schließlich blieben die Kunden wegen mir weg. „Natürlich verstehe ich das. Dann werde ich mal meine Sachen packen und gehen", sagte ich und stand auf. Noch eine Firma, die wegen mir Kunden verlor. Und nun hatte ich auch keinen Job mehr. Was würde denn noch alles kommen?

„Es tut mir wirklich sehr leid. Ich werde Ihnen ein Zeugnis schreiben mit dem Sie sich für eine andere Stelle bewerben können."

„Danke, das ist sehr nett von Ihnen."

„Das ist das Mindeste, was ich für Sie tun kann. Ich wünsche Ihnen alles Gute für Ihre weitere Zukunft."

„Danke sehr. Ich wünsche Ihnen natürlich auch alles Gute", erwiderte ich und ging aus dem Büro. Mein Weg führte in den Aufenthaltsraum, wo ich die Schürze, die ich trug, auszog und in den Wäschekübel warf. Die würde ich jetzt nicht mehr brauchen. Ich konnte es immer noch nicht richtig glauben, dass ich nun nicht mehr hier arbeiten würde. Ich nahm meine Tasche und ging zurück in den Laden.

„Chey, was ist los", fragte Elle, als ich aus dem Raum kam.

„Ich .... Er hat ...", mehr konnte ich nicht sagen, denn meine Stimme brach. Die Tränen, die ich so angestrengt versucht hatte zurückzuhalten, liefen nun in Strömen.

„Hey, es ist gut. Beruhige dich. Was ist denn passiert", fragte sie und umarmte mich.

„Mr. Newman hat mich gekündigt."

„Er hat was", fragte sie fassungslos.

„Er sagte, dass er an seine Existenz denken muss. Die Umsätze sind eingebrochen, weil meinetwegen die Kunden wegbleiben. Deswegen musste er mir kündigen."

„Oh Chey, das tut mir so leid. Soll ich vielleicht noch einmal mit ihm reden? Vielleicht nimmt er ja die Kündigung zurück und du darfst doch bleiben", schlug Elle vor.

„Nein, das brauchst du nicht. Ich möchte nicht schuld sein, wenn das Cafe pleitegeht. Schließlich bleiben die Leute meinetwegen weg", erwiderte ich und löste mich aus ihren Armen.

„So ein Blödsinn. Du bist weder Schuld, dass die Leute wegbleiben, noch wärst du es, wenn das Cafe pleitegehen würde."

„Doch das bin ich. Die Leute hassen mich für das, was ich getan habe. Und weil ich hier arbeite oder bis gerade eben noch gearbeitet habe, kommen sie nicht mehr. Dadurch fehlen Mr. Newman die Einnahmen."

„Gib dir nicht für alles die Schuld. Du weißt doch, diese Leute sind einfach blind für die Wahrheit. Außerdem können sie Persönliches nicht von Beruflichen unterscheiden. Also, wenn jemand an dem Verlust der Umsätze Schuld hat, dann sind es die Leute."

„Das sehen manche Menschen anders. Ich möchte jetzt einfach nur nach Hause", sagte ich und wischte mir die Tränen weg.

„Soll ich dich nach Hause fahren", fragte Elle und ging mit mir zur Tür.

„Nein, das brauchst du nicht. Wir sehen uns dann am Donnerstag zum DVD-Abend", erwiderte ich und öffnete die Tür. Da Nicolai am Donnerstag mit seinem Vater nach Vancouver fliegen würde, hatten Elle, Kate und ich beschlossen einen Frauenabend zu machen und DVDs zu schauen.

„Ja, und Kopf hoch, es wird alles schon wieder", versuchte sie mich aufzumuntern und umarmte mich kurz.

„Danke. Ich mache mich dann jetzt mal auf den Weg."

„Mach´s gut."

„Ja, du auch." Ich ging zu meinem Wagen, den ich vor dem Cafe geparkt hatte, stieg ein und startete den Motor. Auf der gesamten Heimfahrt dachte ich über die Kündigung nach. Die Leute hatten es geschafft, dass ich meinen Job verloren hatte. Was würden sie noch alles tun, um mir mein Leben zu zerstören? Würden sie es schaffen, dass ich von der Uni fliegen würde, oder dass ich keinen Abschluss bekäme? Auf jeden Fall würde ich als fertige Anwältin nicht so viele Mandanten haben. Die Leute, die zu Steve standen, würden sich nie von mir vor Gericht vertreten lassen. Sie würden eher meinen Ruf schädigen, sodass mir vielleicht die Mandanten ganz ausbleiben würden. Ich kam beim Haus an, fuhr in die Tiefgarage und parkte mein Auto. Ich schaltete den Motor ab und stieg aus. Neben meinen Parkplatz befand sich der von Nicolai. Sein Wagen stand dort, also musste er Zuhause sein. Das war gut, denn ich brauchte ihn jetzt. Ich wollte einfach nur in seinen Armen liegen und von ihm gehalten werden. Ich schloss meinen Wagen ab, ging zum Aufzug und stieg ein. Die Fahrstuhltur schloss sich, und nachdem ich den Etagenknopf gedrückt hatte, setzte sich der Fahrstuhl in Bewegung. In der vierten Etage hielt er an, die Fahrstuhltür öffnete sich und ich stieg aus. An unserer Wohnungstür angekommen, holte ich meinen Schlüssel aus der Tasche und schloss die Tür auf.

„Hey Süße, na hat dich dein Chef heute mal eher gehen lassen", fragte Nicolai, der gerade aus dem Badezimmer kam, als ich die

Wohnung betrat und die Tür hinter mir schloss. Ich ging zu ihm und fiel ihm regelrecht in die Arme, die er auch gleich um mich legte. Ich schlang meine Arme um seinen Hals und schmiegte mich eng an seine Brust.

„Was ist denn los", fragte Nicolai besorgt.

„Mr. Newman .... Er ... er hat mich gekündigt."

„Oh Süße, das tut mir so leid. Komm wir setzen uns auf die Couch und du erzählst mir, was passiert ist und warum er dich gekündigt hat", schlug Nicolai vor. Ich löste mich von ihm und zusammen gingen wir ins Wohnzimmer, wo wir uns auf die Couch setzten und ich ihm von dem Vorfall im Cafe berichtete.

„Und weil er an seine Existenz denken muss, hat er mich gekündigt", endete ich mit dem Bericht.

„Ich kann es ja verstehen, denn schließlich muss er seine Familie ernähren. Wenn er das Cafe schließen müsste, weil ihm die Kunden wegbleiben, könnte er das nicht mehr. Und das alles meinetwegen. Die Leute kommen wegen mir nicht mehr ins Cafe. Deshalb blieb ihm gar nichts anderes übrig, als mich zu kündigen, damit sein Laden weiterläuft und er nicht bankrottgeht."

„Es tut mir so leid, dass du gekündigt wurdest. Ich kann ihn zwar ebenfalls verstehen, dass er an seine Familie denken muss, aber du kannst nichts dafür, dass die Kunden wegbleiben. Steves Anhänger sind so engstirnig und wollen die Wahrheit über diesen Typen nicht sehen. Sie akzeptieren auch nicht die Meinung anderer Menschen, die zu dir halten."

„Stattdessen machen sie mir das Leben schwer, indem sie mich fertigmachen, und gehen sogar soweit, dass Existenzen gefährdet und ich gekündigt werden muss. Wie weit werden sie noch gehen? Meine Zukunft als Anwältin kann ich in dieser Stadt sowieso vergessen. Ich werde doch kaum Mandanten haben. Diese Leute werden doch schon dafür sorgen, dass ich hier beruflich keinen Fuß fassen kann, wenn ich überhaupt meinen Abschluss bekomme. Vielleicht werde ich auch von der Uni geworfen. Wer weiß, mit was sie den Direktor erpressen, sodass ihm keine andere Wahl bleibt, mich raus zu werfen", sagte ich und Tränen stiegen mir in die Augen, als ich daran dachte, wie meine Zukunft aussehen könnte.

„Natürlich wirst du deinen Abschluss machen und Anwältin werden. Sogar eine sehr gute. Du wirst viele Mandanten haben, denn es gibt Menschen, die nicht so eigensinnig sind, wie Steves

Anhänger. Außerdem gibt es noch andere Städte und Länder. Wir müssen nicht hier in Toronto bleiben", entgegnete Nicolai und schaute mich dabei liebevoll an.

„Aber was ist denn dann mit dir? Du möchtest doch in die Firma deines Vaters einsteigen. Ich möchte nicht, dass du meinetwegen deine berufliche Zukunft aufgibst, wenn wir wegziehen würden."

„Das bräuchte ich auch nicht. Ich würde einfach eine weitere Zweigstelle eröffnen. Das wäre gar kein Problem. Wir schaffen das schon", versicherte er mir.

„Und was ist, wenn sie es schaffen euch auf ihre Seite zu ziehen beziehungsweise, wenn sie euch genauso das Leben zerstören wollen? Vielleicht schaffen sie es, dass die Firmen von deinem Vater und deiner Mutter pleitegehen und du deinen Abschluss nicht machen kannst. Ich würde es nicht verkraften, wenn ihr euch auch noch gegen mich stellt. Dann habe ich niemanden mehr und diese Leute haben es geschafft mein Leben vollkommen zu zerstören", sagte ich und die Tränen flossen in Strömen meine Wangen entlang.

„Süße beruhige dich. Das wird nicht passieren. Weder ich noch meine Familie wird sich je von dir abwenden. Ich liebe dich und werde es immer tun. Und du weißt, dass meine Familie dich ebenfalls liebt. Nur mal angenommen es wäre so, dass die Firmen bankrottgingen, was sehr unwahrscheinlich ist, hättest du keine Schuld daran. Du hast das Richtige getan, diesen Typen anzuzeigen und ihn hinter Gitter zu bringen. Bozmans Talent ist es die Leute einzuwickeln und sie so auf seine Seite zu bekommen. Er schleimt sich regelrecht bei ihnen ein. Zumindest bei denen, die es zulassen. Diese Leute glauben ihm alles, was er ihnen erzählt und es ist schwierig ihnen die Wahrheit vor Augen zu führen. Ach, und falls wir beide unsere Abschlüsse, wegen diesen Leute nicht hier in Toronto an der Uni machen können, dann machen wir sie halt an einer anderen Uni. Diese Leute werden weder dein noch unsere Leben zerstören. Das schaffen sie gar nicht. Pass auf, wir fahren morgen in die Firma von meinem Vater und ich zeige dir die Bilanzen, damit du siehst, dass die Existenz der Firma nicht gefährdet ist, okay", schlug er vor.

„Das brauchst du nicht. Ich glaube dir ja. Ich habe einfach nur Angst davor euch zu verlieren. Dich zu verlieren."

„Du brauchst keine Angst zu haben. Du wirst mich nicht verlieren. Ich liebe dich und werde es immer tun. Daran werden auch diese

Leute nichts ändern können", versicherte er mir.

„Das hoffe ich, denn ich liebe dich auch und würde es nicht ertragen, wenn du dich von mir abwenden würdest."

„Das werde ich nie tun." Er zog mich zu sich in seine Arme und ich drückte mich fest an ihn.

Am Abend saß ich im Schlafzimmer auf dem Bett und hatte mein Tagebuch in der Hand. Nicolai hatte ich zu seinem Freund Matthew geschickt, bei dem er sich mit seinen anderen Freunden ein Basketballspiel ansah. Nicolai wollte zuerst nicht gehen, da er mich nicht alleine lassen wollte. Aber ich versicherte ihm, dass es mir gut ging. Naja ein wenig machte es mir wegen der Kündigung noch zu schaffen, aber ich wollte nicht, dass er extra wegen mir Zuhause blieb. Deshalb sagte ich ihm, dass er ruhig zu seinen Freunden fahren könnte. Er schlug mir vor mitzukommen, aber ich hatte keine Lust. Ich wollte mir lieber einen Film anschauen, der in einer halben Stunde im Fernsehen kam. Zuerst wollte ich aber noch meine Gedanken in mein Tagebuch schreiben. Ich schlug das Buch auf und begann zu schreiben.

Heute wurde ich von meinem Chef gekündigt. Und das nur, weil Steves Anhänger mich nicht in Ruhe lassen können. Ihm bleiben die Kunden meinetwegen weg und dadurch verringert sich der Umsatz. Ihm blieb gar nichts anderes übrig, als mich zu kündigen, wenn er seine Existenz retten wollte. Die Leute haben es geschafft, dass ich nun kein Job mehr habe. Was kommt als Nächstes? Werden sie versuchen mich aus der Stadt zu vertreiben? Werden sie mir mein ganzes Leben ruinieren? Ich verstehe nicht, warum diese Leute mir das antun. Ich habe ihnen doch gar nichts getan. Steve sitzt im Gefängnis, weil er mir all die schlimmen Dinge angetan hat und Cunningham hat seine Strafe ebenfalls verdient. Wieso glauben sie lieber einem Verbrecher, als mir? Warum sollte ich mir das alles nur ausdenken? Ich habe doch gar keinen Grund dazu. Ich werde von ihnen beleidigt, verletzt und nun haben sie mir meinen Job genommen. Sie versuchen mich fertigzumachen. Ich habe Angst das sie mir mein Studium und meinen Abschluss versauen. Dass ich nicht als Anwältin arbeiten kann. Wie weit werden sie noch gehen? Werden sie es schaffen, dass sich Nicolai, meine Familie und meine Freunde sich ebenfalls gegen mich stellen? Was ist, wenn sie merken, dass ich nicht gut für sie bin? Wenn sie meinetwegen ihre Jobs verlieren, oder gar ihre Firmen bankrottgehen, weil sie auf meiner Seite stehen. Ich habe Angst, dass sie sich von mir abwenden werden. Nicolai hat mir versichert, dass es nie passieren wird. Das hoffe ich wirklich, denn ich werde es nicht ertragen, wenn sie sich doch von mir abwenden würden. Besonders bei Nicolai nicht. Ich liebe ihn über alles und möchte ihn nie verlieren.

Ich klappte das Tagebuch zu und legte es mitsamt dem Stift in die Nachttischschublade. Anschließend ging ich ins Wohnzimmer, schaltete den Fernseher ein, holte mir noch schnell aus der Küche etwas zu trinken und setzte mich auf die Couch, da der Film begann.

Donnerstagmorgen brachten Jade und ich unsere Männer zum Flughafen. Ihr Flug nach Vancouver ging um zehn Uhr. Überpünktlich kamen wir am Flughafen an, wo Nicolai und Cristobal als Erstes eincheckten. Da sie anschließend noch etwas Zeit bis zum Boarding hatten, setzten wir uns in eines der zahlreichen Cafes in der Flughafenhalle.

„Was kann ich Ihnen bringen", fragte eine Kellnerin.

„Wir hätten gerne drei Tassen Kaffee und einen Kakao", bestellte Cristobal und schaute fragend in die Runde, ob es so richtig wäre. Wir nickten alle zustimmend und die Kellnerin nahm die Bestellung auf. Nur wenige Minuten später brachte sie auch schon die Getränke. Der Kakao war natürlich für mich. Wir unterhielten uns über die neuesten Ereignisse der vergangenen Tage, wobei auch meine Kündigung im Cafe zur Sprache kam. Elle hatte ihren Eltern bereits davon erzählt, als sie bei ihnen zu Besuch gewesen war. Natürlich waren sie über die Kündigung empört, da ich ja nichts dafürkonnte, dass Steves Anhänger dem Cafe fernblieben. Ich hatte mich allerdings mit der Kündigung abgefunden. Mir blieb ja auch gar nichts anderes übrig. Allerdings war ich am Überlegen, ob ich mir eine neue Arbeitsstelle suchen sollte. Hier in Toronto würde es für mich doch sowieso nicht so viele Möglichkeiten, wegen der Leute, geben. Wenn ich überhaupt eine Stelle bekommen würde. Finanziell war ich zwar nicht auf Arbeit angewiesen, doch ich wollte mein eigenes Geld verdienen und nicht nur vom Erbe meiner Mutter leben. Es war ein schönes Gefühl, wenn ich mir etwas von dem Geld, welches ich selbst verdient hatte, kaufte.

„Wenn du eine neue Arbeit suchst, hätte ich da vielleicht etwas für dich. Eine Angestellte von mir hat gekündigt, da sie mit ihrer Familie in eine andere Stadt zieht. Nun bräuchte ich ab September jemanden, der ein bis zweimal nachmittags die Woche etwas im

Büro aushelfen könnte. Wenn du möchtest, kannst du die Stelle haben", bot Jade mir freundlich an. „Es wären leichte Bürotätigkeiten, wie Post sortieren, Telefondienst und Terminvergabe."

„Danke Jade. Das ist wirklich sehr nett von dir, dass du mir die Stelle anbietest. Ich würde sie auch gerne annehmen, aber ich möchte nicht, dass dir meinetwegen die Kunden abspringen. Das kann nämlich passieren, wenn die Leute mitbekommen, dass ich für dich arbeite", erwiderte ich. Jade war Innenarchitektin und besaß eine kleine gut laufende Firma in Toronto. Da sie mit Fresco Architektur zusammenarbeitete, bekam sie von deren Kunden die Aufträge für die Innenarchitektur. Ich konnte mir gut vorstellen in ihrer Firma zu arbeiten. So würde ich Erfahrungen in der Bürotätigkeit sammeln. Einige davon könnte ich bestimmt später als Anwältin gebrauchen, denn auch in diesem Beruf fielen verschiedene Bürotätigkeiten an.

„Mach dir darüber keine Gedanken. Die meisten Kunden kommen von Fresco Architektur. Dort sind sie nicht abgesprungen, obwohl sie wissen, dass wir die Vormundschaft für dich übernommen haben und dich unterstützen. Deshalb bin ich mir sehr sicher, dass sie mir auch nicht abspringen werden", versicherte sie mir. „Du kannst es dir ja noch überlegen. Aber bis nächste Woche brauche ich allerdings eine Entscheidung von dir, denn sonst muss ich jemand anderes für die Stelle suchen."

„Ich brauche gar nicht zu überlegen. Ich nehme die Stelle an. Ich hoffe nur, dass du es nicht bereuen wirst, mich eingestellt zu haben."

„Das werde ich schon nicht", sagte sie und lächelte mich herzlich an. „Gut, ich freue mich, dass du die Stelle annimmst. Den Rest, wie den Vertrag und die Arbeitszeiten klären wir dann noch, wenn es soweit ist."

„So, es wird langsam Zeit, dass wir zum Boarding gehen, sonst verpassen wir noch den Flug", kam es von Cristobal, nachdem er auf seine Uhr gesehen hatte. Wir tranken unsere Getränke aus und Cristobal bezahlte die Rechnung bei der Kellnerin. Anschließend machten wir uns auf den Weg zu den Sicherheitskontrollen, wo Jade und ich nicht mit hindurch durften.

„Viel Spaß heute Abend bei eurem Frauenabend. Wenn etwas sein sollte, ruf mich an. Du kannst auch jederzeit zu Carlos und Elle

herübergehen, oder ruf Kate oder meine Mutter an", gab Nicolai
mir Anweisungen.

„Ich weiß. Es wird aber nichts sein und du kommst doch morgen
schon wieder zurück. Ich werde die Nacht ohne dich schon
überstehen, auch wenn es ziemlich einsam im Bett sein wird."

„Bei mir wird es auch nicht anders sein. Ich rufe dich heute Abend
an." Er zog mich an sich und gab mir einen langen Abschiedskuss.

„Nicolai, wir müssen los. Das Flugzeug wartet nicht extra auf uns",
rief Cristobal und Nicolai löste sich von mir.

„Du fehlst mir jetzt schon", flüsterte ich traurig.

„Du mir auch. Ich muss jetzt leider los. Ich liebe dich."

„Ich dich auch." Nicolai gab mir noch einen schnellen Kuss und
ging dann zu seinem Vater, der schon an der Sicherheitskontrolle
wartete.

„Er ist doch morgen wieder da", sagte Jade, die zu mir gekommen
war.

„Ich weiß", seufzte ich und schaute den beiden hinterher.

Kapitel 5

Am frühen Abend klopfte es an der Wohnungstür. In freudiger Erwartung auf unseren Frauenabend ging ich zur Tür und öffnete sie. Doch es waren nicht Elle und Kate, wie ich erwartet hatte, die davorstanden. Es war Cooper. Was wollte der denn hier?

„Hi Cheyenne", grüßte er mich grinsend.

„Was willst du denn hier und wie bist du ins Haus gekommen", fragte ich ihn, denn eigentlich stand unten an der Haustür ein Portier und ließ Leute nur mit Absprache der Hausbewohner herein. Diese Maßnahme war damals verschärft worden, nachdem es Reporter, nach der Verhandlung, geschafft hatten, ins Haus zu gelangen, um mir Fragen zum Prozess stellen zu können. Dieses hatte nicht nur mich, sondern auch andere Hausbewohner gestört, die sich beim Hausbesitzer beschwert hatten, dass nicht nur Presseleute, sondern auch Unbefugte, wie zum Beispiel Vertreter ins Haus gelassen wurden. Deshalb hatte der Hausbesitzer die Anweisung gegeben, dass der Portier fremde Leute nur noch mit Erlaubnis des jeweiligen Hausbewohners, zu dem derjenige wollte, ins Haus zu lassen. Dieses geschah über die Sprechanlage, die sich in jeder Wohnung und im Eingangsbereich des Hauses befanden. Verwandte und Freunde von den Hausbewohnern durften vom Portier, durch die vorherige Zustimmung der Bewohner, ohne Anfrage ins Haus gelassen werden. Da der Portier schon seit Jahren für den Hausbesitzer arbeitete, kannte er die Angehörigen von vielen Bewohnern.

„Ein Bekannter meines Vaters wohnt hier im Haus, wo ich etwas abgegeben habe. Und wo ich schon einmal hier bin, dachte ich mir, ich besuche dich einfach mal", erklärte er.

„Und das soll ich dir glauben", hakte ich skeptisch nach. „Wie heißt denn der Bekannte deines Vaters?"

„Duprais."

„Und der Vorname", fragte ich genervt, denn schließlich hätte er den Namen auch von den Klingelschildern ablesen und sich merken können, denn in diesem Haus wohnte wirklich jemand, der mit Nachnamen Duprais hieß.

„Äh, den weiß ich nicht. Mein Vater hat mir nur den Nachnamen genannt und mir gesagt, wo er wohnt. Wie gesagt, ich sollte bei ihm nur etwas abgeben." Ich glaubte ihm diese Geschichte nicht. Ich wusste zwar nicht, wie Cooper wirklich ins Haus gekommen war, aber ich war mir ganz sicher, dass er etwas in Schilde führte.

„Und was willst du jetzt", fragte ich leicht gereizt.

„Ich möchte mich für die Sache im Club am Samstag entschuldigen. Es tut mir leid, was vor den Toiletten passiert ist." „Du hast doch gar nichts getan." Verblüfft schaute ich ihn an.

„Doch, ich habe dabeigestanden und habe dir nicht geholfen, als Carter und Stella auf dich losgegangen sind. Und das tut mir leid." Ich nahm ihm sein reuevolles Getue nicht ab. Er wollte mich doch nur wieder einmal verarschen.

„Ich glaube dir das irgendwie nicht. Du hast mich schon so oft verarscht und mich anschließend ausgelacht. Von den vielen Demütigungen will ich gar nicht erst anfangen. Allerdings lasse ich mir so etwas nicht mehr gefallen. Ich habe gelernt mich zu wehren. Also, wo ist die Pointe bei deiner Entschuldigung", fragte ich.

„Hey, es tut mir leid, wie ich dich damals behandelt habe. Ich habe gemerkt, dass es falsch war, wie ich mich dir gegenüber benommen habe. Da musst du mir glauben."

„Ich weiß nicht, ob ich dir das glauben kann", zweifelte ich. „Du wolltest mir schon einmal weiß machen, dass es dir leidtut und anschließend wolltest du mit Francesca zusammen mich und Nicolai auseinanderbringen. Wieso sollte ich dir also dieses Mal glauben?"

„Ich meine es dieses Mal wirklich ernst. Es tut mir sehr leid, was ich dir alles angetan habe. Weißt du, ich habe erst jetzt gemerkt, was für ein tolles und hübsches Mädchen du bist. Ich traue mich es eigentlich gar nicht zu sagen, aber es muss raus. Ich habe mich in dich verliebt." Er hatte was? Sollte das jetzt ein Scherz sein? Er hatte sich in mich verliebt? „Ich weiß, dass du bereits vergeben bist, aber vielleicht überlegst du es dir ja noch einmal. Ich bin eine echt gute Partie und werde es dir beweisen, dass ich es wirklich ernst meine." Kaum hatte er diese Worte gesagt, machte er schon einen Schritt auf mich zu, packte mich bei den Hüften und krachte regelrecht mit seinem Mund auf meinen. Das konnte doch jetzt nicht wahr sein. Ich versuchte mich zu wehren, aber er schlang seine Arme um meinen Oberkörper und hielt mich so fest, dass ich mich nicht befreien konnte. Ich presste meine Lippen fest aufeinander und versuchte meinen Kopf wegzudrehen. Doch er merkte es und hielt mit einer Hand meinen Kopf fest, sodass ich ihm nicht entkommen konnte. Er versuchte immer wieder den Kuss zu vertiefen und mir seine eklige Zunge in den Hals zu schieben, doch ich hielt meinen Mund fest geschlossen. Niemals würde ich diesen Kuss erwidern und schon gar nicht würde ich mich auf diesen Typen einlassen. Er wollte mich doch sowieso nur verarschen und wahrscheinlich war er nur auf mein Geld aus. Abgesehen davon liebte ich Nicolai über alles und das würde sich auch nie ändern. Ich wehrte mich weiterhin vergebens gegen ihn, denn er war stärker, als ich und ließ mich nicht los. Mein Körper war zwischen dem Türrahmen im Rücken und Cooper eingeengt, dass ich noch nicht einmal mein Bein heben und ihm zwischen seine treten konnte, damit er mich endlich loslassen würde. Im Augenwinkel sah ich etwas aufblitzen, konnte aber durch Coopers Griff meinen Kopf nicht bewegen, um zu schauen, was es gewesen war. Ich gab nicht auf und versuchte die ganze Zeit von ihm loszukommen. Mit meinen Händen drückte ich immer wieder gegen seine Brust, doch er blieb standhaft und bewegte sich kein Stück. Wieder blitzte es. Jemand musste uns fotografieren. Ein Gewitter im Hausflur konnte es wohl kaum sein. Dieses Schwein wollte mich also wirklich wieder einmal verarschen. Von wegen er wollte sich bei mir entschuldigen und hätte sich in mich verliebt. Das war alles nur ein Vorwand gewesen, um seinen Plan auszuführen. Aber was für ein Plan sollte es sein? Es war mir egal, was er vorhatte. Ich würde ihm seinen Plan gründlich vermiesen. Da meine Arme frei waren, holte ich mit dem einen aus und knallte ihn gegen seinen Kopf, sodass er zur Seite flog.

„Hey, was soll das du Miststück", knurrte er, drückte mich fester gegen den Türrahmen und hielt nun meine Arme fest. Wieder wollte er seinen Mund auf meinen drücken, allerdings wich ich ihm immer wieder aus.

„Was machst du da? Cooper lass sofort Chey los", hörte ich Elles Stimme und war froh, dass sie da war. Ich wurde losgelassen und Cooper rannte zum Treppenhaus, wo ich Stella mit einer Kamera in der Hand stehen sah. Sie hatte uns also fotografiert.

„Hast du die Fotos", hörte ich Cooper sie fragen.

„Ja habe ich. Lass uns hier verschwinden", erwiderte sie und grinste mich hämisch an, bevor die beiden im Treppenhaus verschwanden.

„Chey, alles in Ordnung bei dir", fragte Elle besorgt und kam zu mir.

„Ja, soweit eigentlich schon." Die Fahrstuhltür öffnete sich und Kate kam heraus.

„Hallo ihr beiden. Bereit für den Mädelsabend", fragte sie gut gelaunt und kam zu uns. „Was ist los", fragte sie nun, als wir nicht antworteten.

„Ich habe gerade Chey vor Stella und Cooper gerettet. Sie waren hier und hatten mal wieder irgendetwas vor. Copper hat Chey bedrängt und geküsst und Stella hat davon Fotos gemacht", erklärte Elle ihr.

„Cooper hat dich geküsst", fragte Kate schockiert.

„Ja leider. Da fällt mir ein, ich muss mal eben ins Bad und mir den Mund auswaschen", erwiderte ich, drehte mich um und lief ins Badezimmer. Ich fühlte Ekel in mir hochkommen, als ich an diesen Kuss dachte, und wollte Coopers Speichel nicht an meinen Mund haben. Ich spülte mir den Mund mit Wasser aus, putzte mir noch die Zähne und benutzte anschließend noch eine antibakterielle Mundspülung. Ich wollte mir nicht vorstellen, wo er mit seinem Mund schon überall war und seine Bakterien wollte ich auch nicht haben. Nachdem ich mir das Gesicht mit einem Handtuch abgetrocknet hatte, fühlte ich mich gleich besser. Ich ging ins Wohnzimmer, wo Elle und Kate schon auf der Couch saßen und auf mich warteten.

„Möchtet ihr etwas trinken", fragte ich sie.

„Ja gerne und dann erzählst du uns, was hier los war", kam es von Elle. Ich ging in die Küche und holte eine Flasche Wein, die ich extra für den Abend besorgt hatte und drei Weingläser. Zurück im Wohnzimmer stellte ich alles auf den Tisch und setzte mich auf den Sessel. Kate nahm die Weinflasche, öffnete sie und goss den Wein in die Gläser.

„Dann leg mal los", forderte Elle mich neugierig auf. Ich seufzte und begann ihnen alles zu erzählen.

„Ich weiß nur nicht, was sie vorhaben", beendete ich schließlich meine Erzählung. Und dann kam mir ein schrecklicher Verdacht. Sie hatten Fotos gemacht. Fotos, auf denen Cooper mich geküsst hatte. Würden sie das wirklich tun? Natürlich würden sie das tun.

Stella und Cooper waren hinterlistige, falsche Personen und würden auch nicht davor zurückschrecken Beziehungen zu zerstören. „Oh mein Gott. Ich glaube, ich weiß doch, was sie vorhaben. Sie werden die Fotos Nicolai zukommen lassen und wollen so meine Beziehung zerstören", teilte ich ihnen meine Vermutung mit. „Sollen sie doch. Er wird ihnen eh nicht glauben", winkte Elle zuversichtlich ab.

„Und was ist, wenn er es doch tut und ihnen mehr glaubt, als mir?" „Das wird er nicht. Er weiß, wie hinterhältig die beiden sind. Außerdem hast du dich doch gegen Cooper gewehrt und das müsste auf den Fotos eigentlich zu sehen sein", beruhigte mich Kate.

„Da hast du recht", erwiderte ich und war gleich etwas beruhigter. Mein Handy klingelte und als ich auf das Display sah, zeigte es Nicolais Namen an. „Es ist Nicolai", sagte ich und stand mit dem Handy in der Hand auf. Ich wollte ins Schlafzimmer gehen, um in Ruhe mit ihm telefonieren zu können.

„Na dann kannst du ihm ja gleich von dem Vorfall erzählen. Damit kommst du Cooper und Stella zuvor", kam es von Kate.

„Ja, das wäre wohl das Beste", entgegnete ich und ging ans Handy. „Hallo Schatz", begrüßte ich ihn.

„Hey Süße. Tut mir leid, dass ich mich jetzt erst melde, aber mein Vater scheucht mich von einem Kundentermin zum nächsten", klagte er.

„Du Armer. Ich dachte, ihr seid nur wegen eines Termins nach Vancouver geflogen."

„Das dachte ich auch, aber mein Vater nutzt den Aufenthalt hier voll aus und hat kurzfristig noch ein paar weitere Kundentermine vereinbart. Jetzt habe ich gerade mal etwas Luft und kann mit dir telefonieren. Was hast du denn heute so gemacht", fragte er.

„Ach eigentlich nichts Besonderes. Ich habe ein wenig aufgeräumt und jetzt sind Elle und Kate hier", druckste ich herum, wobei ich mir im Klaren war, dass ich ihm von den Fotos erzählen musste, bevor er sie von Stella und Cooper bekam.

„Oh stimmt euer Mädelsabend. Dann störe ich bestimmt gerade."

„Nein, du störst nie. Ich bin froh deine Stimme zu hören. Du fehlst mir so."

„Du fehlst mir auch, Süße."

„Nicolai, ich ... ich muss dir etwas sagen", begann ich nervös und lief im Schlafzimmer auf und ab. Plötzlich hatte ich Angst, dass er mir nicht glauben würde. Aber warum sollte er es nicht tun? Er kannte doch schließlich Stella und Cooper und wusste, wozu sie fähig waren. Ich atmete einmal tief durch und wollte gerade weitersprechen, als ich unterbrochen wurde.

„Nicolai, wir müssen zum Geschäftsessen", rief Cristobal im Hintergrund.

„Gib mir fünf Minuten", bat Nicolai ihn.

„Nein, tut mir leid, aber der Kunde wartet."

„Süße, es tut mir leid. Ich nehme an, du hast meinen Vater gehört. Ich muss leider los. Ist es sehr wichtig, was du mir erzählen möchtest? Vielleicht kann ich ja meinen Vater überreden später nachzukommen, damit wir reden können", fragte er.

„Nein, geh nur zum Geschäftsessen. Es ist nicht so wichtig", erwiderte ich, denn ich wollte nicht, dass er meinetwegen zu spät zu diesem Termin kam.

„Bist du dir sicher", hakte er nach.

„Ja, geh nur. Das kann bis morgen warten."

„Nicolai", rief Cristobal ihn.

„Ja, ich komme sofort", sagte er genervt und wandte sich dann wieder mir zu. „Du hörst es ja. Ich muss los. Ich rufe dich morgen, bevor wir losfliegen an. Schlaf gut, Süße. Du weißt, wenn etwas sein sollte, melde dich."

„Das werde ich. Mach dir keine Sorgen. Es wird schon nichts sein. Bis morgen. Ich liebe dich."

„Ich liebe dich auch." Wir legten auf und ich ging seufzend zurück ins Wohnzimmer.

„Und was hat er gesagt", fragte Elle neugierig.

„Ich habe es ihm nicht erzählt. Er hatte leider keine Zeit, da er zu dem Geschäftsessen musste und euer Vater schon drängelte. Ich wollte ihn dann auch nicht aufhalten. Er will mich morgen, bevor sie zurückfliegen, anrufen. Entweder erzähle ich es ihm dann, oder wenn er wieder Zuhause ist."

„Ich würde es ihm erzählen, wenn er anruft. So weiß er es sofort und die beiden haben keine Chance dir zuvor zu kommen", sagte Kate.

„Da hast du recht. Genau das werde ich auch tun", stimmte ich ihr zu. Mir schoss ein anderer Gedanke durch den Kopf. „Was ist, wenn sie ihm die Bilder auf sein Handy schicken, oder wenn sie es jetzt schon getan haben? Oh mein Gott, ich hätte es ihm doch direkt sagen sollen."

„Chey, beruhige dich. Nicolai hat doch eine neue Handynummer, die sie gar nicht kennen. Die Nummer hat er doch nur dir, seiner Familie und seinen Freunden gegeben und weder wir noch seine Freunde werden sie an irgendjemanden weitergeben. Schon gar nicht an Cooper und seine Freunde. Selbst Dean passt auf, dass Francesca sie nicht bekommt, damit sie Nicolai nicht belästigen kann", beruhige Elle mich.

„Stimmt, Nicolai hat mir erzählt, dass Dean die Nummer sogar unter einem anderen Namen gespeichert hat, damit seine Schwester sie nicht herausfindet. Ich hoffe nur, dass Stella und Cooper nicht doch an seine Nummer gekommen sind." Seufzend nahm ich mein Glas Wein und trank einen Schluck.

„Mach dir nicht so viele Gedanken. Ihnen wird niemand die Nummer gegeben haben und deswegen können sie ihm auch nicht die Bilder auf sein Handy schicken. Falls es doch so sein sollte, wird er dir mehr glauben, als ihnen. Und wenn nicht, hast du mich immer noch als Zeugin. Ich habe doch schließlich gesehen, wie du dich gewehrt hast. Abgesehen davon würde ich meinem Bruder den Kopf abreißen, wenn er den Fotos mehr glaubt, als dir", beruhige Elle mich nun endgültig. „Oder möchtest du vielleicht doch etwas von Cooper? Schau mal er ist doch so ein charmanter und gutaussehender Mann. Ob er allerdings auch so gut küssen kann, das kannst nur du sagen. Er hat dir ja schließlich sein Talent gezeigt", lachte sie.

„Auf gar keinen Fall möchte ich etwas von diesem Typen. Seine Kussversuche waren einfach nur ekelhaft. Abgesehen davon ist er weder charmant, noch gutaussehend, mit seinen fettigen Haaren und der unreinen Haut."

„Du bist nur voreingenommen, weil du mit meinem Bruder zusammen bist."

„Dein Bruder sieht auch tausendmal besser aus, als dieser Typ. Aber wenn er dir doch so gut gefällt, dann nimm du ihn doch", konterte ich lachend.

„Ach nein danke. Ich habe Carlos und bin mit ihm sehr zufrieden."

„Genug über Jungs gequatscht, lasst uns lieber mit den Filmen anfangen. Dafür sind wir ja eigentlich hier", kam es von Kate, stand auf und legte eine der DVDs in den Player ein, die sie mitgebracht hatte. Ich machte es mir auf dem Sessel bequem und versuchte mich auf dem Film zu konzentrieren, den Kate nun einschaltete. Grübeln würde jetzt sowieso nichts bringen. Ich musste auf den morgigen Tag warten und dann Nicolai von dem Vorfall erzählen. Ich hoffte nur, er würde mir wirklich glauben.

In dieser Nacht schlief ich nicht gut. Steve verfolgte mich durch einen Wald. Einen Wald, der kein Ende nahm. Ich lief und lief, doch ich fand keinen Weg aus dem Wald heraus. Hinter mir hörte ich Steves Stimme. „Cheyenne, du entkommst mir nicht." Ich lief immer weiter, denn ich wollte nicht, dass er mich bekam. Ich fiel über einen großen Ast, als ich nicht auf den Weg achtete, sondern mich zu Steve herumdrehte, um zu schauen, wie weit er noch von mir entfernt war. Ich landete auf den Blättern, die auf dem Waldboden lagen, und versuchte gleich wieder aufzustehen. Doch es gelang mir einfach nicht. Sofort war Steve bei mir. „Jetzt bist du fällig", sagte er. Er zog ein Messer aus seiner Tasche und wollte auf mich einstechen. Ich wachte schreiend auf. Die Tränen liefen an meinen Wangen entlang und ich zitterte am ganzen Körper. Ich schaltete die Nachttischlampe an und versuchte mich zu beruhigen. „Das war nur ein Traum. Es war nur ein Traum", sagte ich mir selbst vor. Ich war am Überlegen Nicolai anzurufen, doch ich wollte ihn nicht wecken, denn schließlich hatte er einen anstrengenden Tag gehabt und musste sich ausruhen. Ich musste es schaffen, mich alleine zu beruhigen. Bevor ich Nicolai kennengelernt hatte, war auch niemand da gewesen, der mich beruhigt hatte, als ich einen Albtraum hatte. Ich stand vom Bett auf und ging in die Küche, um mir einen Beruhigungstee zu machen. Während der Tee durchzog, ging ich auf den Balkon und zündete mir eine Zigarette an. Ich zog an der Zigarette und schaute auf die schlafende Stadt. Wenn es doch immer so ruhig wäre, wie in diesem Moment. Wenn ich doch nur friedlich in dieser Stadt leben könnte, ohne dass mich die Leute ihren Hass auf mich spüren ließen. Ich rauchte die Zigarette zu Ende, drückte sie im Aschenbecher aus und ging wieder in die Küche, um mir den Tee zu holen. Mit der Tasse in der Hand ging ich ins Schlafzimmer, stellte sie auf den Nachttisch ab und holte mein Tagebuch aus der Schublade. Ich schlug es auf und begann zu schreiben.

Wieder hatte ich einen Albtraum. Warum fängt es denn wieder an? In den letzten Monaten konnte ich ruhig, ohne einen Albtraum zu haben, schlafen und nun kommen sie wieder. Immer wieder handeln sie von Steve, der mich verfolgt und umbringen will. Wie lange soll das noch so weitergehen? Werde ich je wieder ohne diese Träume schlafen können? Vor allem möchte ich aber auch einfach nur ein ruhiges Leben haben. Nur das ist in dieser Stadt nicht möglich. Die Leute lassen mich ihren Hass auf mich, weil ich Steve ins Gefängnis gebracht habe, jeden Tag spüren. Entweder werde ich beleidigt, angeschrien, oder wie das letzte Mal tätlich angegriffen. Auch meine sogenannten früheren Freunde lassen mich nicht in Ruhe. Sie schmieden immer hinterhältige Pläne, um mir das Leben schwer zu machen. Heute hat Cooper mir erst seine Liebe vorgespielt mich dann bedrängt und anschließend noch geküsst. Wenn ich daran denke, wird mir jetzt noch schlecht. Stella hat davon Fotos gemacht und sie werden sie höchstwahrscheinlich Nicolai schicken. Ich kam noch nicht dazu, ihm von dieser hinterhältigen Tat zu erzählen. Ich hoffe aber, dass er mir und nicht diesen gefälschten Fotos glauben wird. Ich habe Angst, dass er der Lüge glaubt und ich ihn dadurch verliere, denn ich liebe ihn doch über alles!

Ich schloss das Buch und legte es zusammen mit dem Stift wieder zurück in die Schublade. Ich nahm mir die Tasse und trank meinen Tee, bevor ich mich wieder ins Bett legte. Das Licht ließ ich an und es dauerte eine ganze Zeit, bis ich wieder einschlief und in einen traumlosen Schlaf sank.

Am nächsten Tag stand ich in der Küche und bereitete den Nachtisch für das Abendessen zu. Es würde Lasagne geben. Dazu einen Salat und zum Nachtisch Mousse au Chocolat, den ich schon einmal fertigmachte und ihn anschließend in den Kühlschrank stellen würde. Ich schaute auf die Uhr und stellte fest, dass es schon eins war. Nicolai hatte sich noch nicht gemeldet. Sein Flug würde um zwei Uhr gehen. Ich schaute auf mein Handy und auf das Telefon, die beide auf der Küchenarbeitsfläche lagen. Ich hatte das Radio etwas lauter gestellt und hörte Musik. Vielleicht hatte Nicolai sich schon gemeldet und ich hatte es nicht mitbekommen. Aber beide Geräte zeigten mir weder einen Anruf noch eine SMS an. Ich war mir ziemlich sicher, dass Nicolai sich noch melden würde und glaubte, dass er einfach noch nicht dazu gekommen war, mich anzurufen. Vielleicht hielt ihn auch sein Vater auf Trapp. Ja vielleicht hatte dieser vor dem Flug noch einen Kundentermin eingeschoben. Zuzutrauen wäre es ihm, nach dem gestrigen Tag, als er Nicolai auch dort schon von einem Termin zum nächsten getrieben hatte. Ich widmete mich wieder der Mousse au Chocolat. Im Radio lief gerade eines meiner Lieblingssongs. Ich bewegte mich, während ich das Mousse in der Schüssel weiter rührte, im Takt der Musik und sang den Text mit. Ich verteilte das Mousse auf zwei Glasschüsseln und nahm anschließend den Löffel, den ich dazu benutzt hatte, als Mikrofon. Singend und Hüfte schwingend bewegte ich mich durch die Küche, als ich mich Richtung Tür drehte und erschrak.

„Wie lange stehst du schon da", fragte ich geschockt.

„Lange genug um deine Küchenshow miterleben zu können", grinste Nicolai, der am Türrahmen lehnte und meine Sing- und Tanzeinlage mitbekommen hatte. Mir war es dermaßen peinlich, dass ich rot im Gesicht wurde. „Hey Süße, du brauchst dich nicht zu schämen. Ich fand deine Show sehr unterhaltsam. Außerdem liebe ich deine Stimme und deine Bewegungen", sagte er und kam lächelnd auf mich zu. Mir war es trotzdem peinlich, dass Nicolai zugeschaut hatte. Ich hatte doch gar nicht damit gerechnet, dass jemand zusehen könnte, denn schließlich sollte Nicolai erst am Nachmittag mit dem Flugzeug in Toronto landen, was mich zu meiner nächsten Frage brachte.

„Was tust du eigentlich schon hier? Euer Flug geht doch erst in einer Stunde."

„Ich weiß. Wir haben schon einen Flug früher genommen, weil der Termin, den mein Vater heute Vormittag eigentlich hatte, ausfiel. Und somit haben wir uns entschlossen schon früher zurückzufliegen und euch zu überraschen. Außerdem hast du mir gefehlt."

„Du hast mir auch gefehlt." Ich schlang meine Arme um seinen Nacken und drückte mich an ihn. Nicolai schloss mich in seine Arme und zog mich noch näher zu sich. „Na dann willkommen Zuhause." Ich zog seinen Kopf zu mir herunter und im nächsten Moment lagen unsere Lippen aufeinander.

„Chey, was hat das zu bedeuten", fragte Nicolai und er hörte sich sehr wütend an. Ich war gerade im Badezimmer und packte die Wäsche in die Waschmaschine. Ich schaute auf und sah Nicolai in der Tür zum Badezimmer stehen. Er hielt etwas in seiner

Hand, was er mir entgegenstreckte. Sein Blick verriet mir, dass er wirklich wütend war.

„Was ist denn los", fragte ich.

„Was los ist? Das ist los", fuhr er mich an und warf mir, dieses Etwas, was er zuvor noch in der Hand gehalten hatte, vor die Füße. Ich hob einen Umschlag auf und sah, dass darunter Fotos lagen. Fotos! Oh nein, das durfte nicht sein. Es konnte einfach nicht sein. Ich hob sie ebenfalls auf und erschrak. Das waren wirklich die Bilder, die Stella gemacht hatte. Ich hatte Nicolai vollkommen vergessen zu erzählen, was passiert war und jetzt war genau das geschehen, was ich befürchtet hatte. Genau das wollte ich doch eigentlich verhindern. Ich wollte es ihm doch erzählen, bevor er diese Bilder erhalten hätte, doch nun war es zu spät. Stella und Cooper waren mir zuvorgekommen. Er würde mir doch nun nicht mehr glauben, wenn ich ihm den ganzen Vorfall erklären würde. Ich schaute mir die Fotos noch einmal an. Sie zeigten Cooper und mich. Er küsste mich und man konnte meine Arme sehen, wie ich versucht hatte, ihn wegzuschieben. Ebenfalls befanden sich das gestrige Datum und die Uhrzeit auf den Fotos. Vielleicht würde Nicolai mir doch glauben, wenn er sah, dass ich mich gegen Cooper gewehrt hatte.

„Nicolai es ... es ist nicht so, wie es aussieht", begann ich ihm zu erklären und ging zu ihm.

„Ach nein? Wie sieht es denn dann aus? Also für mich sind die Fotos eindeutig. Du machst mit diesem Typen herum, während ich auf einer Geschäftsreise mit meinem Vater bin. Wie lange geht das schon mit euch?"

„Da ist nichts. Ich schwöre es dir. Cooper kam und wollte sich angeblich für seine Taten entschuldigen. Dann hat er mich bedrängt und geküsst. Ich wollte das doch gar nicht und habe mich versucht, gegen ihn zu wehren. Stella hat diese Fotos gemacht. Das war von den beiden alles geplant. Sie wollen uns auseinanderbringen. Bitte du musst mir glauben. Auf den Fotos kann man doch auch sehen, dass ich mich gegen ihn gewehrt habe", versuchte ich ihm zu erklären und hoffte, dass er mir glauben würde.

„Ich glaube dir kein Wort. Hör auf mir diese Lügen aufzutischen. Ich weiß zwar nicht, wer mir diese Fotos geschickt hat, weil kein Absender auf dem Umschlag steht, aber ihr wurdet erwischt. Wahrscheinlich habt ihr es noch nicht einmal gemerkt. Was habt ihr denn außer herumknutschen noch gemacht", fragte er und lief aufgebracht ins Wohnzimmer, wohin ich ihm folgte. „Ward ihr vielleicht auch zusammen im Bett? Ihr hattet schließlich die ganze Nacht Zeit und deshalb siehst du auch so müde aus. Hat es denn wenigstens Spaß gemacht?"

„Jetzt hör aber auf." Nun wurde auch ich wütend. Wie konnte er mir nur so etwas unterstellen? Nie würde ich ihn betrügen und schon gar nicht mit diesem ekelhaften Typ Cooper. „Ich habe keine Affäre oder sonst etwas. Weder mit Cooper noch mit irgendjemanden anderes. Ich würde dich nie betrügen. Ich wollte dir gestern Abend am Telefon erzählen, was Stella und Cooper getan haben, aber du hattest keine Zeit und musstest zum Geschäftsessen. Und vorhin, als du mich überrascht hast, habe ich es vor lauter Freude, dass du schon da bist, vergessen. Im Übrigen hatte ich heute Nacht wieder einen Albtraum und war danach zwei Stunden wach. Deshalb sehe ich so müde aus, weil mir etwas Schlaf fehlt", erwiderte ich und wurde am Ende hin etwas lauter.

„Wahrscheinlich habe ich euch, mit dem Anruf gestern Abend, noch gestört. Da kam es dir doch nur gelegen, dass ich wegmusste", schnauzte er mich an.

„Das ist doch alles Quatsch. Nicolai, bitte glaube mir. Cooper hat mich bedrängt und geküsst. Ich habe mich doch gewehrt. Du kannst Elle fragen. Sie hat das alles mitbekommen und die beiden verjagt", versuchte ich es ihm noch einmal zu erklären.

„Halt meine Schwester aus deinen Lügen heraus", schrie er mich nun an. Noch nie war sein Blick so eiskalt gewesen, wie in diesem Moment, wo er mich wutentbrannt ansah. Mir stiegen Tränen in die Augen. Wieso glaubte er mir denn nicht? Wieso glaubte er dieser Lüge? Ich hatte ihn doch wirklich nicht betrogen.

„Ich ... ich lüge nicht", schluchzte ich und die Tränen liefen mir über die Wange. „Bitte glaube mir doch. Ich liebe dich doch."

„Du liebst mich? Tut mir leid, aber das glaube ich dir nicht. Ich dachte immer, du bist anders. Dabei bist du genauso ein Miststück, wie Susan. Du hast mich genauso betrogen, wie sie. Ich will, dass du sofort verschwindest", knurrte er, drehte sich um und ging ins Büro.

„Nicolai, bitte", brachte ich unter Tränen heraus, folgte ihm und packte ihm am Arm.

„Fass mich nicht an", schrie er und schüttelte meinen Arm ab.

„Bitte", flüsterte ich.

„Verschwinde. Ich will dich nicht mehr sehen", sagte er nur, schlug die Bürotür zu und mein Herz brach. Schluchzend sank ich auf den Boden. Was sollte ich denn jetzt nur tun? Er wollte mich nicht mehr sehen. Er verglich mich mit seiner Ex-Freundin. Dabei war ich doch gar nicht so, wie sie. Ich konnte verstehen, dass es für ihn, wie ein Deja-vu gewesen sein musste, als er die Bilder gesehen hatte. Susan war damals seine erste große Liebe gewesen. Er hatte alles für sie getan, bis er sie mit einem anderen erwischt hatte. Das hatte ihn so sehr verletzt, dass er zum Player geworden war und keine großen Gefühle an sich herangelassen hatte, bis wir uns kennengelernt und uns ineinander verliebt hatten. Aber ich war nicht Susan. Ich hatte ihn nicht betrogen. Ich wurde zu diesem Kuss gezwungen und hatte ihn nicht erwidert. Es war ein hinterhältiger Plan von Cooper und Stella gewesen um unsere Beziehung und dazu auch noch mein Leben zu zerstören. Und genau das hatten sie geschafft. Nicolai glaubte der Lüge und war nicht nur wütend auf mich, sondern wollte noch, dass ich verschwand. Es hörte sich so an, als ob er mich nicht mehr wollte. Als ob für ihn diese Beziehung vorbei wäre. Bei diesem Gedanken entrang sich mir wieder ein Schluchzen. Ich wollte nicht, dass es vorbei war. Ich liebte ihn doch. Er war mein Ein und Alles und ich konnte mir ein Leben ohne ihn nicht mehr vorstellen. Aber nun schien es vorbei zu sein und ich war wieder alleine. Er wollte es so. Ich sollte verschwinden und ich würde es ihm zuliebe tun. Zumindest erst einmal ein paar Tage. Vielleicht könnte ich noch einmal mit ihm reden, wenn er sich beruhigt hatte. Vielleicht würde dann alles wieder gut werden. Entschlossen stand ich auf und wollte gerade ins Schlafzimmer gehen, als es an der Wohnungstür klopfte. Ich haderte mit mir, ob ich sie öffnen sollte, denn eigentlich wollte ich jetzt mit niemanden reden.

„Chey, ich weiß, dass du da bist. Mach die Tür auf", rief Elle und in mir machte sich ein kleiner Hoffnungsschimmer breit. Elle war die Einzige, die mir noch helfen konnte. Sie konnte bezeugen, dass die Fotos gestellt waren. Ich ging zur Tür und öffnete sie. Als ich Elle sah, brach ich vollkommen zusammen und die Tränen liefen in Strömen an meinen Wangen entlang.

„Hallo Chey, kannst du mir ...", legte sie los, brach aber ab, als sie mich sah. „Was ist los?" Ich fiel ihr regelrecht in die Arme und schluchzte. „Hey Chey, was ist denn passiert? Du bist ja völlig aufgelöst." Sie nahm mich in den Arm und strich mir liebevoll über den Rücken.

„Er … er hat die Fotos gesehen", schluchzte ich.

„Welche Fotos?"

„Na die Fotos, die Stella gestern gemacht hat. Sie kamen mir zuvor. Nicolai kam eher aus Vancouver zurück und hat mich überrascht. Dabei hatte ich ganz vergessen, ihm von diesem Vorfall zu erzählen. Die Bilder waren in einem Umschlag, der an ihn adressiert war, ohne Absender. Ich habe versucht ihm zu erklären, was passiert ist. Aber er glaubt mir nicht. Er denkt, ich habe ihn betrogen. Er ist wütend geworden und hat mich angeschrien. Und nun möchte er, dass ich verschwinde."

„Er will was? Geht es ihm eigentlich noch gut? Wo ist er? Ich will ihm mal den Kopf waschen", rief sie aufgebracht und löste sich aus meinen Armen.

„Er ist im Büro."

„Na der kann was erleben." Sie ging an mir vorbei in die Wohnung und ich schloss die Tür. Sie hob die Bilder auf, die auf dem Boden lagen, und wollte ins Büro gehen. Allerdings hatte Nicolai die Tür verschlossen und sie kam nicht hinein. Sie klopfte lautstark an die Tür.

„Nicolai Fresco, öffne sofort die Tür", rief sie und klopfte dabei einfach weiter.

„Was willst du", schrie Nicolai und öffnete die Tür.

„Schrei mich nicht so an", erwiderte Elle, ging ins Zimmer und legte gleich los.

„Sag mal, tickst du noch ganz richtig? Chey betrügt dich nicht. Das würde sie nie tun. Aber anstatt ihr zu glauben, glaubst du lieber diesen hinterhältigen Personen von Cooper und Stella mit ihren inszenierten Fotos."

„Hör auf sie in Schutz zu nehmen. Ich habe ihr gesagt, dass sie dich nicht in ihre Lügen mit hineinziehen soll", knurrte Nicolai.

„Ich nehme sie nicht in Schutz und Chey lügt auch nicht. Und warum hast du ihr an den Kopf geschmissen, dass sie verschwinden soll? Geht es dir eigentlich noch gut", herrschte Elle ihren Bruder an.

„Sie hat mich betrogen. Sie hat mir ihre Liebe geschworen, aber sie hat mich nur verarscht. Sie hat mich schwer enttäuscht und deshalb möchte ich sie nicht mehr sehen." Seine Worte machten meine Hoffnung, dass er mir doch glauben würde, zunichte. Er war enttäuscht von mir und das war schlimmer, als wenn er wütend gewesen wäre. Dabei hatte ich doch gar nichts getan. Ich konnte doch nichts dafür, was passiert war. Mein größter Fehler war es gewesen, die Tür zu öffnen und Cooper überhaupt zuzuhören. Ich hätte eigentlich gleich wieder die Tür schließen sollen, als ich gesehen hatte, wer davorstand. Dann wäre jetzt zwischen Nicolai und mir alles in Ordnung. Wir wären noch glücklich miteinander. Nun war er wütend und enttäuscht und wollte, dass ich ging. Ohne auf Elle und Nicolai zu achten, die sich immer noch stritten, ging ich in Schlafzimmer. Leise Tränen liefen an meinen Wangen herunter, als ich eine Reisetasche aus dem Schrank nahm, und begann einige Klamotten einzupacken. Alles konnte ich nicht mitnehmen. Ich würde mir erst einmal in einem Hotel ein Zimmer nehmen, und wenn ich mir dann eine Wohnung gesucht hätte, würde ich meine restlichen Sachen abholen. Ich packte noch schnell mein Tagebuch, ein Foto von mir und meinen Eltern, welches auf dem Nachttisch stand, sowie ein Foto von Nicolai und mir ein. Ebenfalls nahm ich meinen Teddybären, den ich von meinen Eltern zur Geburt geschenkt bekommen hatte, mit und machte die Reisetasche zu. Ich nahm mir einen Block und einen Stift vom Bett. Nicolai hatte seine Schreibutensilien, die er mit auf der Geschäftsreise hatte, nach dem Auspacken dort liegen gelassen. Ich setzte mich auf das Bett und begann Nicolai einen Brief zu schreiben.

Hallo Nicolai,

ich weiß, du bist wütend und enttäuscht, weil du denkst, ich hätte dich betrogen. Ich kann dir nur immer wieder schwören, dass ich es nicht getan habe.
Trotzdem werde ich deinen Wunsch akzeptieren und gehen. Meine restlichen Sachen werde ich in den nächsten Tagen abholen.
Vielen Dank für alles, was du für mich getan und mir gegeben hast.
Ich liebe dich und werde es immer tun.

Cheyenne

Tränen traten mir wieder in die Augen, als ich das Blatt auf das Bett legte. Seufzend betrachtete ich meinen Verlobungsring am linken Ringfinger. Nun würde es nichts mit unserer Hochzeit werden. Nicolai wollte mich nicht mehr. Wie es nun weitergehen würde, wusste ich nicht. Aber was ich wusste war, dass es ein Leben ohne Nicolai sein würde. Leise schluchzend zog ich mir den Ring vom Finger und legte ihn auf das Blatt. Ich nahm meine Tasche und ging zur Schlafzimmertür. Im Nebenzimmer hörte ich Elle und Nicolai, die sich noch immer meinetwegen stritten. Ich hoffte, dass ich unbemerkt aus der Wohnung kam, denn Elle würde mich ganz bestimmt aufhalten und das war genau das, was ich nicht wollte. Nicolai wollte schließlich, dass ich ging. Ich verließ das Schlafzimmer und schlich leise zur Wohnungstür, wobei ich die Luft anhielt, als ich am Büro vorbeikam. Zum Glück waren die beiden so damit beschäftigt sich anzuschreien, dass sie mich nicht bemerkten. Ich schnappte mir meine Jacke und meine Handtasche. Ich hatte keine Zeit noch meine Badartikel aus dem Badezimmer zu holen. Jeden Augenblick konnten Elle und Nicolai aus dem Büro kommen. Deshalb musste ich mich beeilen, um aus der Wohnung zu kommen. Später würde ich mir im Supermarkt die wichtigsten Badartikel, wie Zahnbürste, Zahnpasta und Duschgel kaufen. Aber erst einmal musste ich hier weg. Ich verließ die Wohnung und atmete tief durch, als ich leise die Tür hinter mir schloss. Das war geschafft. Jetzt hoffte ich nur, dass ich nicht Carlos begegnen würde, denn er würde mich ebenfalls nicht gehen lassen, wenn er wüsste, was ich vorhatte. Ich drückte auf den Knopf, um den Fahrstuhl zu holen und hatte Glück, dass er gleich kam. Die Türen öffneten sich und ich war froh, dass dort niemand drin war. Ich stieg ein und drückte den Knopf für das Erdgeschoss. Ich würde mir ein Taxi nehmen, da ich der Meinung war, dass mir nun der Wagen, den ich von Nicolais Eltern geschenkt bekommen hatte, nicht mehr zustand, denn schließlich gehörte ich nicht mehr zur Familie. Ich wollte nicht so dargestellt werden, als wenn ich die Familie nur ausgenommen hätte. Und so würden mich die Leute sehen, wenn sie erfuhren, dass Nicolai und ich uns getrennt hätten und ich das teure Auto mitnehmen würde. Wobei die Leute sowieso schadenfroh sein würden, wenn sie von der Trennung erfuhren. Wieder ein Schlag gegen mich. Vielleicht wäre es besser, wenn ich die Stadt verließe und irgendwo anders noch einmal neu anfangen würde. Darüber würde ich mir Gedanken machen, wenn ich in einem Hotel wäre. Die Fahrstuhltüren schlossen sich und der Fahrstuhl fuhr nach unten. Im Erdgeschoss angekommen stieg ich, nachdem sich die Türen geöffnet hatten, aus dem Fahrstuhl aus und ging zur Haustür.

„Miss Disseur, ist alles in Ordnung", fragte der Portier, als ich an ihm vorbei zur Tür ging, und schaute mich besorgt an. Er musste mein verheultes Gesicht gesehen haben.

„Ja, es geht schon", log ich. „Ich muss jetzt auch los", erklärte ich ihm noch und eilte aus dem Haus, bevor er mich noch etwas fragen konnte. Ich ging ein paar Schritte am Haus entlang, sodass mich der Portier von der Haustür aus nicht mehr sehen konnte. Ich ging näher an die Straße, um ein freies Taxi anzuhalten, welches mich zum Hotel bringen sollte. Doch entweder waren die Taxen schon von anderen Fahrgästen besetzt oder es hielt keines an, obwohl ich meinen Arm hob, um mich beim Taxifahrer bemerkbar zu machen. Ich holte mein Handy aus der Tasche und rief beim Taxiunternehmen an, die mir auch gleich ein Taxi schicken wollten. Ich hoffte, dass es nicht so lange dauern würde, denn ich wollte hier nur noch weg. Ungeduldig lief ich vor dem Haus hin und her und wartete auf das Taxi. Nach einer gefühlten halben Stunde, obwohl es eigentlich fünf Minuten waren, fuhr endlich ein Taxi vor. Ich öffnete die hintere Wagentür und stellte die Reisetasche auf den Rücksitz. Ich wollte mich gerade ebenfalls in den Wagen setzen, als ich meinen Namen hörte.

„Chey, Chey warte." Ich drehte mich um, schaute zum Haus und sah Nicolai, der auf das Taxi zulief. Was wollte er? Ich sollte doch verschwinden.

„Chey, es tut mir alles so leid. Bitte verlass mich nicht", flehte er, als er am Taxi ankam und vor mir stehen blieb.

„Aber du sagtest doch, ich soll verschwinden", sagte ich leise und Tränen rannen über mein Gesicht, als ich mich an Nicolais eiskaltem Blick erinnerte, mit dem er mich angesehen hatte, wo er mir die Worte an den Kopf knallte.

„Chey, es tut mir so wahnsinnig leid. Ich habe es doch nicht so gemeint. Es ist mir einfach so herausgerutscht. Ich bin so ein Idiot. Ich habe dir nicht geglaubt und bin kurz davor dich zu verlieren", erwiderte Nicolai und nahm meine Hände in seine. Sein Blick war fest auf mich gerichtet und in seinen Augen konnte ich Verzweiflung, Reue und Liebe erkennen. Also liebte er mich doch noch. Es war doch nicht alles vorbei. Mein Herz machte einen Freudensprung.

„Was ist denn jetzt? Steigen Sie nun ein oder nicht? Ich habe nicht den ganzen Tag Zeit", murrte der Taxifahrer.

„Einen Moment noch", entgegnete Nicolai und wandte sich dann wieder mir zu. „Chey, bitte fahr nicht. Bleib bei mir. Ich liebe dich doch", flehte er mich an und was ich nun in seinen Augen sah überraschte mich. Tränen glitzerten in seinen Augen. Ich hatte ihn noch nie weinen gesehen. Er hatte Angst mich zu verlieren und die Tränen verdeutlichten nur das, was ich schon wusste. Er liebte mich aufrichtig. Ich wusste, was ich zu tun hatte. Es war das einzig Richtige. Alles andere hätte Nicolai und mich zerstört. Ich drehte mich um und nahm meine Tasche aus dem Wagen.

„Hier behalten Sie den Rest. Ich brauche das Taxi doch nicht", sagte ich zu dem Fahrer und gab ihm zehn Dollar. Dieser bedankte sich und fuhr davon, nachdem ich die Tür geschlossen hatte. Ich drehte mich um, ließ meine Tasche auf den Boden fallen und fiel Nicolai schluchzend um den Hals. Sofort legte er seine Arme um mich und zog mich eng an sich. Sein Gesicht vergrub er in meiner Halsbeuge.

„Ich hatte so eine Angst, dass ich dich wegen meines idiotischen Verhaltens verlieren würde. Als ich deinen Verlobungsring und den Brief fand, wurde mir erst richtig klar, was ich getan hatte und es tut mir so unendlich leid", sagte er leise und drückte mich noch fester an sich.

„Ist schon gut. Zum Teil war es doch auch meine Schuld. Ich hätte dir von dem Vorfall erzählen müssen." Er wich ein Stück von mir zurück, nahm mein Gesicht in seine Hände und schaute mir tief in die Augen.

„Süße, es war ganz allein meine Schuld. Ich hätte dir glauben sollen. Ich hätte dir vertrauen müssen. Stattdessen habe ich dich angeschrien, der Lüge geglaubt und dir unterstellt du wärst, wie meine Ex. Ich hätte nichts davon tun dürfen. Aber als ich diese Fotos sah, wie dieser Typ dich geküsst hat, kamen die Bilder wieder hoch, als Susan mich betrogen und mir damit das Herz gebrochen hat. Die Wut stieg in mir auf und ich habe einfach nur noch rotgesehen. Ich hatte einfach Angst, dass mir mein Herz wieder gebrochen wird und das ausgerechnet von der Frau, die ich über alles Liebe", erklärte er.

„Das verstehe ich. Du hattest Angst wieder enttäuscht zu werden. Ich kenne das nur zu gut. Ich hatte auch Angst. Ich dachte, Stella und Cooper hätten es mit ihrer Lüge geschafft unsere Beziehung zu zerstören und das du mich nicht mehr willst. Ich hatte Angst dich zu verlieren und das ich wieder alleine wäre", gestand ich ihm und eine Träne lief an meiner Wange entlang. Nicolai wischte diese mit seinem Daumen weg.

„Das wird nicht passieren. Niemand wird uns je trennen und du wirst auch nie wieder alleine sein. Das heißt, wenn du mich nach meinen idiotischen Verhalten noch willst", sagte er und sein Blick wurde traurig.

„Natürlich will ich dich. Nur dich." Ich zog seinen Kopf zu mir herunter und küsste ihn. Sofort erwiderte er den Kuss. Seine Zunge bat an meiner Unterlippe um Einlass, den ich ihm sofort gewährte. Unsere Zungen begannen ein wildes Spiel und es war mir egal, ob wir hier mitten auf dem Bürgersteig standen und die Leute uns sehen konnten. Mir war in diesem Moment nur Nicolai wichtig. Es begann zu regnen und wir wurden nass.

„Lass uns reingehen", raunte Nicolai und löste sich von mir. Er nahm meine Tasche und legte einen Arm um meine Taille. Zusammen gingen wir ins Haus. Der Portier lächelte uns nur an, als wir zum Fahrstuhl gingen. Anscheinend hatte er sich schon gedacht, dass etwas vorgefallen sein musste, als ich mit verheultem Gesicht aus dem Haus gelaufen und Nicolai mir hinterher gefolgt war. Aber nun war alles wieder gut, worüber ich überglücklich war. Wir stiegen in den Fahrstuhl, der sich noch im Erdgeschoss befand, und fuhren nach oben. Kaum hatten sich die Türen geschlossen, drückte Nicolai mich mit dem Rücken gegen die Wand. Seine Lippen legten sich sinnlich auf meine und wir küssten uns. Seine Hände strichen an meinen Seiten entlang, was mir ein Stöhnen entlockte. Viel zu schnell waren wir auf unserer Etage angelangt. Nicolai schob mich weiter küssend aus dem Fahrstuhl in die Richtung unserer Wohnung.

„Oh, wie ich sehe, habt ihr euch wieder vertragen", hörte ich Elles Stimme und erschrak. Ich hatte gar nicht damit gerechnet, dass sie noch da war. „Ich habe mir schon geholt, weswegen ich eigentlich zu euch herüberkam." Sie hielt die Zuckerpackung hoch, die sie in der Hand hielt. Deswegen war sie zu uns gekommen. Wegen des Streites war ich gar nicht dazu gekommen sie zu fragen, was sie eigentlich wollte.

„Ja ist gut", entgegnete Nicolai.

„Danke für alles", sagte ich zu ihr.

„Kein Problem, wobei dein Brief und der Ring ihn erst zur Einsicht gebracht haben. Ich werde dann jetzt mal gehen und euch zwei alleine lassen", grinste sie und zwinkerte mir zu. „Bis dann." Wir gingen in unsere Wohnung und kaum hatte Nicolai die Wohnungstür geschlossen, fiel er auch schon über mich her. Er küsste meinen Hals und strich mit seinen Händen über meinen Körper, was einen wolligen Schauer in mir auslöste.

„Ich will dich. Jetzt. Sofort", raunte er an meinem Ohr und zog mir die Jacke aus, die er einfach auf dem Boden warf. Als Nächstes wanderten seine Hände unter mein Shirt und strichen über meine nackte Haut, was mich zum Stöhnen brachte. Ich griff nach dem Saum von seinem T-Shirt und zog es ihm aus. Ich wollte ihn genauso, wie er mich wollte und konnte es kaum erwarten ihn zu spüren. Der Anblick seines nackten muskulösen Oberkörpers faszinierte mich immer noch und ich streichelte mit meinen Händen über seine Muskeln. Nicolai stöhnte. Er hob mich auf seine Arme, lief ins Schlafzimmer und legte mich auf dem Bett ab. Er kam über mich und begann mein Shirt und auch gleich meinen BH auszuziehen. Sanft küsste er sich seinen Weg von meinem Hals zu meinem Schlüsselbein hinunter zu den Brüsten.

„Du bist so wunderschön", hauchte er und nahm eine Brustwarze in den Mund, an der er leicht zog. Ich keuchte und mein Verlangen nach ihm wuchs. Nicolai küsste sich zu der anderen Seite und bearbeitete auch diese Brustwarze mit seinen Zähnen und seiner Zunge. Ich zog ihn am Arm zu mir hoch und drehte uns so, dass ich auf ihm saß. Nun war ich an der Reihe ihn zu verwöhnen. Ich ließ meine Hände über seinen Oberkörper wandern und küsste mich von seiner Brust zu seinem Bauch. An seinem Hosenbund machte ich halt. Ich stieg von ihm herunter und öffnete den Knopf seiner Jeans. Ich zog ihm die Hose mitsamt seiner Boxershorts herunter, wobei mir Nicolai half und auch gleichzeitig seine Schuhe und die Socken mit auszog. Er zog mich zu sich und legte seine Lippen auf meine. Ich vertiefte den Kuss und kurz darauf spielten unsere Zungen miteinander. Nicolai drückte mich zurück auf das Bett und seine Hände wanderten zu meiner Hose. Ich strampelte mir meine Schuhe ab, die ich immer noch trug und sie fielen auf den Boden. Nicolai öffnete meine Hose und zog sie mir zusammen mit meinem Slip aus. Die Socken folgten ebenfalls. Er kam wieder zu mir nach oben, wobei er meinen Körper mit Küssen bedeckte. Er strich mit seiner Hand über meinen Bauch und stoppte bei meiner heißen Mitte.

„Nicolai bitte", flehte ich ihn an, denn ich brauchte ihn jetzt sofort. „Noch nicht", erwiderte er und begann meinen empfindlichen Punkt zu streicheln. Ich stöhnte auf und spreizte automatisch meine Beine.

„Bitte", flehte ich noch einmal und dieses Mal erhörte er mich. Er legte sich zwischen meine Beine und drang in mich ein, was uns beide aufstöhnen ließ. Unsere Lippen trafen aufeinander. Ich schlang meine Beine um seine Hüften, damit er tiefer in mich gleiten konnte. Seine Stöße wurden schneller und ich merkte, dass ich bald soweit war. In mir zog sich alles zusammen und ich kam mit einem lauten Stöhnen zu meinem Höhepunkt. Nicolai folgte mir kurz darauf und brach erschöpft auf mir zusammen. Dabei stützte er sich mit den Armen ab, damit sein Gewicht nicht auf mir lastete.

„Ich liebe dich", brachte ich schwer atmend heraus.

„Ich liebe dich auch." Er legte sich neben mich und deckte uns mit der Bettdecke zu, damit uns nicht kalt wurde. Ich rutschte näher an ihn heran und kuschelte mich in seine Arme, die er um mich schlang.

„Sag mal, wo wolltest du vorhin eigentlich hin", fragte er mich leise.

„Erst einmal in ein Hotel am anderen Ende der Stadt. Dort wäre ich ein paar Tage geblieben, bis ich eine Wohnung gefunden hätte. Ich hatte mir auch überlegt, ob ich nicht die Stadt verlasse und irgendwo anders noch einmal neu anfange. Einfach weg von diesen Leuten, die mich sowieso nicht leiden können. Vielleicht wäre mir dann die Trennung von dir leichter gefallen, weil wir uns dann nicht mehr über den Weg gelaufen wären."

„Ich bin so froh, dass ich noch rechtzeitig gekommen bin. Wärst du schon weg gewesen, hätte ich die ganze Stadt nach dir abgesucht. Ich hätte nicht eher aufgehört zu suchen, bis ich dich gefunden hätte."

„Es war wahrscheinlich ein Wink des Schicksals, dass kein Taxi bei mir gehalten hat und ich per Telefon eins bestellen musste. Sonst wäre ich schon weg gewesen. Aber ich bin so froh, dass es so gekommen ist. Ein Leben ohne dich wäre für mich keines, denn du bist zu meinem Leben geworden."

„Und du zu meinen", hauchte er und küsste mich auf die Stirn.

„Hattest du wirklich heute Nacht einen Albtraum", fragte er und schaute mich besorgt an.

„Ja, den hatte ich. Deshalb habe ich nicht so viel Schlaf bekommen."

„Aber warum hast du mich denn nicht angerufen. Ich hätte zwar nicht sofort zu dir kommen können, aber ich hätte versuchen können dich per Telefon zu beruhigen."

„Ich wollte dich nicht wecken. Du hattest so einen anstrengenden Tag und da wollte ich dich schlafen lassen", erklärte ich ihm.

„Das wäre mir egal gewesen. Du weißt doch, dass mich das nicht stört, wenn du mich weckst."

„Ich weiß", erwiderte ich und in dem Moment knurrte mein Magen.

„Hat da etwa jemand Hunger", fragte er schmunzelnd.

„Ja, ein wenig. Ich habe heute noch nicht wirklich etwas gegessen."

„Na dann wird es aber Zeit. Wie wäre es, wenn wir uns Pizza bestellen? So brauchen wir nichts mehr kochen."

„Das hört sich gut an und zum Nachtisch gibt es dann Mousse au Chocolat, den ich heute Mittag schon gemacht habe."

„Und ich weiß auch schon, wie ich dich damit verwöhnen kann", sagte er mit lustverschleiertem Blick. Mein Unterleib zog sich lustvoll zusammen.

Kapitel 6

Eine Woche war seit dem Missverständnis mit den Fotos und dem Streit vergangen. Der Plan von Stella und Cooper uns auseinander zu bringen war fehlgeschlagen. Als die beiden uns Anfang der Woche zusammen im Supermarkt gesehen hatten, war ihnen klar, dass ihr Plan nicht funktioniert hatte. Deshalb schickten sie Nicolai weitere Fotos von dem Kuss und kamen sogar einmal bei uns vorbei, um ihm weiß zu machen, dass ich wirklich ein Verhältnis mit Cooper hätte. Sie hatten sogar gefälschte Liebesbriefe dabei, die ich angeblich geschrieben hätte. Nicolai glaubte ihnen jedoch nicht, da er schließlich meine Handschrift kannte und sofort wusste, dass die Briefe gefälscht waren. Er ließ sie von den Sicherheitsmännern aus dem Haus werfen, nachdem sie nicht freiwillig gehen wollten. Aber in dieser Woche war noch mehr passiert. Ich hatte in einen Supermarkt und in einem Restaurant, in das mich Nicolai ausführen wollte, Hausverbot bekommen. Sogar an einer Tankstelle durfte ich nicht mehr tanken. Alles nur, weil die Besitzer Freunde von Steve waren. Das Schlimmste für mich war allerdings, als Nicolai und ich bei einem Stadtbummel einige von Steves Angehörigen dabei erwischten, wie sie Unterschriften gegen mich sammeln wollten, damit ich aus der Stadt verschwand. Nicolai war darüber so wütend geworden, dass er diese Leute angeschrien hatte und sogar die Unterschriftsbögen zerriss, worüber sie nicht gerade erfreut waren. Nicolai war so aufgebracht gewesen über diese Aktion, dass ich Mühe hatte, ihn zu beruhigen und ihn von diesen Leuten weg zu bekommen. Mir wurde klar, dass Steves Anhänger es nie einsehen würden, was er mir angetan hatte und zurecht im Gefängnis saß. Vielleicht wäre es doch besser die Stadt zu verlassen und woanders hinzuziehen. Allerdings konnte ich von Nicolai nicht verlangen seine Familie und Freunde zu verlassen, um mit mir wegzuziehen. Außerdem würde ich ja auch meine Familie und meine Freunde vermissen.

„Wie wäre es, wenn wir einen Ausflug machen", schlug Nicolai Samstagmittag vor.

„Das ist eine gute Idee. Wo wollen wir denn hin", fragte ich und legte mein Buch zur Seite, indem ich gelesen hatte.

„Das verrate ich dir nicht. Es ist eine Überraschung. Zieh deine Motorradsachen an. Die wirst du brauchen, denn wir fahren mit dem Motorrad."

„Mit was fahren wir", fragte ich leicht geschockt nach.

„Wir machen einen Ausflug mit dem Motorrad. Das Wetter ist so schön, da brauchen wir doch nicht im Auto zu sitzen. Ich habe mich doch schon mit der Maschine eingefahren und jetzt ist es Zeit, dass du mitfährst. Du brauchst keine Angst zu haben. Ich passe schon auf, dass nichts passiert. Du vertraust mir doch, oder?"

„Natürlich vertraue ich dir. Also gut, lass uns mit dem Motorrad fahren", sagte ich, auch wenn mir etwas mulmig bei diesem Gedanken war, mich auf so eine Maschine zu setzen. Aber ich wusste, dass Nicolai aufpassen und vorsichtig fahren würde. Er war in letzter Zeit öfter mit dem Motorrad gefahren und hatte auch schon eine Tour mit Gavin und Carlos gemacht. Von den beiden hatte ich hinterher gehört, dass Nicolai ein guter Motorradfahrer war. Daran hatte ich auch gar keinen Zweifel. Wir gingen ins Schlafzimmer und holten die Motorradsachen aus dem Kleiderschrank. Die Klamotten sahen sehr warm aus, aber Sicherheit ging vor und auf dem Motorrad würde es durch den Fahrtwind auch nicht so warm sein.

„Du siehst so sexy aus in den Klamotten. Ich könnte dich jetzt auf der Stelle vernaschen", raunte Nicolai an meinem Ohr, als wir fertig angezogen waren, und jagte mir damit einen Schauer über den Rücken.

„Dann werden wir aber nicht mehr zu unserem Ausflug kommen", keuchte ich, als er begann, meinen Hals zu küssen.

„Da hast du recht. Vor allem, weil ich dich endlich dazu gebracht habe mit mir Motorrad zu fahren. Dann müssen wir das hier auf später verschieben", sagte er und strich mit seiner Nase an meinen Hals entlang.

„Lass es sein, sonst überlege ich es mir doch noch anders und werde nicht mit dir fahren", drohte ich ihm, nachdem seine Hände auch noch an meinen Körper auf Wanderschaft gingen.

„Na gut, dann komm, bevor ich es mir noch überlege und unser Ausflug im Bett stattfindet", erwiderte er und ließ von mir ab. Wir verließen bewaffnet mit den Motorradhelmen die Wohnung und fuhren mit dem Fahrstuhl in die Tiefgarage. Wir stiegen aus dem Fahrstuhl aus und gingen zum Parkplatz, wo das Motorrad stand. Nicolai schob es aus der Parklücke und setzte sich auf den Sitz. „Na komm Süße, steig auf". Er klopfte hinter sich auf den Sitz. Ich tat, was er sagte und setzte mich hinter ihm auf den Sitz. Nicolai zeigte mir, wo ich meine Füße abstellen und wie ich mich an ihm festhalten sollte. Wir setzten die Helme auf und dann konnte es losgehen. Ich schlang meine Arme um seinen Oberkörper und drückte mich eng an ihn.

„Chey, ich weiß, ich habe dir gezeigt, wie du dich festhalten sollst, aber das ist ein wenig zu fest. Ich muss auch noch atmen", sagte er und lockerte mit seinen Händen meine Umarmung.

„Oh entschuldige." Ich hatte gar nicht gemerkt, wie fest ich mich an ihn geklammert hatte. Nun lagen meine Arme locker um seinen Oberkörper.

„Es ist schon gut. Du brauchst dich nicht zu entschuldigen. Dann lass uns mal losfahren." Nicolai startete den Motor und fuhr langsam aus der Tiefgarage. Er bog auf die Straße und fuhr stadtauswärts. Ich war sehr gespannt, wo es hingehen würde. So schlimm, wie ich gedacht hatte, war das Motorrad fahren gar nicht. Langsam fand ich sogar gefallen daran. Naja bis Nicolai auf die Autobahn fuhr und Gas gab. Ich schrie vor Schreck auf und hielt mich krampfhaft an seiner Jacke fest.

„Süße, es ist alles gut. Dir passiert nichts", schrie Nicolai gegen den Fahrtwind und versuchte mich zu beruhigen. Ich lehnte meinen Kopf, so gut es mit dem Helm ging, an seinen Rücken, schloss die Augen und atmete tief durch. Langsam lockerte ich meinen Griff und öffnete die Augen. Autos, Bäume und Wiesen flogen nur so an uns vorbei. Nicolai fuhr von der Autobahn ab auf die Bundesstraße. Lange blieben wir nicht auf dieser Straße, denn schon die nächste Ausfahrt fuhren wir herunter. Ich schaute auf das Straßenschild und sah, dass die Stadt, in die wir fuhren, Mississauga war. Natürlich kannte ich den Weg, denn wir waren schon des Öfteren nach Mississauga gefahren, als wir Gregor und Martin besucht hatten. Aber durch die Aufregung, wegen des Fahrens mit dem Motorrad, hatte ich darauf gar nicht geachtet. Nicolai fuhr durch die Straßen der Stadt. Ich fragte mich, wo wir hinfuhren, wusste aber gleich, wenn ich ihn fragen würde, dass er es mir nicht verraten würde, da es eine Überraschung war. Wir fuhren in ein Neubaugebiet, welches am Rand der Stadt lag. Ich schaute mir die Häuser an, wovon einige sogar Villen waren. Wir bogen in eine Straße ein und fuhren noch ein Stück, bis Nicolai plötzlich anhielt. Er stellte den Motor aus und nahm seinen Helm ab. „Wir sind da, Süße", sagte er und stieg von der Maschine. Ich nahm ebenfalls meinen Helm ab, schaute mich verdutzt um und wusste nicht, was wir hier wollten.

„Was wollen wir denn hier", fragte ich mich weiter umblickend.

„Ich möchte dir unser neues Zuhause zeigen", sagte er und deutete auf eine Villa vor uns.

„Neues Zuhause", fragte ich verwirrt und stieg vom Motorrad. Nicolai stellte die Maschine auf den Motorradständer, damit sie nicht umfiel, und wandte sich dann wieder mir zu.

„Naja, eigentlich sollte es dein Hochzeitsgeschenk sein. Aber ich dachte mir, durch die Aggressionen der Leute in Toronto gegen dich wäre es das Beste, wenn wir schon eher umziehen. Das heißt, natürlich nur, wenn du möchtest."

„Du bist so süß. Natürlich möchte ich umziehen. Mit dir würde ich überall hinziehen. Ich habe schon darüber nachgedacht aus Toronto weg zu ziehen, aber ich will dich nicht von deiner Familie und deinen Freunden trennen."

„Süße, das tust du nicht. Ich möchte, dass du glücklich bist. Du bist das Wichtigste in meinen Leben. In Toronto bist du nicht richtig glücklich. Ich merke, dass die Angriffe der Leute und die Taten von Steve dir sehr zusetzen und ich möchte nicht, dass dir noch etwas zustößt. Bei diesen Leuten kann man nie wissen, zu was sie noch alles fähig sind. Außerdem ist es nur eine knappe halbe Stunde bis Toronto. Also nicht sehr weit und mit dem Auto oder dem Motorrad sind wir ruckzuck da", sagte Nicolai und er hatte recht. Ich war zwar glücklich, dass ich ihn, seine Familie und meine Freunde hatte, aber in der Stadt fühlte ich mich, durch den Hass der Leute, nicht mehr wohl.

„Du hast recht. Vollkommen glücklich bin ich in Toronto nicht. Aber vielleicht kann ich es ja hier werden." Ich lächelte ihn an.

„Ich werde dafür sorgen, dass du hier vollkommen glücklich wirst. Komm, ich zeig dir jetzt unser neues Zuhause." Er legte mir einen Arm um die Taille und zusammen gingen wir zum Grundstück, auf dem unsere Villa stand. Sie war im modernen Stil gebaut und hatte zwei Etagen mit großen Fenstern und einem Flachdach. Die Villa

97

war in einem Champagnerton gestrichen, wobei sich das Vordach und die zwei Säulen, die rechts und links neben der Haustür, das Dach stützten, in weiß davon abhoben. Gleich neben der Villa befand sich eine Doppelgarage.

„Gefällt dir das Haus", fragte Nicolai, als wir die Auffahrt hochgingen, von wo ein Weg zum Haus abging.

„Ja, es ist einfach Wahnsinn. Wobei es doch von der Größe her eher eine Villa ist. Das war doch bestimmt sehr teuer."

„Für dich ist mir nichts zu teuer. Abgesehen davon habe ich bei meinem Vater einen Rabatt bekommen", grinste er.

„Hast du das Haus selbst entworfen?"

„Ja. Mein Vater hat mir nur ein paar Tipps gegeben. Um das Grundstück herum kommt aber noch ein wießer mittelhoher Lattenzaun mit dem passenden Tor für die Einfahrt. Möchtest du das Haus jetzt von innen sehen?"

„Ja natürlich. Ich bin schon ganz gespannt, wie es aussieht", erwiderte ich und lief zur Eingangstür. Ich war ganz euphorisch es zu sehen, vor allem, da ich wusste, dass Nicolai dieses Haus für uns selbst entworfen hatte. Es war so gesehen seine erste architektonische Arbeit.

„Hey, warte auf mich", lachte er und kam hinter mir her. An der Haustür angekommen, holte er den Schlüssel heraus und reichte ihn mir. „Hier du darfst die Tür zu unserem neuen Zuhause öffnen." Ich nahm den Schlüssel und schloss die Tür auf.

„Bitte schön der Herr", grinste ich und machte eine Geste mit der Hand, dass er eintreten soll.

„Nein, Ladys First."

„Na gut." Ich betrat das Haus und befand mich gleich in einen großen Flur mit Türen, die in verschiedene Räume führten. Nicolai kam ebenfalls ins Haus und schloss die Haustür hinter sich. An der rechten Seite befanden sich die Treppen, die ins Obergeschoss und in den Keller führten.

„Wie du siehst, ist der Innenausbau noch nicht ganz fertig. Die Wände sind zwar schon verputzt, aber noch nicht gestrichen. Auch die Böden fehlen noch. Nur die Badezimmer und die Küche sind schon fertig gefliest. Wenn du nichts dagegen hast, würde ich gerne meine Mutter für die Innenarchitektur beauftragen."

„Ja sehr gerne", erwiderte ich.

„Das freut mich. Wir sind morgen sowieso bei meinen Eltern, dann

können wir alles mit ihr besprechen."
„Ich hoffe, sie hat auch Zeit für uns die Innenarchitektur zu
machen." Ich wusste, dass Jade viele Aufträge und somit viel zu tun
hatte. Ich wollte ihr nicht noch mehr Arbeit aufbrummen.
„Doch das glaube ich schon. Naja ich muss dir etwas gestehen. Ich
habe meine Mutter schon dafür beauftragt. Ich hoffe, dass es für
dich in Ordnung ist", gestand er mir.
„Natürlich ist es in Ordnung. Ich freue mich, wenn deine Mutter
die Innenarchitektur übernimmt."
„Da bin ich aber froh. Und nun machen wir eine
Hausbesichtigung." Nicolai nahm meine Hand und führte mich
gleich in den ersten Raum auf der linken Seite, was das Gästebad
war. Wie er schon erwähnt hatte, war das Bad schon fertig mit
hellgrauen Fliesen gefliest. Die Toilette und das Waschbecken
waren farblich in einen etwas dunkleren Grauton mit den Fliesen
abgestimmt. Das nächste Zimmer auf der linken Seite sollte das
Büro werden. Auf der anderen Seite neben der Treppe gab es den
nächsten Raum, der sehr groß war. Das war die Küche. Hier gab es
eine Tür, die zur Garage führte. Außerdem gab es eine große
Durchreiche zum Esszimmer. Als Nächstes gingen wir in den
Wohnraum, welcher sehr groß war. Dieser hatte eine große
Fensterfront mit einer Terrassentür, die auf die Terrasse und in den
Garten führte. Auf der linken Seite im Wohnraum sollte das
Wohnzimmer sein, wo sich an der Wand, die ans Büro grenzte, ein
Kamin befand. Auf der rechten Seite befand sich der Essbereich.
„Wo führt denn die Tür hin", fragte ich und wollte gerade auf die
Glastür zulaufen, die sich an der Wand des Essbereiches befand, als
Nicolai mich am Arm fasste und mich zurückhielt.
„Das zeige ich dir nach der Hausführung", lächelte er und schob
mich in den Flur. Ich fragte mich, was mich wohl hinter dieser Tür
erwarten würde, aber mir blieb nichts anderes übrig, als bis nach
der Führung zu warten. Wir stiegen die Treppen hinauf in die erste
Etage und gingen gleich in den ersten Raum neben der Treppe.
Dieser Raum war das Badezimmer, welches genauso groß, wie die
Küche, war. Farblich war es so gestaltet, wie das Gästebad. Neben
der Toilette und zwei Waschbecken gab es eine ebenerdige Dusche
und eine große Badewanne mit Whirlpoolfunktion. Das nannte
man Luxus pur. Das nächste Zimmer war das Schlafzimmer,
welches einen Balkon zum Garten hatte. Nicolai hatte noch eine

Überraschung für mich. Das Schlafzimmer besaß noch einen Nebenraum, in dem wir hineingingen. Es war ein Ankleidezimmer. Wie fast jede Frau, so wollte ich schon immer ein Ankleidezimmer haben, auch wenn ich nicht so gerne shoppen ging und deshalb nicht so viele Klamotten besaß, wie Elle oder Kate.

„Und was ist das", fragte ich und deutete auf eine Stahltür.

„Das ist der Panikraum."

„Ein Panikraum? Wofür brauchen wir denn den", hakte ich verwundert nach. Ich kannte solche Räume aus Fernsehberichten, die ich mal gesehen hatte. Vor allem sehr reiche Leute besaßen so etwas, falls bei ihnen eingebrochen wurde und die Leute in Gefahr gerieten. So konnten sie in diesem Raum flüchten. Er war schuss- und feuersicher. Von dort aus konnte man dann Hilfe per Telefon rufen und solange drin ausharren, bis die Gefahr vorbei war.

„Süße, sieh mal, wenn ich uns ein Haus baue, dann möchte ich, dass wir hier auch sicher leben können. Es ist doch nur eine Vorsichtsmaßnahme. Es heißt ja schließlich nicht, dass wir den Raum brauchen werden. Aber falls etwas wäre, wären wir dort drinnen sicher. Im Übrigen wird noch eine Alarmanlage installiert und Außenkameras am Haus angebracht. Falls unerwünschter Besuch kommt, können wir sehen, wer es ist", erklärte er mir.

„Muss das wirklich sein", fragte ich skeptisch.

„Ich möchte nur, dass du sicher bist", sagte er sanft und schaute mir dabei in die Augen.

„Du hast ja recht. Schließlich möchte ich ja auch, dass du sicher bist. Ich bin nur gespannt, wie oft die Alarmanlage losgeht, bevor ich es geschafft habe sie auszuschalten."

„Ich werde dir zeigen, wie alles funktioniert. Aber vielleicht sollte ich vorsichtshalber dem Sicherheitsdienst Bescheid geben, dass es Fehlalarme geben könnte", grinste er.

„Ja, ich glaube, das wäre besser", entgegnete ich und warf einen Blick in den Panikraum. Er war mit einer Liege, einem Erste-Hilfe-Kasten, ein Waschbecken mit fließend Wasser sowie einem Computer und ein Telefon ausgestattet. Anschließend schauten wir uns noch die zwei weiteren Räume an, die sich auf der gegenüberliegenden Seite der Treppe befanden und gleich groß waren.

„Und das werden die Kinderzimmer", kam es unüberlegt von mir. Was hatte ich da gerade gesagt? Vielleicht wollte er ja gar keine

Kinder und ich überrumpelte ihn damit. „Ich ... ich meine ... .
Möchtest du eigentlich Kinder haben? Wir haben noch nie darüber
geredet."
„Natürlich möchte ich Kinder mit dir haben. Ich kann mir nichts
Schöneres vorstellen", lächelte er und zog mich in seine Arme.
„Ich mir auch nicht. Vor allem, wenn sie nach ihrem
gutaussehenden Vater kommen."
„Oder nach ihrer wunderschönen Mutter." Er beugte sich zu mir
herunter und küsste mich. „Bis es soweit ist, können wir erst einmal
Gästezimmer daraus machen."
„Oh nein, dann haben wir deine Schwester als
Dauerübernachtungsgast", seufzte ich gespielt.
„Dafür haben wir die Kameras. Wenn wir sie sehen, öffnen wir
einfach nicht die Tür", lachte Nicolai. „Stimmt, aber so wie wir
deine Schwester kennen, wird sie nicht eher Ruhe geben, bis wir sie
hereinlassen", gab ich lachend zu bedenken.
„Ach da wird uns schon etwas einfallen. Wir können auch alle
Lichter ausschalten und so tun, als wären wir nicht da. Oder wir
verstecken uns im Panikraum und ich rufe Carlos um Hilfe."
„Das wäre auch eine Idee", lachte ich und mir fiel etwas ein, was sie
tun würde, wenn sie etwas Bestimmtes in unserem Haus entdecken
würde und mir verging das Lachen. „Elle darf nie in unser
Schlafzimmer gehen."
„Warum?"
„Wenn sie das Ankleidezimmer sieht, will sie bestimmt mit mir
shoppen gehen", stöhnte ich. „Ich glaube, dann werde ich mich
auch in den Panikraum einsperren und erst wieder herauskommen,
wenn sie weg ist."
„Das könnte passieren. Aber siehst du, der Raum ist doch gar nicht
so schlecht. Wir wissen schon mal, wann wir ihn benutzen würden.
Obwohl du warst doch letztes Mal freiwillig mit ihr shoppen."
„Das war nur ein Vorwand, weil wir vorher dein Motorrad gekauft
haben. Anschließend musste ich mit ihr einkaufen gehen, damit es
nicht auffiel, dass wir schon so früh wieder Zuhause wären",
erklärte ich ihm.
„So so, dann hast du mich also angelogen", schmunzelte er.
„Es war doch nur eine Notlüge zum guten Zweck. Komm, ich
möchte noch den Rest des Hauses sehen", sagte ich schnell und lief
die Treppe herunter. Nicolai folgte mir. Als Nächstes schauten wir

uns den Keller an. Von dem Flur, der aus drei großen Räumen bestand. Aus einem Raum wollte Nicolai einen Fitnessraum machen. Ich hatte nichts dagegen, da ich ebenfalls gerne Sport trieb, wenn ich Zeit hatte. Anschließend gingen wir wieder hinauf ins Erdgeschoss und Nicolai führte mich in den Essbereich zu der Tür, die ich vorher nicht öffnen durfte.

„Öffne sie", hauchte er an meinem Ohr und ich tat, was er verlangte. Ich betrat den Raum und konnte nicht glauben, was ich da sah.

„Einen Pool", fragte ich erstaunt und sah mir den gesamten Raum an, der Rund um den Pool aus großen Fenstern statt Wänden bestand. Selbst die Decke war aus Glas.

„Ja, zum Haus gehört auch ein Pool. Aber das ist noch nicht alles. Schau mal, es gibt noch eine Sauna und ein Solarium." Er zeigte auf die hintere Seite des Raumes, die an die Garage grenzte.

„Wahnsinn", brachte ich nur heraus.

„Es freut mich, dass es dir gefällt. Dieser Raum hat aber noch etwas Besonderes. Die Glaswände können aufgeschoben werden, sodass wir im Sommer nicht in einem geschlossenen Raum schwimmen müssen. Außerdem gibt es noch elektronische Rollläden an allen Fenstern im Haus und die Gläser sind alle bruch- und schusssicher. Dazu kommt noch, dass sie von außen nicht einsehbar sind. Also kann niemand sehen, was wir hier drin machen."

„Ich ... ich weiß gar nicht, was ich sagen soll. Das ganze Haus ist einfach nur ein Traum. Ich kann es kaum glauben, dass es wirklich uns gehört. Danke, dass du es entworfen und bauen gelassen hast."

„Du brauchst dich nicht zu bedanken. Ich wollte uns ein schönes, ruhiges Zuhause bauen und ich glaube, das ist mir gelungen." Er legte seine Arme um meine Taille und küsste mich zärtlich.

„Ja, das ist dir wirklich gelungen."

„Komm, ich zeige dir jetzt noch den Garten." Nicolai ging zu einer der Glaswände, schob sie zur Seite und ging hinaus. Ich folgte ihm und schaute mich um. Die Terrasse sowie der große Garten waren noch nicht fertig, wobei mir Nicolai erklärte, dass er einen Gärtner dafür beauftragen würde.

„Chey, es gibt noch etwas, worüber wir reden müssen", begann er und schaute mich ernst an. „Es geht um die Uni. Ich habe mit dem Direktor von der University of Toronto hier in Mississauga gesprochen. Wenn du möchtest, darfst du ab dem nächsten

Semester die Universität wechseln und hier weiter studieren. Ich habe ihm deinen Fall erklärt und er hat vollstes Verständnis für deine Situation. Ich möchte schließlich, dass du in Ruhe studieren kannst."

„Eine andere Uni? Naja vielleicht ist die Idee gar nicht so schlecht. Selbst in der Uni gibt es Leute, die nicht gut auf mich zu sprechen sind, weil ich Steve ins Gefängnis gebracht habe und meinetwegen Cooper und seine Freunde von der Uni geworfen wurden. Wenn ich hier studiere, habe ich wenigstens meine Ruhe. Aber dann sehen wir uns nicht mehr", sagte ich und wurde etwas traurig, weil ich mittlerweile daran gewöhnt war, die Mittagspause mit Nicolai und unseren Freunden zu verbringen. In Mississauga wäre ich ganz alleine.

„Wir sehen uns doch nach der Uni. Estelle studiert doch auch hier und du wirst bestimmt neue Leute kennenlernen. Aber wenn du möchtest, probiere ich, ob ich auch die Uni wechseln kann."

„Nein, das brauchst du nicht. Selbst in Toronto würde ich irgendwann alleine sein, weil mein Studium länger dauert, als eure. Abgesehen davon möchte ich dich nicht ganz von deinen Freunden trennen, die du dort jeden Tag sehen kannst. Ich schaffe das schon. Und wie du schon sagtest, ist Estelle ja auch noch da." Ich hatte schon einiges geschafft, also warum sollte ich einen Universitätswechsel denn nicht auch schaffen. Abgesehen davon freute ich mich darauf endlich umzuziehen und Toronto zu verlassen, um neu anzufangen. Naja ganz verlassen würde ich die Stadt nicht, denn meine Familie und meine Freunde wohnten dort, die wir regelmäßig besuchen würden. Außerdem würde ich nach den Semesterferien zweimal die Woche bei Jade in der Firma arbeiten, wie wir es besprochen hatten. Der Friedhof, auf welchem sich die Gräber von meinen Eltern und meinen Großeltern befanden, war ebenfalls in Toronto. Also würde ich oft genug in dieser Stadt sein.

Am nächsten Tag waren Nicolai und ich bei seinen Eltern zum Mittagessen eingeladen. Nicolais Geschwister, sowie Kate und Carlos waren ebenfalls da und wir saßen alle zusammen am Esstisch. Jade hatte einen Braten gemacht, wozu es Kartoffeln und Rotkohl gab. Das Essen schmeckte, wie immer, sehr gut.

„Müsst ihr wirklich soweit wegziehen", fragte Elle, nachdem wir mit dem Essen fertig waren, und sah traurig aus.

„Mississauga ist doch nicht weit weg. Man fährt noch nicht einmal eine halbe Stunde", erwiderte Nicolai.

„Schon, aber euch nicht mehr als Nachbarn zu haben ist schon blöd", murrte sie.

„Nur weil du jetzt deinen anderen Nachbarn anbetteln musst, wenn du etwas brauchst, wie Milch oder Zucker."

„Ha ha, sehr witzig", schmollte sie nun.

„Also ich finde es eine gute Idee, dass ihr in eine andere Stadt zieht. Nicht dass ich euch loswerden möchte. Das auf gar keinen Fall. Aber so könnt ihr in Ruhe leben und vor allem du Chey", sagte Cristobal.

„Das sehe ich genauso. Das Verhalten einiger Leute gegen dich Chey wird immer schlimmer. So brauchst du ihnen nicht mehr jeden Tag begegnen und kannst in Mississauga dein Leben genießen", stimmte Jade ihrem Mann zu.

„Da habt ihr recht und ich freue mich auch schon sehr auf den Umzug und die neue Uni. Mississauga ist ja wirklich nicht weit von Toronto entfernt und ich werde oft genug hier sein", erwiderte ich.

„Du ... du wechselst die Uni? Das kannst du doch nicht tun", rief Elle empört.

„Ja, ich habe mich entschlossen an der Uni in Mississauga weiter zu studieren. Steves Anhänger sind halt auch hier in Toronto an der Uni vertreten und in Mississauga kann ich in Ruhe studieren", erklärte ich ihr.

„Da hast du recht. Wenn du auch lieber in Mississauga arbeiten möchtest, kann ich es verstehen", entgegnete Jade, wirkte dabei allerdings traurig. Denn sie hatte sich schon gefreut, dass ich bei ihr in der Firma anfangen würde zu arbeiten.

„Nein, ich möchte bei dir in der Firma arbeiten. Ganz können die Leute mich nicht aus der Stadt vertreiben. Das lasse ich auch nicht zu. Allerdings mache ich mir ein klein wenig Sorgen um die Gräber von meinen Eltern und meinen Großeltern. Nicht das die Leute sich daran vergreifen, um mich damit fertigzumachen, denn sie wissen, dass sie mich damit treffen können."

„Ich glaube nicht, dass sie soweit gehen würden. So viel Anstand werden die Leute schon haben, um sich nicht an die letzte Ruhestätte der Toten zu vergreifen", versuchte Jade mich zu beruhigen.

„Naja bei diesen Leuten weiß man nie. Sie sind zu allem fähig. Wenn die Leute so etwas vorhätten, dann wäre es ihnen egal, wo du wohnst. Aber ich bin derselben Meinung, wie Jade. Ich glaube nicht, dass sie sich an den Gräbern vergreifen werden. Das wäre wirklich niederträchtig von ihnen", entgegnete Cristobal.

„Ach Mom, es bleibt doch dabei, dass du die Innenarchitektur übernimmst", fragte Nicolai seine Mutter.

„Ja natürlich. Wenn ihr beide das möchtet, übernehme ich es sehr gerne." Sie schaute uns beide mit einem fragenden Blick an.

„Also ich bin damit einverstanden. Ich würde mich freuen, wenn du die Innenarchitektur übernimmst", kam es von mir und ich lächelte sie an.

„Das freut mich. Dann lasst uns doch morgen zum Haus fahren und besprechen, welche Farben und Böden ihr haben wollt. Ich bringe dann Farbtabellen und Bodenmuster mit", schlug sie erfreut vor und wir stimmten zu.

In den nächsten zwei Wochen waren Nicolai und ich damit beschäftigt Möbel zu kaufen und die Umzugskartons zu packen. Die Arbeiten am und im Haus liefen sehr gut und wir würden ohne Verzögerung in einer Woche einziehen.

„Nicht schon wieder", stöhnte ich leise, als ich die Post aus dem Briefkasten nahm und ein Brief, der an mich adressiert war, ohne Absender dabei war. Seit einer Woche bekam ich fast täglich solche Briefe. Es waren Drohbriefe, in denen entweder stand, dass ich die Stadt verlassen sollte oder wo ich beleidigt wurde. In einem stand sogar, dass ich sterben würde. Die Polizei konnte mir nicht helfen. Die Briefe waren mit dem Computer geschrieben und der Adressaufkleber maschinell angefertigt worden. Da es auch keine Absender gab, konnte nicht ermittelt werden, wer diese Briefe geschrieben hatte. Ich hätte zwar wieder eine Anzeige gegen unbekannt machen können, aber das wollte ich nicht. Es hätte doch sowieso nichts gebracht. Ich stieg in den Fahrstuhl ein und fuhr nach oben. Auf der Etage angekommen, wo sich unsere Wohnung befand, stieg ich aus und ging zur Wohnungstür. Ich schloss sie auf, betrat die Wohnung und ging, nachdem ich die Tür hinter mir geschlossen hatte, ins Wohnzimmer, wo Nicolai auf der Couch saß und fernsah. Ich legte die Post auf den Wohnzimmertisch und setzte mich neben meinen Verlobten.

„Was ist los", fragte er und schaute mich besorgt an.

„Ich habe wieder so einen Brief bekommen", erwiderte ich und deutete auf die Post.

„Was steht denn dieses Mal drin?"

„Keine Ahnung. Ich habe ihn nicht geöffnet. Aber es ist mir auch egal, denn es werden entweder wieder Beschimpfungen oder Drohungen sein."

„Ach Süße. Es war doch die richtige Entscheidung schon eher hier wegzuziehen. Es ist nur noch eine Woche und dann hast du deine Ruhe."

„Das hoffe ich."

Endlich war es soweit. Heute zogen wir in unser schönes neues Haus und ich freute mich sehr darüber. Es war alles pünktlich fertig geworden. Jane hatte fabelhafte Arbeit geleistet und die Wände, sowie die Böden sahen sehr gut aus. Auch draußen war soweit alles fertig. Das Grundstück war mit dem weißen Lattenzaun umzäunt und der Gärtner, den Nicolai beauftragt hatte, hatte Blumenbeete mit Rosensträuchern angelegt und einen Rollrasen ausgelegt. Bei einem Stück vom Beet hatte der Gärtner, auf meinen Wunsch hin, einen Brombeer-, einen Himbeer- und einen Johannisbeerstrauch gepflanzt. Ebenso standen auf dem Rasen zwei Kirschbäume, zwischen die wir, wenn sie groß und stark genug wären, eine Hängematte spannen konnten. Das würde allerdings noch einige Jahre dauern. Deswegen hatte Nicolai eine Hängematte mit Gestell gekauft. Er tat alles dafür, dass ich mich wohlfühlte. Beim Möbelkauf war es nicht anders gewesen. Ich durfte nicht auf die Preise schauen, sondern sollte mir die Möbel aussuchen, die mir gefielen, und durfte nicht danach gehen, was sie kosteten. Es war mir sehr schwer gefallen, dass zu tun, weil ich so erzogen wurde, auf das Geld zu achten. Aber ich tat Nicolai den Gefallen. Ich handelte allerdings mit ihm aus, dass ich die Hälfte für die Möbel dazugeben würde, weil ich nicht wollte, dass er alles alleine bezahlte. Nur widerwillig stimmte er zu, nachdem ich ihm gedroht hatte, doch auf die Preise zu schauen und günstigere Möbel zu kaufen. Die Küche bekamen wir von Cristobal und Jade geschenkt. Sie wollten es sich nicht nehmen lassen uns etwas Gutes zu tun und ich konnte sie nicht davon abbringen. Dafür ließ ich Jade die Küche aussuchen, die sogar schon fertig aufgebaut und sehr schön war.

Ich wollte nicht wissen, wie viel Geld geflossen war, dass es so schnell ging. Normalerweise gab es eine längere Wartezeit, als nur die drei Wochen, die es gedauert hatte. Die anderen Möbel waren auch schon zum Haus geliefert worden und wurden heute von unseren Helfern aufgebaut. Unsere Helfer bestanden aus Familie und Freunden, die sich, ohne dass wir fragen mussten, sofort ihre Hilfe angeboten hatten. Die Hälfte unserer Helfer waren mit Nicolai und mir zur Wohnung gefahren, um unsere Sachen zu holen. Die Anderen waren mit den Möbeln im Haus beschäftigt. Gavin hatte für uns einen Lieferwagen organisiert, den wir mit den Umzugskartons beluden. Die Möbel, die wir nicht mit ins Haus nahmen, blieben erst einmal in der Wohnung, die Nicolais Eltern gehörte. Dadurch mussten wir uns nicht mit der Räumung beeilen. Jade und Cristobal waren am Überlegen, ob sie die Wohnung nicht vermieten sollten. Mieter hätten sie schon, denn Olivia und Sean wollten zusammenziehen und suchten eine Wohnung. Die Jungs waren in der Wohnung beschäftigt und ich ging schon mal in den Keller, der ebenfalls ausgeräumt werden musste. Zu jeder Wohnung gab es einen großen Kellerraum, indem man viel unterbringen konnte. Ich schloss die Kellertür auf, betätigte den Lichtschalter und betrat den Raum. Den Schlüssel ließ ich von außen im Schloss stecken, da ich ihn beim Ausräumen nicht gebrauchen konnte und sich an meiner Hose keine Tasche befand, wo ich ihn hätte hineinstecken können. Ich nahm gerade die erste Kiste, als die Tür zugeschlagen wurde und ich den Schlüssel im Schloss hörte. Erschrocken ließ ich die Kiste fallen, drehte mich um und lief zur Tür. Ich versuchte sie zu öffnen, doch sie war verschlossen. „Hallo, macht die Tür auf", rief ich und drückte mehrmals die Türklinke herunter. „Hallo", schrie ich nun und schlug gegen die Tür. Aber mich schien niemand zu hören. Was sollte ich denn jetzt nur tun? Hätte ich doch nur nicht den Schlüssel im Schloss gelassen. Wie sollte ich hier wieder herauskommen?. Es schien mich niemand zu hören und mein Handy hatte ich auch nicht dabei, womit ich Nicolai hätte anrufen können. Klar, er wusste, dass ich im Keller war und er wollte nachkommen, sobald sie in der Wohnung fertig waren, aber wie lange würde das noch dauern? „Du wirst hier drinbleiben und ich will keinen Mucks von dir hören", hörte ich Steves Stimme in meinem Kopf. Steve hatte mich damals des Öfteren eingesperrt und mir gedroht, ich könnte etwas erleben, wenn ich schreien würde. Vor meinen Augen erschienen die Bilder, wie er mich angrinste, das Licht ausgeschaltet und mich eingesperrt hatte. Ich begann zu zittern und Panik stieg in mir auf. Ich musste aus diesem Raum heraus. Ich hämmerte mit den Fäusten gegen die Tür.

„Hilfe. Macht die Tür auf", rief ich verzweifelt und hämmerte weiter auf die Tür ein.

„Du kommst hier nicht raus", lachte Steve in meinem Kopf. Ich wollte seine Stimme nicht hören. Wollte die Bilder nicht sehen. Verzweifelt schlug ich weiter gegen die Tür. Meine Hand tat mir schon weh, doch es war mir egal. Tränen liefen meinen Wangen entlang. Ich ließ mich mit dem Rücken an der Wand hinunter auf dem Boden gleiten, schlang zitternd meine Arme um meine angezogenen Beine und legte den Kopf auf die Knie. Jetzt hieß es warten. Warten bis Nicolai kam und mich hier herausholte. Nur wie lange würde es dauern?

„Warum ist die Tür abgeschlossen? Ich dachte, Chey ist hier im Keller", hörte ich Nicolais Stimme. Ich wusste nicht, wie lange ich schon auf dem Boden gesessen hatte, aber es kam mir wie eine Ewigkeit vor. Im nächsten Moment ging die Tür auf. „Chey? Chey, was ist los", fragte er und kniete sich zu mir. Ich hob meinen Kopf und sah ihn mit tränenverschleiertem Blick an. „Was ist passiert?"

„Ich wollte eine Kiste aus dem Keller bringen, als mich jemand eingesperrt hat. Ich habe gerufen und geklopft, aber mich hat niemand gehört. Steves Stimme in meinen Kopf. Die Bilder, als er mich eingeschlossen hat", schluchzte ich.

„Es ist alles gut. Ich bin ja da", beruhigte Nicolai mich und nahm mich in den Arm. „Weißt du, wer dich eingeschlossen hat?"

„Nein, ich stand mit dem Rücken zur Tür, als sie zugeschlagen wurde."

„Hm, als ich eine Kiste zum Lieferwagen gebracht habe, kam ein junger Mann aus dem Haus gestürmt und rannte die Straße herunter. Er muss es gewesen sein, der Chey eingesperrt hat. Hätte ich gewusst, was er getan hat, hätte ich ihn mir geschnappt", knurrte Gregor.

„Wie hat der Typ denn ausgesehen", fragte Nicolai und ich merkte, wie er sich anspannte. Wut schien in ihm aufzusteigen.

„So genau kann ich es nicht sagen, weil er so schnell weg war. Ich würde aber sagen, dass er etwa einen halben Kopf kleiner war, als ich. Von der Statur her war er schmächtig und er trug eine Basketballkappe."

„Naja, also mit der Beschreibung kommen wir nicht weiter. Das passt auf mehrere Menschen", entgegnete Nicolai.

„Tut mir leid, aber wie gesagt, er war so schnell weg, dass ich nicht viel von ihm sehen konnte", entschuldigte sich Gregor.

„Ist schon gut. Du brauchst dich nicht zu entschuldigen. Auch ohne Beschreibung kann ich mir vorstellen, wer es gewesen ist", sagte Nicolai.

„Wer denn", fragte ich und löste mich aus seinen Armen. Ich hatte mich wieder beruhigt und wischte mir mit der Hand die Tränen weg.

„Ich glaube, es war Cooper", knurrte er.

„Aber was wollte er denn hier?"

„Wahrscheinlich wollte er uns mit irgendetwas nerven oder plante wieder eine neue Intrige. Er muss dich gesehen haben, wie du in den Keller gegangen bist, und ist dir gefolgt", mutmaßte Nicolai.

„Vielleicht war es auch einer von seinen Freunden", erwiderte ich.

„Egal wer es von denen war, ich bin froh, dass du nur eingesperrt wurdest und dir derjenige nicht noch Schlimmeres angetan hat."

Daran hatte ich gar nicht gedacht. Ich war alleine im Keller gewesen. Es hätte sonst etwas passieren können und niemand hätte etwas mitbekommen. Ich wollte daran nicht denken und schüttelte schnell den Gedanken ab.

„Wir sollten Cooper und seinen Freunden mal einen Besuch abstatten und ihnen mal zeigen, was wir von ihren Attacken gegen Chey halten", kam es von Gavin, der kampflustig grinste.

„Nein, auf keinen Fall. Ich möchte keinen Ärger. Genauso möchte ich nicht, dass ihr Ärger bekommt. Wir wissen doch gar nicht, ob es jemand von ihnen gewesen ist", versuchte ich sie davon abzuhalten, denn ich wusste, dass es nicht nur beim Reden bleiben würde, wenn die Jungs zu Cooper und seinen Freunden fahren würden. Und genau das wollte ich nicht. Ich wollte nicht, dass die Jungs sich strafbar machten und vielleicht noch eine Anzeige wegen Körperverletzung oder falscher Verdächtigung bekamen.

„Wir werden schon keinen Ärger bekommen. Außerdem wollen wir doch nur mit ihnen reden", versuchte Gavin mir weiß zu machen.

„Ich glaube das nicht und genau deswegen möchte ich nicht, dass ihr zu ihnen fahrt. Wir ziehen heute aus dieser Stadt weg. Da sie nicht wissen wohin, werden wir Ruhe vor ihnen haben", sagte ich. „Du hast recht. Sie wissen nicht, wohin ihr zieht. Sollten sie euch dennoch nicht in Ruhe lassen, werden wir uns mit ihnen mal unterhalten müssen", entgegnete Gavin. „Darüber reden wir noch", seufzte ich. „Wir sollten langsam weitermachen, wenn wir heute noch fertig werden wollen", mischte sich Sean, der uns ebenfalls half, ein. „Da hast du recht. Also los", stimmte Gregor ihm zu und schnappte sich den ersten Karton. „Wie geht es dir", fragte Nicolai mich besorgt. „Es geht schon wieder. Es war nur ein kleiner Panikanfall, weil ich eingesperrt war und die Erinnerungen an damals wiederkamen." „Soll ich dich trotzdem schon einmal zum Haus fahren? Das Schlafzimmer ist bestimmt schon aufgebaut. Da kannst du dich etwas hinlegen", schlug er vor. Nicolai war wirklich so fürsorglich und wollte immer nur, dass es mir gut ging. „Nein, das brauchst du nicht. Mir geht es gut und außerdem sind wir doch hier bald fertig. So viel ist es ja nicht mehr." „Na gut, Süße. Dann lass uns mal loslegen."

Innerhalb von einer halben Stunde hatten wir die Kisten aus dem Keller im Lieferwagen verstaut und waren abfahrbereit. Etwas traurig über den Auszug war ich schon, denn ich hatte, neben den Vorkommnissen, auch eine sehr schöne Zeit mit Nicolai in dieser Wohnung verbracht. Da unsere Fahrzeuge auch mit nach Mississauga mussten, fuhr Nicolai mit dem Motorrad, Gregor und drei weitere Helfer mit Nicolais Wagen, ich war mit meinem Auto unterwegs und Gavin hatte den Lieferwagen. Im Haus herrschte ein reges Treiben. Zu unserer Überraschung waren die Möbel schon alle aufgebaut. Nachdem unsere Kisten im Haus waren, beschlossen wir für den Tag Schluss zu machen und mit der Grillfeier zu beginnen. Elle hatte uns Tage vorher schon mit einer Einweihungsparty genervt. Wir hatten uns dann aber entschlossen einen Grillabend mit unseren Helfern zu machen und den Abend ruhig mit Essen und Getränken ausklingen zu lassen. Auspacken konnten wir am nächsten Tag immer noch.

„Chey, kommst du bitte einmal ins Badezimmer", rief Nicolai am nächsten Abend. Den ganzen Tag waren wir mit auspacken und einräumen beschäftigt gewesen. Dabei hatte uns niemand geholfen, denn es hätte mehr Zeit in Anspruch genommen, wenn ich den Leuten erklärt hätte, wo was hinkam. Deshalb hatten wir uns entschieden, unsere Sachen alleine einzuräumen. Die Kisten waren allesamt ausgepackt und unser Haus sah endlich wohnlich aus. Ich ging die Treppe hinauf in den ersten Stock. Als ich ins Badezimmer kam, traute ich meinen Augen kaum. Das Licht im Bad war ausgeschaltet, die Rollläden an den Fenstern heruntergelassen und im ganzen Badezimmer verteilt standen angezündete Kerzen.

„Wow, was ist denn hier los", fragte ich überrascht.

„Ich dachte mir, nachdem wir heute so viel und hart gearbeitet haben, haben wir uns ein wenig Entspannung verdient. Außerdem müssen wir doch den Whirlpool einweihen", lächelte Nicolai.

„Das hört sich gut an", sagte ich und begann mich auszuziehen. Nicolai tat es mir gleich und half mir in die Badewanne, die schon mit angenehmen warmen Wasser gefüllt war. Nachdem ich in der Wanne saß, stieg Nicolai ebenfalls rein. Da die Badewanne groß genug war, konnten wir nebeneinandersitzen. Nicolai schaltete die Whirlpoolfunktion ein und ich lehnte mich an den Wannenrand an.

„Und nun lass uns anstoßen", sagte er und nahm die Sektflasche aus dem Sektkühler, der auf der Badezimmerkommode stand. Er öffnete die Flasche und füllte zwei Sektgläser, die ebenfalls auf der Kommode standen. Er stellte die Flasche wieder in den Sektkühler und reichte mir ein Sektglas.

„Auf uns und unser Haus."

„Und auf das wir hier in Ruhe leben können", fügte ich hinzu und wir stießen an. Ich trank einen Schluck und stellte das Glas auf den Badewannenrand ab. Ich lehnte mich an Nicolais Schulter an und genoss das sprudelnde Bad. Nicolai legte seine Hände auf meine Schultern und begann mich zu massieren. Es tat so gut und ich stöhnte wollig auf.

„Du bist ja vollkommen verspannt", hauchte er an meinem Ohr und begann meinen Hals zu küssen.

„Dagegen müssen wir etwas tun." Seine Lippen wanderten an meinen Hals entlang, über mein Schlüsselbein zu meiner Schulter und brachte mich zum Keuchen. Seine Hände gingen auf Wanderschaft. Ich drehte meinen Kopf zur Seite und sofort nahm

111

er meinen Mund in Beschlag. Unsere Lippen verschmolzen zu einem leidenschaftlichen Kuss. Seine Zunge bat an meiner Unterlippe um Einlass, dem ich ihm sofort gewährte und verwickelte meine in ein wildes Spiel. Ohne meine Lippen von seinen zu lösen, drehte ich mich nun ganz zu ihm um. Seine Hände wanderten zu meinen Brüsten, die er umfasste und sanft knetete. Dabei stöhnte er genüsslich auf. Er löste sich von meinen Lippen und widmete sich meinen Brüsten. Abwechselnd liebkoste er mit seiner Zunge meine Brustwarzen. Keuchend ließ ich meine Hand nach unten zu seinem besten Stück gleiten und begann ihn zu streicheln. Nicolai stöhnte und wanderte mit seiner Hand über meinen Bauch zu meiner heißen Mitte.

„Nicolai, bitte ich will dich jetzt", stöhnte ich und hielt den Druck in mir kaum noch aus. Ich musste ihn einfach spüren.

„Komm her", raunte er und ich setzte mich auf seinen Schoß. Ich führte sein Glied in mich ein, was uns beide zum Aufstöhnen brachte. Unsere Lippen krachten aufeinander und wir küssten uns, während ich auf und ab gleitete. Die Hitze stieg in mir hoch und ich merkte, dass ich meiner Erlösung immer näherkam. Nicolai schien es genauso zu gehen, denn er übernahm die Führung und stieß nun schneller in mich. Der Orgasmus baute sich in mir auf und ich kam mit einem lauten Stöhnen. Kurz danach folgte Nicolai mir und ergoss sich in mir. Völlig erschöpft ließ ich mich an seine Brust sinken.

„Das nenne ich mal eine gelungene Einweihung des Whirlpools", brachte ich schwer atmend heraus.

„Ja, aber nun müssen wir noch das Bett einweihen", grinste Nicolai.

„Na dann mal los."

Kapitel 7

Einige Tage später fuhr ich zum Friedhof, um das Grab von meinen Eltern zu besuchen. Ich hielt am Blumenladen an und kaufte zwei Sträuße. Der eine war für meine Eltern und der andere für meine Großeltern, wessen Grab sich auf den gleichen Friedhof befand. Ich stellte meinen Wagen auf dem Friedhofsparkplatz ab, schnappte mir meine Tasche und die Sträuße und ging, nachdem ich das Auto abgeschlossen hatte, auf den Friedhof. Zuerst ging ich zum Grab meiner Großeltern. Ich wechselte die Blumen aus, die schon verwelkt waren, und säuberte das Grab von Blättern. Anschließend ging ich zum Grab meiner Eltern. Nachdem ich auch dort die Blumen ausgetauscht hatte, kniete ich mich vor das Grab. „Hallo Mom, hallo Dad. Es tut mir leid, dass ich die letzten zwei Wochen nicht hier war, aber ich hatte so viel mit dem Umzug zu tun", sprach ich leise. „Das Haus ist sehr schön geworden. Es würde euch gefallen. Nicolai und ich haben uns schon gut eingelebt. Ich weiß, dass wir nun etwas weiter weg wohnen, aber ich werde, so oft es geht euch besuchen kommen." Ich hörte ein Knacken, wie als wenn jemand auf einen Ast getreten wäre, hinter mir und drehte mich um. Doch da war nichts. Achselzuckend wandte ich mich wieder dem Grab zu. Mich überkam ein Gefühl, das mich jemand beobachtete. Ich drehte mich noch einmal um, konnte aber niemanden entdecken. Mit der Annahme, dass ich es mir nur eingebildet haben musste, wandte ich mich wieder zum Grab um.

„Unsere Hochzeitsplanung ist fast abgeschlossen. Ich muss mir noch ein Brautkleid kaufen. Kate und Elle wollen mir beim Aussuchen helfen. Ich wünschte, ihr könntet bei der Hochzeit dabei sein. Dad, ich hoffe, du hast nichts dagegen, wenn Nicolais Vater mich zum Altar führt. Er hat sich netterweise angeboten, weil du ja leider nicht da bist", sagte ich leise und wischte mir eine Träne von der Wange. Natürlich wäre es mir lieber gewesen, so wie es sich eigentlich jedes Mädchen wünschen würde, dass der eigene Vater die Braut zum Altar führen würde. Aber das war in meinen Fall leider nicht möglich. Trotzdem freute ich mich darüber, dass Cristobal diese Aufgabe übernehmen würde. „Ich weiß trotz allem, dass ihr vom Himmel aus zusehen werdet und in meinen Herzen bei mir seid." Ich stand auf und nahm den alten Strauß, den ich in den Mülleimer werfen wollte. „Tschüss Mom, tschüss Dad. Ich komme euch bald wieder besuchen. Ich liebe euch", verabschiedete ich mich und machte mich auf den Weg zu meinem Wagen, wobei ich das Gefühl nicht loswurde, dass mich jemand beobachtete. Ich warf den verwelkten Strauß in den Mülleimer und schaute mich zu allen Seiten um. Aber auch dieses Mal konnte ich niemanden sehen. Mir wurde etwas mulmig, da mich das Gefühl auch nicht losließ, nachdem ich mich vergewissert hatte, dass niemand da war. Deshalb beschleunigte ich meine Schritte, um schnell zu meinem Auto zu kommen. Ich rannte schon fast zum Parkplatz und kam außer Atem beim Wagen an. Ich schloss ihn auf, stieg ein und verschloss die Tür von innen. Ich lehnte mich im Sitz zurück und atmete tief durch. Ich war schon oft alleine auf dem Friedhof gewesen. Nach dem Tod meiner Mutter war ich, bevor ich Nicolai kennengelernt hatte, immer alleine auf dem Friedhof gewesen, obwohl Steve es mir verboten hatte. Er selbst war nie dort gewesen, um meine Mutter zu besuchen. Ihm schien es nicht wichtig zu sein und es bestätigte mir nur, dass er meine Mutter nie geliebt hatte. Er war immer nur auf ihr Geld aus gewesen, sonst nichts. Noch nie hatte ich so ein komisches Gefühl, wie heute gehabt, wenn ich auf dem Friedhof gewesen war. Ich schnallte mich an und startete den Motor. Als ich losfuhr, bemerkte ich einen schwarzen Ford, der mir vom Parkplatz folgte. Ich hatte gar nicht mitbekommen, dass jemand vom Friedhof gekommen war. Der Parkplatz war nicht groß und es hätte mir eigentlich auffallen müssen, denn ich hatte neben dem Friedhofseingang geparkt. Wahrscheinlich war ich zu tief in meine Gedanken versunken gewesen, um es zu bemerken. Ich hielt bei der Bank, da ich noch etwas Geld abheben wollte. Der Ford hielt ebenfalls am Straßenrand an. Vielleicht war es ja ein Zufall und der Fahrer wollte auch zur Bank oder vielleicht in eines dieser Geschäfte, die sich in dieser Straße befanden. Ich stieg aus meinem Auto aus, schloss es ab und ging in die Bank. Am Geldautomaten holte ich etwas Geld ab, verließ die Bank wieder, nachdem ich von einigen Leuten mit bösen Blicken bestraft wurde, und ging zurück zu meinem Wagen. Ich schaute zu dem Ford herüber und sah, dass der Fahrer und der Beifahrer noch immer im Auto saßen. Leider konnte ich die Personen nicht erkennen, da sie Sonnenbrillen und Basketballkappen trugen. Es war merkwürdig, dass sie noch nicht ausgestiegen waren, wenn sie doch in die Geschäfte wollten. Zumindest hatte ich es angenommen. Warum sollten sie sonst hier parken?. Vielleicht mussten sie auch nur etwas abgeben und hatten es erledigt, als ich in der Bank gewesen war. Ich stieg in meinen Wagen ein, legte den Sicherheitsgurt um und fuhr, nachdem ich den Motor gestartet hatte, los. Ich schaute in den Rückspiegel und bemerkte, dass der Ford ebenfalls losgefahren war und hinter mir herfuhr. Es war wahrscheinlich nur ein Zufall, dass sie zur gleichen Zeit losgefahren waren, wie ich und mir folgten. Trotzdem hatte ich das Gefühl, dass hier irgendetwas nicht stimmte. Ich hatte das Gefühl, dass ich verfolgt wurde. Mir kam die Idee es einfach auszutesten. Ich bog in eine Nebenstraße ab und schaute wieder in den Rückspiegel. Der Ford war ebenfalls abgebogen und fuhr weiter hinter mir her. Ich fuhr durch verschiedene Straßen, drehte eigentlich eine Runde, bis ich wieder auf der Straße mit den Geschäften ankam. Als ich nun wieder in den Rückspiegel schaute, war mir klar, dass ich verfolgt wurde. Der Ford war immer noch hinter mir. Was wollten diese Typen von mir? Warum verfolgten sie mich? Ich bekam Panik. Was sollte ich jetzt nur tun? Als Erstes drückte ich den Knopf, der das Auto von innen verschloss, für den Fall, dass ich an einer Ampel stehen bleiben musste und jemand versuchen würde eine der Türen zu öffnen. Denn schließlich wusste ich nicht, was die Typen von mir wollten. Ich überlegte, wohin ich nun fahren sollte, denn nach Hause wollte ich nicht. Ich wusste nicht, ob diese Typen vielleicht von Steve beauftragt worden waren mich zu beschatten und heraus zu finden, wo ich nun wohnte. Stella hatte wahrscheinlich ihrem Vater im Gefängnis erzählt, dass wir umgezogen waren. Woher sie das wusste, konnte ich nicht sagen. Ich vermutete, dass es doch jemand von ihren Freunden war, der mich im Keller eingeschlossen hatte. Derjenige hatte dann auch mitbekommen, dass wir aus der Wohnung auszogen. Stella hatte Dean, einer von Nicolais Freunden, im Supermarkt getroffen und versucht herauszubekommen, wo wir hingezogen waren. Dean hatte ihr zum Glück nichts verraten und gleich danach Nicolai darüber informiert. Cunningham hatte Steve höchstwahrscheinlich schon von dem Umzug erzählt. Vielleicht sollten mir diese Typen auch etwas antun, da Steve es selbst nicht konnte. Mein Handy klingelte. Ich schaute auf das Display und sah, dass es Nicolai war. Schnell nahm ich das Gespräch über die Freisprecheinrichtung an. „Nicolai? Du musst mir helfen", rief ich und schaute ängstlich in den Rückspiegel. Die Typen verfolgten mich immer noch.

„Was ist los, Süße", fragte er überrascht und ich war froh seine Stimme zu hören.

„Ich werde verfolgt. Zuerst dachte ich, es wäre nur ein Zufall. Ich bin extra eine Runde gefahren und habe gemerkt, dass der Wagen mir weiterhin hinterherfährt. Was soll ich tun?"

„Süße, ganz ruhig. Wer verfolgt dich?"

„Ich weiß es nicht. Es ist ein schwarzer Ford mit zwei Typen, die ich aber nicht erkennen kann, da sie Sonnenbrillen und Basketballkappen tragen. Was soll ich jetzt tun? Ich will nicht nach Hause fahren, denn ich möchte nicht, dass sie wissen, wo wir wohnen. Vielleicht hat Steve sie beauftragt, um mir etwas anzutun", erwiderte ich panisch.

„Beruhige dich. Bist du noch in Toronto?"

„Ja." Ich fuhr über eine Ampel, die gerade auf Rot umsprang. Ich schaute in den Rückspiegel und hoffte, dass meine Verfolger an der Ampel stehen bleiben mussten. Doch sie fuhren einfach weiter. Ich sah eine Fußgängerin schimpfen, die gerade über die Straße gehen wollte und fast von dem Ford überfahren wurde.

„Fahr zu Gavin nach Hause. Ich komme dort hin. Ich wollte sowieso gleich zu ihm fahren."

„Nein, ich möchte ihn nicht mit hineinziehen. Wer weiß, was das für Typen sind und wenn Steve sie wirklich auf mich angesetzt hat, um mich zu töten, möchte ich nicht, dass sie wissen, wo Gavin oder sonst jemand aus meiner Familie oder meinem Freundeskreis wohnt. Ich möchte sie nicht in Gefahr bringen. Dich ebenso wenig. Diese Typen könnten euch ebenfalls etwas antun, wenn ihr mir helfen würdet", sagte ich und bog in eine andere Straße ab. Natürlich folgte mir der andere Wagen.

„Uns wird schon nichts passieren und bei Gavin wärst du in Sicherheit", versuchte Nicolai mich zu überzeugen.

„Trotzdem möchte ich das nicht." Ich blickte wieder in den Rückspiegel. Was ich da sah, ließ mich erleichtert aufatmen. Die Polizei hatte den Ford angehalten. Die Polizisten mussten gesehen haben, wie diese Typen über die rote Ampel geschossen waren. Nun standen die Polizisten neben den Ford und ließen den Fahrer und den Beifahrer aus den Wagen aussteigen. Wahrscheinlich wollten sie damit verhindern, dass sie einfach abhauen würden. Das war meine Chance ihnen zu entkommen.

„Nicolai? Die Polizei hat gerade die Typen angehalten, weil sie über eine rote Ampel gefahren sind", berichtete ich ihm und bog in eine andere Straße ein.

„Das ist doch super. Jetzt sind sie erst einmal aus dem Verkehr gezogen", erwiderte er und ich konnte die Erleichterung in seiner Stimme hören.

„Zum Glück. Jetzt kann ich endlich nach Hause fahren."

„Tu das. Fahr aber vorsichtig und pass auf. Ich möchte nicht, dass dir etwas passiert. Ruf mich bitte sofort an, wenn etwas sein sollte."

„Das mache ich. Bis gleich", sagte ich und legte auf. Ich nahm einen Umweg, bevor ich über die Autobahn nach Hause fuhr. Immer wieder schaute ich in den Rückspiegel, um sicherzugehen, dass diese Typen mich nicht doch wieder verfolgten. Aber der schwarze Ford war nirgends zu sehen und so kam ich beruhigt Zuhause an.

In den nächsten Tagen wurde ich das Gefühl nicht los, dass ich beobachtet und verfolgt wurde, wenn ich unterwegs war. Allerdings hatte ich nie irgendjemanden gesehen. Weder jemanden, den ich kannte, noch jemand der sich auffällig verhalten hätte. Verfolgt wurde ich allerdings auch nicht mehr. Zumindest war mir das nicht aufgefallen. Allerdings fuhr in den letzten Tagen immer wieder ein Auto an unserem Haus vorbei. Es war zwar nicht der schwarze Ford, trotzdem war es auffällig, weil der Wagen, ein silberner Jeep, sehr langsam an unserem Haus vorbeifuhr und ich ihn noch nie in unserer Straße gesehen hatte.

„Nicolai, komm schnell", rief ich aus der Küche und schaute weiterhin aus dem Fenster.

„Was ist denn los, Süße", fragte Nicolai, als er in die Küche kam.

„Der Jeep ist wieder da und dieses Mal parkt er sogar vor unserem Haus. Langsam bekomme ich Angst. Erst werde ich verfolgt, dann fährt dieser Wagen hier ständig herum und nun parkt er noch vor unserem Haus. Wer ist das nur und vor allem, was will er von uns", fragte ich ängstlich und schaute weiter zu dem Wagen.

„Das werde ich gleich herausfinden", sagte er und ging aus der Küche. Ich folgte ihm.

„Was hast du vor?"

„Ich werde jetzt rausgehen und den Fahrer des Wagens zur Rede stellen, was er hier will."

„Nein, du gehst nicht zu diesem Wagen. Wer weiß, was das für ein Typ ist. Vielleicht sitzen noch mehr Leute im Jeep. Die Scheiben von dem Wagen sind verdunkelt und wir können es nicht sehen. Ich möchte nicht, dass dir etwas passiert. Lass uns lieber die Polizei rufen", flehte ich panisch.

„Chey, mir wird schon nichts passieren. Aber damit du beruhigt bist, werden wir die Polizei rufen", gab er nach und ich war froh darüber, dass er nicht zu diesem Wagen ging. Nicolai nahm das schnurlose Telefon, das im Flur auf der Kommode stand, und wählte die Nummer der Polizei. Ich ging wieder in die Küche und beobachtete weiter den Wagen. Ich hörte Nicolai im Flur telefonieren. Als er fertig war, kam er in die Küche und stellte sich neben mich.

„Sie kommen sofort vorbei", teilte er mir mit. „Mir wurde gesagt, dass wir im Haus bleiben sollen. Sie kümmern sich um diesen Typen."

„Siehst du. Ich sagte doch, dass du nicht rausgehen sollst und die Polizei sieht es genauso."

„Du hast ja recht. Überlassen wir es lieber der Polizei, herauszufinden, was dieser Typ da draußen von uns will."

Es dauerte keine zehn Minuten, als die Polizei eintraf und den Fahrer des Wagens befragte, warum er vor unserem Haus stand. Nicolai und ich verfolgten alles am Küchenfenster. Es war eigentlich keine große Überraschung, als ich sah, wer aus diesem Wagen stieg, nachdem sie von der Polizei dazu aufgefordert wurden. Ich hätte es mir schon denken können, dass Cooper und Stella in diesem Wagen gesessen hatten. Nachdem die Polizei mit ihnen gesprochen und sie weggeschickt hatte, kamen die zwei Polizisten zu uns. Stella und Cooper hatten ihnen erzählt, dass sie nur zufällig vor unserem Haus gestanden hätten und in den letzten Tagen öfter in der Gegend waren, weil eine Freundin ein paar Straßen weiter, in eine Wohnung eingezogen war und sie ihr beim Umzug geholfen hätten. Ich glaubte Stella und Cooper kein Wort und teilte es auch den Polizisten mit. Ich vermutete eher, dass sie herausfinden wollten, ob wir wirklich in diesem Haus wohnten. Vielleicht hatten sie sogar von Steve den Auftrag dazu erhalten und waren es auch, die mich mit dem Ford verfolgt hatten. Ich fragte die Polizisten, ob sie herausfinden konnten, wer in dem Ford gesessen hatte. Ein Beamter telefonierte mit dem Revier in Toronto und konnte mir tatsächlich sagen, wer es gewesen war. Anders als vermutet saßen nicht Stella und Cooper in dem Wagen, sondern ihre Freunde Carter und Sienna. Schau mal an, meine ehemals angeblich beste Freundin, die mich ausgenutzt und betrogen hatte, war also mit von der Partie, mich auszuspionieren. Aber hatte ich etwas anderes erwartet? Sie war immer dabei gewesen, wenn es darum ging, mich in jeglicher Art fertigzumachen. Und so etwas nannte sich beste Freundin, wie sie sich einschleimenderweise immer selbst genannt hatte. Darauf konnte ich auch verzichten und hatte mich schließlich von ihr und ihren tollen anderen Freunden abgewandt. Ich fragte mich, warum Steve es interessierte, wo wir nun wohnten und warum er Cunninghams Tochter beauftragt hatte, es herauszufinden. Zumindest vermutete ich, dass er sie beauftragt hatte. Er würde doch noch für mehrere Jahre im Gefängnis sitzen. Er hatte Rache geschworen, wenn er freikäme. Das würde doch noch etwas dauern. Oder würde er sich vorher schon rächen und jemand dafür beauftragen, wie damals in Aspen? Plante er vielleicht schon etwas?

Am Sonntag waren wir wieder einmal bei Nicolais Eltern zum Essen eingeladen. Es war schön mit der Familie, ja so bezeichnete ich die Frescos schon, da ich nach der Hochzeit zu ihnen gehören würde, zusammenzusitzen, zu reden und zu lachen. „Nicolai schalte doch mal den Fernseher ein. Das Basketballspiel läuft gerade", sagte Gavin und schob sich den letzten Löffel Schokoladenpudding, den es zum Nachtisch gegeben hatte, in den Mund.
„Muss das sein", fragte Kate genervt.
„Ja, das muss sein. Es ist ein wichtiges Spiel. Ich möchte doch nur sehen, wie viel es steht", erwiderte er.
„Mom, darf ich", fragte Nicolai höflicherweise nach und deutete auf den Fernseher im Wohnzimmer.
„Natürlich darfst du, mein Sohn", lächelte Jade. Nicolai ging gefolgt

von Gavin und Carlos ins Wohnzimmer und schaltete den Fernseher ein. Ich stand auf und half mit Kate und Elle, beim Abräumen des Tisches.

„Ach ihr Lieben, ihr braucht mir doch nicht zu helfen. Ich schaffe das schon alleine. Geht doch zu den anderen ins Wohnzimmer", sagte Jade mütterlich, als wir das Geschirr in die Küche brachten und auf die Arbeitsplatte stellten.

„Ach das macht mir nichts aus. Ich helfe gerne", erwiderte ich. „Außerdem können wir dir wenigstens beim Abräumen helfen, wenn du schon für uns kochst. Im Übrigen werden die Jungs sowieso in dem Basketballspiel vertieft sein. Ich kenne sie doch. Von wegen sie wollen nur schauen, wie viel es steht", kam es von Kate und ging ins Esszimmer. Ich folgte ihr und wollte gerade eine große Schüssel vom Tisch nehmen, als ich ein Stimmengewirr aus dem Wohnzimmer hörte.

„Das darf doch nicht wahr sein", hörte ich Kate sagen, die nun ebenfalls im Wohnzimmer war.

„Das gibt es doch nicht." Das war Carlos gewesen.

„Diese Dreckskerle", knurrte Gavin. Ich fragte mich, über was sie sich so aufregten. Ich konnte mir nicht vorstellen, dass es wegen des Basketballspieles war.

„Wir müssen es Cheyenne sagen", kam es von Cristobal.

„Ich weiß", seufzte Nicolai. „Das wird nicht einfach für sie." Jetzt verstand ich gar nichts mehr. Was mussten sie mir sagen und was würde für mich nicht einfach werden? Ich konnte mir darauf keinen Reim machen und beschloss ins Wohnzimmer zu gehen, um zu erfahren, was da los war. Mich schien niemand zu bemerken, als ich den Raum betrat, denn sie sahen alle gespannt zum Fernseher. Mein Blick ging ebenfalls dorthin und mir stockte der Atem, als ich Bilder von Steve und Cunningham in den Nachrichten sah. Darunter stand das Wort -Ausgebrochen-. Ich keuchte auf. Das konnte doch nicht sein. Sie waren doch in einem der sichersten Gefängnisse in Kanada gewesen. Dort hatte es noch nie einen Ausbruch gegeben. Bis jetzt zumindest nicht.

„Ausgebrochen, ausgebrochen, ausgebrochen", hallte es in meinen Kopf. Steve würde mich finden und mich töten, so wie er es vor der Verhandlung schon versucht hatte. Mir wurde heiß und kalt zugleich und in meinen Kopf begann es zu rauschen.

„Du wirst mir nicht entkommen. Ich werde dich kriegen", hörte ich

Steves Stimme und sah sein hämisches grinsendes Gesicht vor mir. Vor meinen Augen begann sich alles zu drehen. Mir wurde schwindelig. Ich hörte noch, wie mein Name gerufen wurde, bevor alles schwarz wurde.

Als ich wieder zu mir kam, lag ich auf der Couch. Nicolai saß neben mir und schaute mich, genauso wie der Rest der Familie, die um die Couch herumstanden, besorgt an. Mein Kopf brummte und tat etwas weh. Die Erinnerung an das Geschehene kam zurück und ich dachte an das Bild aus den Nachrichten, worauf Steve und Cunningham mit dem Wort -Ausgebrochen- zu sehen waren.

„Sie sind wirklich ausgebrochen", fragte ich Nicolai, um sicherzugehen, dass es nicht nur ein Traum gewesen war.

„Ja leider. Wie geht es dir? Du hast mir einen ganz schönen Schrecken eingejagt."

„Es geht schon. Mir ist nur etwas schwindelig und mein Kopf tut weh."

„Das ist kein Wunder. Du bist mit dem Kopf auf den Boden aufgeknallt, ehe wir dich auffangen konnten. Ich habe schon den Arzt angerufen. Er müsste gleich hier sein", sagte Cristobal.

„Ich brauche keinen Arzt. Mir geht es gut. Ehrlich", versuchte ich die Anderen zu überzeugen und setzte mich auf. Doch mein Kopf machte mir einen Strich durch die Rechnung. Der Schwindel nahm zu und es dröhnte in meinen Kopf, sodass ich mich stöhnend wieder auf das Kissen zurücksinken ließ, worauf ich zuvor gelegen hatte.

„So gut geht es dir wohl doch nicht", grinste Gavin und ließ sich auf einen Sessel fallen. Ich erwiderte nichts, sondern warf ihm einfach nur einen bösen Blick zu. Es klingelte an der Haustür. Das musste der Arzt sein. Ich war zwar immer noch der Meinung, dass ich keinen Arzt brauchte, doch den anderen zuliebe würde ich mich untersuchen lassen. Jade ging zur Haustür und kam wenig später mit dem Arzt zurück, der sich zuerst erkundigte, was passiert war und mich anschließend untersuchte. Zum Glück hatte ich nur eine leichte Gehirnerschütterung und eine Beule am Kopf von dem Aufprall auf dem Boden davongetragen. Ich sollte mich die nächsten zwei Tage schonen und ins Krankenhaus fahren, falls es mit den Beschwerden schlimmer werden würde. Während der Untersuchung hatte Gavin das Basketballspiel im Fernsehen laufen gehabt, was die Jungs, nachdem der Arzt wieder gegangen war, zu Ende schauten. Im Anschluss kam eine Nachrichtensendung, die über den Ausbruch berichtete.

„Lass das bitte an. Ich möchte das sehen", sagte ich, als Gavin umschalten wollte.

„Bist du dir sicher", hakte Nicolai besorgt nach. Anscheinend hatte er Sorge, wie ich die Informationen aus den Nachrichten aufnehmen würde.

„Ja, ich möchte wissen, wie sie aus dem Gefängnis ausgebrochen sind", erwiderte ich und setzte mich vorsichtig auf, da ich noch immer auf der Couch gelegen hatte. Die Nachrichtensprecherin berichtete über einen spektakulären Ausbruch von den beiden. Beim Hofgang wäre ein Hubschrauber mit einer Strickleiter über das Gefängnis geflogen, an die sie sich gehängt hatten, und wäre mit ihnen davongeflogen. Leider gab es ausgerechnet heute ein Flugfest auf einem in der Nähe liegenden Flugplatz, bei dem die Leute mit Hubschraubern, Segelflugzeugen und Heißluftballons mitfliegen konnten. Der Tag war von Steve und Cunningham gut gewählt gewesen, denn es erschwerte der Polizei die Suche nach dem richtigen Hubschrauber, den sie noch immer nicht gefunden hatten. Auch von den beiden Ausbrechern fehlte bis jetzt jede Spur.

„Die Polizei wird sie finden, Süße", sagte Nicolai, nachdem der Bericht vorbei war. Davon war ich nicht überzeugt. Steve war gerissen und er hatte gute Kontakte, die ihm helfen würden.

„Ich hoffe, sie finden ihn, bevor Steve mich findet. Er ist bestimmt schon auf dem Weg zu mir, um seine Rache auszuführen und mich zu töten, so wie er es damals schon vorhatte." Die Angst stieg wieder in mir auf.

„Chey, du brauchst keine Angst zu haben. Ich habe gerade mit der Polizei telefoniert und mir wurde versichert, dass sie schon nach den beiden fahnden. Ein Polizeiwagen wird zusätzlich in eurer Straße Streife fahren, falls sie bei euch auftauchen sollten", versuchte Cristobal mich zu beruhigen, der gerade ins Wohnzimmer kam.

„Siehst du. Die Polizei sucht sie schon. Dir wird nichts passieren", versicherte Nicolai mir.

„Es wird wahrscheinlich kein Zufall sein, dass Stella und Cooper ausspioniert haben, wo ihr hingezogen seid. Stella hat bestimmt von ihrem Vater den Auftrag bekommen herauszufinden, wo ihr nun

wohnt, damit er und Bozman Chey finden", vermutete Carlos.
„Da kannst du recht haben", stimmte Nicolai ihm zu. Mir kam ein
ganz schrecklicher Verdacht. Was wenn Cunningham seiner Tochter
noch einen anderen Auftrag gegeben hatte? Wenn die Aktion mit
dem Kuss und den Fotos nicht nur eine ihrer Intrigen gewesen war?
Ich keuchte erschrocken auf.
„Süße, was ist los", fragte Nicolai besorgt.
„Der Versuch uns auseinander zu bringen, mit dem Kuss und den
Fotos war nicht nur eine hinterhältige Intrige von Stella und
Cooper. Sie haben höchstwahrscheinlich von Cunningham den
Auftrag dazu bekommen. Wenn wir uns getrennt hätten, wäre ich
alleine gewesen. Es wäre niemand da gewesen, der mich vor ihnen
beschützen würde und sie hätten freie Bahn gehabt", sprach ich
meinen Verdacht aus.
„Das könnte wirklich sein. Sie waren sehr erpicht darauf, dass wir
uns trennen, indem sie immer wieder Fotos schickten und bei uns
sogar vorbeikamen, um mich davon zu überzeugen, dass du mich
betrügst. Wir werden dich auf jeden Fall beschützen. Du wirst von
jetzt an nicht mehr alleine sein, bis die Polizei die beiden Typen
geschnappt hat und sie wieder im Gefängnis sitzen", sagte Nicolai
und sah mir dabei fest in die Augen. Die Anderen nickten
zustimmend.
„Danke, aber ich möchte nicht, dass ihr euch dazu gezwungen fühlt
und eure Freizeit für mich opfert."
„Das machen wir doch gerne", erwiderte Carlos.
„Eben. Abgesehen davon können sie sich warm anziehen, sollten
sie versuchen dir etwas zu tun", knurrte Gavin und schlug
angriffslustig seine Faust in die flache Hand.

Kapitel 8

In den nächsten zwei Tagen berichteten die Nachrichten immer wieder über den Gefängnisausbruch. Die Polizei hatte Steve und Cunningham noch nicht geschnappt. Allerdings fahndeten die Beamten nun auch nach einem silbernen Mercedes, indem die beiden gesichtet worden waren. Anscheinend hatten sie sich ein Fluchtauto zugelegt, mit dem sie unterwegs waren. Nicolai und ich saßen gerade am Esstisch und hatten zu Abend gegessen, als mein Handy klingelte. Ich stand auf und ging zum Wohnzimmertisch, worauf mein Handy lag. Ich nahm es in die Hand und schaute auf das Display. Es wurde mir eine Nummer angezeigt, die ich nicht kannte.

„Hallo", meldete ich mich, als ich den Anruf annahm.

„Hallo Cheyenne", hörte ich Steves Stimme und keuchte erschrocken auf. „Du hast bestimmt schon gehört, dass ich nicht mehr in Gefängnis bin. Weißt du, es hat mir dort einfach nicht gefallen. Nun kann ich auch endlich das tun, was ich die ganze Zeit schon tun wollte. Dich töten." Ich begann bei seinen Worten zu zittern und ließ das Handy fallen.

„Was ist los, Süße", fragte Nicolai und kam zu mir. Er bückte sich und hob mein Handy vom Boden auf. Zum Glück war es auf dem Teppich gelandet, der im Wohnbereich lag, und war nicht kaputtgegangen.

„Steve", brachte ich zitternd heraus und deutete auf das Handy. „Hallo", fragte Nicolai ins Handy und hielt es sich ans Ohr. Nahm es wieder weg und schaute auf das Display. „Aufgelegt. Was hat er denn zu dir gesagt?"

„Er ... er will mich töten", sagte ich panisch. Mein Handy klingelte wieder. Ich warf einen Blick auf das Display und sah, dass es die gleiche Nummer war, wie beim Anruf zuvor.

„Er ist es wieder. Ich geh da nicht ran."

„Das brauchst du auch nicht. Aber ich werde ihn mir jetzt mal vornehmen." Nicolai nahm den Anruf entgegen und meldete sich. „Hallo? Hallo?" Er sah zu mir. „Der Mistkerl hat aufgelegt." Er schaltete das Handy aus und legte es auf den Wohnzimmertisch.

„So nun kann er dich nicht mehr stören und dir Angst einjagen."
„Das hoffe ich." In dem Moment klingelte Nicolais Handy und ich erschrak. Sollte Steve nun etwa bei ihm anrufen? Aber warum? Er hatte doch sofort aufgelegt, als Nicolai an mein Handy herangegangen war. Ich atmete auf, als Nicolai ans Handy ging und ich hörte, wer dran war.

„Hey Carlos, was gibt es", fragte er erfreut. Ich ging zum Esstisch, um ihn abzuräumen, als das Telefon klingelte. Ich nahm es von der Kommode im Essbereich. Das Display zeigte nur das Wort - Unbekannt- an. War es vielleicht Steve, der nun von einem anderen Apparat aus anrief oder vielleicht doch jemand anderes?

„Ja", meldete ich mich und wappnete mich Steves Stimme zu hören.

„Guten Abend. Mein Name ist Claudia Maxwell. Ich rufe an, weil ich ein tolles Angebot für Sie habe", begann eine junge Frauenstimme zu erzählen. Oh nein, nicht diese Verkaufsanrufe, wo Leute einen etwas aufschwatzen wollten, was man nicht möchte. Ich mochte diese Anrufe gar nicht. Ich ließ mir gar nicht gerne etwas aufdrängen. „Ich habe hier ein tolles Zeitschriftenabonnement für Sie", redete die Frau weiter. „Welche Zeitschrift lesen Sie denn am liebsten?"

„Hören Sie, ich möchte kein Zeitschriftenabonnement haben. Wenn ich mal eine Zeitschrift lesen möchte, kaufe ich sie mir im Laden", sagte ich im freundlichen Ton, auch wenn ich von dem Anruf genervt war. Ich wusste schließlich, dass diese Leute auch nur ihren Job machten, um Geld für ihren Lebensunterhalt zu verdienen.

„Aber im Laden zahlen Sie viel mehr für die Zeitschriften. Ich kann Ihnen ein tolles Angebot unterbreiten. Erst einmal bekommen Sie in diesem Abonnement die Zeitschriften frei Haus zugeschickt. Sie müssen nicht aus dem Haus und Sie zahlen in diesem Jahresabo statt zwölf Zeitschriften nur zehn. Das ist doch wirklich ein tolles Angebot, oder", versuchte sie mich zu ködern.

„Nein, wie ich schon sagte, möchte ich kein Abo", sagte ich nun energischer.

„Das ist wirklich schade. Ich möchte Sie dann auch nicht weiter stören und wünsche Ihnen noch einen schönen Abend."

„Danke, das wünsche ich Ihnen auch", erwiderte ich und legte auf. Ich wollte gerade wieder zum Esstisch gehen, als das Telefon erneut klingelte. Was war hier heute überhaupt los? Sonst klingelte doch auch nicht so oft das Telefon. Genervt nahm ich das Telefon und sah wieder das Wort -Unbekannt- auf dem Display. War es etwa wieder die Zeitschriftenfrau? Ich dachte, ich hätte mich klar ausgedrückt, dass ich kein Abo haben wollte.

„Ich möchte kein Zeitschriftenabo", sagte ich genervt, als ich den Anruf entgegennahm.

„Ich möchte dir auch kein Zeitschriftenabo verkaufen", lachte Steve und ich erschrak.

„Woher hast du diese Nummer", fragte ich.

„Ich bekomme alles heraus. Du weißt doch, ich habe gute Kontakte. Da du ja dein Handy ausgeschaltet hast und ich weiß, dass du Zuhause bist, dachte ich mir, ich rufe einfach auf dem Festnetz an. Ihr habt übrigens ein schönes Haus. Ich glaube, ich werde es mir mal von innen ansehen." Ich hörte ihn noch hämisch lachen, bevor er auflegte. Er wusste, wo wir wohnten. Er kannte unser Haus. Das hieß, er war hier. Er war hier und er wollte zu uns ins Haus kommen. Panik brach in mir aus. Ich lief zur Haustür, verriegelte sie und schaltete die Alarmanlage ein. Anschließend betätigte ich am Touchpad, welches an der Wand hing und über das man verschiedene Funktionen im Haus, wie Heizung oder Licht, fernsteuern konnte, die Rollläden, die automatisch heruntergelassen wurden. Steve durfte auf gar keinen Fall ins Haus hineinkommen. Wenn er es schaffen würde, wäre ich fällig und Nicolai würde ebenfalls in Gefahr sein. Steve würde ihm bestimmt etwas antun und das durfte ich nicht zulassen.

„Chey, was tust du da? Was ist los", fragte Nicolai und kam, mit dem Handy am Ohr, in den Flur. Er telefonierte wahrscheinlich noch immer mit Carlos.

„Steve! Er ist hier. Er hat auf dem Festnetz angerufen und gesagt, dass wir ein schönes Haus hätten. Er will hier hereinkommen", berichtete ich ihm.

„Süße, er wird hier nicht hineinkommen. Warte kurz", sagte er und wandte sich seinem Handy zu.

„Carlos, ich rufe dich später zurück. Wir haben ein Problem mit Bozman", erklärte er ihm. „Ja, werden wir. Bis nachher", verabschiedete er sich, nachdem Carlos noch etwas zu ihm gesagt haben musste. Mir fiel ein, dass am Haus noch Kameras angebracht waren, mit denen wir das Grundstück überwachen konnten. Ich ging ins Büro und schaltete den Laptop ein, der auf dem Schreibtisch stand und auf dem sich das Programm für die Kameras befand. Nicolai kam zu mir und zusammen suchten wir mit den Kameras das Grundstück ab.

„Süße, er ist hier nirgendwo und er wird auch nicht ins Haus kommen. Er will dir nur Angst einjagen."

„Aber er muss hier sein. Er weiß, dass wir Zuhause sind. Das hat er selbst am Telefon gesagt."

„Das war doch klar. Wenn er auf dem Festnetztelefon anruft und du drangehst, dass wir Zuhause sein müssen." Stimmt, daran hatte ich noch gar nicht gedacht. Es war eigentlich logisch, es sei denn, man hätte eine Rufumleitung auf ein anderes Telefon oder Handy geschaltet. Aber er hatte es mit seiner Aussage einfach mal probiert und lag damit richtig, dass wir Zuhause waren.

„Ich werde jetzt die Polizei anrufen und ihnen von den Anrufen erzählen. Bei dir auf dem Handy wurde doch eine Nummer angezeigt. Die werde ich ihnen durchgeben. Vielleicht können sie ihn dadurch orten und dann wird er ganz schnell geschnappt. Du wirst sehen, er ist bald wieder im Gefängnis, da wo er hingehört", beruhigte mich Nicolai. Er verließ das Büro und rief die Polizei an. Ich saß noch immer vor dem Laptop und beobachtete unser Grundstück. Aber es war niemand zu sehen. Ein paar Minuten später erschien Nicolai wieder im Büro.

„Die Polizei schickt einen weiteren Wagen, der hier heute Nacht verstärkt Streife fährt und unser Grundstück im Auge behält. Sie werden ebenfalls die Nummer zurückverfolgen und schauen, ob sie Steve orten können. Wir sollen uns keine Sorgen machen, es wird uns nichts passieren", berichtete er mir. „Du kannst also unbesorgt sein. Uns wird hier nichts geschehen."

„Und was ist, wenn die Polizei die beiden nicht schnappen wird? Oder, wenn Steve heute gar nicht vorhat, seine Drohung, ins Haus zu kommen, wahr zu machen, sondern erst in ein paar Tagen, wenn wir nicht damit rechnen und die Polizei nicht die ganze Nacht vor der Tür steht. Er will mich töten, und wenn du versuchst, mich vor ihm zu beschützen, wird er dir auch etwas antun und dass will ich nicht. Ich würde es mir nie verzeihen, wenn dir meinetwegen etwas passiert", sagte ich und wurde zum Ende hin richtig hysterisch.

„Beruhige dich Süße. Niemanden wird etwas passieren. Weder dir noch mir oder irgendwen anders von unserer Familie oder unseren

Freunden. Die Polizei wird Bozman und Cunningham schnappen. Abgesehen davon ist unser Haus sehr gut gesichert. Hier kommt so schnell niemand herein, auch Bozman nicht. Ich werde morgen noch einmal mit der Polizei sprechen, ob sie weiterhin verstärkt Streife fahren werden", versuchte er mich zu beruhigen und nahm mich in den Arm. „Steve wird dir nichts mehr tun. Ich bin da und werde dich beschützen. Das verspreche ich dir."

„Und wer passt auf dich auf", fragte ich und wurde langsam wieder ruhiger.

„Ich glaube, den Job musst du übernehmen", grinste er. „Komm Süße, lass uns einen Film schauen gehen. Der wird dich etwas ablenken."

In der nächsten Nacht wurde ich von einem lauten Knall geweckt. Was war das? Wieder knallte es.

„Nicolai, bitte wach auf. Da unten ist jemand", sagte ich leise und rüttelte ihm an der Schulter.

„Süße, was ist denn los", fragte er verschlafen. Nun gab es ein Geräusch, das sich anhörte, als ob jemand an der Haustür rütteln würde.

„Da ist jemand an der Haustür", flüsterte ich ängstlich und Panik stieg in mir auf. „Steve ist hier. Er ist hier und will ins Haus. Er hat es mir doch angedroht, dass er kommen würde."

„Ganz ruhig, Süße. Er wird hier nicht hereinkommen", versuchte er mich zu beruhigen. „Ich gehe nachsehen", sagte er und stand auf.

„Nein, bitte geh nicht. Was ist, wenn dir etwas passiert", erwiderte ich panisch.

„Mir wird nichts passieren. Ich will nur schauen, wer es ist. Ich verspreche dir, ich werde die Tür nicht öffnen. Ich werde am Laptop über die Kamera nachsehen", versprach er und ging aus dem Zimmer. Ich folgte ihm, denn ich wollte nicht alleine sein. Wir gingen ins Büro und ließen den Laptop hochfahren. Es war doch eine gute Idee gewesen, die Außenkamera anbringen zu lassen. So brauchten wir nicht nach draußen zu gehen, um nachzusehen, ob jemand auf unserem Grundstück war. Nicolai öffnete das Programm und zusammen schauten wir uns das Grundstück an. „Da", rief ich und zeigte auf eine schwarze Gestalt auf der Terrasse. In dem Moment donnerte es an den Rollläden im Wohnzimmer und ich zuckte zusammen. Das Donnern hörte auf, doch nicht für lange, denn es begann nun an den Rollläden im Büro. „Nicolai, ich habe Angst", sagte ich und er zog mich in seine Arme. Nun knallte es gegen die Haustür und ich schrie auf. „Ganz ruhig, Süße. Ich rufe jetzt die Polizei", erwiderte er und strich mir über den Rücken. Zusätzlich zur Haustür begann es, wieder im Wohnzimmer an den Rollläden zu donnern. Nicolai ging mit mir zusammen ins Wohnzimmer, wo er sich das Telefon schnappte, welches auf dem Sideboard stand und rief bei der Polizei an. Dabei hielt er mich die ganze Zeit fest im Arm. Ich fragte mich, ob denn keine Streife vor der Tür stand, so wie es eigentlich vorgesehen war. Sie müssten doch eigentlich sehen, wenn sich jemand auf unserem Grundstück herumtrieb.

„Sie kommen jetzt sofort vorbei, beziehungsweise wird die Streife alarmiert, die an der Straße steht und sie werden nachschauen, was hier los ist. Wir sollen im Haus bleiben", sagte er, als er aufgelegt hatte. Immer noch wurde gegen die Rollläden in verschiedenen Räumen gleichzeitig geschlagen. Das konnte nicht nur ein Täter sein. Wenn es wirklich Steve war, dann hatte er sich mit Sicherheit Verstärkung geholt. Die Schläge hörten plötzlich auf und nun war Geschrei zu hören.

„Die Polizei ist da und sie werden hoffentlich die Täter schnappen", sagte Nicolai und man merkte ihm wirklich an, dass er erleichtert war. Auch an ihm ging die ganze Sache nicht einfach so vorbei.

„Wenn es wirklich Steve da draußen ist und sie ihn schnappen, wirst du wieder deine Ruhe haben."

„Das wäre schön", erwiderte ich. Es klingelte an der Tür und ich erschrak.

„Hier ist die Polizei. Es ist alles in Ordnung. Bitte öffnen Sie die Tür", rief eine Stimme.

„Warte hier", sagte Nicolai und ließ mich los. Er ging zur Tur und schaute durch das Seitenfenster, um sicherzugehen, dass es wirklich die Polizei war, die vor der Tür stand. Anschließend öffnete er die Tür, vor der ein Polizist stand.

„Mr. Fresco, wir haben die Täter leider nicht schnappen können. Aber die Kollegen sind schon auf der Suche nach ihnen", sagte der Polizist.

„Wir vermuten, dass es Bozman war. Er hat meiner Verlobten

gestern zumindest per Telefon angedroht, dass er vorbeikommen und ins Haus eindringen will."

„Wenn er es war und wir ihn kriegen wird er bald wieder im Gefängnis sitzen."

„Wie viele Täter waren es denn", wollte ich wissen, denn ich hatte noch eine andere Vermutung.

„Soweit wir wissen, waren es drei", sagte der Polizist.

„Es könnten auch Handlanger von Steve gewesen sein. Er würde nie das Risiko eingehen geschnappt zu werden, wenn er mir nur Angst einjagen wollte. Ich glaube eher, dass Cooper, Carter und Ryan etwas mit der Sache zu tun haben. Es könnten aber auch Stella und Sienna dabei gewesen sein", sprach ich meine Vermutung aus.

„Na dann werden wir dem Hinweis doch einmal nachgehen und mal schauen, welche Alibis sie für heute Nacht haben", erwiderte der Polizist. „Wie heißen denn diese Personen mit vollem Namen", wollte er wissen. Ich nannte sie ihm und er notierte sich die Namen auf einen kleinen Block, den er aus der Tasche geholt hatte. „So dann hätte ich alles. Wir werden verstärkt vor Ihrem Haus Wache halten, falls die Täter noch einmal zurückkommen werden. Falls etwas sein sollte, melden Sie sich bitte bei uns."

„Danke. Das werden wir. Gute Nacht", sagte Nicolai und schloss die Tür. „Wie wäre es, wenn ich dir einen Tee mache und wir uns dann wieder hinlegen? Etwas Schlaf könnten wir beide noch gebrauchen", schlug er mir vor.

„Das hört sich gut an." Wir gingen in die Küche und Nicolai bereitete den Tee zu. Mit der heißen Tasse gingen wir nach oben ins Schlafzimmer.

„Ich würde gerne noch eine Zigarette rauchen. Nach dem Vorfall brauche ich die", sagte ich, stellte die Tasse auf dem Nachttisch ab und ging auf den Balkon. Nicolai folgte mir, nahm aus der Schachtel, die auf dem Fensterbrett lag, zwei Zigaretten heraus und zündete sie nacheinander an. Er reichte mir eine und schlang einen Arm um meine Taille. Ich zog genüsslich an der Zigarette und schaute in den dunklen Garten. Hoffentlich konnte die Polizei die Täter schnappen.

„Was machst du da", fragte ich Nicolai Freitagnachmittag, als ich in die Küche kam.

„Ich packe etwas zu Essen für ein Picknick ein."

„Ein Picknick", fragte ich verdutzt und sah zu, wie er Obst und Sandwiches in einen Rucksack packte.

„Ja genau. Ich möchte mit dir einen Ausflug mit dem Motorrad machen und abends werden wir essen gehen."

„Oh, das hört sich wirklich gut an, aber ist es nicht gefährlich? Was ist, wenn Steve uns auflauert. Die Polizei hat ihn immer noch nicht geschnappt."

„Süße, er wird uns nirgends auflauern. Abgesehen davon hast du die besten Bodyguards, die du kriegen kannst."

„Bodyguards", fragte ich verwirrt? Er hatte doch gesagt, dass er mit mir einen Ausflug macht. Von anderen Leuten hatte er doch gar nicht gesprochen gehabt.

„Ja, wir werden mit Carlos und Gavin ein Motorradausflug ins Grüne machen. Kate und Elle kommen ebenfalls mit", erklärte er mir. „Wir haben uns überlegt, dass es dir mal gut tun würde, einfach mal raus zu kommen und nicht an diesen Typen zu denken. Du sollst auch nicht die ganzen Semesterferien im Haus verbringen müssen. Wir sind bei dir und passen auf dich auf."

„Ich möchte aber nicht, dass ihr euch in Gefahr begebt und euch etwas zustößt, falls Steve uns auflauert", sagte ich.

„Uns wird nichts passieren. Sollte er uns wirklich auflauern, haben wir erstens unsere Motorräder da, mit denen wir immer noch abhauen können und zweitens sind wir zu sechst und können uns gegen ihn verteidigen. Selbst wenn Cunningham dabei wäre, wären wir immer noch in der Überzahl und mit ihnen würden wir schon fertig werden. Vertrau mir. Du musst wirklich keine Angst haben. Es wird nichts passieren. Wenn du aber nicht möchtest, bleiben wir Zuhause."

„Nein, ich möchte diesen Ausflug machen. Vielleicht kann ich dabei wirklich mal abschalten und für heute die Sorgen und Ängste vergessen."

„So ist es richtig. Du darfst dich nicht unterkriegen lassen. Bozman will doch nur, dass du zusammenbrichst und dich ängstlich verkriechst. Zeig ihm, wie stark du bist."

„Du bist so süß." Er kam zu mir herüber und zog mich in seine Arme.

„Ich liebe dich."

„Ich dich auch", hauchte ich und stellte mich auf Zehenspitzen, um ihn einen Kuss zu geben. Nicolai nutzte die Gelegenheit, hob mich hoch und setzte mich auf die Arbeitsplatte, ohne seine Lippen von meinen zu lösen. Er vertiefte den Kuss und seine Zunge spielte mit meiner. Ich stöhnte genüsslich in seinen Mund und vergrub meine Hände in seinen Haaren. Ich wollte gerade meine Beine um seine Hüften schlingen, als es an der Haustür klingelte. Keuchend lösten wir uns voneinander.

„Das werden die Anderen sein. Schade, dass wir nicht mehr Zeit hatten. Ich hätte schon gewusst, was ich mit dir gemacht hätte", raunte er und mir lief ein Schauer über den Rücken. „Du solltest dir Badesachen einpacken", grinste er und machte sich auf den Weg zur Tür.

„Wohin fahren wir denn?"

„Das verrate ich dir nicht", rief er aus dem Flur und öffnete die Tür. Ich folgte ihm in den Flur und begrüßte schnell die Anderen, bevor ich die Treppen hoch ins Obergeschoss ging. Im Schlafzimmer zog ich mir ein Shirt und eine Hose an. Darunter hatte ich zuvor einen Bikini angezogen. Ich wusste nicht, wo wir hinfuhren und ich wollte mich dann dort nicht erst umziehen müssen. Zum guten Schluss kam noch die Motorradkleidung. Aus dem Badezimmer nahm ich noch zwei große Badetücher mit und ging wieder ins Erdgeschoss. Die Anderen waren schon draußen und Nicolai machte das Motorrad startklar. Ich ging, nachdem ich die Haustür zugeschlossen hatte, zu ihnen. Wir verstauten unsere Sachen im Staufach des Motorrades. Ich setzte den Rucksack, mit dem Essen und den Getränken, auf, da er nicht mehr ins Staufach passte und stieg auf das Motorrad. Nicolai setzte sich ebenfalls auf die Maschine und startete den Motor.

„Dann mal los", rief Gavin und fuhr mit Kate auf dem Rücksitz los. Ich hielt mich bei Nicolai fest, als dieser ebenfalls startete. Wir fuhren stadtauswärts. Statt der Autobahn hatten die Jungs eine Route über Landstraßen und Waldwegen gewählt. Wir fuhren einen Feldweg entlang. Vor uns tauchte ein kleiner Wald auf, durch den wir fuhren. Dahinter erstreckte sich eine Wiese, auf der das Gras sehr hochgewachsen war. Die Jungs hielten an und stellten den Motor ab. Wir stiegen von den Maschinen und gingen durch das hohe Gras, wobei die Jungs die Motorräder mitnahmen.

„Und hier picknicken wir", fragte ich Nicolai.

„Nein. Da vorne werden wir picknicken", erwiderte er und zeigte mit der Hand vor uns, wo sich ein etwas abschüssiges Stück aus feinem Kies befand, an dem ein kleiner See angrenzte. Die Jungs stellten ihre Maschinen ab und wir holten unsere Sachen aus den Staufächern. Wir breiteten die Decken auf dem Kies aus und setzten uns drauf.

„Wer zuerst im See ist", rief Gavin, zog seine Sachen in Windeseile aus und sprang in Badeshorts bekleidet in den See. Carlos und Nicolai taten es ihm gleich. Typisch Jungs. Ich zog meine Sachen aus und legte mich im Bikini auf die Decke. Es war ein richtig schöner warmer Sommertag mit strahlend blauem Himmel. Der perfekte Tag um sich zu sonnen und etwas Farbe zu bekommen. Hier am See war es sehr schön und ruhig. Ich entspannte mich und schaltete einfach mal ab. Das war auch nötig. Die Sorgen und Ängste hatten mir in den letzten Tagen doch sehr zugesetzt.

„Du solltest dich eincremen, sonst bekommst du noch einen Sonnenbrand", sagte Kate und warf mir die Sonnencremetube zu. Ich fing sie auf und begann mich einzucremen.

„Gibt es eigentlich etwas Neues von euren nächtlichen Besuchern", fragte Elle.

„Die Polizei hat Cooper und seine Freunde vernommen, aber sie hatten alle ein Alibi für die Nacht. Die Polizei will diese aber noch einmal überprüfen. Vielleicht waren es aber auch andere Leute, die von Steve dazu beauftragt wurden, denn ich glaube nicht, dass er es selbst gewesen ist. Das Risiko geschnappt zu werden, wäre er bestimmt nicht eingegangen, nur um etwas Terror zu machen", erwiderte ich.

„Da hast du recht. Wurde denn etwas bei dieser Aktion kaputtgemacht", fragte sie nun.

„Nein, zum Glück nicht. Nur schade, dass es gestern Morgen geregnet hat und die Polizei keine brauchbaren Fußabdrücke gefunden hat."

„Naja vielleicht finden sie die Täter auch ohne die Abdrücke. Hauptsache ihr habt wieder eure Ruhe", warf Kate ein. „Und jetzt ist Schluss mit dem Thema. Chey soll sich schließlich erholen und mal einen Nachmittag von all dem Stress abschalten."

„Jawohl Sir äh Mam", lachte Elle.

„Den Rücken übernehme ich", hauchte Nicolai nah an meinem Ohr, als ich soweit fertig war, und schnappte sich die Sonnencreme. Ich legte mich auf den Bauch und Nicolai verteilte die Creme auf meinen Rücken. Ich genoss das Gefühl, wie seine Hände über meinen Rücken strichen und mich massierten. Es fühlte sich so gut an. Ein leises Stöhnen entwich mir.

„Fertig. Ich möchte dich schließlich nicht noch weiter strapazieren", schmunzelte Nicolai und nahm seine Hände von meinen Rücken.

„Schade. Es war gerade so schön", seufzte ich und setzte mich auf.

„Heute Abend bekommst du noch mehr davon", hauchte er verführerisch an meinem Ohr. Er nahm sich die Sonnencreme und cremte nun sich selbst ein. Ich schnappte mir etwas von der Creme und verteilte sie auf seinen Rücken. Ich glitt über seine Muskeln. Nicolai schien meine Berührungen zu genießen, denn ich hörte seinen schweren Atem. Was er konnte, konnte ich auch. Als ich fertig mit eincremen war, nahm ich meine Hände von seinem Rücken und er seufzte, wie ich vorher, frustriert auf.

„Heute Abend", flüsterte ich ihm zu.

„Du kleines Biest", knurrte er leise und richtete sich auf. „Lass uns etwas essen." Er schnappte sich den Rucksack und holte die Sandwiches und das Obst heraus. Er reichte mir ein Sandwich und nahm sich selbst auch eines.

„Danke", sagte ich und biss genüsslich in das Sandwich.

„Essen ist eine gute Idee. Ich habe Hunger", rief Gavin und warf sich auf die Decke.

„Ihhh Gavin, kannst du dich nicht erst abtrocknen? Du machst die ganze Decke nass", quietschte Kate und schüttelte sich die Wassertropfen, die sie durch Gavin abbekommen hatte, von den Armen.

„Ich habe aber doch Hunger."

„Das ist mir egal. Du trocknest dich erst ab." Sie warf ihm ein Badetuch zu und Gavin trocknete sich schmollend ab.

„So und jetzt will ich etwas zu essen haben", sagte er, als er fertig war, warf das Badetuch weg und griff nach der Tasche, indem sie ihr Proviant eingepackt hatten. Gavin holte Sandwiches, Schokoriegel, Würstchen, Obst und Kekse aus der Tasche heraus und legte sie vor sich auf die Decke.

„Habt ihr vor länger hier zu bleiben", fragte Carlos schmunzelnd.

„Nein, wieso", wollte Gavin wissen und griff sich einen Schokoriegel.

„Weil ihr so viel Proviant mitgenommen habt, als wolltet ihr mehrere Tage hier bleiben", grinste Carlos.

„Das habe ich mir auch schon gedacht, als Gavin Zuhause die Tasche gepackt hat", mischte Kate sich ein.

„Das ist doch gar nicht so viel. Ich habe eben immer einen großen Hunger, vor allem, wenn ich an der frischen Luft bin", verteidigte sich Gavin und schob sich den Schokoriegel in den Mund. Als Nächstes verdrückte er zwei Sandwiches und noch dazu drei Würstchen.

„Wo steckst du das nur alles hin? Du isst und isst und nimmst nicht zu. Wie geht das? Wenn ich das machen würde, hätte ich gleich ein paar Kilos mehr", beneidete Elle ihn.

„Das geht gleich alles in Muskelkraft über. Schau", erwiderte er grinsend und zeigte seinen muskulösen Arm. „Das ist echt ein Vorteil, denn weißt du, was ich damit ohne Weiteres machen kann? Das hier." Er stand auf, schnappte sich Elle und warf sie sich über die Schulter. Elle schrie auf und strampelte, als er mit ihr zum See lief und sie hineinwarf. Wir lachten, als Elle prustend aus dem Wasser auftauchte. Ihre Haare lagen platt am Kopf und sie sah aus, wie ein begossener Pudel. Gavin kam lachend zu uns herüber. Ich sah, wie er einen kurzen verschwörerischen Blick mit Nicolai austauschte. Das bedeutete nichts Gutes.

„Oh nein. Ich weiß, was ihr vorhabt. Vergesst es", sagte ich und sprang auf. Ich wollte gerade flüchten, als Nicolai seine Arme um meinen Oberkörper schlang und mich davon abhielt. Gavin schnappte sich meine Beine und so trugen sie mich zum See.

„Nein, bitte. Ich will nicht", rief ich und versuchte mich zu befreien, doch die beiden ließen mich nicht los.

„Du bleibst schön hier", hörte ich Carlos und sah, wie er Kate hochhob und ebenfalls zum See trug. Gavin und Nicolai schaukelten mich hin und her.

„Eins, zwei, drei", riefen sie gleichzeitig und ließen mich los. Ich schrie auf und landete mit einem lauten Platschen im Wasser. Als ich auftauchte, bemerkte ich, wie jemand neben mir ins Wasser sprang. Ich strich mir meine nassen Haare aus dem Gesicht und hustete, da ich beim Untertauchen etwas Wasser geschluckt hatte. Zum Glück war der See nicht tief und das Wasser ging mir bis zu den Schultern. Das Wasser selbst hatte eine angenehme Temperatur und kühlte mich ein wenig von dem warmen Wetter ab. Ich schaute neben mir und sah Nicolai, der gerade auftauchte. Ich beschloss ihn für seine Tat etwas zu bestrafen und tat so, als ob ich ihn ignorierte.

Dafür drehte ich mich von ihm weg.

„Hey, was wird das denn", fragte er verdutzt. Ich antwortete nicht, denn schließlich ignorierte ich ihn, was mir aber sehr schwer fiel. Nicolai stand mit nacktem Oberkörper hinter mir. Ich konnte mich einfach nicht an ihn sattsehen und musste mich zwingen, mich nicht umzudrehen. „Du willst mich also ignorieren. Ich nehme an, das ist meine Strafe, weil ich dich ins Wasser geworfen habe. Na gut. Mal sehen, wie lange du es durchhältst", sagte Nicolai leise, schlang seine Arme um meinen Bauch und zog mich an sich. Er strich meine Haare zur Seite und begann meinen Nacken zu küssen. Es war unfair, denn er wusste ganz genau, dass ich ihm nicht lange widerstehen konnte. Seine Lippen strichen den Hals entlang zu meinem Ohr. Mir lief ein Schauer über den Rücken und in meinem Bauch begann es zu kribbeln.

„Na, ignorierst du mich immer noch", fragte er schmunzelnd.

„Ja", keuchte ich und zwang mich standhaft zu bleiben.

„Ach wirklich? Und jetzt?" Er küsste sich von meinem Ohr den Hals entlang, zum Schlüsselbein und ich stöhnte leise auf.

„Du kämpfst mit unfairen Mitteln. Du weißt ganz genau, dass ich dir nicht widerstehen kann, wenn du das tust", ergab ich mich und drehte mich in seinen Armen zu ihm um. Ich schlang meine Arme um seinen Hals, zog seinen Kopf zu mir herunter und küsste ihn.

„Ich liebe dich", flüsterte er und schaute mir tief in die Augen.

„Ich liebe dich auch." Er legte seine Lippen wieder auf meine und ich wollte den Kuss gerade vertiefen, als wir eine riesige Welle abbekamen. Wir schauten zur Seite und entdeckten Gavin, der uns angrinste.

„Wasserschlacht", rief er und uns kam die nächste Welle entgegen.

Am Abend führte Nicolai mich zum Essen aus. Wir hatten noch einen wundervollen Tag am See verbracht und waren nur kurz nach Hause gefahren, um uns zu duschen und umzuziehen. Natürlich fuhren wir mit dem Motorrad zum Restaurant. Das war zu Nicolais liebsten Fortbewegungsmittel geworden. Wir fuhren nach Toronto. Nicolai wollte mit mir in sein Lieblingsrestaurant das Masera gehen. Dort waren wir das erste Mal essen, nachdem wir fest zusammen waren. Seitdem waren wir des Öfteren dort essen gewesen. Nicolai hielt auf dem Parkplatz und stellte den Motor ab. Wir stiegen vom Motorrad und nahmen unsere Helme ab. Nicolai

legte einen Arm um meine Schulter und wir gingen ins Restaurant.
„Guten Abend Mr. Fresco, Miss Disseur. Wie schön Sie mal wieder
zu sehen", begrüßte uns Vito der Kellner. Er war ein charmanter
Herr mittleren Alters und ich mochte ihn wirklich sehr.
„Guten Abend Vito. Wie geht es Ihnen", fragte Nicolai freundlich.
„Mir geht es sehr gut und wie ich sehe Ihnen auch. Ein Tisch für
zwei?"
„Ja bitte." Er führte uns zu einem Zweipersonentisch, der an einer
Fensterfront stand. Wir setzten uns und er brachte die Speisekarte.
„Was darf ich Ihnen denn zu trinken bringen", fragte Vito.
„Wir nehmen zwei Gläser von dem Bordeaux", erwiderte Nicolai
und ich nickte zustimmend. Ich warf einen Blick in die Speisekarte
und überlegte, welches Gericht ich nehmen sollte.
„Weißt du schon, was du nimmst", fragte Nicolai.
„Ich glaube, ich werde heute mal das Rinderfilet mit Spargel und
Soße Bearnaise nehmen. Und du."
„Ich werde das Lachsfilet mit Reis, Gemüse und Zitronen-Dill-
Soße nehmen", sagte Nicolai und legte die Karte beiseite. Ich tat es
ihm gleich. Vito kam an unseren Tisch, brachte uns den Wein und
nahm die Bestellung auf. Er nahm die Speisekarten und machte sich
auf den Weg zur Küche, um die Bestellung aufzugeben.
„Auf einen schönen Abend", prostete Nicolai mir zu. Ich nahm
mein Weinglas und trank einen Schluck. Der Wein war wirklich
köstlich.
„Danke für den schönen Tag. Der Ausflug war eine gute Idee
gewesen. Ich konnte endlich einmal abschalten und dachte mal
nicht an IHN."
„Das war der Sinn dieses Ausfluges. Es freut mich, dass dir der Tag
bis jetzt gefallen hat und er ist noch nicht zu Ende." Er beugte sich
zu mir herüber und legte sanft seine Lippen auf meine. Es war ein
kurzer süßer Kuss und ich seufzte auf, als er sich viel zu schnell von
mir löste. „Heute Abend", flüsterte er und schaute mich mit einem
lüsternen Blick an. „Ich könnte auch gleich über dich herfallen. In
diesen Motorradklamotten siehst du einfach sexy aus." Bei seinen
Worten durchfuhr mich ein Schauer der Erregung. In meinen
Unterleib begann es lustvoll zu kribbeln.
„Dann tu es. Hier gibt es doch bestimmt Toiletten", hauchte ich
verrucht und wurde etwas nervös. Es wäre das erste Mal, dass ich
so etwas tun würde. Bei der Vorstellung, dass uns jemand hören

könnte, schoss mir die Röte ins Gesicht. Es würde sehr peinlich werden. Vito oder einer der anderen Angestellten könnten uns sehen, wenn wir zu zweit auf die Toilette verschwanden.

„Würde ich gerne, aber unser Essen kommt", raunte Nicolai mir zu und deutete auf Vito, der mit zwei Tellern zu unserem Tisch kam. „Guten Appetit", sagte Vito freundlich, nachdem er uns das Essen serviert hatte.

„Danke", sagten Nicolai und ich unisono.

„Darf ich Ihnen noch etwas bringen?"

„Nein danke, im Moment nicht", erwiderte Nicolai. Vito entfernte sich von unserem Tisch und ich widmete mich meinem Essen. Es sah köstlich aus, und als ich ein Stück von dem Rinderfilet probierte, stöhnte ich genüsslich auf.

Nachdem wir gegessen und unseren Wein ausgetrunken hatten, winkte Nicolai Vito an unseren Tisch und bezahlte die Rechnung. Ich war pappsatt. Nicolai hatte für uns noch eine Vanillemousse mit frischen Erdbeeren zum Nachtisch bestellt gehabt, die sehr lecker gewesen war. Wir standen auf, verabschiedeten uns von Vito und verließen das Restaurant. Auf dem Weg zum Motorrad bemerkte ich einen silbernen Mercedes, der auf der anderen Straßenseite stand. Sofort schoss mir der Gedanke in den Kopf, dass es Steve sein könnte. Er und Cunningham waren mit einem silbernen Mercedes auf der Flucht. Ich schaute zum Wagen herüber, konnte aber durch die getönten Seitenscheiben nicht erkennen, ob jemand darin saß. Wahrscheinlich war es aber auch nicht das Auto, was sie geklaut hatten. Ein silberner Mercedes war schließlich auch keine Seltenheit. Ich schüttelte die Gedanken ab, setzte meinen Helm auf und stieg auf das Motorrad. Nicolai nahm vor mir auf der Maschine platz und startete den Motor. Ich hielt mich an ihn fest und er fuhr los. Wir fuhren an dem silbernen Mercedes vorbei die Straße entlang. An einer roten Ampel blieb Nicolai stehen. Ich drehte mich um, denn ich hatte das Gefühl, dass mit dem Mercedes etwas nicht stimmte. Vielleicht bildete ich es mir auch nur ein, da Steve in so einem Wagen unterwegs war. Ich entdeckte ihn zwei Wagen hinter uns. Panik wollte in mir aufkommen, doch ich schaffte es sie zu unterdrücken. Ich redete innerlich auf mich ein, dass es nur ein Zufall und es nicht Steve war. Die Ampel schlug auf grün und wir fuhren weiter. Nicolai fuhr stadtauswärts auf die Landstraße. Ich drehte mich, so gut es während der Fahrt ging ein Stück nach hinten und sah, dass der Mercedes nun direkt hinter uns fuhr. Ein Zufall. Nur ein Zufall. Als ich noch einmal zu dem Wagen schaute, erkannte ich Steve hinter dem Steuer, der mich angrinste. Neben ihm saß Cunningham. Ich erschrak und Panik stieg in mir hoch.

„Nicolai, Steve ist hinter uns", schrie ich ihm zu, nachdem ich mich wieder nach vorne gedreht hatte.

„Was", fragte er und schaute in den Seitenspiegel. „Oh Scheiße", fluchte er, als er die Insassen des Wagens hinter uns erkannte, und gab Gas.

„Was hast du vor", schrie ich gegen den Fahrtwind.

„Ich versuche sie abzuhängen. Halt dich gut fest." Ich tat, was er sagte und klammerte mich fester an ihn. Nicolai überholte den Wagen vor uns und gab weiter Gas. Ich schaute über seine Schulter in den Seitenspiegel und sah, dass auch Steve den Wagen überholte und zu uns aufschloss.

„Sie sind wieder hinter uns", teilte ich Nicolai mit. „Was sollen wir jetzt nur tun?"

„Ganz ruhig, Süße. Uns wird nichts passieren. Gleich kommt die Abfahrt und wir fahren in Mississauga direkt zur Polizei. Sie werden sich nicht trauen uns dort anzugreifen." Ich schaute nach vorne und atmete erleichtert auf, als ich schon das Straßenschild für die Abfahrt sah. Noch fünfhundert Meter, so zeigte das Schild es jedenfalls an. Das würden wir doch wohl noch schaffen. In dem Moment tauchte der silberne Mercedes neben uns auf. Cunningham hatte das Seitenfenster heruntergelassen und grinste mich nun hämisch an.

„Sag auf Wiedersehen", höhnte er. Der Wagen machte einen Schlenker und schubste uns von der Straße. Ich schrie auf, als wir in den Straßengraben fuhren. Der Boden war holprig und Nicolai versuchte zu bremsen, doch es funktionierte nicht. Das Motorrad knallte gegen einen Stein, der im Graben lag und wir wurden beide von der Maschine geschleudert. Ich knallte hart auf dem Boden auf. Ich lag auf dem Bauch und mir tat alles weh. Ich hob stöhnend meinen Kopf und suchte nach Nicolai, der nur ein Stück von mir entfernt lag und sich nicht rührte.

„Nicolai", krächzte ich, doch er reagierte nicht. Ich versuchte zu ihm zu kommen, doch, als ich meinen Arm hob, durchfuhr mich ein scharfer Schmerz in der Schulter. Mir wurde schwindelig und ich kämpfte gegen die kommende Ohnmacht an. Ich musste zu Nicolai und sehen, ob es ihm gut ging.

„Nicolai", rief ich wieder, schaffte es meinen Arm nach ihm auszustrecken. Mir wurde schwarz vor Augen und die Dunkelheit empfing mich.

Kapitel 9

Mein Kopf dröhnte, als ich wieder zu mir kam. Ich lag auf etwas Weichem und nahm an, dass es ein Bett war. Ich öffnete meine Augen und schloss sie gleich wieder, da das Licht so hell war. Ich blinzelte einige Male, bis ich mich an die Helligkeit gewöhnt hatte. Wo war ich? Ich hörte ein Piepen neben mir, was mir bekannt vorkam. Ich wollte mich zur Seite drehen, um zu schauen, woher das Piepen kam, doch ein starker Schmerz schoss durch meine Schulter und ich ließ mich stöhnend ins Kissen zurücksinken. Erst jetzt bemerkte ich, dass mein linker Arm in einer Armschlinge hing. Was war passiert?

„Sie ist wach", hörte ich eine bekannte Stimme und im nächsten Moment tauchte Jades Gesicht vor meinen Augen auf. „Gott sei Dank. Wir haben uns solche Sorgen gemacht. Wie fühlst du dich?"

„Was ... was ist passiert? Wo bin ich", krächzte ich, denn mein Hals war so trocken.

„Ihr hattet einen Motorradunfall und seid im Krankenhaus", erklärte Kate, die auf der anderen Seite auftauchte. Die Erinnerungen kamen zurück. Wir waren auf dem Heimweg vom Restaurant und wurden von diesem silbernen Mercedes verfolgt. Steve und Cunningham saßen in diesem Wagen.

„Nicolai? Was ist mit Nicolai", fragte ich und hoffte, dass ihm nichts passiert war. Ich erinnerte mich, wie ich noch versucht hatte, zu ihm zu kommen, bevor ich bewusstlos wurde.

„Er ist bei dem Unfall, genauso wie du, verletzt worden und liegt zwei Zimmer weiter", sagte Jade.

„Ich muss zu ihm." Ich setzte mich auf, mein Kopf drohnte noch immer und meine Schulter schmerzte, doch ich versuchte es zu verdrängen. Nicolai war jetzt wichtiger. Kabel an meinen Körper hinderten mich daran, mich richtig aufzusetzen. Ich schaute zur Seite und sah, dass ich an einem EKG-Gerät angeschlossen war, woher auch dieses Piepen kam.

„Du musst liegen bleiben, Liebes", sagte Jade und drückte mich, an meiner gesunden Schulter wieder zurück ins Bett.

141

„Nein, ich muss zu Nicolai. Ich muss wissen, wie es ihm geht." Ich versuchte wieder aufzustehen, doch nun half auch Kate mit mich zurückzuhalten. Die Zimmertür ging auf und Dr. Clarks kam zusammen mit einer Krankenschwester ins Zimmer. „Ah ich sehe, unsere Patientin ist wach. Das ist gut. Wie fühlen Sie sich Miss Disseur", fragte er und kam zu mir ans Bett. Er schaute kurz auf das Gerät neben mir und blickte dann zufrieden zu mir. „Mein Kopf dröhnt etwas und meine Schulter tut weh."

„Miss Disseur, Sie haben von dem Sturz vom Motorrad eine Gehirnerschütterung davongetragen und ihre Schulter ist verstaucht. Sie haben sehr viel Glück gehabt. Hätten Sie beide nicht die Helme und die Schutzkleidung getragen, hätte es anders ausgesehen."

„Wie geht es Nicolai", fragte ich, denn das interessierte mich im Moment mehr.

„Ich war gerade bei ihm. Er hat, so wie Sie, ebenfalls eine Gehirnerschütterung und hat sich zwei Rippen vom Aufprall geprellt. Allerdings ist er noch nicht bei Bewusstsein."

„Ich muss sofort zu ihm", sagte ich und setzte mich wieder, soweit es die Kabel zuließen, auf.

„So wie ich das sehe, geht es Ihnen gut. Also spricht nichts dagegen, dass Sie kurz zu ihm dürfen. Aber nur in einem Rollstuhl. Sie sollen sich nicht anstrengen und nur für ein paar Minuten. Danach sollten Sie sich wieder hinlegen und ausruhen."

„Wir werden darauf schon achten", versprach Jade.

„Gut, ich werde später noch einmal nach Ihnen sehen", sagte Dr. Clarks und wandte sich dann der Krankenschwester zu. „Schwester Dana, Sie können Miss Disseur von den Kabeln befreien. Die Werte sind stabil und ihr geht es soweit gut, dass ich keine Notwendigkeit mehr sehe, sie weiter an dem EKG-Gerät angeschlossen zu lassen. Ach und holen Sie doch bitte einen Rollstuhl."

„Natürlich Dr. Clarks", erwiderte sie und schaute ihn lächelnd an. Als sie sich zu mir drehte, verschwand ihr Lächeln und sie schaute mich grimmig an. Oh nein, noch eine von Steves Anhängern. Dr. Clarks verließ den Raum und die Krankenschwester begann mit ihrer Arbeit. Sie stellte das Gerät aus und begann mir die Elektroden vom Oberkörper zu entfernen. Dabei riss sie die Elektroden regelrecht von meiner Haut ab.

„Aua", schrie ich.

„Stellen Sie sich doch nicht so an", zischte die Krankenschwester und machte weiter.

„Hallo, geht es eigentlich noch? Ich sehe doch, wie sie an den Elektroden herumreißen. Da ist es doch klar, dass es Cheyenne wehtut. Machen Sie gefälligst ihre Arbeit vernünftig, sonst werden wir uns über Sie beschweren", mischte Kate sich mit ein.

„Tun Sie es doch", erwiderte die Krankenschwester hochnäsig und riss mir provokativ die letzte Elektrode vom Körper. Ich schrie auf. Sie verließ das Zimmer und schob kurze Zeit später, ohne ein Wort zu sagen, den Rollstuhl hinein.

„Was für eine unfreundliche Person", schimpfte Jade, als die Krankenschwester aus dem Zimmer war.

„Da hast du recht. Wir sollten uns wirklich über sie beschweren", sagte Kate und half mir beim Aufsetzen. Jade brachte mir Socken und eine Jogginghose, die sie mir anzog, da ich es durch meine verstauchte Schulter schlecht konnte. Das Krankenhaushemd musste ich leider anbehalten, weil Jade nicht ohne Erlaubnis vom Arzt die Armschlinge abnehmen wollte.

„Wie lange war ich eigentlich bewusstlos", wollte ich wissen.

„Du hast fast einen ganzen Tag geschlafen. Wir haben jetzt vier Uhr nachmittags", sagte Jade.

„Oh so lange?"

„Naja, dein Körper hat sich mit dem Schlaf erholt", erklärte Jade mir. Ich stand vorsichtig vom Bett auf und ging mit Kates Hilfe mit wackeligen Beinen zum Rollstuhl, auf dem ich mich setzte. Jade schob mich aus dem Zimmer den Gang entlang. Je näher ich Nicolais Zimmer kam, desto nervöser wurde ich. Dr. Clarks hatte gesagt, dass er noch nicht bei Bewusstsein war. Hatte er sich vielleicht doch schwerer verletzt, als die Ärzte annahmen? Was wäre, wenn er vielleicht in ein Koma gefallen war und die Ärzte es nicht gemerkt hatten? Was wäre, wenn er daraus nicht wieder erwachen würde? Wir kamen bei dem Zimmer an aus dem gerade Cristobal mit Elle, Gavin und Carlos kam.

„Chey, du bist endlich wach", rief Elle und fiel mir erleichtert um den Hals. Dabei berührte sie meine Schulter und ich stöhnte vor Schmerz auf. „Oh entschuldige. Ich bin nur so froh, dass du endlich aufgewacht bist. Wir haben uns solche Sorgen gemacht."

„Ist schon gut."

„Wie geht es Nicolai", fragte Jade ihren Mann besorgt.

„Unverändert. Er ist immer noch nicht bei Bewusstsein. Dr. Clarks meinte, dass sein Körper sich von dem Unfall erholt", erwiderte er und wandte sich dann mir zu. „Chey, wie geht es dir?"

„Es geht schon. Das Dröhnen in meinen Kopf lässt langsam nach, aber die Schulter tut noch weh."

„Ihr hattet wirklich einen guten Schutzengel. Es hätte viel schlimmer ausgehen können. Wie ist der Unfall eigentlich passiert? Kannst du dich an etwas erinnern? Der Mann, der euch gefunden hat, sagte nur, dass ihr und ein anderer Wagen ihn überholt habt. Als der Unfall passierte, war er zu weit weg, um genau sehen zu können, warum ihr in den Graben gefahren seid. Er sagte, er hätte aber erkennen können, dass der andere Wagen euch in dem Moment überholt hätte", fragte Cristobal.

„Der andere Wagen, das war … das waren Steve und Cunningham", begann ich zu erzählen und die Erinnerung kam wieder hoch, wie sie uns verfolgt hatten und er mich noch angrinste.

„Das war wer? Oh mein Gott. Bist du dir sicher", hakte Jade entsetzt nach.

„Ja, nicht nur ich, sondern auch Nicolai hat die beiden erkannt. Sie verfolgten uns vom Restaurant aus, als wir auf dem Weg nach Hause waren. Sie fuhren in dem silbernen Mercedes, den sie geklaut haben. Mir kam der Wagen am Restaurant schon so komisch vor, aber es gibt viele silberne Mercedes und deswegen dachte ich, dass ich mir nur etwas einbilde. Nicolai hat versucht sie abzuhängen. Wir waren fast bei der Ausfahrt nach Mississauga und wollten dort gleich zur Polizei fahren. Aber soweit kamen wir nicht. Steve hat uns von der Straße geschubst und Cunningham hat noch gerufen, ich soll auf Wiedersehen sagen", berichtete ich zitternd.

„Beruhige dich Liebes. Ihr seid hier in Sicherheit", sprach Jade ruhig auf mich ein.

„Ich möchte jetzt bitte zu Nicolai. Bitte", sagte ich leise, denn ich musste ihn einfach sehen.

„Ja, natürlich." Jade schob mich ins Zimmer und mein Blick fiel gleich auf Nicolai, der im Krankenbett lag. Er hatte die Augen geschlossen und war, wie ich zuvor, an einem EKG-Gerät angeschlossen. Jade schob mich zum Bett und ging wieder auf den Flur zu den anderen. Ich nahm seine Hand in meine und strich darüber.

„Nicolai, bitte wach auf. Bitte. Ich brauche dich doch. Lass mich nicht alleine", flehte ich ihn leise an und Tränen liefen an meinen Wangen entlang. Es war so schrecklich zu sehen, wie er hier lag. So hilflos und verletzt. Und das alles nur meinetwegen. Steve und Cunningham hatten es auf mich abgesehen und nun war genau das eingetreten, was ich immer befürchtet hatte. Durch mich wurde nun auch Nicolai verletzt. Es war alles meine Schuld. Ich schluchzte auf und legte meinen Kopf auf meine Arme. Meine Hand hielt immer noch seine.

„Es tut mir so leid. Es tut mir so wahnsinnig leid", flüsterte ich.

„Was tut dir leid", krächzte meine Lieblingsstimme und mir wurde über das Haar gestrichen. Erschrocken fuhr ich hoch und sah mit tränenverschleiertem Blick in Nicolais Gesicht.

„Du ... du bist wach." Ich stand mit wackeligen Beinen auf und ging zu ihm ans Kopfende. Umständlich, weil ich meine Schulter durch die Armschlinge und die Schmerzen nicht bewegen konnte, fiel ich ihm um den Hals. „Ich hatte so eine Angst, dass du nicht mehr aufwachst. Dass ich dich verliere", schluchzte ich.

„Mich haut so schnell nichts um. Du wirst mich nicht so einfach los", sagte er leise und schlang seine Arme um mich.

„Das will ich auch gar nicht."

„Cheyenne, du solltest doch ...", wollte Jade mich gerade ermahnen, als sie plötzlich verstummte.

„Du bist wach", flüsterte sie und kam zum Bett. Ich löste mich von Nicolai, damit Jade ihn umarmen konnte.

„Aua, langsam Mom", entgegnete er, als seine Mutter ihn zu stürmisch umarmte, und hielt sich die Seite. Stimmt, er hatte doch zwei geprellte Rippen, wie Dr. Clarks mir erzählt hatte. Daran hatte ich auch nicht mehr gedacht. Ich hoffte nur, ich hatte ihm nicht auch wehgetan, als ich ihn umarmt hatte.

„Oh, das tut mir leid, mein Schatz", entschuldigte sie sich bei ihm.

„Ist schon gut, Mom." Er setzte sich ein Stück auf und umarmte seine Mutter.

„Ich bin so froh, dass es euch beiden gut geht. Als wir den Anruf bekamen, dass ihr einen Unfall hattet, sind wir sofort ins Krankenhaus gekommen."

„Ihr habt uns einen ganz schönen Schrecken eingejagt", sagte Cristobal. Ich hatte gar nicht mitbekommen, dass er ins Zimmer gekommen war. Er ging zu seinem Sohn und umarmte ihn vorsichtig.

„Hi Dad", lächelte Nicolai, nachdem sie sich voneinander gelöst hatten.

„Chey, es wird Zeit, dass du dich wieder hinlegst. Der Arzt hat gesagt, nur ein paar Minuten", sagte Jade streng.

„Aber ich möchte bei Nicolai bleiben." Ich wollte hier nicht weg. Und ich wollte schon gar nicht alleine in einem Zimmer liegen.

„Das habe ich mir schon gedacht", grinste Cristobal und im nächsten Moment kam Gavin mit einer Krankenschwester und meinem Bett ins Zimmer. Dr. Clarks folgte den beiden.

„Wie schön zu sehen, dass Sie wach sind, Mr. Fresco. Und wie ich sehe, wird hier wieder umgeräumt", lachte er. „Ich habe nichts dagegen, solange es der Genesung dient." Dr. Clarks unterhielt sich mit Nicolai und erklärte ihm, welche Verletzungen wir von dem Unfall davongetragen hatten und was für ein Glück wir hatten. Es wurde mir erst jetzt bewusst, dass wir wirklich einen sehr guten Schutzengel gehabt haben mussten, denn mit der Geschwindigkeit, mit der wir unterwegs waren, hätte der Unfall auch ganz anders ausgehen können. Jemand oder wir beiden hätten sterben können. Das wollte ich mir gar nicht erst vorstellen. Die Krankenschwester hatte das Bett an seinem Platz gestellt und half mir mich hineinzulegen. Zum Glück war es nicht Schwester Dana gewesen. Sie hätte mir ganz bestimmt nicht geholfen. Kate und Elle brachten meine Sachen und den Nachttisch ins Zimmer. Nun war es ganz schön voll in dem Raum. Ich fragte die Krankenschwester, ob ich etwas zu trinken haben könnte, da mein Mund immer noch trocken war und sie brachte auch gleich etwas für mich und für Nicolai. Ich hatte so einen Durst, dass ich gleich das ganze Glas leer trank. Die Schwester ermahnte mich allerdings, dass ich nicht so schnell trinken sollte.

„Gavin, Carlos, das Bett steht falsch", sagte Nicolai, als Dr. Clarks und die Krankenschwester aus dem Zimmer waren, und deutete auf mein Bett. Auch er war vom EKG-Gerät befreit worden und konnte sich nun, soweit es seine Rippen zu ließen, etwas besser bewegen.

„Wie das Bett steht falsch", hakte Gavin verdutzt nach.

„Ja, es muss hier heran geschoben werden, und da ich mich nicht anstrengen soll, müsst ihr beide das machen", erklärte er ihnen.

„Alles klar." Gavin kam zu meinem Bett und löste die Bremsen. Er schob mich zusammen mit Carlos zu Nicolai herüber, sodass unsere Betten direkt nebeneinanderstanden.

„So ist es besser", grinste Nicolai und nahm meine Hand.

„Finde ich auch", erwiderte ich.

„Kinder, die Polizei ist da und möchte eure Aussagen aufnehmen", sagte Cristobal und kam mit zwei Beamten ins Zimmer. Einer von ihnen war Kommissar Wellington, bei dem ich die Anzeige gegen Mr. Conder gemacht hatte. Der andere stellte sich als Officer Borner vor. Nicolai konnte sich ebenfalls noch an alles erinnern und wir berichteten den beiden, wie Steve und Cunningham uns von dem Restaurant aus verfolgten und uns von der Straße geschubst hatten. Ich erwähnte ebenfalls, was Cunningham zu mir gesagt hatte. Kommissar Wood notierte sich unsere Aussagen.

„Wie sieht es denn mit Personenschutz für die beiden aus? Das wäre doch nun angebracht bis Bozman und Cunningham gefasst und wieder eingesperrt sind", hakte Cristobal nach.

„Da haben Sie recht. Wir werden es gleich veranlassen, dass sie Personenschützer bekommen. Was halten Sie denn davon Mr. Fresco, Miss Disseur", fragte uns Kommissar Wellington.

„Das wäre wahrscheinlich gar nicht so verkehrt, gerade für Cheyenne, denn ich möchte, dass sie sicher vor diesen Kerlen ist", kam es von Nicolai.

„Du aber auch", erwiderte ich und wandte mich dann dem Kommissar zu. „Was bedeutet das für uns? Also, ich meine, wie läuft das Ganze dann ab?"

„Sie würden beide jeder einen Personenschützer bekommen, der am Tage bei Ihnen wäre. Der Kollege würde Sie halt überall hinbegleiten und die ganze Zeit über bei Ihnen bleiben. Wenn Sie Zuhause sind, würden die Kollegen dann vor dem Haus Wache stehen und in regelmäßigen Abständen das Grundstück kontrollieren. Am Abend werden sie von einer Polizeistreife abgelöst, die dann die Überwachung am Haus übernimmt. Falls Sie abends mal weggehen möchten, müssen Sie es entweder mit uns oder mit Ihren Personenschützern absprechen, damit Sie Begleitschutz haben", erklärte er mir.

„Und was meinst du", fragte mich Nicolai.

„Es wird das Beste sein, wenn wir die Personenschützer bekommen. Wer weiß, was Steve und Cunningham noch alles planen."

„Also wie gesagt, wir werden für Sie beide gleich den Personenschutz veranlassen und es werden zwei Wachen vor dem Krankenhaus positioniert, falls Bozman und sein Freund auf die Idee kommen hier herzukommen", sagte Wellington. „Das ist gut, denn damals hat es Bozman zweimal geschafft unbemerkt ins Krankenhaus zu kommen und das soll nicht mehr vorkommen", kam es von Cristobal und wandte sich an Nicolai und mich. „Im Übrigen seid ihr dieses Mal im zweiten Stock, damit Bozman nicht wieder durch das Fenster einsteigen kann. Hier kommt er nicht hoch." Ich war beruhigt, das zu hören. Ich erinnerte mich nur zu gut daran. Steve hatte mich erst ins Krankenhaus geprügelt und anschließend versucht mich mit Schlafmittel umzubringen. Cristobal hatte mich dann in die erste Etage verlegen lassen, allerdings hatte Steve es geschafft über das Vordach ins Zimmer zu kommen. Nicolai hatte ihn überwältigen können und er wurde von der Polizei festgenommen.

„Gut, dann werden wir jetzt gehen und alles veranlassen", sagte Kommissar Wellington. Sie verabschiedeten sich und verließen das Zimmer.

„Und wir werden jetzt auch mal gehen. Ihr müsst euch ausruhen. Wir kommen morgen wieder. Wenn ihr noch etwas braucht, ruft einfach an", sagte Jade. Ich schaute auf die Uhr in meinem Handy und sah, dass es schon acht Uhr abends war. Wir verabschiedeten uns von ihnen und sie ließen uns alleine.

„Süße, ich bin so froh, dass es dir gut geht. Wenn ich mir überlege, was dir hätte passieren können. Wenn ich doch nur ... ."

„Stop", unterbrach ich ihn, denn ich wollte nicht, dass er sich Vorwürfe machte. „Du kannst nichts dafür, was passiert ist. Es ist meine Schuld. Steve ist hinter mir her. Er will sich an mir rächen. Und nun ist beinahe das passiert, was ich immer befürchtet habe. Meinetwegen wurdest du verletzt. Das wollte ich nicht. Ich wollte dich nie mit in die Sache hineinziehen und nun liegst du hier im Krankenhaus. Es tut mir so leid." Tränen bildeten sich in meinen Augen.

„Das hast du also gemeint, als ich aufgewacht bin. Deshalb hast du dich entschuldigt. Aber du musst dich nicht entschuldigen. Es ist nicht deine Schuld. Du kannst weder etwas dafür, dass Steve sich an dir rächen will, noch dass wir diesen Unfall hatten und wir beide dabei verletzt wurden", sagte er und schaute mir dabei fest in die

Augen.

„Du darfst dir aber auch nicht die Schuld geben. Du hast nichts falsch gemacht, sondern noch versucht uns in Sicherheit zu bringen."

„Ach Süße, komm her." Ziemlich umständlich durch meine verletzte Schulter und seine Rippen schloss er mich in seine Arme. Es klopfte an die Tür und zwei Herren traten ein. Sie stellten sich als Joshua Banks und Adam Foller vor. Wir boten ihnen gleich das Du an, da wir in der nächsten Zeit enger mit ihnen zu tun haben würden, was sie auch sofort annahmen. Wir besprachen mit ihnen noch einige Details zum Ablauf des Personenschutzes, bevor sie das Zimmer wieder verließen und ihren Platz vor der Zimmertür einnahmen, damit kein Unbefugter hineinkam.

Am nächsten Tag kam James mit seiner Frau Caroline und seinem Sohn Jeremie uns besuchen.

„Na wie geht es euch", fragte er, nachdem sie uns begrüßt hatten.

„Es geht schon. Nur es nervt, dass wir hier im Krankenhaus bleiben müssen", erwiderte ich.

„Stimmt, ich kenne ja deine Abneigung gegen Krankenhäuser", lachte James.

„Wie lange müsst ihr denn hier bleiben", fragte Jeremie.

„Nur noch bis morgen. Übermorgen dürfen wir dann wieder nach Hause", sagte Nicolai.

„Ach das geht doch noch", winkte der Siebenjährige ab und wir mussten lachen.

„Wie geht es denn Virginia", fragte ich. Virginia war die vierzehnjährige Tochter von James und Caroline.

„Ihr geht es gut. Sie ist mitten in der Pubertät und im Moment sehr schwierig", erwiderte Caroline.

„Sie hat auch einen Freund", rief Jeremie. „Und sie knutschen. Ich habe sie schon dabei erwischt."

„Hast du denn auch schon eine Freundin", fragte ihn Nicolai.

„Nee. Mädchen sind doof. Außer Mama und Chey", grinste Jeremie.

„Und auch nur, weil die Mama dir alles kauft und du von Chey auch immer mal etwas bekommst, wenn sie zu uns kommt", entgegnete James grinsend.

„Er ist wirklich raffiniert. Seine Quellen muss man sich

warmhalten", lachte Nicolai. Es klopfte an die Tür und Ashton kam mit seiner Frau Brooke und den Zwillingen Lynn und Marcus herein.

„Hallo zusammen", begrüßte uns Ashton. „Wie geht es den beiden Kranken?"

„Soweit gut", erwiderte Nicolai.

„Ihr hattet wirklich sehr viel Glück. Es hätte auch anders ausgehen können", sagte Brooke.

„Ich weiß", entgegnete ich und wollte gar nicht daran denken, was sonst noch alles hätte passieren können.

„Ich hoffe, die Polizei schnappt endlich diese beiden Verbrecher", kam es von Ashton.

„Habt ihr denn jetzt von der Polizei Personenschutz bekommen, oder sind die beiden Herren vor der Tür nur für die Zeit da, wo ihr im Krankenhaus seid, falls Bozman und Cunningham sich trauen sollten, hier hinzukommen", fragte James.

„Nein, sie werden auch nach dem Krankenhaus bei uns sein", erklärte Nicolai ihm.

„Mummy, ich möchte ein Eis", quengelte Lynn.

„Ich möchte auch eins", kam es von Marcus.

„Na gut, dann gehen wir in die Cafeteria und holen euch eins. Jeremie, möchtest du auch mit", fragte Brooke.

„Oh ja", rief er und rannte gefolgt von Lynn und Marcus zur Tür.

„Langsam ihr drei", sagte Brooke und folgte ihnen. Wir unterhielten uns noch eine ganze Weile, bis sie sich auf dem Heimweg machten. Kaum waren sie weg, klopfte es wieder an der Tür. Dieses Mal waren es Sean und Olivia, die uns besuchen wollten. So ging es am nächsten Tag weiter. Es musste sich schnell herumgesprochen haben, dass wir im Krankenhaus lagen. Selbst Shelley, die Ex-Lebensgefährtin von Steve, rief an, um zu hören, wie es uns ging. Sie war wieder einmal beruflich unterwegs und konnte uns deswegen nicht besuchen kommen. Sie war nach dem Tod von meiner Mutter so etwas wie eine Ziehmutter für mich gewesen und ich war immer froh, wenn sie da war, Sie hatte mich immer vor Steve in Schutz genommen und er hatte sich nie gewagt Hand an mich zu legen, wenn sie da gewesen war. Als sie erfahren hatte, was Steve getan hatte, hatte sie sich sofort von ihm getrennt. Wir hatten immer noch einen guten Kontakt zu ihr und trafen uns öfter mit ihr.

Am nächsten Abend lag ich bei Nicolai im Arm und wir schauten uns über den Laptop, den Jade uns aus unserem Haus mitgebracht hatte, einen Film auf DVD an. Der Laptop stand auf dem Nachttisch, den wir so gedreht hatten, dass wir eine gute Sicht hatten. Es klopfte an die Tür und bevor wir auch nur die Chance hatten Herein zu sagen, wurde sie aufgerissen und eine Frau kam hereingestürmt gefolgt von Joshua und Adam.

„Oh Nicolai, ich bin sofort gekommen, als ich von deinem Unfall gehört habe. Diese Typen wollten mich zuerst nicht zu dir lassen", sagte sie und ging zu seinem Bett. Sie wollte ihn umarmen, doch er hielt sie mit dem ausgestreckten Arm auf.

„Susan, was tust du hier", fragte er verblüfft. Susan? War das etwa seine Ex-Freundin, die ihn betrogen hatte? Ich schaute sie mir genauer an. Sie war etwas größer, als ich, schlank und hatte kurze blonde Haare. Stand er etwa damals auf Blond?

„Kennst du diese Frau", fragte Adam und deutete auf Susan.

„Ja leider", knurrte Nicolai und wandte sich dann wieder Susan zu. „Was willst du hier?"

„Ich habe mir solche Sorgen gemacht, als Francesca mir erzählte, dass du im Krankenhaus liegst, und wollte sehen, wie es dir geht."

„Francesca? Interessant", zischte er. Francesca hatte also seiner Ex-Freundin erzählt, dass er im Krankenhaus lag. War es etwa Absicht gewesen, um uns auseinander zu bringen? Dachte sie, wenn er Susan wiedersehen würde, würde er sich von mir trennen? Francesca war schließlich alles zuzutrauen. „Chey, darf ich dir vorstellen? Das ist Susan. Susan, das ist meine Verlobte Cheyenne."

„Deine Verlobte", fragte sie entsetzt und wurde aschfahl im Gesicht. Damit hatte sie wohl nicht gerechnet. Na hatte Francesca ihr das nicht erzählt? Tja selbst daran Schuld. Sie hätte damals Nicolai haben können. Er hätte ihr die Welt zu Füßen gelegt. Stattdessen hatte sie sich lieber mit einem anderen vergnügt. Nun gehörte Nicolai mir und ich würde ihn nicht hergeben.

„Ja du hast richtig gehört. Cheyenne und ich sind verlobt und werden bald heiraten", erklärte er ihr. Er schaute mich lächelnd an und gab mir einen Kuss auf die Stirn.

„Egal eine Verlobung kann man lösen", murmelte sie und wollte sich Nicolai wieder nähern, doch wieder hielt er sie von sich.

„Nicolai, ich habe eingesehen, dass ich damals einen sehr großen

Fehler gemacht habe. Ich hätte dich nie betrügen dürfen. Es tut mir so leid. Ich liebe dich immer noch. Bitte gib uns noch eine Chance." Das konnte doch jetzt nicht wahr sein. Was glaubte diese Frau eigentlich, wer sie war? Sie hatte damals Nicolai sehr wehgetan und nun dachte sie, nur weil sie sich entschuldigte, würde Nicolai sich von mir trennen und sie zurücknehmen? Ich hoffte zumindest, dass er das nicht tun würde.

„Du hattest deine Chance, doch du hast mich lieber mit einem Typen betrogen. Abgesehen davon warst du doch sowieso nur auf mein Geld aus. Zum Glück habe ich dich damals mit deinem Liebhaber gesehen und mir ist klargeworden, was du für eine falsche Schlange bist. Tut mir leid, aber von mir wirst du keine zweite Chance mehr bekommen. Ich habe meine Liebe des Lebens gefunden, bin sehr glücklich mit ihr und werde sie heiraten. Verschwinde jetzt. Ich will dich nie wiedersehen. Du bist für mich Geschichte", fauchte er sie an.

„Aber Nicolai. Was willst du denn von so einer? Sie ist doch noch nicht einmal hübsch. Was kann sie dir schon bieten?" Susan ließ nicht locker und langsam wurde ich wütend.

„Du hast recht. Hübsch ist sie nicht. Cheyenne ist wunderschön, dazu noch intelligent, witzig und liebevoll. Alles das, was du nicht bist. Und jetzt geh."

„Aber Nicolai", versuchte sie es wieder.

„Du sollst verschwinden", knurrte er und wandte sich dann an Joshua und Adam, die immer noch im Raum standen und das Gespräch verfolgten. „Könntet ihr sie bitte aus dem Zimmer begleiten. Sie ist hier unerwünscht."

„Natürlich", sagte Adam und packte Susan am Arm.

„Hey, lassen Sie mich los. Ich will hierbleiben", rief Susan und versuchte sich aus seinem Griff zu befreien.

„Tut mir leid, aber Sie sind hier nicht erwünscht", erwiderte er und zog sie regelrecht aus dem Zimmer.

„Entschuldigt bitte für die Störung. Wir konnten gar nicht so schnell reagieren, wie sie ins Zimmer gestürmt ist", erklärte uns Joshua.

„Kein Problem. Sorgt nur dafür, dass sie nicht mehr hereinkommt", sagte Nicolai.

„Machen wir." Joshua trat aus dem Zimmer und schloss die Tür hinter sich. Wir hörten Susan auf dem Flur immer noch herumschreien. Anscheinend versuchte sie wieder ins Zimmer zu kommen.

„Geht es dir gut", fragte ich Nicolai, denn ich konnte mir denken, dass ihm die Begegnung mit seiner Ex nicht so einfach kalt ließ. „Ja. Ich hätte nie gedacht, dass sie hier ins Krankenhaus kommen würde und dann auch noch die Frechheit besitzt, zu glauben ich würde ihr eine zweite Chance geben. Ich habe mit ihr abgeschlossen. Sie ist Vergangenheit. Abgesehen davon habe ich jetzt meine Traumfrau an meiner Seite", lächelte er, beugte sich über mich und legte seine Lippen auf meine.

Am Mittwochnachmittag kam Nicolais Familie zu uns zu Besuch. Ich war froh endlich wieder Zuhause zu sein, denn ich mochte Krankenhäuser nicht. Dr. Clarks hatte uns die Anweisung gegeben, uns noch einige Tage zu schonen. Meiner verstauchten Schulter ging es schon etwas besser. Allerdings musste ich noch die Armschlinge tragen und sollte Ende der Woche noch einmal zur Kontrolle ins Krankenhaus kommen. Nicolais Rippenprellung schien sich auch langsam zu bessern, denn er hatte kaum noch Schmerzen, wenn er sich bewegte. Jade hatte meinen Lieblingsschokoladenkuchen gebacken und ihn mitgebracht. Zuerst wollte sie, dass wir bei ihnen wohnen sollten, bis wir wieder ganz gesund waren, doch wir wollten lieber nach Hause. Da ich durch meine Schulter beim Kochen etwas eingeschränkt war, bestellten wir uns etwas zu essen. Dabei bestellten wir für Joshua und Adam etwas mit, damit die beiden Männer auch etwas zu Essen bekamen. „Gib mir doch bitte noch ein Stück Kuchen", bat Gavin mit vollem Mund und stopfte sich das letzte Stück auch noch hinein. „Noch eins? Du hattest doch schon drei", kam es von Kate. „Na und? Der Kuchen schmeckt halt richtig gut." „Ja, da kann ich dir nur zustimmen", sagte ich und begann mein zweites Stück Kuchen zu essen. „Der Kuchen hat es dir wirklich angetan", meinte Nicolai lächelnd. „Und wie." „Chey, wir müssen noch dein Hochzeitskleid kaufen gehen. Es wird langsam Zeit. Es ist nicht mehr lange bis zu eurer Hochzeit. Nur noch einen Monat. Ich würde vorschlagen, dass wir an diesem Wochenende nach New York fliegen und dort eines für dich suchen", sagte Elle.

153

„Ich werde jetzt ganz bestimmt nicht nach New York fliegen. Wir können das Kleid auch hier in Mississauga kaufen gehen", erwiderte ich.

„Nein, das kommt gar nicht infrage. Wir haben abgemacht, dass wir dir ein Kleid in New York besorgen werden. Dort gibt es sowieso die besseren Brautmodengeschäfte, als hier. Außerdem müssen wir auch noch die Brautjungfernkleider kaufen gehen"

„Erst einmal hast du es einfach bestimmt. Du hast noch nicht einmal gefragt, ob ich überhaupt nach New York möchte. Noch dazu hast du vergessen, dass Steve und Cunningham aus dem Gefängnis ausgebrochen sind und ich nicht mehr einfach so überall hinfliegen kann. Ich glaube nicht, dass Joshua, mein Personenschützer, mit mir nach New York fliegt, nur um ein Brautkleid zu kaufen", warf ich ein.

„Ach der soll sich mal nicht so anstellen. Es ist schließlich sein Job dich zu beschützen, und wenn du nach New York musst, dann musst du nach New York", sagte sie energisch. Typisch Elle. Sie wollte unbedingt ihren Willen durchsetzen. Das hatte sie auch schon bei den Vorbereitungen für die Hochzeit versucht. Am liebsten hätte sie die ganze Organisation selbst in die Hand genommen, aber Nicolai und ich hatten sie nicht gelassen. Es war unsere Hochzeit und wir wollten selbst entscheiden, wie sie auszusehen hätte. Elle hatte es nicht gepasst und hatte sich einige Male bei unserer Planung eingemischt. Da ich für die Dekoration Jade beauftragt hatte, bestand Elle darauf, das Kleid mit mir kaufen zu gehen, wobei ich ihr gleich gesagt hatte, dass ich es mir selbst aussuchen würde. Sie würde sich schließlich ihr Hochzeitskleid auch selbst aussuchen wollen. Oh Carlos tat mir jetzt schon leid, wenn ich daran dachte, wie Elle bei den Vorbereitungen sein würde.

„Wenn es geschäftlich oder eine Familienangelegenheit wäre, bestimmt, aber nicht zum Vergnügen."

„Ein Brautkleid zu kaufen ist doch kein Vergnügen, wie tanzen zu gehen oder so etwas. Es ist ein Muss. Du willst doch nicht ohne Brautkleid heiraten. Das geht überhaupt nicht." Langsam wurde ich wütend. Warum wollte Elle nicht verstehen, dass ich nicht in ein anderes Land fliegen wollte? Warum durfte ich mir nicht mein Kleid dort kaufen, wo ich wollte? Abgesehen davon stand mir im Moment gar nicht der Sinn danach, ein Kleid zu kaufen. Ich hatte im Moment eine ganz andere Sorge und die nannte sich Steve.

„Was ich zu meiner Hochzeit anziehe, ist immer noch meine Sache. Im Augenblick habe ich andere Probleme, als ein Kleid zu kaufen oder eine Hochzeit zu feiern", sagte ich bissig.

„Du willst doch wohl nicht die Hochzeit absagen. Das kannst du nicht tun. Es ist doch schon alles organisiert", rief Elle nun aufgebracht.

„Das kann ich sehr wohl. Falls du es noch nicht mitbekommen hast. Steve ist hinter mir her und will mich umbringen. Glaubst du, da kann ich noch fröhlich eine Hochzeit feiern? Vielleicht sollte ich ihn gleich mit einladen", fauchte ich und stand auf.

„Süße, beruhige dich", sagte Nicolai und berührte mich sanft am Arm.

„Wie soll ich mich denn beruhigen? Deine Schwester sieht es doch nicht ein, dass mir gerade nicht der Sinn danach steht, einen Kurzurlaub in New York zu machen und eine Hochzeit zu feiern, wenn Steve mich töten will und auch nicht davor zurückschreckt, andere Leute zu verletzen. Mir ist das alles zu viel. Ich muss hier raus." Ich drehte mich um und lief aus dem Wohnzimmer, die Treppen hinauf ins Schlafzimmer.

„Das hast du wieder gut hinbekommen", hörte ich Nicolai zu seiner Schwester im lauten Tonfall sagen, bevor ich die Schlafzimmertür schloss. Ich warf mich auf das Bett und schluchzte auf. Ich konnte einfach nicht mehr. Es wurde mir alles zu viel. Natürlich hatte ich mir schon Gedanken über die Hochzeit gemacht und ich wollte sie auch feiern. Ich konnte es gar nicht erwarten, Nicolai zu heiraten. Aber im Moment wusste ich einfach nicht, was ich tun sollte. Wir konnten doch nicht die Hochzeit feiern, während Steve noch auf freien Fuß war.

„Chey, Süße, komm her", sagte Nicolai leise, setzte sich auf das Bett und zog mich in seine Arme. Ich hatte gar nicht mitbekommen, dass er ins Schlafzimmer gekommen war.

„Ich kann langsam nicht mehr. Es wird mir alles zu viel", flüsterte ich und drückte mich enger an ihn.

„Ich weiß, Süße. Es ist dir anzusehen, wie fertig dich die ganze Situation im Moment macht. Ich war auch schon am Überlegen, ob wir die Hochzeit nicht erst einmal verschieben, bis Bozman und Cunningham wieder hinter Gittern sind. Vielleicht wäre es auch erst einmal das Beste."

„Ich will aber eigentlich gar nicht die Hochzeit verschieben. Ich freue mich doch so auf die Hochzeit."

„Ich mich doch auch. Du weißt, dass ich es gar nicht erwarten kann, wenn du meine Frau wirst. Aber solange die beiden auf freien Fuß sind, können wir die Hochzeit nicht genießen. Es ist zu risikoreich, falls sie dort aufkreuzen und dir etwas tun wollen."

„Oder euch. Das ist meine größte Angst. Steve ist zu allem fähig", sagte ich. Nicolai schob mich ein Stück von sich, damit er mir in die Augen schauen konnte.

„Wie wäre es, wenn wir noch zwei Wochen abwarten. Falls die Polizei sie bis dahin immer noch nicht geschnappt hat, werden wir die Hochzeit verschieben. Falls doch, haben wir immer noch Zeit dein Kleid und mein Anzug zu kaufen. Ansonsten sind die Vorbereitungen für die Hochzeit doch abgeschlossen", schlug er vor.

„Ja, das sollten wir tun. Hoffen wir mal, dass sie endlich geschnappt werden", seufzte ich.

„Geht es dir wieder gut?"

„Ja, es geht schon. Es tut mir so leid, dass ich gerade ausgeflippt bin, aber ich konnte einfach nicht mehr."

„Du brauchst dich nicht entschuldigen. Es ist doch verständlich in dieser Situation und dann kommt auch noch meine nervige Schwester. Aber wir schaffen das zusammen, okay? Und wenn das alles vorbei ist, werden wir eine schöne Hochzeit feiern und uns in unseren Flitterwochen, von all den Strapazen erholen."

„Darauf freue ich mich schon." Im Anschluss an unserer Hochzeit würden wir in die Flitterwochen fahren oder fliegen. Ich wusste es nicht. Nicolai wollte mir nicht verraten, wohin die Reise gehen würde. Ich wusste nur, dass wir drei Wochen weg wären und das, während wir eigentlich zur Uni müssten. Aber das würde schon gehen. Am dreiundzwanzigsten August begann die Uni wieder und eine Woche vorher musste ich zum Direktor, um mit ihm wegen meines Uniwechsels alles zu klären. Dann würde ich auch das mit den Flitterwochen abklären.

„Sollen wir wieder zu den anderen gehen", fragte Nicolai.

„Ja, ich muss mich noch bei ihnen für mein Benehmen entschuldigen", sagte ich und schämte mich dafür, wie ich vor der Familie ausgeflippt war.

„Du brauchst dich dafür nicht zu entschuldigen. Sie verstehen das. Komm." Er nahm meine Hand und zusammen gingen wir die

Treppe herunter ins Erdgeschoss. Als wir ins Wohnzimmer kamen, stürmte Elle auch schon zu mir und fiel mir um den Hals. „Es tut mir so leid, Chey. Ich wollte dich nicht wegen des Kleides bedrängen. Natürlich verstehe ich, dass du dafür jetzt nicht den Kopf hast", entschuldigte sie sich.

„Nein, ich muss mich bei dir entschuldigen, weil ich dich so angeschnauzt habe", sagte ich und entwandt mich aus ihrer Umarmung, um mich an den Rest der Familie zu wenden. „Bei euch muss ich mich auch entschuldigen, dass ich vorhin so ausgeflippt bin. Aber es wurde mir einfach alles zu viel."

„Du brauchst dich dafür nicht zu entschuldigen. Es ist verständlich in dieser Situation", tat es Cristobal lächelnd ab.

„Wir haben uns entschieden zwei Wochen abzuwarten und wenn die Polizei die beiden bis dahin noch nicht geschnappt hat, die Hochzeit dann zu verschieben. Es bringt nichts die Hochzeit in Angst zu feiern. Wenn die beiden davon Wind kriegen würden, könnten sie dort wirklich auftauchen", erklärte Nicolai seiner Familie.

„Da hast du recht. Aber hoffen wir mal, dass die Polizei sie nun endlich fassen wird", stimmte Cristobal ihm zu.

„Dann haben wir ja nur noch knapp zwei Wochen, um ein Kleid zu kaufen. Wann sollen wir denn dann nach New York? Schließlich wollt ihr am vierten September euren Junggesellenabschied feiern. Also würde es an diesem Wochenende nicht gehen", kam es von Elle.

„Elle", ermahnte Nicolai sie.

„Ist ja schon gut."

Kapitel 10

Am Freitag fuhr ich mit Joshua nach Toronto zum Friedhof. Wir hielten am Blumenladen an, damit ich, wie immer zwei frische Sträuße kaufen konnte. Joshua stellte seinen schwarzen fünfer BMW, mit dem wir gefahren waren, auf dem Parkplatz ab und wir stiegen aus. Während der Fahrt hatten wir uns etwas unterhalten und ich hatte erfahren, dass er dreißig Jahre alt und verheiratet war. Mit seiner Frau zusammen hatte er einen dreijährigen Sohn, über den er voller Stolz sprach. Joshua schloss den Wagen ab und zusammengingen wir auf den Friedhof. Der erste Weg führte, wie immer, zum Grab meiner Großeltern, was ich etwas säuberte und den frischen Strauß Blumen in die Vase stellte. Anschließend gingen wir zum Grab meiner Eltern. Als wir dort ankamen, bemerkte ich gleich, dass irgendetwas anders war, als sonst. Mein Blick fiel auf den Grabstein und ich erschrak so, dass ich den Strauß Blumen fallen ließ.

Cheyenne Disseur
12.02.1992 – 13.08.2010

Mein Name sowie mein Geburtsdatum waren unter den Namen meiner Eltern auf dem Grabstein mit einem schwarzen Stift in dicken Buchstaben geschrieben worden. Daneben stand mein Todesdatum. Der dreizehnte August. Das war heute. Ich sollte heute sterben! Das konnte doch nur so ein widerlicher Scherz von Steves Anhängern sein oder vielleicht waren es auch Stella und ihre Freunde gewesen. Warum konnten sie mich nicht einfach in Ruhe lassen? Und warum vergriffen sie sich an Grabsteinen? War ihnen denn gar nichts heilig?
„Was für ein kranker Scherz", stieß ich wütend hervor.
„Da hast du recht. Wenn es denn ein Scherz ist", sagte Joshua und schaute sich aufmerksam um.
„Lass uns gehen. Ich habe das Gefühl, dass hier etwas nicht stimmt."

„Du ... du meinst, dass Steve das auf den Grabstein geschrieben haben könnte und hier irgendwo ist", fragte ich ängstlich nach? Daran hatte ich noch gar nicht gedacht. Was, wenn er uns hier auf dem Friedhof auflauern würde? Oh mein Gott. Panisch sah ich mich um, konnte allerdings niemanden entdecken. Er könnte sich aber auch hier irgendwo verstecken und uns beobachten. Aber woher wusste er, dass ich ausgerechnet heute auf den Friedhof wollte? Hatte er uns vielleicht von Zuhause aus verfolgt? Zeit genug hatte er ja um meinen Namen und die Daten auf den Grabstein zu schreiben, als ich bei meinen Großeltern am Grab war.

„Ja genau. Komm, stell die Blumen in die Vase und dann gehen wir." Ich tat, was er sagte und wechselte die Sträuße aus.

„Hallo Cheyenne. Betrachtest du dein Todesdatum", hörte ich eine mir viel zu bekannte Stimme hinter mir und drehte mich ruckartig um. Steve stand ein Stück von uns entfernt an einen Baum gelehnt.

„Steve", keuchte ich erschrocken. Joshua, der sich ebenfalls umgedreht hatte, reagierte sofort und zog mich beschützend hinter seinem Rücken.

„Du brauchst sie gar nicht zu verstecken. Ich werde sie sowieso kriegen, denn sie gehört mir", höhnte Steve und kam einen Schritt auf uns zu. Geistesgegenwärtig traten wir einen Schritt zurück. Weiter konnten wir allerdings nicht mehr gehen, da ich schon an der Steinabgrenzung des Grabes stand.

„Nur über meine Leiche", knurrte Joshua.

„Von mir aus. Wenn du schlau bist, verschwindest du einfach. Das ist eine Sache zwischen Cheyenne und mir."

„Ich werde nicht verschwinden, denn meine Aufgabe ist es Cheyenne vor dir zu beschützen."

„Wie du meinst." Steve schoss nach vorne und versuchte an mich heranzukommen. Dabei bekam er meinen Arm zu fassen und wollte mich zu sich ziehen, doch ich wehrte mich gegen ihn.

„Lass sie los", zischte Joshua. Er holte mit seiner Faust aus und verpasste Steve einen Schlag gegen den Kopf. Dieser schwankte durch die Wucht des Schlages und ließ mich los. Er fing sich allerdings sehr schnell wieder und stürzte sich auf Joshua. Sie rangelten miteinander und schlugen aufeinander ein. Ich hoffte nur, dass Joshua dabei nicht verletzt wurde. Ich trat einige Schritte zur Seite, damit Steve mich nicht wieder in die Finger bekam. Meinen Blick auf die beiden geheftet, stieß ich gegen etwas Hartes. Ich

drehte mich um, um zu sehen, was es war und erschrak.
„Hallo Cheyenne. Wo willst du denn hin? Du bleibst schön hier",
sagte Cunningham und packte mich am Arm. Oh nein, er war auch
hier. Ich hätte es wissen müssen, dass Steve nicht alleine auf dem
Friedhof war.
„Lassen Sie mich los", schrie ich und versuchte mich aus seinem
Griff zu befreien.
„Nein, wir haben mit dir noch ein Hühnchen zu rupfen", erwiderte
er und verstärkte seinen Griff. Ich versuchte weiterhin erfolglos von
ihm loszukommen. Da ich mich nicht befreien konnte, musste ich
etwas anderes probieren. Ich hob mein Bein und rammte
Cunningham mein Knie mit voller Wucht zwischen seine Beine. Er
stöhnte vor Schmerz auf, ließ mich los und sackte auf die Knie. Ich
nutzte meine Chance und lief von ihm weg. Neben einem Grab sah
ich eine Metalgiesskanne stehen. Ich nahm sie, lief zu Cunningham
zurück, der immer noch auf dem Boden kniete, und schlug sie ihm
mit voller Wucht auf den Kopf. Cunningham sackte durch den
Schlag zusammen und fiel seitlich auf den Boden. Ich wusste nicht,
ob er bewusstlos war. Ich hoffte allerdings, dass es etwas dauern
würde, bis er wieder ganz zu sich kam.
„Das hast du gut gemacht. Komm lass uns hier verschwinden",
sagte Joshua, der zu mir kam, und zog mich mit sich. Ich drehte
mich kurz um und sah, dass Steve sich krümmend auf dem Boden
lag. Das war unsere Chance ihnen zu entkommen. Wir liefen los,
wobei Joshua schützend hinter mir war, falls sich Steve und
Cunningham wieder berappeln sollten und uns angriffen. Wir
bogen in den Hauptweg des Friedhofes ein, der zum Ausgang
führte. Ein Schuss fiel und im nächsten Moment hörte ich Joshua
aufschreien. Ich blieb stehen, drehte mich um und sah, wie Joshua
zu Boden sackte. Er wurde am Rücken getroffen und aus dem
Einschussloch sickerte Blut. Nein, das durfte nicht sein. Einige
Meter von uns entfernt sah ich Steve mit einer Pistole in der Hand
und kam langsam auf uns zu. Er war es, der auf Joshua geschossen
hatte. Woher hatte er plötzlich die Waffe? Am Grab hatte er sie
noch nicht gehabt. Was sollten wir jetzt nur tun? Wir mussten doch
hier verschwinden und das, bevor Steve bei uns ankam.
„Cheyenne lauf", forderte Joshua mich auf.
„Nein, du wurdest angeschossen. Ich kann dich hier nicht
zurücklassen. Du brauchst einen Arzt", erwiderte ich.

„Lauf weg. Sofort. Bozman darf dich nicht kriegen. Ich komme
hier schon zurecht und werde versuchen ihn aufzuhalten."
„Aber ... ." Ein weiterer Schuss ertönte. Die Kugel traf genau
neben mir den Boden.
„Cheyenne, verschwinde endlich. Los jetzt", schrie Joshua mich an.
„Nun mach schon oder willst du, dass er dich umbringt." Nein,
natürlich wollte ich das nicht. Aber ich konnte doch Joshua hier
nicht hilflos liegen lassen. Steve war schon fast bei uns. Ich drehte
mich um und rannte, so schnell ich konnte. Ich hörte einen
weiteren Schuss. Hoffentlich war Joshua nicht noch einmal
getroffen worden. Ich musste ihn unbedingt einen Arzt schicken.
„Lewis auf die andere Seite. Wir schnappen sie uns auf dem
Parkplatz", rief Steve seinen Freund zu. Oh mein Gott, sie waren
mir schon auf den Fersen. Ich rannte noch schneller. Sie durften
mich nicht bekommen. Ich kam am Ausgang an und lief quer über
den Parkplatz. Ich sah Cunningham auf mich zu kommen. Schnell
änderte ich meine Richtung, lief zwischen zwei parkenden Autos
und ein angrenzendes Gebüsch hindurch auf die Straße. Ich wusste
nicht, wo ich genau hinsollte. Ich lief einfach weiter und
überquerte, ohne auf die fahrenden Autos zu achten, die Straße.
Die Autos bremsten und blieben mit quietschenden Reifen nur
knapp vor mir stehen. Ich rannte auf dem Bürgersteig, den Leuten
die darauf entlang gingen ausweichend und bog in eine Straße ab.
Hinter mir hörte ich Tumult und schnelle Schritte.
„Halten Sie die Schnauze", schrie Steve irgendjemanden an, der
sich anscheinend über ihn beschwert hatte. Sie waren also immer
noch hinter mir. Ich beschleunigte noch einmal mein Tempo. Sie
durften mich nicht kriegen. Das Einkaufszentrum kam in mein
Sichtfeld. Dort hatte ich eine Chance den beiden zu entkommen.
Ich lief hinein und musste wieder den Leuten ausweichen.
„Entschuldigung. Es tut mir leid", sagte ich immer wieder im
Laufen, wenn ich jemanden angerempelt hatte. Zum Stehenbleiben
hatte ich keine Zeit. Ich drehte mich im Laufen um und sah, dass
auch Steve und Cunningham nun im Einkaufszentrum waren und
mich verfolgten.
„Cheyenne, bleib stehen. Wir wollen doch nur mit dir reden", rief
Steve mir zu. Na klar. Sie wollten
nur reden. Ich glaubte ihm kein Wort. Wenn ich jetzt stehen bleiben
würde, hätten sie mich. Wer weiß, was sie dann mit mir tun würden.

Bestimmt nicht nur reden. Ich rannte einfach weiter und erblickte zwei Sicherheitsmänner. Vielleicht konnten sie mir ja helfen. „Sie müssen mir helfen. Ich werde verfolgt. Bitte halten Sie die Männer auf", sagte ich keuchend und deutete auf Steve und Cunningham, die immer näherkamen. „Beruhigen Sie sich doch erst einmal. Was ist denn los", fragte einer der Sicherheitsmänner. „Ich habe keine Zeit. Ich werde verfolgt", wiederholte ich noch einmal und rannte wieder los, nachdem ich gesehen hatte, dass Steve und sein Freund nur noch einige Meter von mir entfernt waren. Sie lächelten schon triumphierend, weil sie dachten, sie hätten mich und könnten den Sicherheitsmännern mit Lügen dazu bringen, mich ihnen zu übergeben. Doch da hatten sie falsch gedacht. So schnell würden sie mich nicht kriegen. Ich rannte um eine Ecke und schaute kurz zurück. Dabei sah ich wie Steve und Cunningham die beiden Sicherheitsmänner, die sich ihnen in den Weg gestellt hatten, einfach zur Seite stießen. So viel zum Thema, die beiden hätten mir helfen können. Ich lief weiter, immer wieder den Leuten ausweichend und entdeckte ein Schild auf dem Notausgang stand. Kurz blickte ich noch einmal hinter mich, konnte aber durch die vielen Menschen, die sich hier im Einkaufszentrum befanden, meine Verfolger nicht entdecken. Das war die Gelegenheit ihnen zu entkommen. Ich lief zur Notausgangstür zu, öffnete sie und ging hindurch. Ich war in einen Hinterhof, auf dem einige Lkws standen, die die Läden mit Waren belieferten. Ich lief den Weg zur Straße entlang, denn noch war ich nicht in Sicherheit. Sie hätten sehen können, wie ich durch den Notausgang gegangen wäre, und würden mir folgen. An der Straße angekommen, rannte ich einfach wieder quer rüber auf die andere Straßenseite und bog schnell in die nächste Straße ein. Ich wusste nun, wo ich hinwollte, denn Cristobals Firma befand sich in dieser Straße. Von dort aus könnte ich die Polizei und einen Arzt für Joshua rufen. Ich rannte, obwohl mir meine Beine schon sehr weh taten weiter zur Firma. Dort angekommen lief ich an dem Empfang vorbei, die Treppe hinauf in den ersten Stock, wo sich Cristobals Büro befand. Ich bog in den Vorraum ein, wo eine Sekretärin an einen Schreibtisch und Adam in einem Sessel saß. Was machte er denn hier? Er schaute mich verdutzt an, als ich an ihm vorbeilief. Ohne auch nur auf die Sekretärin von Cristobal zu achten, stürmte ich einfach in sein Büro.

„Hallo, Sie können doch nicht einfach ...", rief die Sekretärin hinter mir her. Doch ich achtete nicht auf sie.

„Chey, was ist denn los", fragte Cristobal, als ich in sein Büro gestürmt kam.

„Ich ... Steve ... Cunningham", brachte ich nur keuchend und nach Luft schnappend heraus und nun begannen die Tränen zu laufen.

„Süße, was ist passiert", fragte nun Nicolai und kam besorgt zu mir. Ich hatte ihn erst gar nicht gesehen, als ich in das Büro gekommen war. Nun viel mir aber wieder ein, dass er zu seinem Vater in die Firma wollte, weil sie etwas Geschäftliches zu besprechen hatten.

„Mr. Fresco, es tut mir leid. Sie ist einfach in Ihr Büro gestürmt. Ich konnte sie nicht aufhalten", hörte ich hinter mir die Stimme der Sekretärin.

„Es ist schon gut, Amelie. Das ist meine Pflegetochter beziehungsweise meine baldige Schwiegertochter. Das ist schon in Ordnung. Bitte bringen Sie ihr doch ein Glas Wasser", sagte Cristobal und wandte sich dann mir zu. „Und du setzt dich jetzt erst mal und erzählst uns, was passiert ist."

Nicolai brachte mich zu einem von den zwei Stühlen, die vor Cristobals Schreibtisch aus dunklem Holz standen. Ich setzte mich und Amelie, so wie die Sekretärin hieß, brachte mir ein Glas Wasser. Dankend nahm ich es mit zittriger Hand an und trank erst einmal einen großen Schluck.

„Süße, was ist denn nun passiert und wo ist Joshua", fragte Nicolai, der sich neben mich gesetzt hatte. Joshua! Oh mein Gott. Er lag noch immer verletzt auf dem Friedhof.

„Wir müssen einen Krankenwagen rufen. Joshua wurde angeschossen. Er liegt verletzt auf dem Friedhof", rief ich panisch.

„Chey, beruhige dich. Von wem wurde Joshua angeschossen und was ist genau passiert", hakte Nicolai nach.

„Amelie, schicken Sie doch bitte Adam ins Büro", ordnete Cristobal durch die Sprechanlage an und im nächsten Moment betrat Adam den Raum. Ich atmete ein paar Mal tief durch und begann ihnen zu erzählen, was auf dem Friedhof vorgefallen war und wie ich von Steve und Cunningham verfolgt wurde. Am Ende meiner Erzählung griff Cristobal zum Telefon und rief erst die Polizei und anschließend den Notruf an, um einen Krankenwagen zu Joshua zu schicken. Nicolai zog mich auf seinen Schoß und schlang seine

Arme um meinen Bauch.

„Oh Süße, ich bin so froh, dass dir nichts passiert ist. Nicht auszudenken, wenn du bei deiner Flucht von einem Auto angefahren worden wärst. Wenn sie dich gekriegt hätten oder noch schlimmer, wenn Bozman dich erschossen hätte. Daran möchte ich gar nicht erst denken", flüsterte er an meinem Ohr.

„Ich hatte so eine Angst, dass ich es nicht schaffen würde, ihnen zu entkommen", sagte ich leise und wischte mir die letzten Tränen mit dem Handrücken aus dem Gesicht.

„Das glaube ich. Aber jetzt bist du in Sicherheit."

„Ich hoffe nur, dass Joshua nicht schwer verletzt ist."

„Das hoffe ich auch, Süße."

„Die Polizei kommt gleich und nimmt deine Aussage auf und ein Krankenwagen für Joshua wurde schon von Friedhofsbesuchern gerufen, die ihn gefunden haben", erklärte Cristobal uns, nachdem er zu Ende telefoniert hatte.

„Wie geht es Joshua? Haben sie etwas gesagt? Geht es ihm gut", wollte ich besorgt wissen.

„Die Polizei konnte mir darüber keine Auskunft geben", erwiderte Cristobal, doch ich hatte das Gefühl, dass er es sehr wohl wusste und es mir nicht sagen wollte. „Adam kann ich Sie kurz draußen sprechen", fragte er ihn und stand auf.

„Ja, natürlich", erwiderte Adam.

„Wir sind gleich wieder da", sagte Cristobal, verließ zusammen mit Adam das Büro und schloss hinter sich die Tür. Ich fragte mich, weswegen er mit Adam reden wollte und warum wir es anscheinend nicht mitbekommen sollten.

„Was meinst du, warum dein Vater mit Adam alleine reden will", fragte ich Nicolai.

„Ich weiß es nicht. Ich werde ihn nachher fragen, was los ist." Cristobal kam wieder ins Büro zurück. Adam war nicht bei ihm, was mich doch sehr verwunderte.

„Wo ist Adam", fragte ich ihn neugierig.

„Er musste noch etwas erledigen", sagte Cristobal nur und setzte sich wieder hinter seinem Schreibtisch. Im nächsten Moment klopfte es an die Tür und nach einem Herein von Cristobal betraten Kommissar Wellington und Officer Borner das Büro. Sie waren bestimmt wegen meiner Aussage gekommen. Ich glitt von Nicolais Schoß und setzte mich mit den beiden Beamten in die Sitzecke, die

164

sich in einer Ecke von Cristobals Büro befand. Sie bestand aus vier Ledersesseln und einen kleinen Tisch. Kommissar Wellington stellte seine Fragen und ich erzählte ein weiteres Mal, was passiert war. Ich musste zusätzlich eine Täterbeschreibung von Steve und Cunningham geben. Der Kommissar wollte wissen, was die beiden für Kleidung getragen hatten und ob sie sich äußerlich verändert hatten. Aber die beiden hatten sich weder einen Bart wachsen lassen, noch ihre Frisuren verändert. Sie sahen noch genauso aus, wie ich sie zuletzt im Gerichtssaal, bevor sie ins Gefängnis kamen, gesehen hatte. Im Augenwinkel konnte ich sehen, dass sich Cristobal und Nicolai ans andere Ende des Büros zurückgezogen hatten und leise miteinander redeten. Dabei verzog Nicolai schmerzlich das Gesicht. Was war da los? Leider konnte ich nicht verstehen, was sie sagten. Ich wollte gerne wissen, worüber sie sprachen.

„Das wäre dann erst einmal alles", sagte Kommissar Wellington und riss mich damit aus meinen Gedanken.

„Was ist denn mit Joshua meinen Personenschützer? Geht es ihm gut? Ist er schwer verletzt", fragte ich die beiden Beamten. Sie hatten ihn während des ganzen Gespräches nicht einmal erwähnt. „Miss Disseur, ihr Personenschützer Mr. Banks ist leider an den Schussverletzungen gestorben. Er war schon tot, als der Krankenwagen am Friedhof ankam", teilte mir Wellington mit und ich merkte, dass es ihm unangenehm war, die Aufgabe es mir zu sagen, zu übernehmen. Joshua war tot? Das konnte doch nicht sein. Das durfte nicht sein. Er hatte doch noch gelebt. Als ich abhauen sollte. Er sagte doch, dass er zurechtkommen würde. Und nun war er tot.

„Aber ... aber er hat doch noch gelebt", brachte ich mit einem Kloß im Hals, der sich gebildet hatte, heraus.

„Miss Disseur, Mr. Banks ist nicht durch die Schussverletzung im Rücken gestorben. Ihm wurde zusätzlich noch in den Kopf geschossen. Dieser Schuss war tödlich." Einen Schuss in den Kopf? Das musste der Schuss gewesen sein, den ich hörte, als ich weggelaufen war. Oh mein Gott, Steve hatte Joshua getötet.

„Nein, nein das darf nicht wahr sein", wisperte ich mit tränenerstickter Stimme. Nicolai kam zu mir herüber. Er zog mich hoch, damit er sich mit mir zusammen auf seinen Schoß auf den Sessel setzen konnte. Schweigend legte er seine Arme um mich und zog mich dichter an sich. Ich ließ meinen Tränen freien Lauf, schlank meine Arme um seinen Nacken und schluchzte an seiner Schulter. Nicolai strich mir immer wieder beruhigend mit der Hand über meinen Rücken.

„Er ... er ist tot. Joshua ist tot", schluchzte ich.

„Ich weiß, Süße. Ich weiß und es tut mir so leid."

„Ich hätte dableiben sollen. Ich hätte nicht gehen dürfen, dann wäre er jetzt noch am Leben."

„Süße, was redest du denn da? Wenn du dageblieben wärst, hätte Bozman dich ebenfalls erschossen. Du wärst jetzt tot. Bitte gib dir keine Schuld an dem Tod. Es konnte doch niemand ahnen, dass dieses Schwein ihn tötet", erwiderte Nicolai und war schockiert über meine Aussage.

„Sagen Sie, wie sieht es nun mit den Sicherheitsmaßnahmen für meinen Sohn und meiner Pflegetochter aus? Bozman und Cunningham scheinen vor nichts zurückzuschrecken, wie man an dem tragischen Tod von Joshua Banks sieht und sie haben eine Waffe", wandte sich Cristobal an die Beamten.

„Nach diesem, wie Sie schon sagten, schrecklichen Vorfall und dem Wissen, dass Bozman und Cunningham bewaffnet sind, müssen wir die Sicherheitsmaßnahmen verstärken. Ihr Sohn und ihre Pflegetochter werden nun zwei Personenschützer bekommen, die bewaffnet sein werden", erklärte Kommissar Wellington.

„Nein, ich möchte keinen weiteren Personenschützer", sagte ich, löste mich von Nicolai und setzte mich auf. „Meinetwegen wurde Joshua getötet. Meinetwegen hat eine Frau ihren Mann und ein Kind seinen Vater verloren. Ich möchte nicht, dass noch einem Menschen wegen mir etwas passiert."

„Chey, du hast an Joshuas Tod keine Schuld. Bozman hat ihn erschossen und dafür muss er auch bestraft werden", sagte Cristobal, doch ich sah es etwas anders. Steve war hinter mir her. Er wollte sich an mir rächen. Joshua stand ihm dabei im Weg und deshalb musste er sterben.

„Natürlich bin ich schuld. Wenn ich nicht gewesen wäre, würde Joshua noch leben", widersprach ich ihm.

„Wir werden dann mal gehen. Sollen wir den verstärkten Personenschutz nun in die Wege leiten", fragte Kommissar Wellington.

„Ja", erwiderte Cristobal.

„Nein", kam es von mir.

„Cheyenne, du wirst den Personenschutz bekommen. Ich möchte nicht, dass du ungeschützt unterwegs bist, solange Bozman und Cunningham noch auf freiem Fuß und dazu noch bewaffnet sind", sagte Cristobal streng. Sein Tonfall duldete keinen Widerspruch. Anschließend wandte er sich den Polizisten zu. „Sie können den verstärkten Personenschutz veranlassen."

„Ich möchte aber nicht. Es soll nicht noch jemand meinetwegen sterben", schluchzte ich und drückte mich wieder an Nicolais Schulter.

„Niemand wird mehr sterben, Süße. Die Herren sind für unsere Sicherheit da und ich möchte, dass du sicher bist", flüsterte er und hielt mich ganz fest. Cristobal verabschiedete die Polizisten und kam wieder zu uns in die Sitzecke.

„So junge Dame und du schaust mich jetzt mal an", befahl er. Ich löste mich von Nicolai und sah ihn an. „Es ist tragisch, dass Joshua gestorben ist, doch du hast keine Schuld an seinem Tod. Nicht du hast ihn erschossen, sondern Bozman. Er alleine trägt die Schuld an Joshuas Tod und dafür wird er bestraft werden."

„Ja, aber Steve ist hinter mir her. Er will mich haben und dadurch, dass Joshua mich beschützt hat, stand er ihm im Weg und musste deswegen sterben. Ich möchte nicht, dass noch jemand meinetwegen stirbt."

„Das wird auch niemand. Aber du musst verstehen, dass es Joshuas Job war, dich zu beschützen. Ihm war bewusst, worauf er sich als Personenschützer einlassen würde und dass es gefährlich werden könnte. Deine zwei neuen Personenschützer wissen ebenfalls, dass sie einen gefährlichen Beruf haben, in dem sie verletzt oder sogar getötet werden könnten. Darüber sind sie sich auch bewusst. Ihre Familien wissen ebenfalls, dass dieser Beruf gefährlich ist", machte Cristobal mir klar.

„Mir ist schon klar, dass es ein gefährlicher Beruf ist. Aber trotzdem möchte ich nicht, dass noch jemand wegen mir stirbt."

„Die Personenschützer, die euch zugeteilt werden, wissen, dass Bozman und Cunningham bewaffnet sind und sich dementsprechend darauf vorbereiten müssen", entgegnete Cristobal. Es klopfte an die Tür. „Herein", kam es von Cristobal und vier Personen betraten das Büro. Das waren also unsere neuen Personenschützer.

„Wo ist Adam", fragte ich Nicolai, während sich sein Vater mit den vier Personen unterhielt.

„Er ist zu Joshuas Frau gefahren, um ihr von dem Vorfall zu erzählen. Er ist ein guter Freund der Familie und es geht ihm sehr nahe, was Joshua passiert ist. Ihm wurde freigestellt sich ein paar Tage frei zunehmen und das wollte er auch tun."

„Woher weißt du das?"

„Mein Vater hat mit Adam telefoniert, als du mit der Polizei gesprochen hast, und hat es ihm gesagt. Er wollte sich auch um einen Ersatz für ihn kümmern und das hat er anscheinend getan", erklärte Nicolai mir und deutete auf die vier Personenschützer.

Stimmt, Adam hatte einen Ersatz gefunden, sonst wäre er jetzt mit den drei anderen Personenschützern zusammen hier gewesen. Joshua war also ein guter Freund von ihm gewesen. Er würde genauso über den Verlust von Joshua leiden, wie dessen Familie. Ich hoffte nur, dass nicht noch ein Personenschützer meinetwegen sein Leben lassen müsste.

Am Montagabend waren Nicolais Freunde bei uns, um sich ein Basketballspiel anzusehen. Olivia war mitgekommen und wir saßen auf der Terrasse, weil uns das Spiel nicht interessierte.

„Ihr habt das Haus sehr schön eingerichtet. Irgendwann möchte ich auch so ein Haus haben", schwärmte sie.

„Das Haus ist wirklich ein Traum. Ich kann es immer noch nicht fassen, dass wir in so einem schönen Haus wohnen. Was ist eigentlich mit der Wohnung? Wollt ihr sie nun nehmen", fragte ich sie.

„Eigentlich schon. Es wäre schön endlich mit Sean zusammenzuziehen. Ehrlich gesagt gehen mir seine Eltern manchmal auf die Nerven, wenn wir bei ihm sind. Sie kommen ständig in sein Zimmer oder rufen ihn. Wir haben kaum Ruhe. Deshalb sind wir auch meistens bei mir. Meine Eltern stören eigentlich nie. Ich muss Nicolais Eltern diese Woche mal anrufen, wie viel sie für die Wohnung an Miete nehmen", erwiderte sie.

„Ich kann mir vorstellen, dass es nervt, wenn man ständig gestört wird. Dann wird es wirklich Zeit, dass ihr zusammenzieht. Sagt Bescheid, wenn es soweit ist, dann helfen wir beim Umzug."

„Danke. Das braucht ihr doch nicht."

„Doch natürlich. Das ist doch selbstverständlich, denn schließlich habt ihr uns auch geholfen", erwiderte ich lächelnd.

„Da hast du recht. Wie geht es dir denn?"

„Naja es geht so. Der Tod von Joshua geht mir sehr nahe. Auch wenn Nicolai mir immer sagt, dass mich keine Schuld trifft, habe ich doch das Gefühl, das ich Schuld daran bin. Schließlich ist Steve hinter mir her und Joshua stand ihm einfach im Weg. Dazu mache ich mir einfach Gedanken, was Steve noch alles tun wird, um mich in die Finger zu bekommen. Und ich habe Angst davor, dass das passiert", erklärte ich ihr.

„Das glaube ich dir. Ich hätte genauso Angst, wenn jemand hinter mir her wäre. Hoffentlich schnappt die Polizei ihn und seinen Freund endlich, damit du wieder in Ruhe und ohne Angst leben kannst. Aber Nicolai hat recht. Du bist nicht Schuld an Joshuas Tod und darfst dir auch nicht die Schuld daran geben", sagte sie und sah mich dabei eindringlich an.

„Ich weiß. Aber ich kriege diese Gedanken einfach nicht aus dem Kopf."

„So meine Damen, ich nehme an, Sie möchten etwas trinken", sagte Nicolai und brachte uns zwei Gläser Sekt, die er auf den Tisch stellte.

„Danke der Herr. Das ist sehr nett von Ihnen", erwiderte ich grinsend.

„Das mache ich doch gerne", erwiderte er und ging wieder hinein ins Wohnzimmer.

„Nicolai ist echt ein Gentleman", kam es von Olivia.

„Ja und ein Traum von einem Mann dazu. Ich bin froh, dass er nur mir gehört", erwiderte ich lächelnd.

„Dann halte ihn gut fest. Ich habe mit Scan auch einen Traummann abbekommen. Vielleicht könnte er noch ein kleines bisschen mehr Gentleman sein, dann wäre es perfekt. Aber man muss mit dem zufrieden sein, was man bekommt", lachte sie.

„Da hast du recht", stimmte ich in ihr Lachen mitein.

„Was macht ihr eigentlich mit eurer Hochzeit? Wollt ihr sie wirklich feiern, jetzt wo Bozman aus dem Gefängnis ausgebrochen ist", fragte sie.

„Wir wollen noch bis zum Wochenende warten. Sollte er bis dahin nicht geschnappt sein, werden wir die Hochzeit verschieben. Ich habe Angst, dass er dort aufkreuzt und meinetwegen Leute verletzt werden," erklärte ich ihr.

„Das würde ich genauso tun. Ich würde auch keine Hochzeit in Angst feiern wollen. Na dann lass uns mal auf einen lustigen Abend anstoßen", sagte sie und hob ihr Glas. Der Abend wurde wirklich sehr lustig. Nach dem Spiel kamen die Jungs zu uns auf die Terrasse und wir unterhielten uns und lachten viel, weil die Jungs nur Mist machten. Mir wurde etwas frisch und ich wollte mir meine Jacke aus dem Auto holen, die ich mittags, als ich mit meinen Personenschützern unterwegs gewesen war, im Auto vergessen hatte.

„Warte, ich komme mit. Ich möchte mir auch meine Jacke aus dem Auto holen", sagte Olivia und zusammen gingen wir ins Haus, weil ich meinen Autoschlüssel brauchte. Ich nahm ihn von der Kommode im Flur und wir gingen durch die Haustür aus dem Haus. Mein Auto hatte ich am Anfang der Auffahrt geparkt, weil Gavin und Carlos mit ihren Wagen heute Mittag da waren, als ich nach Hause kam und vor der Garage geparkt hatten. Ich wollte gerade die Haustür schließen und drückte schon einmal auf die Funkfernbedienung um mein Auto zu öffnen, als es einen riesigen Knall gab und mein Auto in Flammen aufging. Schützend hielt ich meine Arme vors Gesicht, damit ich keine Teile vom Auto abbekam. Durch die Wucht der Explosion gingen die Alarmanlagen der umstehenden Autos an.

„Olivia geht es dir gut", fragte ich sie sofort, die auf dem Boden saß und sich ebenfalls die Arme vor das Gesicht hielt.

„Ja, mir geht es gut und dir? Ist bei dir alles in Ordnung", fragte sie, nahm ihre Arme herunter und schaute mich an.

„Ja, soweit schon."

„Geht es Ihnen gut", fragte ein Polizist, der mit seinem Kollegen vor unserem Haus Wache halten sollte, da unsere Personenschützer abends nicht da waren.

„Ja, es geht schon", erwiderte ich.

„Simon, ruf die Feuerwehr und einen Notarzt", rief er seinen Kollegen zu.

„Süße, was ist ... ? Ach du scheiße", kam es von Nicolai, der mit den Jungs ums Haus gelaufen war. Natürlich hatten sie den Knall gehört, so wie auch sämtliche Leute aus der Nachbarschaft, die nun alle aus ihren Häusern kamen. „Geht es euch gut", fragte Nicolai und kam mit Sean zu uns.

„Ja", erwiderte ich.

„Was ist denn passiert", wollte Sean wissen.

„Ich ... ich weiß es nicht. Ich habe mit der Fernbedienung mein Auto aufgeschlossen und dann hat es einen Knall gegeben und mein Auto ist explodiert. Oh mein Gott mein schönes Auto", sagte ich und sah zu dem Wagen, welcher in Flammen stand.

„Oh Süße, ich bin so froh, dass dir nichts passiert ist. Nicht auszudenken, wenn du am Auto gestanden hättest, als du es geöffnet hast", kam es von Nicolai und er zog mich in seine Arme. Ich war noch ganz neben der Spur, dass ich noch gar nicht richtig realisiert hatte, was eigentlich passiert war. Ich hörte Sirenen und im nächsten Moment war die Feuerwehr da, die sich sofort daran machte das Feuer zu löschen. Kurz darauf kam der Notarztwagen angefahren. Ich fragte mich wofür, denn uns ging es doch gut.

„Wo willst du hin", fragte Olivia ihren Freund.

„Zu meinen Wagen. Ich muss die Alarmanlage ausschalten. Die ist durch die Explosion und die Erschütterung angegangen", erklärte er ihr und ging zur Straße. Der Notarzt kam zu uns und fragte, wie es uns ging. Außer dass ich einen Druck auf den Ohren hatte, ging es mir gut. Der Arzt erklärte uns, dass es normal sei und es von der Lautstärke der Explosion gekommen wäre. Er meinte, dass der Druck am nächsten Tag wieder verschwunden wäre. Er untersuchte uns trotzdem kurz. Anschließend kamen die beiden Polizisten zu uns und wollten wissen, wie es zur Explosion gekommen war. Sie vermuteten und das war naheliegend, dass es ein Mordanschlag auf mich gewesen sein könnte. Sie wollten den Wagen mit zur Polizeidienststelle nehmen, wo sie eine Kriminaltechnische Untersuchung durchführen wollten, um zu ermitteln, ob es Fingerabdrücke von dem Täter gab und was es für eine Bombe gewesen war, wodurch mein Auto explodierte. Mordanschlag. Dieses Wort ging mir nicht mehr aus dem Kopf und erst jetzt realisierte ich, was eigentlich passiert war. Nicolai hatte recht. Ich hätte sterben können, wenn ich am Auto gestanden hätte, als ich es öffnete. Oh mein Gott. Ich hätte tot sein können. Tränen traten mir in die Augen und rannen an meinen Wangen entlang.

„Sch Süße. Es ist alles gut", versuchte Nicolai mich zu beruhigen und zog mich in seine Arme.

„Ich hätte tot sein können. Das war Steve. Er hat versucht mich umzubringen", schluchzte ich und begann zu zittern. Das war jetzt das dritte Mal, dass er es versucht hatte und dieses Mal, hätte er es

auch wirklich geschafft, wenn ich am Auto gestanden hätte.
„Haben Sie denn niemanden bei uns auf dem Grundstück
gesehen? Jemand muss doch hier gewesen sein und hat die Bombe
an das Auto angebracht", fragte Nicolai den Polizisten, der noch bei
uns stand.
„Nein. Uns ist nichts aufgefallen. Wir machen doch stündlich
unseren Rundgang, aber wir haben niemanden gesehen", erklärte er
uns.
„Naja, es ist schon dunkel, und wenn der Täter schwarze
Klamotten trug, konnte er in der Dunkelheit nicht so schnell
gesehen werden. Das muss genau geplant gewesen sein, dass er
wahrscheinlich genau wusste, wann Sie Ihren Rundgang tun und
wie viel Zeit er zwischen Ihren Kontrollen hatte, um die Bombe
anzubringen", vermutete Dean.
„Das war Steve. Bestimmt war er es gewesen. Er will mich töten
und hat es nun mit der Bombe probiert", sagte ich.
„Sie meinen Bozman? Wir haben seine Fingerabdrücke in unserer
Verbrecherkartei, und wenn welche an Ihrem Wagen sind, dann
können wir herausfinden, ob er es wirklich war. Für die nächste
Zeit werden wieder abends zwei Polizeistreifen vor Ihrem Haus
stehen und es bewachen. Mr. Fresco, wir werden Ihren Wagen auch
vorsichtshalber untersuchen. Nicht dass bei Ihnen auch noch eine
Bombe angebracht ist. Dazu kommen morgen früh zwei
Spezialisten vorbei, die sich den Wagen anschauen werden."
„Das ist gut. Ich wollte Sie eh fragen, ob sich jemand meinen
Wagen anschauen kann. Bei Bozman weiß man nie, was er noch
alles tut", erwiderte Nicolai. Ein Abschleppwagen fuhr vor und lud
meinen Wagen auf. Zum Glück wurde durch die Explosionen
niemand verletzt und auch keine anderen Gegenstände beschädigt.
Langsam beruhigte sich der Tumult auf der Straße wieder und die
Anwohner gingen, nachdem die Feuerwehr, der Abschleppwagen
und der Notarzt weggefahren waren, wieder in ihre Häuser zurück.
Ein zweiter Polizeiwagen traf ein und stellte sich vor unserem
Grundstück auf die Straße.
„Komm Süße, lass uns auch reingehen", sagte Nicolai, legte einen
Arm um meine Taille und führte mich ins Haus. Wir gingen
allerdings durch das Haus auf die Terrasse, da ich eine Zigarette
rauchen wollte. Nicolai holte die Zigaretten und zündete erst mir
und dann sich eine an. Er setzte sich auf einen Stuhl und zog mich

auf seinen Schoß. Ich konnte es immer noch nicht fassen, dass ich fast gestorben wäre.

„Ich könnte jetzt mal einen Schnaps vertragen", sagte Sean, der sich auf einen Stuhl fallen ließ.

„Ich auch. Schnaps haben wir zwar nicht, aber im Wohnzimmerschrank steht noch eine Flasche Whiskey", kam es von Nicolai und wollte gerade aufstehen, um sie zu holen.

„Bleib sitzen, ich hole sie schon", sagte Dean und ging ins Haus. Er kam mit der Flasche wieder und brachte auch gleich Gläser mit.

„Möchtest du auch", fragte mich Nicolai.

„Nein, ich mag das Zeug doch nicht. Trinkt ihr nur", erwiderte ich. Dean goss den Whiskey in die Gläser und verteilte sie. Die Jungs tranken den Whiskey, und nachdem wir uns noch kurz unterhalten hatten, machten sie sich auf den Heimweg. Ich ging die Treppen herauf ins Schlafzimmer. Nicolai räumte noch auf. Ich wollte ihm helfen, aber nachdem ich ein Glas heruntergeworfen hatte, da ich noch so durch den Wind war, schlug er mir vor schon mal nach oben zu gehen. Im Schlafzimmer nahm ich mein Tagebuch aus der Schublade des Nachttisches und begann zu schreiben.

Steve hat mich heute schon wieder versucht umzubringen. Das ist jetzt das dritte Mal. Er meint es wirklich ernst. Nicht auszudenken, wenn ich neben dem Wagen gestanden hätte, als er explodierte, oder wenn Nicolai an meinen Wagen gewesen wäre. Er hätte sterben können. Ich möchte ihn nicht verlieren. Und genauso wenig möchte ich sterben. Ich habe große Angst, was Steve als Nächstes tun wird. Was für kranke Pläne er sonst noch hat. Wieso kann die Polizei ihn denn nicht endlich schnappen? Ich möchte doch nur wieder ohne Angst leben können. Ist das denn zu viel verlangt?

Ich klappte das Buch zu und wischte mir die Tränen, die meine Wangen entlangliefen, weg.

„Hey Süße, komm her", sagte Nicolai. Ich hatte gar nicht gemerkt, dass er ins Schlafzimmer gekommen war. Er setzte sich auf das Bett. Ich legte das Tagebuch zur Seite und fiel ihm schluchzend um den Hals. Er schlang seine Arme um meinen Körper und hielt mich einfach nur ganz fest. Keiner sagte ein Wort. Wir waren beide einfach nur froh, dass niemand bei der Explosion verletzt wurde.

Am nächsten Tag kamen zwei Spezialisten von der Polizei, die Nicolais Wagen untersuchten. Zum Glück wurde dort keine Bombe angebracht. Sie testeten den Wagen, in dem sie ihn aus sicherer Entfernung mit der Fernbedienung öffneten. Das Gefährlichste war, als sie den Motor starteten. Denn auch dann hätte eine Bombe hochgehen können, wenn eine am Wagen gewesen wäre. Die Spezialisten trugen Schutzkleidung und Helme, während sie den Wagen untersuchten. Die Polizei hatte an meinem Wagen bei der Kriminaltechnischen Untersuchung tatsächlich Fingerabdrücke von Steve gefunden. Er hatte wirklich die Bombe an meinen Wagen angebracht. Das hieß auch, dass er bei uns auf dem Grundstück gewesen war, was mir noch mehr Angst einjagte. Er war also nicht weit von mir entfernt gewesen. Wir saßen im Garten. Er hätte nur hinter das Haus kommen müssen. Er hätte unsere Freunde verletzen können, wenn sie mich vor ihm beschützt hätten. Mit seiner Waffe hätte er uns alle töten können. Ich wollte da gar nicht drüber nachdenken und war einfach nur froh, dass nichts weiter passiert war. Ich konnte einfach nur hoffen, dass die Polizei ihn endlich kriegen würde.

Am Mittwoch fand die Beerdigung von Joshua statt. Die gesamte Familie hatte mir abgeraten zur Beerdigung zu gehen, da mich sein Tod sehr mitgenommen hatte und ich immer der Meinung war, dass ich daran schuld war. Ich wollte aber hingehen. Das war ich Joshua schuldig. Nicht nur um mich von ihm zu verabschieden, sondern auch um der Familie mein Beileid auszusprechen. Nicolai begleitete mich zur Beerdigung und so fuhren wir mit unseren Personenschützern zum Friedhof. Joshua würde auf dem Friedhof beerdigt werden, wo auch meine Eltern lagen und wo er gestorben war. Es würde seltsam werden an der Stelle vorbei zu gehen, wo er von Steve erschossen worden war. Da wir mit sechs Personen nicht in ein Auto passten, fuhren Nicolai und ich mit Will Collister und Antony Morgan, die Nicolais Personenschützer waren. Chris Thomas und Sebastian Young waren mir zugewiesen worden und fuhren in ihrem Wagen hinter uns her. Da nun bekannt war, dass Steve und Cunningham bewaffnet waren, mussten Nicolai und ich eine schusssichere Weste tragen. Ich konnte mich in dem Ding nicht richtig bewegen, aber ohne die Weste durfte ich nicht mehr aus dem Haus gehen. Unsere Personenschützer trugen ebenfalls die Westen und waren zudem auch noch bewaffnet. Ich mochte keine Waffen. Man konnte jemanden damit verletzten, oder gar töten. Aber in diesem Fall galten sie nur als Verteidigung, falls Steve uns auflauern würde. Wer wusste das schon? Vielleicht dachte er sich, dass ich zu dieser Beerdigung gehen würde, und würde sie für einen Angriff nutzen. Während der Trauerfeier in der Trauerhalle, die sich auf dem Friedhof befand, sowie auch bei der Beerdigung hielt ich mich im Hintergrund. Tränen liefen an meinen Wangen entlang, als der Sarg in das Grab gelassen wurde. Eine junge Frau brach vor dem Grab zusammen. Das musste Joshuas Ehefrau sein. Als dann auch noch ein kleiner Junge zu ihr rannte und seine kleinen Arme um sie schlang, brach ich innerlich zusammen und begann zu schluchzen. Der kleine Junge musste Joshuas Sohn und ganzer Stolz sein. Er war noch zu klein, um zu verstehen, was mit seinem Vater geschehen war. Joshua würde seinen Sohn niemals aufwachsen sehen. Ich war schuld, dass eine Frau ihren Mann und ein Kind seinen Vater verloren hatte. Nicolai nahm mich in den Arm und strich mir mit der Hand über den Rücken. Wir standen eine Weile einfach nur so da und ich ließ meinen Tränen freien Lauf. Als die ersten Leute an uns vorbeigingen und die Beerdigung zu Ende war, löste ich mich von Nicolai und wischte mir mit dem Handrücken die Tränen aus dem Gesicht. Ich sah Adam, der mit einer Frau im Arm zu uns kam. Das musste seine Ehefrau sein. Beide sahen sehr traurig aus, was verständlich war, denn schließlich hatten sie einen Freund verloren.

„Es tut mir leid", sagte ich leise, als sie bei uns stehen blieben. „Dir braucht es nicht leidzutun, Cheyenne. Dich trifft keine Schuld. Wir wussten beide, dass es ein gefährlicher Beruf ist, als wir Personenschützer wurden. Ich hoffe nur, dass dieses Schwein seine gerechte Strafe für das, was er getan hat, bekommt", erwiderte Adam mit zusammengebissenen Zähnen.

„Komm Adam, lass uns gehen", drängte ihn seine Frau. „Ich möchte hier weg." Ich konnte sie verstehen. Friedhöfe waren nicht gerade die Art von Orten, an denen man sich gerne aufhielt.

„Ja ist gut, Amy", sagte er und wandte sich wieder uns zu. „Also ihr beiden passt auf euch auf. Ich werde nicht weiter für euch als Personenschützer tätig sein. Mein Chef hat mich von dem Auftrag abgezogen, weil ich durch Joshua emotional in der Sache verwickelt bin. Ich wünsche euch alles Gute und wie gesagt hoffentlich schnappt die Polizei ihn und seinen Freund bald, sodass er seine Strafe für den Mord an Joshua bekommt und ihr wieder in Frieden leben könnt."

„Es tut mir so leid, was passiert ist", sagte ich noch einmal.

„Wie gesagt Cheyenne, dich trifft keine Schuld. Macht es gut", verabschiedete er sich und ging mit seiner Frau weiter.

„Siehst du. Adam hat dir ebenfalls bestätigt, dass du keine Schuld an Joshuas Tod hast. Ich hoffe, du siehst es jetzt endlich ein", seufzte Nicolai leise. Er hatte es in den letzten Tagen wirklich nicht leicht mit mir. Nicht nur Joshuas Tod, der mich sehr mitgenommen hatte, sondern auch die Diskussionen über die Schuldfrage, war sehr nervenaufreibend für ihn gewesen. Ich antwortete ihm nicht, sondern starrte eine junge Frau an, die in Begleitung eines älteren Ehepaares, in unsere Richtung kam. Das war die Frau, die am Grab zusammengebrochen war. Joshuas Ehefrau.

„Das ist sie", flüsterte ich.

„Bist du dir sicher, dass du das tun möchtest", hakte Nicolai besorgt nach.

„Ja. Ich muss es tun", erwiderte ich entschlossen und ging auf die Frau zu. „Mrs. Banks?"

„Ja", fragte sie und sah mich an.

„Mein herzlichstes Beileid."

„Danke." Ihr Blick wanderte von mir zu Nicolai und anschließend zu unseren Personenschützern, die hinter uns standen. Sie musste erkannt haben, wer vor ihr stand und riss die Augen auf. „Sie ... Sie sind diejenige, die mein Mann beschützen sollte und weswegen er sterben musste. Sie sind daran schuld, dass mein Mann gestorben ist", zischte sie.

„Es tut mir so wahnsinnig leid, was passiert ist", erwiderte ich.

„Es tut Ihnen leid? Davon wird mein Mann auch nicht wieder lebendig", fauchte sie mich an.

„Es ist gut, Jenny. Die Frau kann nichts dafür, was geschehen ist. Joshua hatte einen gefährlichen Job und das weißt du", versuchte die ältere Frau, die anscheinend ihre Mutter war, sie zu beruhigen.

„Natürlich kann diese Frau etwas für Joshuas Tod. Ihretwegen wurde er von dem Typen erschossen", schrie sie und sah mich mit einem kalten Blick an. „Sie haben mir nicht nur meinen geliebten Mann, sondern einem Kind auch noch seinen Vater genommen. Wie können Sie mit diesem Wissen nur leben? Und sagen Sie, wie fühlt es sich an Schuld am Tod eines Menschen zu sein? Sagen Sie es. Los sagen Sie es schon. Wie fühlt es sich an", schrie sie mich hysterisch an.

„Es reicht jetzt, Jenny. Komm wir gehen", befahl der Mann, von dem ich annahm, dass es ihr Vater war. Er packte sie am Arm und zog sie von uns weg.

„Es tut mir leid. Sie meint es nicht so. Sie ist im Moment sehr aufgewühlt und trauert sehr um ihren Mann. Das verstehen Sie sicherlich", sagte die Mutter. Ich nickte nur, denn ich konnte einfach nichts sagen. Joshuas Frau hatte vollkommen recht. Ich war Schuld an seinem Tod und es fühlte sich entsetzlich an. Ganz von alleine setzten sich meine Beine in Bewegung und ich ging in Richtung des Grabes. Ich musste mich von Joshua verabschieden. Ich war es ihm schuldig, dass ich ihm die letzte Ehre erwies.

„Wo willst du hin", fragte Nicolai und folgte mir.

„Ich will zum Grab und mich von Joshua verabschieden", erklärte ich ihm und ging weiter. Als ich am Grab ankam, wollten gerade zwei Friedhofsmitarbeiter das Grab zuschütten.

„Warten Sie bitte. Ich möchte mich noch von ihm verabschieden", bat ich die beiden Herren.

„Wir müssen unsere Arbeit erledigen. Sie hatten genug Zeit sich zu verabschieden", brummte der ältere von den beiden.

„Bitte. Nur fünf Minuten."

„Lass sie doch. Komm, wir gehen eine Zigarette rauchen", überredete ihn der andere Friedhofsmitarbeiter.

„Na gut. Fünf Minuten", wandte sich der Ältere mir zu und verschwand mit seinem Kollegen. Ich schaute in das große Loch, in dem sich der Sarg befand. Die Tränen begannen wieder zu laufen und ich ließ mich auf die Knie fallen. Ich spürte Nicolai hinter mir, der eine Hand auf meine Schulter legte.

„Es tut mir so leid, Joshua", flüsterte ich. „Ich wollte nicht, dass das passiert. Deine Frau hatte recht. Ich bin schuld an deinem Tod. Meinetwegen wurdest du von Steve erschossen. Wenn ich doch nur nicht zum Friedhof gewollt hätte, wärst du jetzt noch am Leben."

„Chey, hör auf dir Vorwürfe zu machen. Du kannst nichts dafür, was passiert ist", kam es von Nicolai.

„Aber es ist doch so. Es ist doch alles nur passiert, weil ich zum Friedhof wollte", schluchzte ich.

„So darfst du nicht denken. Es konnte doch niemand wissen, dass diese Dreckskerle auf dem Friedhof auftauchen würden."

„Lady, Ihre Zeit ist um", rief der ältere Friedhofsmitarbeiter und

177

kam mit seinem Kollegen zu uns. Der Typ ging mir ziemlich auf die Nerven. Natürlich verstand ich, dass sie ihre Arbeit tun mussten, aber ein Mensch war gestorben und da konnte man doch etwas Verständnis erwarten, wenn man sich von diesem Menschen verabschieden wollte.

„Ruhe in Frieden, Joshua. Ich hoffe, dir geht es dort, wo du jetzt bist, gut."

„Was machen Sie hier? Verschwinden Sie sofort von dem Grab", ertönte eine Stimme hinter mir. Ich drehte mich erschrocken um und sah Joshuas Frau hinter uns stehen, die mich wütend anstarrte. Ich stand schnell auf und stellte mich neben Nicolai, der einen Arm um meine Taille schlank.

„Wir wollten uns nur von Ihrem Mann verabschieden", erklärte ihr Nicolai.

„Reicht es nicht, dass Sie meinen Mann umgebracht haben? Müssen Sie ihn noch, wo er tot ist, belästigen", schrie sie mich an.

„Sie hat Ihren Mann nicht umgebracht. Das war Steve Bozman. Es tut uns wirklich sehr leid, was passiert ist, aber meine Verlobte, kann nichts für den Tod ihres Mannes", verteidigte Nicolai mich.

„Natürlich ist sie schuld am Tod meines Mannes. Er musste ihretwegen sterben." Ihr Blick wurde eisig, als sie weitersprach. „Sie sollten dort liegen und nicht Joshua. Sie sollten dort in diesem Grab liegen!" Ich zuckte bei ihren Worten zusammen. Sie trafen mich sehr hart und wieder brach ich innerlich zusammen. Nicolai zog mich näher an sich heran und schlang seine Arme fest um mich. Er wollte gerade etwas sagen, als wir eine aufgebrachte Stimme hörten. „Jenny, es ist jetzt gut. Wie kannst du so etwas nur sagen? Man wünscht niemanden den Tod. So etwas tut man einfach nicht. Diese Frau ist gekommen, weil es ihr sehr leidtut, was passiert ist und um Joshua die letzte Ehre zu erweisen. Sie hat es ebenfalls nicht leicht in ihrem Leben, hat Verluste erlitten und braucht nun Personenschutz, weil jemand nach ihrem Leben trachtet. Und du wünschst ihr auch noch den Tod. Versetz dich doch mal in ihre Lage. Wie würdest du dich fühlen, wenn du so etwas erleben würdest und dir dann auch noch der Tod gewünscht wird", wies ihre Mutter sie zurecht und wandte sich dann zu mir. „Es tut mir so leid. Ich weiß nicht, was in meine Tochter gefahren ist. So ist sie normalerweise nicht", entschuldigte sie sich und drehte sich wieder zu ihrer Tochter um. „Was machst du eigentlich hier? Ich habe dich schon gesucht?"

„Ich wollte noch einmal alleine zum Grab gehen", erwiderte Mrs.
Banks etwas kleinlaut.

„Könnten Sie bitte vom Grab weggehen? Wir müssen unsere
Arbeit erledigen", bat uns der jüngere Arbeiter.

„Komm Chey, lass uns nach Hause fahren", sagte Nicolai.

„Ja, gehen Sie nur", kam es von Mrs. Banks.

„Jenny", ermahnte sie ihre Mutter.

„Es tut mir wirklich sehr leid", sagte ich leise und entfernte mich
mit Nicolai und unseren Personenschützern vom Grab.

„Das können Sie sich sonst wo hinstecken. Davon wird mein Mann
auch nicht wieder lebendig. Lassen Sie mich und meine Familie
gefälligst in Ruhe. Vor allem will ich Sie nie wieder an dem Grab
meines Mannes sehen", rief sie mir hinterher.

„Jenny! Jetzt ist aber endlich gut. Was ist nur los mit dir? So kenne
ich dich gar nicht", tadelte sie ihre Mutter.

„Sie hat meinen Mann umgebracht."

„Das hat sie nicht und das weißt du auch. Joshua hatte nun mal
einen gefährlichen Job."

„Willst du damit etwa sagen, dass er selbst an seinem Tod schuld
ist", hörte ich Mrs. Banks empört fragen.

„Nein, das will ich nicht. Aber diese Frau trifft auch keine Schuld."

Ich hörte die beiden noch weiter diskutieren, während wir von der
Wiese auf den Weg einbogen. Schweigend gingen wir den Weg
entlang zum Parkplatz. Wir stiegen ins Auto ein und fuhren los.
Während der Fahrt schaute ich aus dem Fenster und hing meinen
Gedanken nach. Ich konnte Mrs. Banks verstehen, wie sie reagiert
hatte, als sie mich gesehen hatte. Ich an ihrer Stelle wäre
wahrscheinlich auch abweisend gewesen. Aber ich hätte niemanden
den Tod gewünscht. So etwas würde ich nie tun.

Kapitel 11

Als wir bei uns Zuhause ankamen, ging ich gleich die Treppe rauf in den ersten Stock ins Schlafzimmer. Ich zog mir die schwarze Kleidung und die schusssichere Weste aus, die ich auf der Beerdigung getragen hatte und schlüpfte in eine Jogginghose und ein T-Shirt. Ich legte mich auf das Bett, drehte mich auf die Seite und zog die Beine an meinen Körper.

„Wie fühlt es sich an Schuld am Tod eines Menschen zu sein", hörte ich Mrs. Banks Stimme in meinen Kopf fragen. „Reicht es nicht, dass Sie meinen Mann umgebracht haben?" Tränen schossen mir in die Augen. Ich wollte das doch alles nicht. Ich wollte nie, dass jemand meinetwegen verletzt wurde und nun war es passiert. Ein Mensch war wegen mir gestorben. Eine Frau hatte wegen mir ihren Mann verloren und ein Kind seinen Vater. Das war alles nur passiert, weil Joshua mich beschützen sollte.

„Ach Süße", hörte ich Nicolai seufzen und im nächsten Moment war er bei mir. Er stellte etwas auf dem Nachttisch ab und setzte sich auf das Bett. Sanft strich er mir mit der Hand über das Haar. „Hör auf dir Vorwürfe zu machen und dir die Schuld an Joshuas Tod zu geben. Du kannst nichts dafür, was passiert ist. Seine Frau weiß das auch. In ihrer Trauer und Wut, weil ihr Mann einen gefährlichen Beruf ausgeübt hat und ihre größte Angst, ihn bei einem Einsatz zu verlieren wahr geworden ist, sucht sie einfach nur jemanden, dem sie die Schuld geben kann."

„Aber ich bin doch schuld. Er musste meinetwegen sterben."

„Cheyenne es reicht." Oh oh, er schien wütend zu sein. Er sprach mich nur mit vollem Namen an, wenn ich irgendetwas getan hatte. „Wir haben in den letzten Tagen so oft darüber diskutiert, dass du nicht Schuld an Joshuas Tod bist. Und du bist es nicht. Es war Joshuas Job dich zu beschützen. Der Einzige, der Schuld an seinem Tod hat, ist Bozman. Er hat ihn erschossen und seinetwegen ist Joshua gestorben. Du darfst dir weder die Schuld dafür geben, was passiert ist, noch darfst du dir Vorwürfe machen und schon gar nicht die -Was wäre wenn- Frage stellen. Tu dir das nicht an. Du machst dich damit nur seelisch kaputt. Abgesehen davon ist jeder Mensch für sein eigenes Leben verantwortlich. Joshua wusste, wie gefährlich die Arbeit als Personenschützer sein kann, und hat den Job trotzdem gemacht. Das hat dir Adam auch schon erklärt." Er hatte recht damit, dass jeder für sein Leben selbst verantwortlich war und dass Joshua sich diesen Beruf selbst ausgesucht hatte. Es stimmte ebenfalls, dass Bozman es gewesen war, der ihn erschossen hatte und er war der Einzige, der Schuld an dem Tod von Joshua war. Aber irgendwie fühlte ich mich auch schuldig, obwohl ich es eigentlich nicht tun sollte.

„Süße, ich weiß, dass du deine Familie und deine Freunde beschützen möchtest. Aber das kannst du nicht immer. Und du bist auch nicht daran schuld, wenn wirklich mal etwas passiert", redete er auf mich ein. „Komm her." Ich setzte mich auf und schlang meine Arme um seinen Nacken. Nicolai legte seine Arme um mich und drückte mich an sich.

„Es tut mir leid, wenn ich deine Nerven strapaziert und ich dir Sorgen bereitet habe", flüsterte ich.

„Du brauchst dich nicht zu entschuldigen. Hast du denn jetzt verstanden, dass du keine Schuld an Joshuas Tod hast, oder müssen wir noch weiter diskutieren?"

„Nein, das brauchen wir nicht mehr. Ich habe es jetzt verstanden. Trotzdem bin ich noch sehr aufgewühlt", gestand ich ihm.

„Das ist doch verständlich. Ich habe dir einen Beruhigungstee gemacht", sagte er und deutete auf die Tasse, die auf dem Nachttisch stand.

„Danke." Ich löste mich von ihm, nahm die Tasse und trank den Tee, der sich wegen unseres Gespräches schon abgekühlt hatte.

„Ich würde mich gerne etwas hinlegen", sagte ich, als ich den Tee ausgetrunken hatte, und stellte die Tasse wieder auf den Nachttisch. Ich fühlte mich von der Heulerei, der Beerdigung und dem Zusammentreffen mit Joshuas Frau ziemlich fertig.

„Mach das, Süße. Etwas Schlaf wird dir guttun."

„Legst du dich zu mir?"

„Natürlich. Rück mal ein Stück." Ich tat, was er sagte und Nicolai legte sich neben mich auf das Bett. Ich kuschelte mich an Nicolai, der seine Arme um mich schlang, und schloss die Augen.

Ich schlug die Augen auf. Es war stockdunkel und ich

konnte nichts sehen. Wo war ich? Ich hörte Schläge über mir. Es hörte sich an, wie Regentropfen. Ich lag auf etwas Weichem. Ich tastete mit meiner Hand um mich herum und überall ertastete ich einen weichen Stoff. Über mir ebenfalls. Ich musste in irgendetwas drin liegen. Vielleicht war es eine Kiste. Aber warum war sie mit einem weichen Stoff ausgelegt? Und warum lag ich hier drin? Wie war ich hier hereingekommen? Wenn es aber keine Kiste war, dann konnte es nur etwas anderes sein. Ein Sarg. Ich erschrak bei dem Gedanken und geriet in Panik. Ich klopfte gegen den Deckel. „Hilfe", schrie ich. „Hilfe. Holt mich hier raus. Ich bin nicht tot." Niemand schien mich zu hören „Hilfe", schrie ich so laut ich konnte. Ich drückte mit all meiner Kraft gegen den Deckel und schaffte es ihn zu öffnen. Es regnete in Strömen, aber das interessierte mich nicht. Ich musste aus diesem Sarg heraus. Ich stand auf und sah mich kurz um. Dabei erschrak ich, als ich die Wände aus Lehm und Erde um mich herum sah. Ich befand mich in einem Grab. Ich schaute hoch und schätze ab, ob ich hinausklettern konnte. Ich versuchte es und kam dabei mit den Händen gerade so an den Rand des Grabes. Ich versuchte halt zu finden, um mich hochzuziehen, doch die Erde war durch den Regen so durchnässt, dass ich abrutschte und ich Schlamm abbekam.

„Hallo Cheyenne. Gefällt dir dein neues Heim", fragte Steve, der am Grab aufgetaucht war. „Gutes sterben", lachte er hämisch, nahm eine Schaufel voll Erde und schüttete sie auf mich. Ich schrie auf und versuchte wieder aus dem Grab zu klettern, doch ich rutschte wieder ab und landete in dem offenen Sarg. Ich schaute hoch und sah Steve, der immer noch lachend die nächste Schaufel voll Erde in das Grab warf, die genau auf mir landete.

„Nein, nein, ich will nicht sterben. Nein", sagte ich und schreckte hoch.

„Süße, ganz ruhig. Du hast nur schlecht geträumt", kam es von Nicolai, der mich gleich in seine Arme zog.

„Es war so schrecklich", schluchzte ich. „Ich lag in einem Sarg und Steve schüttete Erde auf mich."

„Es ist alles gut. Das war nur ein Traum", beruhigte er mich und strich mir sanft über den Rücken.

Am Freitag fuhr ich mit Chris und Sebastian zur Universität. Die

Uni begann drei Tage später wieder und ich hatte einen Termin mit dem Direktor, der mich kennenlernen und mit mir über den Uniwechsel sprechen wollte. Mich störte es, dass ich wieder diese schusssichere Weste tragen musste. Aber ohne sie durfte ich nicht aus dem Haus und meine Personenschützer achteten sehr darauf, dass ich sie auch trug. Ich hatte mir schon überlegt gehabt den Termin abzusagen und Zuhause zu bleiben, weil ich befürchtete, dass Steve und Cunningham an der Uni auftauchen könnten. Ich hatte auch schon darüber nachgedacht, bis die beiden endlich von der Polizei geschnappt werden würden, nicht zur Uni zu gehen. Doch Nicolai und seine Familie konnten mich davon überzeugen, dass ich mich nicht im Haus verkriechen sollte und mir meine Zukunft nicht versauen sollte, weil ich einiges in den Unterrichtsfächern der Uni versäumen würde. Und das nur, weil diese Verbrecher noch auf freien Fuß waren. Sie hatten damit schon recht und ich wollte mir meine Zukunft wirklich nicht versauen. Aber ohne meine Personenschützer ging es nicht. Sie würden mich auch zur Uni begleiten und die Zeit, die ich dort verbrachte, mussten sie ebenfalls dortbleiben. Ich machte mir Sorgen, wie die anderen Studenten auf mich reagieren würden. Erstens, weil ich neu an der Uni wäre und zweitens, weil Chris und Sebastian bei mir wären. Es würde bestimmt getuschelt und Gerüchte verbreitet werden. Aber da musste ich halt durch. Chris parkte den Wagen auf dem Universitätsparkplatz. Wir stiegen aus und gingen zum Hauptgebäude der Universität. Schon vor Semesterbeginn herrschte an der Uni reger Betrieb und wir wurden von Studenten skeptisch angeschaut. Das ging ja schon gut los. Wir betraten das Gebäude und dank Nicolais Wegbeschreibung fanden wir das Büro des Direktors recht schnell. Ich klopfte an die Tür. Nach einem Herein öffnete ich sie und trat gefolgt von Chris und Sebastian in das Büro.

„Guten Tag. Was kann ich für Sie tun", fragte ein freundlich aussehender Mann mittleren Alters.

„Guten Tag. Mein Name ist Cheyenne Disseur. Ich habe heute bei Ihnen einen Termin für ein Gespräch."

„Ja genau. Guten Tag Miss Disseur. Mein Name ist Norman Parker. Und wer sind diese beiden Herren?"

„Das sind Chris Thomas und Sebastian Young, meine Personenschützer", stellte ich die beiden vor. Mir war es etwas unangenehm, da ich nicht wusste, wie Mr. Parker darauf reagieren würde.

„Oh Guten Tag die Herren. Na dann nehmen Sie doch platz", sagte Mr. Parker freundlich. Ich setzte mich auf einen von den zwei Stühlen, die vor Mr. Parkers Schreibtisch standen, und reichte ihm die Anmeldeunterlagen, die Nicolai für mich von der Uni bekommen hatte und die ich ausfüllen musste. Chris und Sebastian nahmen auf der Couch, die neben der Tür stand, platz.

„So Miss Disseur, Ihr Verlobter Mr. Fresco hat mir schon von ihrer Vergangenheit insbesondere von ihrem früheren Vormund Mr. Bozman berichtet. Ich weiß, dass er und sein Freund Mr. Cunningham aus dem Gefängnis ausgebrochen sind. Deshalb nehme ich an, haben Sie auch den Personenschutz."

„Ja genauso ist es. Ich hoffe, es macht Ihnen nichts aus, dass die beiden mit dabei sind und mich auch in den Unterricht begleiten werden", fragte ich ihn.

„Nein, natürlich nicht. Ihre Sicherheit geht selbstverständlich vor. Ich hoffe, Ihnen wird es an unserer Universität gefallen."

„Das hoffe ich auch. Ich sehe den Wechsel als Neuanfang an. In Toronto gibt es einige Leute, die auf Bozmans Seite stehen und der Meinung sind, ich hätte mir alles nur ausgedacht und die Anschuldigungen gegen ihn wären falsch. Da sie mich nicht in Ruhe lassen, mich immer wieder fertigmachen und sogar schon handgreiflich gegen mich wurden, sind wir aus Toronto weggezogen, erklärte ich ihm.

„Ich kann solche Leute, die die Augen vor der Wahrheit verschließen, nicht verstehen. Aber so sind die Menschen leider nun mal", seufzte er.

„Ich weiß. Ich akzeptiere, wenn Menschen anderer Meinung sind. Nur möchte ich einfach in Ruhe leben, ohne beleidigt zu werden."

„Das kann ich verstehen. Ich kann Ihnen nicht versprechen, dass Sie hier nicht wegen Bozman angesprochen werden. Einige Studenten werden Sie wahrscheinlich aus den Medien kennen und sich nun, nach dem Ausbruch von Bozman und Cunningham, wieder an Sie erinnern. Was es an unserer Universität allerdings nicht gibt und da achten wir sehr drauf, ist Mobbing in jeglicher Art. Dazu zählen auch schon Beleidigungen. Jedes Vergehen dieser Art wird geahndet. Also wenn irgendetwas sein sollte, können Sie jederzeit zu mir kommen. Und nun kommen wir zu Ihrem

Studium", wechselte er das Thema. „Sie studieren also Jura. Ich habe mir Ihre Noten und Ihre Unterlagen von Mr. Johnson, dem Direktor an der Universität in Toronto zuschicken lassen. Er bedauert übrigens sehr so eine gute Studentin, wie Sie es sind, gehen zu lassen. Aber er versteht Ihre Beweggründe und wünscht Ihnen alles Gute." „Oh danke. Dabei fällt mir ein, dass ich mich noch bei ihm bedanken muss, da er mir viel in der schweren Zeit geholfen hat." „Tun Sie das. Er wird sich freuen, von Ihnen zu hören." Ja, das sollte ich wirklich tun. Ich würde ihn in den nächsten Tagen mal anrufen. „Kommen wir nun zu Ihren Noten", begann Mr. Parker und schaute sich dabei meine Unterlagen an. In der nächsten halben Stunde sprachen wir über die Noten, die Kurse, die ich belegt hatte und über meine Zukunft. Ich erzählte ihm auch von der anstehenden Hochzeit, wenn sie denn stattfand und von der Hochzeitsreise. Mr. Parker sah keine Probleme, dass ich drei Wochen lang an der Uni fehlen würde, denn meine Noten waren sehr gut und ich würde den verpassten Unterrichtsstoff schnell wieder aufholen. Zum Schluss gab er mir noch die Kurspläne und Wegbeschreibungen der Uni. Ich verabschiedete mich von Mr. Parker und verließ zusammen mit Chris und Sebastian das Büro. Ich freute mich schon auf den Montag, wenn die Uni wieder losging. So konnte ich mich wenigstens etwas von meinen Sorgen ablenken. Ich hoffte nur, es würde ein guter Neuanfang werden.

Am nächsten Abend waren Nicolai und ich mit unseren Personenschützern bei Kate und Gavin eingeladen. Kate hatte Geburtstag und sie schmiss eine kleine Party mit Familie und Freunden. Wir hatten ihr einen Einkaufsgutschein im Shoppingcenter in Toronto besorgt, den sie in jedem Laden dort einlösen konnte. Sie war genauso shoppingverrückt, wie Elle und freute sich sehr über den Gutschein. Von unseren Personenschützern bekam sie eine Flasche Wein, einen großen Blumenstrauß und einen Kasten Pralinen geschenkt. Eigentlich hätten sie ihr gar nichts schenken brauchen, so sah es auch Kate selbst, aber sie ließen sich nicht davon abbringen. Wir saßen gerade alle im Wohnzimmer, als es an der Tür klingelte. Kate ging in den Flur und öffnete die Wohnungstür.

„Herzlichen Glückwunsch zum Geburtstag, Kate. Du musst sofort den Fernseher einschalten", hörte ich Elle aufgeregt sagen und im nächsten Moment kam sie ins Wohnzimmer gestürmt. „Ihr müsst sofort den Fernseher einschalten", rief sie uns zu.

„Warum", fragte Gavin verwundert.

„Es ist etwas passiert. Wir haben es gerade im Radio auf der Fahrt hier her gehört. Los schallte den Fernseher ein", forderte Elle ihren Bruder auf.

„Tu es. Es wird euch sehr interessieren", sagte Carlos, der mit Kate ins Wohnzimmer kam. Gavin nahm die Fernbedienung vom Regal und schaltete den Fernseher ein.

„Am Besten nimmst du einen Sender, auf dem die Nachrichten laufen", kam es von Elle aufgeregt.

„Das ist mir schon klar", murrte Gavin und schaltete durch die Kanäle, bis er einen Sender gefunden hatte, auf dem gerade die Nachrichten liefen. Alle schauten gebannt auf den Fernseher. Ich konnte kaum glauben, was ich dort sah. Die Bilder von Steve und Cunningham wurden eingeblendet. Darunter stand -Ausbrecher bei Autounfall gestorben-. Das konnte doch nicht sein.

„Steve Bozman und Lewis Cunningham, die aus dem Gefängnis ausgebrochen sind, kamen heute am frühen Morgen bei einem Autounfall ums Leben. Sie waren auf der Bundesstraße in Richtung Mississauga unterwegs, als der Wagen, aus bisher unbekannten Gründen, in einer Baustelle von der Fahrbahn abkam. Da keine Leitplanke vorhanden war, schoss der Wagen den Abgrund hinunter und explodierte. Die Insassen des Wagens konnten nur noch tot geborgen werden und waren bis zur Unkenntlichkeit verbrannt. Die Polizei identifizierte den Wagen, als gesuchten Fluchtwagen von Steve Bozman und Lewis Cunningham", berichtete die Nachrichtensprecherin. Konnte das wirklich wahr sein? Sollten Steve und Cunningham tatsächlich bei dem Unfall ums Leben gekommen sein? Das hieße doch, sie konnten mir nichts mehr tun und ich könnte endlich wieder mein Leben in Ruhe leben, ohne Angst haben zu müssen, dass sie mir irgendwo auflauern würden.

„Das gibt es doch nicht", kam es von Cristobal.

„Chey, weißt du, was das heißt? Du kannst wieder ohne Angst zu haben Leben", sagte Kate erfreut und umarmte mich kurz.

„Ja, ich kann es nur noch nicht ganz glauben, dass sie wirklich tot sind." Der Bericht lief noch immer im Fernsehen, doch ich konnte nichts verstehen, was die Nachrichtensprecherin sagte, denn nun redeten alle durcheinander.

„Nun hast du endlich deine Ruhe und kannst dein Leben wieder genießen", sagte Nicolai und nahm mich in die Arme.

„Ja, endlich ist alles vorbei und ich brauche keine Angst mehr zu haben, dass Steve und sein Freund uns auflauern und uns etwas antun. Aber irgendwie kann ich es noch gar nicht richtig glauben. Sind sie wirklich tot?"

„Ja. Ich habe gerade mit meinem Kollegen bei der Polizei gesprochen und er bestätigte mir die Meldung in den Nachrichten. Cunningham und Bozman sind tatsächlich bei dem Autounfall ums Leben gekommen", verkündete Chris, der mit seinem Handy in der Hand zu uns kam. Mich überkam ein Gefühl, dass irgendetwas nicht stimmte. Vielleicht lag es auch daran, dass der Tod von den beiden so überraschend kam. Ich wusste es nicht. Aber mein Gefühl sagte mir, dass etwas faul an der Sache mit dem Unfall und dem Tod der beiden war.

„Süße, was ist los", fragte Nicolai, als er die Skepsis in meinen Augen sah.

„Ich weiß es nicht, aber ich habe ein komisches Gefühl, als ob irgendetwas nicht stimmt", erklärte ich ihm.

„Aber was soll denn nicht stimmen?"

„Ich weiß es nicht. Vielleicht ist es auch nur, weil ich nicht damit gerechnet habe so schnell mein Leben wieder zu haben."

„Das kann sein. Die Polizei hat doch schließlich bestätigt, dass Bozman und Cunningham tot sind. Also nehme ich doch mal an, dass es auch stimmt. Die Polizei wird ihre Arbeit schon getan und die Leichen identifiziert haben. Vorher würden sie auch keine Meldung herausgeben, wer die Leichen sind."

„Da hast du recht."

„Mach dir darüber keine Gedanken. Du hast dein Leben wieder und kannst es genießen. Und noch dazu können wir, wenn du möchtest, doch die Hochzeit feiern und brauchen sie nicht zu verschieben", grinste Nicolai.

„Natürlich möchte ich. Ich kann mir doch nichts Schöneres vorstellen, als endlich deine Frau zu werden."

„Das höre ich gern." Nicolai beugte sich zu mir herunter und küsste mich. Ich wollte den Kuss gerade vertiefen, als wir gestört wurden.

„Na, wenn ihr eure Hochzeit doch feiern wollt, heißt es dann New York wir kommen", rief Elle freudestrahlend und hüpfte durch das Wohnzimmer.

„Muss das sein", murrte ich.

„Natürlich muss das sein. Du brauchst schließlich noch ein Hochzeitskleid und Kate und ich müssen noch unsere Brautjungfernkleider kaufen", erwiderte Elle.

„Das können wir auch in Mississauga kaufen. Dafür müssen wir nicht extra nach New York fliegen."

„Aber in New York gibt es die besten Brautmodengeschäfte der Topdesigner."

„Süße, wie wäre es, wenn ich mitkomme und wir machen uns ein schönes Wochenende in New York", schlug Nicolai lächelnd vor. „Das wäre so schön."

„Nein, das geht nicht. Wir wollen ein Brautkleid kaufen und du darfst es vor der Hochzeit nicht sehen", kam es von seiner Schwester.

„Ich möchte doch gar nicht mit in die Brautmodenläden. Während ihr ein Kleid sucht, gehe ich mir einen Anzug kaufen. Anschließend können wir uns treffen. Ich wollte Chey sowieso einmal New York zeigen und das ist die perfekte Gelegenheit."

„Wir werden aber den ganzen Tag brauchen", erwiderte seine Schwester schnippisch.

„Vergiss es Elle. Ich werde nicht durch die Läden in New York rennen. Wenn ich ein Kleid gefunden habe, was mir gefällt, dann werde ich es auch nehmen und nicht großartig weitersuchen."

„Aber du brauchst doch das perfekte Kleid. Da muss man schon mal in verschiedenen Läden schauen."

„Nein, das muss man nicht. Wenn mir ein Kleid gefällt, dann ist es für mich auch perfekt."

„Wenn du meinst. Es ist ja schließlich deine Hochzeit", entgegnete Elle.

„Eben. Meine Hochzeit, mein Kleid", erwiderte ich.

„Carlos und ich haben uns entschlossen mit nach New York zu kommen. Wir müssen schließlich Nicolai helfen einen Anzug auszusuchen", grinste Gavin. „Ich suche schon mal die besten Anzugsläden der Stadt heraus. Nicolai nehme dir am Samstag nichts vor. Wir werden den ganzen Tag damit beschäftigt sein nach einem

188

Anzug für dich zu suchen", witzelte er und spielte damit auf Elles Vorhaben an, den ganzen Tag durch die Läden zu rennen.

„Ha ha, sehr witzig", kam es von Elle und ließ sich schmollend auf die Couch fallen.

„Bei der Gelegenheit kannst du dir auch gleich einen Anzug kaufen. Du brauchst nämlich auch noch einen", schlug Kate ihrem Freund vor.

„Oh das könnte aber lange dauern. Ich muss erst einmal in alle Läden schauen, bevor ich mich entscheide", stichelte er.

„Gavin, jetzt ist gut. Hör auf deine Schwester zu ärgern", mischte Jade sich ein und sprach ein mütterliches Machtwort.

„Ist ja gut", brummte Gavin.

„Dann werde ich morgen die Flugtickets und das Hotel für Freitag buchen", verkündete Kate.

„Wenn ihr schon in New York seid, ein Kunde ... ."

„Dad", wurde Cristobal von Nicolai und Gavin unterbrochen.

„Das war nur ein Witz. Macht euch ein schönes Wochenende in New York", grinste Cristobal.

„Jade möchtet ihr vielleicht mit nach New York? Dann könntest du mir ebenfalls beim Aussuchen des Kleides helfen", fragte ich, denn mir war eingefallen, dass ich an sie gar nicht gedacht hatte. Vielleicht wollte sie gerne beim Aussuchen helfen.

„Nein, fliegt ihr ruhig alleine. Ich werde mir mit meinem Mann ein schönes ruhiges Wochenende machen", lächelte sie. „Das haben wir uns nach all den Strapazen mal verdient."

„Da hast du recht, Mom", stimmte Nicolai ihr zu. Es klingelte an der Tür und Gavin sprang gleich vom Sessel auf. Grinsend ging er in den Flur und öffnete die Tür.

„Das Essen ist da", rief er und kam mit drei Kartons Familienpizzen ins Wohnzimmer. Es wurde noch ein sehr schöner Abend. Wir aßen, tranken und stießen nicht nur auf Kates Geburtstag, sondern auch auf meine wiedergewonnene Freiheit an. Ich schob mein komisches Gefühl wegen des Unfalltodes von Steve und Cunningham zur Seite und genoss die Feier und den Abend.

„Viel Spaß und Erfolg an deiner neuen Uni", sagte Nicolai am Montagmorgen und überreichte mir eine kleine Schultüte.

„Du bist so süß", erwiderte ich und gab ihm einen Kuss. „Was ist denn da drin", fragte ich und schaute mir die Schultüte an.

„Mach sie auf, dann weißt du es", grinste Nicolai. Ich öffnete die Schleife, die sich oben an dem Papier befand und sah in die gut gefüllte Tüte hinein. Vorsichtig schüttete ich den Inhalt auf dem Esstisch aus. Zum Vorschein kamen verschiedene Schokoriegel, Kaugummis, ein rosa farbiges Schweinchen als Schlüsselanhänger und eine Schatulle. Ich nahm die Schatulle in die Hand und öffnete sie. Dort drin befand sich eine wunderschöne Armbanduhr. Sie war silber und besaß ein Gliederarmband. Das Ziffernblatt war in Weiß gehalten. In der Mitte befand sich ein Herz aus kleinen Brillanten. Ich nahm die Uhr aus der Schatulle und betrachtete sie mir genauer. „Sie ist wunderschön", wisperte ich und strich vorsichtig über die Uhr. Sie war doch bestimmt sehr teuer."

„Für die wunderschönste Frau nur das Beste. Komm, ich lege sie dir um", sagte Nicolai, nahm mir die Uhr aus der Hand und legte sie um mein linkes Handgelenk. Er verschloss den Klickverschluss und betrachtete zufrieden sein Werk. „Sie sieht wunderschön an dir aus und passt perfekt."

„Danke, das war doch nicht nötig."

„Doch, es ist nämlich dein Neuanfang in ein ruhiges und friedliches Leben. Außerdem musst du doch wissen, wie viel Uhr es ist, bevor du zu spät zur Uni kommst."

„Da hast du recht. Und wofür sind die anderen Sachen", fragte ich und schaute auf den Esstisch.

„Die Schokoriegel sind zum Naschen, die Kaugummis für die Langeweile im Unterricht und das Schweinchen ist dein Glücksbringer für den Neustart an der Uni und bei den Prüfungen", erklärte er.

„Na dann kann ja gar nichts mehr schiefgehen. Danke für alles", hauchte ich, zog ihn zu mir herunter und küsste ihn.

„Für dich tue ich alles", erwiderte er und legte seine Lippen wieder auf meine. Bevor der Kuss zu leidenschaftlich wurde, löste ich mich von ihm, denn ich musste los. In dem Moment klingelte es an der Tür. Das musste Estelle sein. Da ich noch keinen neuen Wagen besaß, hatte sie sich bereit erklärt, mich zur Uni abzuholen und auch wieder nach Hause zu bringen.

„Oh, das muss Estelle sein. Wir wollen heute etwas früher zur Uni, weil sie mit mir noch eine Rundführung machen möchte." Ich löste mich von Nicolai und schnappte mir meine bereits gepackte Tasche, die auf dem Stuhl stand.

„Warte, ich muss auch los", kam es von Nicolai, der mir in den Flur folgte.

„Guten Morgen, Estelle", begrüßte ich sie, als ich die Tür öffnete.

„Guten Morgen ihr beiden. Na bereit für deinen ersten Tag an der neuen Uni", fragte sie mich.

„Ja. Wobei ich sehr nervös und gespannt bin, was mich dort erwartet."

„Na dann los", sagte sie. Wir verließen das Haus. Da Steve und sein Freund tot waren, brauchten wir keinen Personenschutz und auch keine schusssicheren Westen mehr. Ich war froh mich endlich wieder frei bewegen zu können, ohne dass mich jemand beschützen musste. Vor allem war ich froh die Weste nicht mehr tragen zu müssen, denn ich fand sie sehr unbequem.

„Ich wünsche dir viel Spaß", sagte Nicolai und gab mir einen Kuss.

„Danke, den wünsche ich dir auch. Bis nachher. Du wirst mir in der Mittagspause fehlen."

„Du mir auch, Süße." Ich ging zu Estelles Wagen und stieg ein. Nun würde mein erster Tag an einer neuen Uni beginnen.

Eine viertel Stunde später parkte Estelle ihren Wagen auf dem Universitätsparkplatz. Ich nahm meine Tasche und stieg aus dem Wagen. Nachdem Estelle ihn abgeschlossen hatte, gingen wir zusammen zum Hauptgebäude. Ich war ziemlich nervös, da ich nicht wusste, was mich an dieser Uni erwarten würde. Ich hatte ein klein wenig Angst, wie die Studenten auf mich reagieren würden. Wären sie freundlich oder würden sie mich wegen Steve genauso fertigmachen, wie die Menschen in Toronto. Ich wusste schließlich nicht, ob es an dieser Universität ebenfalls Anhänger von Steve gab. Wir betraten das Hauptgebäude und Estelle begann mit ihrer Führung. Sie zeigte mir die Bibliothek, die Mensa, meine Kursräume und das Sekretariat. Sie brachte mich anschließend zum Kursraum, wo mein erster Kurs stattfinden würde und wir verabredeten uns für die Mittagspause vor der Mensa.

„Viel Spaß. Wir sehen uns dann nachher", sagte Estelle.

„Danke. Bis später", erwiderte ich und betrat den Raum. Der Dozent war schon da und schaute sich seine Unterlagen an. Mr. Parker hatte mir am Freitag noch gesagt, dass ich mich bei jedem Dozenten vor dem Kurs melden und eine Art Kursanmeldung abgeben sollte.

„Guten Morgen. Mein Name ist Cheyenne Disseur und ich soll Ihnen das hier geben", stellte ich mich vor und gab ihm den Zettel. „Danke sehr, Miss Disseur. Mr. Parker hat mich schon in Kenntnis gesetzt, dass Sie ab heute in meinem Kurs sind. Mein Name ist Clark Robertson. Ihre alte Universität hat, soweit ich weiß, den gleichen Kursplan, wie wir. Also müssten Sie im Unterrichtsstoff genauso weit sein, wie Ihre Mitstudenten hier und Sie dürften keine Probleme haben. Sollte allerdings irgendetwas sein, können Sie jederzeit zu mir kommen", erwiderte er freundlich.

„Danke. Das ist sehr nett von Ihnen."

„Ich helfe gerne. Suchen Sie sich einen freien Platz. Ich beginne gleich mit dem Unterricht."

„Ja natürlich." Ich schaute mich kurz im Raum um und entdeckte einen freien Platz in der vorletzten Reihe, zu dem ich ging.

„Ist der Platz noch frei", fragte ich ein Mädchen, was auf dem Platz daneben saß.

„Ja, setz dich ruhig. Ich heiße Amber", stellte sie sich freundlich lächelnd vor.

„Cheyenne", erwiderte ich und setzte mich neben sie.

„Ich weiß. Ich kenne dich aus den Medien", sagte sie und ich erschrak. Würde jetzt die Anfeindung kommen? Würde sie eine von Steves Anhängern sein? Sie musste mein Unbehagen bemerkt haben.

„Keine Angst, ich bin auf deiner Seite. Ich glaube dir und es ist schlimm, was der Typ dir angetan hat. Meine Tante wohnt in Toronto und sie glaubt diesem Bozman seine Lügen. Ich hatte schon unzählige Diskussionen mit ihr wegen dieses Typens. Nun da er und sein Freund tot sind, hast du ja endlich deine Ruhe." Ich war froh, dass sie mir glaubte und auf meiner Seite stand. „Hast du die Uni wegen solcher Leute, wie meine Tante gewechselt?"

„Ja. Mein Verlobter und ich sind vor ein paar Wochen hier hergezogen und wir waren beide der Meinung, dass ich die Uni wechseln sollte, um in Ruhe studieren zu können", erklärte ich ihr.

„Oh dein Verlobter? Du bist doch noch so jung. Naja egal. Wenn man sich liebt, spielt es keine Rolle, wie alt man ist, um zu heiraten. Ihr heiratet doch, oder", hakte sie neugierig nach.

„Ja, in zwei Wochen."

„Oh das ist so schön. Ist dein Verlobter auch hier an der Uni?"

„Nein, er studiert weiterhin in Toronto. So sieht er auch seine

Freunde, die an derselben Uni studieren. Er ist schon meinetwegen aus Toronto weggezogen und ich wollte ihn nicht auch noch von der Uni wegreißen", erklärte ich ihr.

„Das ist verständlich. Aber du siehst nun deine Freunde auch weniger", wandte sie ein.

„Das ist nicht so schlimm. Die Freunde, die ich habe, verstehen, warum ich die Uni gewechselt habe, und halten zu mir. Abgesehen davon bin ich ja nicht aus der Welt und bis Toronto ist es doch nicht so weit."

„Da hast du recht. Außerdem kannst du hier auch neue Leute kennenlernen. Wenn du möchtest, stelle ich dir in der Mittagspause meine Freunde vor", schlug sie lächelnd vor.

„Oh das ist nett von dir, aber in der Mittagspause wollte ich mich mit einer Freundin treffen, die ebenfalls hier an dieser Uni studiert. Ich würde gerne mit dir die Pause verbringen, aber ich habe ihr schon heute Morgen zugesagt." Ich wollte wirklich gerne mit ihr die Pause verbringen. Sie schien sehr nett zu sein und es wäre meine Chance neue Leute kennenzulernen. Aber ich wollte Estelle nicht absagen. Sie hatte sich doch solche Mühe gemacht mir die Uni zu zeigen und hatte bestimmt schon ihren Freunden für die Mittagspause abgesagt, nur um sich mit mir zu treffen. Da wollte ich ihr dann auch nicht absagen.

„Das macht doch nichts. Ich kann dir meine Freunde doch immer noch vorstellen. Sie laufen ja nicht weg. Zeig mir doch mal deinen Kursplan. Vielleicht haben wir noch andere Kurse zusammen." Ich holte meinen Kursplan aus meiner Tasche und reichte ihn ihr. Während sie ihn mit ihrem verglich, packte ich meine Unterrichtssachen aus. Der Unterricht würde bestimmt jeden Moment beginnen.

„Das ist ja toll. Wir haben jeden Kurs zusammen. Das wird bestimmt super", rief sie erfreut und hüpfte auf ihren Stuhl herum. Dabei hatte sie eine Ähnlichkeit mit Elle. Die beiden würden sich bestimmt gut verstehen.

„Miss Wells, es ist schön, dass Sie Ihrer neuen Mitstudentin helfen sich an dieser Universität einzuleben. Aber könnten Sie Ihr Gespräch bitte nach dem Unterricht fortsetzen? Ich würde jetzt gerne beginnen", kam es von Mr. Robertson. Mir war es etwas peinlich, denn fast alle Studenten drehten sich zu uns um und schauten uns an.

193

„Natürlich Mr. Robertson", erwiderte Amber. Ihr schien es ebenfalls peinlich zu sein, denn sie lief rot an.
Der restliche Tag an der Uni verlief sehr gut. Im Unterricht kam ich gut mit und in jeden Kurs saß ich neben Amber. Sie bestand darauf, dass ich mich neben sie setzte. Mit ihr verstand ich mich gleich auf Anhieb und vielleicht könnte daraus sogar eine Freundschaft werden. Mit Nicolai schrieb ich zwischendurch per SMS, da er wissen wollte, wie mir die Uni gefiel und ob es mir gut ging. Er machte sich einfach Sorgen, weil er nicht bei mir sein konnte. Wobei wenn etwas gewesen wäre, wusste ich, dass er sofort zu mir gekommen wäre. Am Abend führte er mich zum Essen aus, um meinen erfolgreichen ersten Tag an der neuen Uni zu feiern. Natürlich musste ich ihm alles genau erzählen, was ich am Tag erlebt hatte. Er fand es sehr schön, dass ich an der Uni schon jemanden kennengelernt hatte und ich nicht alleine war. Ich nahm an, dass es seine größte Sorge gewesen war, dass ich hätte allein sein können.

Dienstagnachmittag fuhren Nicolai und ich zum Autohaus, um mir ein neues Auto zu kaufen. Wir kamen beim Autohändler an und Nicolai parkte seinen Aston Martin Rapid auf dem Parkplatz. Wir stiegen aus und betraten das Autohaus.
„Guten Tag, kann ich Ihnen helfen", fragte gleich ein Mitarbeiter und kam zu uns.
„Ja, wir suchen ein Auto für meine Verlobte", sagte Nicolai.
„Oh natürlich. Da schauen wir doch mal. Darf es etwas Bestimmtes sein?"
„Ich hätte gerne ein Cabrio", erwiderte ich. Ja, ich hatte mir überlegt mir ein Cabrio zu kaufen. Estelle hatte eins und es gefiel mir mit offenem Dach beim warmen Wetter zu fahren.
„Da hätten wir verschiedene Modelle zur Auswahl", sagte der Mitarbeiter. Auf seinem Namensschild, welches an seinem Hemd hing, stand Henry Stafford. Er war ungefähr Mitte dreißig, war etwa so groß wie Nicolai und hatte eine stämmige Figur. Er zeigte uns verschiedene Wagen, aber irgendwie gefiel mir keiner davon. Ich schaute mich selbst um und da sah ich ihn. Mein Auto.
„Was ist mit dem da", fragte ich Mr. Stafford und deutete auf den Wagen, den ich gesehen hatte.
„Das ist natürlich ein Schmuckstück", erwiderte er und wir gingen

194

zu dem Wagen. „Das ist ein Porsche Boxster. Er hat 265 PS",
begann er und zählte nun die ganzen technischen Daten auf. Da ich
mich nicht so gut damit auskannte, überließ ich Nicolai die Fragen
zu dem Wagen. Mir gefiel er richtig gut. Er war weiß, hatte
schwarze Ledersitze und die Innenausstattung war ebenfalls in
Schwarz gehalten.

„Gefällt dir das Auto", fragte Nicolai.

„Ja, sehr sogar."

„Okay. Wie sieht es denn mit einer Probefahrt aus", fragte Nicolai
Mr. Stafford.

„Die können Sie gleich gerne machen. Ich lasse Ihnen den Wagen
gerne aus der Halle holen. Geben Sie mir eine viertel Stunde, dann
können Sie die Probefahrt machen. Wenn Sie möchten, können Sie
so lange in unserer Sitzecke platz nehmen. Ich lasse Ihnen etwas zu
trinken bringen", bot Mr. Stafford uns an.

„Gerne", sagte Nicolai und wir gingen zur Sitzecke. Eine
Angestellte kam und fragte, was wir trinken wollten. Ich nahm ein
Wasser und Nicolai wollte einen Kaffee. Einen kurzen Moment
später brachte uns die Angestellte die Getränke. Wie Mr. Stafford
versprochen hatte, stand der Wagen eine viertel Stunde später vor
dem Autohaus für eine Probefahrt bereit. Wir tranken die Getränke
aus und gingen mit Mr. Stafford nach draußen. Er überreichte
Nicolai den Schlüssel und wir stiegen ein. Ich ließ Nicolai fahren,
damit er den Wagen testen konnte. Nicolai gab auf der Straße
ordentlich Gas und drehte eine Runde durch die Stadt.

„Der Wagen fährt sich sehr gut", sagte er, als wir auf dem Parkplatz
wieder ankamen. „Möchtest du ihn nehmen?"

„Wenn alles mit dem Wagen in Ordnung ist, nehme ich ihn gerne."

„Also ich habe nichts daran auszusetzen", erwiderte Nicolai
grinsend.

„Dann nehme ich ihn." Nicolai parkte den Wagen und wir stiegen
aus.

„Und wie gefällt Ihnen der Wagen", fragte Mr. Stafford.

„Sehr gut. Wir werden ihn nehmen", sagte Nicolai.

„Das freut mich. Sie haben eine sehr gute Wahl getroffen. Lassen
Sie uns in mein Büro gehen. Dann können wir die Papiere
fertigmachen." Wir folgten ihm in sein Büro und nahmen auf den
Stühlen an seinem Schreibtisch platz. Nicolai verhandelte mit ihm
wegen des Preises und schaffte es ihn herunterzudrücken. Ich

unterschrieb den Kaufvertrag. Den Wagen konnte ich am Donnerstag abholen. Mr. Stafford wollte ihn Grundreinigen und bei der KFZ-Stelle für mich anmelden lassen. Zufrieden verließen wir den Laden.

Kapitel 12

Der Rest der Woche verging sehr schnell. Am Donnerstag durfte ich endlich meinen neuen Wagen abholen. Natürlich wurde gleich eine ausgiebige Probefahrt mit ihm gemacht und Nicolai hatte recht. Der Wagen fuhr sich richtig gut. Endlich war ich nicht mehr auf Estelle angewiesen und konnte alleine zur Uni fahren. In der Uni lief es gut und ich hatte schon einige nette Leute kennengelernt. Ich fühlte mich dort sehr wohl, was zum größten Teil daran lag, dass mich niemand wegen Steve anfeindete. Es hatten mich zwar einige entweder am Namen, oder weil ich in den Medien zu sehen war, erkannt, aber ich wurde von ihnen nicht anders behandelt, als andere Studenten auch. Ab und zu wurde ich gefragt, wie es mir ging. Aber niemand wollte mehr über die Taten von Steve wissen oder stellte unangenehme Fragen. Darüber war ich auch sehr froh. Ich wollte doch schließlich auch ganz normal behandelt werden.

Am Freitag trafen Nicolai und ich uns mit den anderen um ein Uhr am Flughafen in Toronto. Kate hatte die Flugtickets nach New York und die Hotelzimmer im Internet gebucht. Bei mir war ein Kurs ausgefallen und Nicolai hatte einen geschwänzt, damit wir rechtzeitig am Flughafen sein konnten. Am Abend vorher hatten wir alle am Flughafen schon eingecheckt und unser Gepäck abgegeben. So konnten wir gleich durch die Sicherheitskontrolle zum Gate gehen. Nun saßen wir im Flieger in der ersten Klasse und waren im Landeanflug auf den New Yorker Flughafen. Unser Flug war pünktlich um halb zwei gestartet. Das Einzige, was ich bei Flügen nicht mochte, waren die Starts und Landungen. Ich krallte mich an den Armlehnen fest. Nicolai löste sanft meine Hand von der Armlehne, nahm sie in seine und strich beruhigend mit dem Daumen über meinen Handrücken. Ich war froh, als wir sicher gelandet waren und das Flugzeug vor dem Gate stehen blieb. Wir schnallten uns ab, nahmen unsere Taschen und stiegen aus dem Flugzeug aus.

„Juhu, wir sind endlich in New York", rief Elle aufgeregt und lief durch das Gate.

„Typisch meine Schwester", schmunzelte Nicolai und legte einen Arm um meine Taille. Wir folgten seiner Schwester zum Gepäckband und warteten auf unsere Koffer. Den größten Koffer hatte mal wieder Elle. Sie hatte so viele Klamotten dabei, dass ich mich fragte, wie lange sie eigentlich in New York bleiben wollte. Geplant war doch eigentlich nur ein Wochenende. Sie behauptete allerdings, dass sie all die Sachen brauchen würde. Carlos war dabei der Leidtragende, da er den Koffer tragen musste. Er hatte sich schon den Abend vorher in Toronto beschwert, dass der Koffer so schwer war, und hatte Steine darin vermutet. Nachdem wir unser Gepäck hatten, nahmen wir uns zwei Taxen und fuhren zum Hotel. Während der Fahrt sah ich aus dem Fenster und schaute mir die Gegend an. Ab und an zeigte Nicolai mir Sehenswürdigkeiten, wenn wir an einer vorbeifuhren, und erklärte mir, was es war. Am Hotel angekommen stiegen wir aus den Taxen aus und betraten, nachdem wir unser Gepäck hatten, das Hotel. Ich schaute mich um und staunte nicht schlecht. Die Wände und der Fußboden bestanden aus Marmorplatten. An der linken Seite befand sich eine Sitzecke mit braunen Ledersesseln. Wir gingen zur Rezeption, die ebenfalls aus Marmor bestand. Kate checkte für uns ein. Die Rezeptionistin sah während ihrer Arbeit auf und schaute uns an. Ihr Blick blieb bei Nicolai hängen. Sie schmachtete ihn regelrecht an. Mich nervte es, denn sie zog ihn mit ihrem Blick regelrecht aus. Demonstrativ zog ich ihn zu mir herunter und küsste ihn.

„Wofür war der denn", fragte Nicolai verblüfft.

„Ach einfach nur so", erwiderte ich, sah zur Rezeptionistin und deutete ihr mit einem Blick an, dass er mir gehörte. Sie schaute mich abschätzend an und wandte sich dann wieder ihrer Arbeit zu.

„Ich sehe schon. Du wolltest dein Revier markieren", flüsterte Nicolai mir ins Ohr.

„Mir ging es nur auf die Nerven, dass sie dich mit ihrem Blick regelrecht auszog. Ich musste ihr zeigen, dass du schon vergeben bist", erklärte ich ihm leise.

„Und das an die schönste Frau der Welt." Er schlang seine Arme um mich und küsste mich noch einmal.

„Und wofür war der", fragte ich ihn dieses Mal.

„Ach der Portier hat dich gerade angesehen", grinste Nicolai.

„Dann hast du also auch dein Revier markiert." Kate kam mit den

Zimmerschlüsseln zu uns und verteilte sie. Wir gingen zusammen zum Fahrstuhl und fuhren in den fünften Stock, wo sich unsere Zimmer befanden.

„Wollen wir heute noch etwas unternehmen, denn schließlich sollten wir die Zeit, die wir hier in New York sind, doch nutzen", fragte ich, als wir aus dem Fahrstuhl gestiegen waren.

„Ich habe ein wenig im Internet über Sehenswürdigkeiten und Unternehmungsmöglichkeiten nachgeschaut. Es gibt am Hafen Bootsrundfahrten. So eine könnten wir doch heute noch machen", schlug Kate vor.

„Das hört sich gut an", erwiderte ich.

„Ich habe aber Hunger", kam es von Gavin.

„Du hast doch gerade erst im Flugzeug was gegessen", entgegnete Kate.

„Das war doch nur ein kleiner Happen."

„Wir können doch anschließend etwas Essen gehen", schlug Carlos vor.

„Aber ich habe jetzt Hunger", murrte Gavin.

„Auf dem Boot wird es mit Sicherheit Snacks geben. Da kannst du dir dann etwas holen, bevor du noch verhungerst", sagte Kate.

„Na gut."

„Gut, dann schlage ich vor, dass wir uns, wenn alle einverstanden sind, in einer halben Stunde unten in der Lobby treffen", mischte sich Nicolai in das Gespräch ein und wir nickten alle zustimmend.

„Okay, dann in einer halben Stunde in der Lobby", sagte Carlos. Wir gingen zu unseren Zimmern. Nicolai hatte den Zimmerschlüssel oder eher gesagt die Schlüsselkarte. Er steckte sie in den Kartenschlitz, öffnete die Tür und wir traten ein. Wir gingen durch einen kleinen Flur. Auf der rechten Seite befand sich eine Tür. Ich öffnete sie und schaute in den Raum. Das war das Badezimmer. Die Fliesen waren in einem Weißgrau. Neben der Toilette und dem Waschbecken war das Badezimmer mit einer Dusche und einen Whirlpool ausgestattet. Wir gingen weiter den Flur entlang und kamen in einem großen Raum. Die Wände waren cremefarben gestrichen. Dazu passend war der Fußboden, sowie auch die Möbel, in einem dunklen Holz gehalten. An der linken Seite stand ein großes Bett. Ihm gegenüber, an der Wand stand ein Schrank. Daneben befanden sich ein Tisch und zwei braune Sessel. Gegenüber dem Flur befand sich eine große Fensterfront mit einer

Balkontür, die auf den Balkon führte.

„Gefällt es dir", fragte Nicolai und stellte den Koffer ab.

„Ja, das Zimmer ist sehr schön. Und die Aussicht erst", sagte ich und ging zu der Fensterfront. Kate hatte ein Hotel nahe am Hafen ausgewählt. Von unserem Zimmer aus konnte man in der Ferne die Freiheitsstatue sehen.

„Die Aussicht ist wirklich schön. Aber du bist noch viel schöner", hauchte Nicolai an meinem Ohr und küsste meinen Nacken. Ich stöhnte leise genussvoll auf. Er wusste genau, was ich mochte. Ich drehte mich zu ihm um und schon lagen unsere Lippen aufeinander. Es war ein langer leidenschaftlicher Kuss, bis wir uns schwer atmend voneinander lösten.

„Wenn du dich noch etwas frisch machen möchtest, solltest du es so langsam mal tun, denn wir treffen uns gleich mit den anderen. Es sei denn, du möchtest die Bootstour nicht machen und lieber mit mir hier im Zimmer bleiben. Ich wüsste dann schon, was wir tun könnten", raunte Nicolai verführerisch.

„Es ist wirklich ein sehr verlockendes Angebot. Ich würde es auch gerne annehmen, aber eine Bootstour mit dir wäre auch schön", erwiderte ich.

„Hm, was machen wir denn da? Wir haben noch zwanzig Minuten Zeit. Das reicht aus", sagte Nicolai und schon lagen seine Lippen wieder auf meinen. Er dirigierte mich zum Bett und zog mir dabei schon das Shirt aus. Mein BH folgte gleich darauf. Meine Hände glitten seinen Rücken hinunter zu dem Saum seine T-Shirts, welches ich ihm auszog. Nicolai hob mich auf seine Arme und legte mich auf dem Bett ab. Er beugte sich zu mir herunter und küsste sich von meiner Schulter hinunter zu meinen Brüsten. Ich stöhnte auf und machte mich an seiner Hose zu schaffen. Wir hatten nicht viel Zeit und ich wollte ihn in mir spüren. Ich öffnete den Knopf seiner Hose und zog sie ihm mit samt seiner Boxershorts herunter. Nicolai streifte sie sich von den Beinen und ließ sie auf den Boden fallen. Seine Hände strichen meine Beine entlang nach oben und kurz darauf hatte er meine Hose geöffnet und ausgezogen. Genüsslich strich er über meinen Slip und glitt mit der Hand zwischen meine Beine. Die Lust durchfuhr mich und ich keuchte auf, als er über meinen empfindlichen Punkt streichelte.

„Nicolai bitte. Ich will dich. Jetzt", flehte ich. Er zog mir meinen Slip aus und positionierte sich zwischen meine Beine. Wir stöhnten beide laut auf, als er in mich eindrang.

„Ihr seid aber spät dran. Was habt ihr denn so lange gemacht", fragte Gavin anzüglich und ich wurde bei seiner Frage rot im Gesicht.

„Wir haben uns etwas frisch gemacht und mussten uns vom Flug erholen", log Nicolai. Naja ganz gelogen war es ja nicht. Wir hatten uns nach unserem Quickie wirklich etwas frisch gemacht. „Ein Gentleman genießt und schweigt", flüsterte Nicolai mir schmunzelnd ins Ohr.

„Da wir jetzt vollzählig sind, können wir ja jetzt los", sagte Kate und wir verließen alle zusammen das Hotel. Da der Hafen nur zwei Blocks von unserem Hotel entfernt war, beschlossen wir zu Fuß dorthin zu gehen. Schon auf dem Weg zum Hafen machte ich einige Fotos mit meiner Digitalkamera. Am Hafen angekommen, fanden wir auch gleich die Anlegestelle des Bootes, mit dem wir die Fahrt machen würden. Wir kauften die Fahrkarten an einem Tickethäuschen und gingen zum Boot. Nicolai half mir über einen kurzen Anlegesteg, der sehr wackelig war, auf das Boot. Nachdem alle an Bord waren, legte das Boot vom Anlegesteg ab. Gavin ging gleich zur Snack-Bar, die sich im unteren Deck befand, und kaufte sich etwas zu essen. Ich stellte mich ans Geländer und schaute auf das Meer hinaus. Wir fuhren an der Freiheitsstatue vorbei bis zu Ellis Island. Dort gab es ein Museum zur Geschichte der Einwanderung in die USA. Anschließend fuhren wir an der Manhattan Skyline vorbei, wo man das Empire State Building sehen konnte. Meine Digitalkamera war während der Fahrt im Dauereinsatz und ich fotografierte die Sehenswürdigkeiten. Ab und zu schossen entweder Kate oder Elle mit meiner Kamera Fotos von Nicolai und mir. Nach einer neunzigminütigen Fahrt war die Bootstour vorbei und das Boot legte an der Anlegestelle wieder an. „Hat dir die Fahrt gefallen", fragte Nicolai, als wir vom Boot stiegen.

„Ja, es war sehr schön. Schade, dass wir so wenig Zeit haben. Ich würde gerne einmal nach Liberty Island, um mir die Freiheitsstatue genauer anzusehen und vor allem um zur Krone hinaufzusteigen und die Aussicht zu genießen. Das Museum auf Ellis Island würde ich mir auch gerne einmal ansehen."

„Das würde ich mir auch gerne mal anschauen. Ich war zwar schon oft mit meinem Vater hier in New York, aber durch die Geschäftstermine hatte ich nie wirklich Zeit mir alles anzusehen. Wie wäre es, wenn wir am Sonntagvormittag mit einem Boot erst zur Freiheitsstatue und dann zu Ellis Island fahren würden? Unser Flug geht erst um vier Uhr nachmittags. Das müssten wir eigentlich schaffen", schlug Nicolai vor.

„Oh, das wäre schön", erwiderte ich.

„Leute wollen wir jetzt etwas Essen gehen? Langsam bekomme ich Hunger", fragte Carlos in die Runde.

„Ja, das sollten wir tun. Ich habe vorhin einen Bootsangestellten gefragt, wo man hier gut essen gehen kann und er empfahl mir ein Restaurant namens Bomesto. Dort soll es eine internationale Küche geben und man könnte dort sehr gut essen. Das Restaurant ist nur drei Blocks von hier entfernt", sagte Kate.

„Das hört sich doch gut an. Lasst uns doch dort etwas Essen", kam es von Elle.

„Okay und dort können wir besprechen, was wir im Anschluss noch machen wollen", sagte Nicolai.

„So viel können wir nicht mehr tun, weil wir morgen früh raus müssen. Das Kleid kauft sich schließlich nicht von alleine", erwiderte Elle.

„Was hat das Kleid denn mit heute Abend zu tun? Also ich möchte etwas von der Stadt sehen, wenn ich schon mal hier bin. Schließlich ist New York die Stadt, die niemals schläft", sagte ich.

„Aber wir müssen doch ausgeschlafen sein, wenn wir dir ein Kleid kaufen."

„Du kannst ja nach dem Essen ins Hotel zurückgehen und dich hinlegen. Ich möchte gerne noch etwas von New York sehen. Und Schlaf werde ich genug bekommen", schlug ich ihr vor.

„Tja kleine Schwester, damit hättest du rechnen müssen, dass Chey nicht nur wegen eines Kleides nach New York fliegt, sondern sich die Stadt anschauen will, als du sie hier her geschliffen hast", grinste Gavin. „Los und jetzt lasst uns etwas Essen gehen. Ich verhungere gleich."

„Ist ja schon gut", schmollte Elle, weil es nicht nach ihrem Kopf ging.

„Was möchtest du denn jetzt gerne noch machen", fragte Nicolai, nachdem wir mit dem Essen fertig waren. Der

Bootsangestellte hatte uns einen richtig guten Tipp gegeben. Das Restaurant war sehr schön und das Essen war sehr gut gewesen. „Ich würde gerne einmal den Time Square sehen. Dort gibt es doch die ganzen Lichtreklamen und das Theaterviertel. Aber was wollt ihr denn noch machen?"

„Time Square hört sich gut an. Ich werde auf jeden Fall mit dir dorthin fahren. Was wollt ihr denn tun", fragte Nicolai in die Runde.

„Der Time Square hört sich gut an. Dort gibt es auch bestimmt eine Bar, wo wir etwas trinken gehen können", sagte Gavin und die anderen nickten zustimmend.

„Dort wird es doch auch Geschäfte geben, wo wir shoppen gehen können", kam es von Elle und ihre Augen begannen zu glitzern.

„Bestimmt, aber wir wollen nicht den ganzen Abend in Modeläden verbringen", entgegnete Gavin.

„Vielleicht du nicht. Aber Kate und Chey ganz bestimmt."

„Also ich nicht. Ich möchte mir den Time Square anschauen. Modeläden gibt es auch in Toronto und Mississauga", sagte ich.

„Wenn Kate möchte, könnt ihr in die Modeläden gehen und wir treffen uns dann später", schlug Carlos vor.

„Okay, einverstanden", stimmte Elle ihm zu und Kate nickte.

„Gut, dann lasst uns mal ein Großraumtaxi bestellen." Nicolai holte sein Handy aus der Tasche und rief ein Taxiunternehmen an. Im Anschluss bezahlten wir beim Kellner die Rechnung und verließen das Restaurant. Wir brauchten gar nicht lange warten, bis das Taxi kam und uns zum Time Square fuhr. Er hielt gleich am Anfang der Straße an und wir stiegen aus. Wie abgesprochen trennten wir uns und würden uns in zwei Stunden wieder an dieser Stelle treffen. Kate und Elle gingen gleich los, um die Einkaufsläden zu suchen. Ich holte die Kamera aus meiner Tasche und schoss erst mal einige Fotos. Anschließend machten wir uns auch auf den Weg und schauten uns in Ruhe den Time Square an. Es war Wahnsinn, wie viele Menschen hier unterwegs waren. Auf den Straßen sah man überwiegend Taxen vorbeifahren. Die Leuchtreklametafeln, die an den Gebäuden hingen, tauchten die Straße in ein buntes Licht. Am Gebäude der New York Times befand sich ein langes Laufband, worüber die neuesten Meldungen liefen. Wir schauten uns auch den berühmten Broadway an. Immer mal wieder machte ich mit der Kamera Fotos von den Gebäuden, der Straße oder auch von den

Jungs. Mir machte es nichts aus in unsere Gruppe das einzige Mädchen zu sein. Wir hatten eine Menge Spaß und lachten viel. Die Zeit verging wie im Flug und eh wir uns versahen, waren die zwei Stunden auch schon um. An unserem vereinbarten Treffpunkt mussten wir, wie wir es uns schon gedacht hatten, auf Elle und Kate warten. Sie kamen eine halbe Stunde später vollgepackt mit Tüten bei uns an. Wir beschlossen noch in eine Bar zu gehen und den Abend mit einem Cocktail ausklingen zu lassen, bevor wir zum Hotel zurückfuhren. Zwei Stunden später fiel ich total fertig und müde ins Bett und schlief auch gleich ein.

Am nächsten Morgen fuhren Kate, Elle und ich in einem Taxi zum ersten Brautmodengeschäft. Ich war noch etwas müde, weil Elle um acht Uhr gegen die Zimmertür gehämmert und Nicolai und mich geweckt hatte. Eigentlich hatte ich erst vor um neun Uhr aufzustehen, da wir uns um zehn Uhr treffen wollten. Aber Elle hatte andere Pläne. Nachdem wir uns fertiggemacht hatten, trafen wir uns mit den anderen im Restaurant des Hotels, wo das Frühstück serviert wurde. Wir stiegen aus dem Taxi aus und betraten den Brautmodeladen. Er war riesengroß und bestand aus zwei Etagen. Oh nein, hier würden wir wahrscheinlich nicht so schnell herauskommen. Elle verschwand sofort zwischen zwei Kleiderständern. Das konnte ja etwas werden. Worauf hatte ich mich da nur eingelassen? Ich schlenderte mit Kate ebenfalls zu einem der Kleiderständer hinüber und schaute mir einige Kleider an.

„Chey, ich habe hier etwas für dich", rief Elle und kam mit mindestens zehn Brautkleidern, die über ihrem Arm lagen, zu mir. „Die musst du anprobieren", befahl sie und wollte mich Richtung Umkleide schieben. Allerdings blieb ich stehen und bewegte mich keinen Meter.

„Elle, ich möchte mich gerne noch selbst umschauen, bevor ich etwas anprobiere. Außerdem weiß ich noch gar nicht, welche Farbe das Kleid haben soll. Ich möchte nicht unbedingt in Weiß heiraten", erwiderte ich.

„Wie du willst nicht in Weiß heiraten? Ein Brautkleid muss doch weiß sein", sagte Elle fassungslos und schaute mich entsetzt an.

„Du kannst bei deiner Hochzeit gerne in Weiß heiraten. Aber ich möchte bei meiner Hochzeit kein weißes Kleid tragen."

„Wenn du meinst. Dann schau dich noch mal um. Ich werde diese hier aber schon mal zur Umkleide bringen lassen. Vielleicht gefällt dir ja auch eines hiervon", sagte sie gereizt und stolzierte davon. Ich seufzte und schaute mich weiter um.

„Lass dich nicht von ihr stressen. Es ist deine Hochzeit und du kannst tragen, was du möchtest", munterte Kate mich auf.

„Aber es nervt mich, dass ich mir vorschreiben lassen soll, welche Farbe das Kleid haben muss."

„Du kennst doch Elle. Sie versucht immer ihren Willen durchzusetzen."

„Das stimmt", erwiderte ich und suchte weiter. Ab und an zeigten Kate und Elle mir Kleider, die mir aber nicht zusagten. Ich wollte schon fast aufgeben, als ich es endlich fand. Es war ein champagnerfarbenes, bodenlanges Kleid, dass von oben bis zur Taille eng anlag und von dort etwas weiter geschnitten war. Knapp unterm Schlüsselbein ging ein breiter Streifen ab, der die Träger für die Arme darstellte.

„Ich habe mein Kleid gefunden", rief ich durch den Laden und sofort kamen Elle und Kate zu mir geeilt. Ich zeigte ihnen das Kleid und sie waren genauso begeistert wie ich.

„Das sieht wirklich toll aus", sagte Elle.

„Probiere es doch mal an", schlug Kate vor. Ich ging in eine Umkleidekabine und probierte das Kleid an. Es saß richtig gut und gefiel mir sehr. Ich trat aus der Kabine und präsentierte mich den beiden, die mich mit großen Augen ansahen.

„Wahnsinn", brachte Elle unter Staunen heraus.

„Chey, das Kleid ist der Wahnsinn. Warte ich hole dir eben noch die passenden Schuhe und Accessoires", sagte Kate und verschwand.

„Das Kleid ist es. In diesem werde ich heiraten."

„Bist du sicher? Möchtest du nicht doch eines der Kleider probieren, die ich dir herausgesucht habe? Oder wir können auch noch mal in einen anderen Laden schauen", hakte Elle nach.

„Nein, das ist mein Kleid. Ich brauche kein anderes mehr anziehen oder woanders schauen, weil ich doch wieder auf dieses zurückkommen werde."

„Es ist auch wirklich sehr schön. Ich werde dann mal die anderen Kleider wegbringen." Elle nahm die anderen Kleider, die sie mir vorher schon herausgesucht hatte, und brachte sie weg. Kate kam währenddessen wieder und überreichte mir, passend zum Kleid, champagnerfarbene Schuhe mit einem nicht zu hohe Absatz, damit ich auch darauf laufen konnte. Ich probierte sie an und lief einige Schritte durch den Laden, um zu sehen, ob die Schuhe beim Laufen drückten. Das taten sie nicht und sie saßen dazu noch perfekt. Kate setzte mir noch ein Diadem auf, da ich keinen Schleier haben wollte.

„Perfekt", sagte sie und grinste mich an.

„Ja das finde ich auch. Das ist mein Brautkleid", erwiderte ich strahlend und betrachtete mich noch einmal im Spiegel.

„Dann brauchen wir jetzt nur noch unsere Brautjungfernkleider."

„Stimmt, ich zieh mich nur eben um und helfe euch beim Aussuchen", sagte ich und ging in die Kabine, um mich umzuziehen. Anschließend schauten wir nach den Kleidern für meine Brautjungfern. Natürlich sollten sie beide in der gleichen Farbe sein. Es wurde sehr lange diskutiert, welche Farbe zu meinem Kleid passen würde. Am Schluss entschieden wir uns für helllilafarbene, bodenlange Kleider mit Spaghettiträger. Sie waren schlicht aber wunderschön und sahen an Elle und Kate sehr gut aus. Wir fanden für die beiden noch die passenden Schuhe und konnten, als wir alles zusammenhatten, zur Kasse gehen. Wir bezahlten und verließen mit Kleidersäcken und Tüten bepackt den Laden.

„Chey, wir müssen jetzt noch in den Dessousladen. Du brauchst doch schließlich noch etwas für die Hochzeitsnacht", grinste Elle und zog mich zum nächsten Laden.

„Muss das sein", stöhnte ich, denn ich hatte keine Lust mehr und wollte eigentlich zurück ins Hotel.

„Ja, das muss sein. Los jetzt", befahl sie und wir betraten den Dessousladen, der sich gleich neben dem Brautmodengeschäft befand. Kaum waren wir in dem Laden, drückte Elle mir ein Set in die Hand. Es war ein champagnerfarbener, trägerloser BH mit dem dazu passenden Slip. Es sah wirklich gut aus. Ich suchte auch nicht weiter und probierte den BH an. Er passte perfekt.

„Den nehme ich", sagte ich zu Elle und Kate, nachdem ich mich wieder angezogen und die Umkleidekabine verlassen hatte. Beide hatten ebenfalls ein Set in der Hand.

„Na das ging aber schnell", staunte Kate.

„Das Dessous sieht gut aus und es passt. Da brauche ich nicht weitersuchen."

„Da hast du recht", erwiderte sie.

„Seid ihr fertig", fragte ich die beiden.

„Ja, eigentlich schon."

„Ich ausnahmsweise auch. Carlos hat mich gerade angerufen. Die Jungs sind schon im Hotel und warten auf uns. Ich habe ihm versprochen, dass wir gleich ins Hotel kommen", sagte Elle. Oh sie war schon fertig. Das war gut, denn ich freute mich schon sehr auf die Stadtbesichtigung, die wir nach dem Shoppen machen wollten.

„Na dann lasst uns mal zur Kasse gehen und anschließend zurück ins Hotel fahren", entgegnete ich und ging zur Kasse. Wir bezahlten die Dessous und verließen den Laden. Elle winkte ein Taxi herbei, das uns zum Hotel fuhr. Dort angekommen gab ich Kate meine Tüten und den Kleidersack, denn Nicolai sollte mein Kleid nicht vor der Hochzeit sehen. Kate würde es mit in ihr Zimmer nehmen. Bis zur Hochzeit würde sie es bei sich zu Hause aufbewahren, damit Nicolai es nicht doch vorher schon sah. Wir betraten das Hotel und trafen in der Lobby auf die Jungs, die in den Sesseln saßen.

„Na ward ihr erfolgreich", fragte Nicolai.

„Ja, wir haben alles bekommen und ihr", fragte ich zurück.

„Ja, wir haben ebenfalls alles bekommen."

„Was machen wir denn jetzt? Ich hätte so langsam Hunger", fragte Kate in die Runde.

„Wie wäre es, wenn wir hier im Hotelrestaurant etwas Essen und anschließend die Stadt besichtigen", schlug Carlos vor.

„Das klingt gut. Aber lasst uns erst die Sachen wegbringen", entgegnete Elle. Gesagt getan fuhren wir mit dem Fahrstuhl in den fünften Stock und brachten unsere Sachen weg. Nur fünfzehn Minuten später trafen wir uns alle in der Lobby wieder und gingen in dem Restaurant etwas essen. Im Anschluss wollten wir unsere Stadtbesichtigung starten. Die Jungs hatten uns ein Großraumtaxi bestellt, sodass wir alle zusammenfahren konnten. Mit dem Taxifahrer hatten wir richtig Glück, denn er war sehr freundlich und spielte für uns den Reiseführer. Er zeigte uns einige Orte und Sehenswürdigkeiten. Ich wollte gar nicht erst wissen, wie viel die Jungs ihm dafür bezahlen würden, dass er das tat. Es würde einiges sein. Aber dafür machte er seinen Job auch sehr gut. Unter den Sehenswürdigkeiten waren die Brooklyn Bridge, das Chrysler Building, das dritthöchste Gebäude der Stadt und das Empire State

Building, das höchste Gebäude in New York. Außerdem sahen wir uns noch die Wall Street an. Für die Jungs war der Madison Square Garden besonders interessant, wo verschiedene Veranstaltungen, wie zum Beispiel Boxkämpfe, stattfanden. Der Taxifahrer hielt überall an und wir konnten Fotos machen. Zu all den Sehenswürdigkeiten erklärte er uns einige Dinge. Er hatte wirklich Ahnung. Unsere letzte Station war der Central Park. Hier ließ uns der Taxifahrer raus, da wir noch zum Abschluss der Tour einen Spaziergang durch den Park machen wollten. Wir verabschiedeten uns von dem Fahrer und er bekam, neben dem Fahrpreis noch ein großzügiges Trinkgeld. Er wünschte uns noch einen angenehmen Aufenthalt in New York und fuhr davon.

Für den Abend hatten wir alle vereinbart, dass jedes Paar für sich etwas unternahm. Ich wusste nicht, was Nicolai für den Abend geplant hatte. Er sagte mir nur, dass es eine Überraschung sei, als ich ihn gefragt hatte. Nun saßen wir in einem Taxi und fuhren durch New York. Ich versuchte heraus zu finden, wohin wir fuhren, als der Taxifahrer am Straßenrand stehen blieb. „Wir sind da", grinste Nicolai, gab dem Fahrer sein Geld und stieg aus. Er umrundete den hinteren Teil des Wagens und öffnete mir gentlemanlike die Tür. Ich ergriff seine Hand, die er mir entgegenstreckte, und stieg aus dem Wagen aus. Ich schaute mich um und fragte mich, wo wir waren. Wir standen vor einem großen Gebäude, das mir bekannt vorkam und in dem viele Leute hineingingen. Ich schaute es mir genauer an und erkannte das Gebäude. Hier waren wir am Nachmittag schon einmal gewesen. Es war der Madison Square Garden. Ich fragte mich, was wir hier wollten. Hatte Nicolai etwa Karten für einen Boxkampf, der hier stattfand, oder wollte er sich ein Basketballspiel ansehen? Ich entdeckte ein großes Plakat, welches am Gebäude hing und es verschlug mir die Sprache. Ich hatte gar nicht auf das Plakat geachtet, als ich mir das Gebäude angesehen hatte. Doch jetzt starrte ich es regelrecht an. Meine Lieblingsband D-A-W-N war auf diesem Plakat abgebildet und laut dem Veranstaltungsdatum traten sie heute Abend im Madison Square Garden auf.
„Na hast du Lust auf das Konzert von D-A-W-N zu gehen", fragte Nicolai nah an meinem Ohr.
„Da fragst du noch? Natürlich möchte ich auf das Konzert. Aber

haben wir denn überhaupt Karten dafür", fragte ich aufgeregt.
„Ja, die haben wir. Und dazu noch ganz besondere Plätze. Komm, lass uns reingehen", sagte er, legte einen Arm um meine Taille und führte mich in das Gebäude. Wir nahmen allerdings nicht den Haupteingang, sondern einen Nebeneingang über dem VIP stand. VIP? Wieso das denn? Ich wollte Nicolai gerade danach fragen, als ein Servicemitarbeiter zu uns kam.
„Darf ich Ihre Karten sehen", fragte er freundlich.
„Natürlich", erwiderte Nicolai und holte aus seiner Jackentasche zwei Karten heraus, die er ihm reichte.
„Danke sehr", sagte der Mitarbeiter und schaute sich die Karten an.
„Oh, Sie haben Ihre Plätze in der Mansolt Cooperation Lounge. Darf ich Sie zu Ihren Plätzen bringen?"
„Sehr gerne", entgegnete Nicolai. Ich verstand gerade gar nichts mehr. Wir hatten Plätze in einer VIP-Lounge? Woher hatte Nicolai die Karten dafür? Der Servicemitarbeiter brachte uns zu einem Raum und führte uns hinein. Der Raum war mit einer Bar, einer gemütlich aussehenden Sitzecke sowie einem Esstisch mit sechs Stühlen ausgestattet. Auf der linken Seite befand sich eine Tür, die zu einem kleinen Badezimmer führte. So sah also eine VIP-Lounge aus. Ich war bisher noch nie in einer gewesen. Gegenüber der Eingangstür gab es eine große Fensterfront mit einer Tür, die auf einen Balkon, der sich in der Halle befand, führte.
„Wenn Sie etwas essen oder trinken möchten, wählen Sie auf dem Telefon einfach die Zwei. Ein Kellner wird Ihnen dann etwas bringen. Für das Essen können Sie zwischen der Speisekarte und einem Buffet wählen", sagte der Mitarbeiter.
„Ich glaube, wir nehmen etwas aus der Speisekarte", erwiderte Nicolai.
„Gut, wenn Sie noch etwas brauchen, rufen Sie einfach an. Ich wünsche Ihnen einen schönen Abend", verabschiedete sich der Mitarbeiter und ging zur Tür.
„Einen Augenblick noch", hielt Nicolai ihn auf und ging zu ihm. Er flüsterte ihm etwas zu, was ich nicht verstand.
„Natürlich, Mr. Fresco. Ich werde es Ihnen bringen lassen."
„Danke sehr." Der Mitarbeiter verließ den Raum und schloss die Tür hinter sich.
„Und was sagst du", fragte Nicolai und kam zu mir.
„Ich kann das alles irgendwie nicht glauben. Werden wir uns

wirklich das Konzert von D-A-W-N aus dieser VIP-Lounge hier ansehen?"

„Ja, das werden wir", lächelte Nicolai.

„Aber woher hast du die Karten für das Konzert und für die VIP-Lounge", fragte ich.

„Von einem Kunden meines Vaters. Er hat eine gut laufende Ladenkette im ganzen Land und beauftragt meinen Vater für die Architektur der Gebäude, wenn er einen neuen Laden bauen lässt. Ihm gehört diese Lounge, die er eigentlich nur für Sportveranstaltungen nutzt. Als ich mit meinem Vater vor drei Monaten hier in New York war, hatten wir ein Geschäftsessen mit ihm. Er erzählte uns von der Lounge und sagte, wenn wir mal in New York wären und sie bräuchten, sollten wir ihn einfach anrufen. Das habe ich am Mittwoch getan, als ich im Internet gelesen habe, dass D-A-W-N hier auftreten. Ich habe dann heute Morgen die Karten bei ihm im Büro abgeholt und er hat an der Halle angerufen und Bescheid gesagt, dass wir beiden heute Abend die Lounge nutzen werden. Ich habe mir gedacht, dass du die Band gerne mal wieder live sehen möchtest", erklärte er mir.

„Da hast du richtig gedacht. Wahnsinn. Ich kann es immer noch nicht glauben, dass ich in einer VIP-Lounge stehe und gleich D-A-W-N sehen werde. Danke für das alles hier. Das ist wirklich der Wahnsinn", sagte ich und fiel ihm um den Hals.

„Du brauchst dich nicht zu bedanken, Süße. Mir reicht es, wenn es dir gefällt."

„Das tut es", grinste ich und küsste ihn.

„Möchtest du etwas essen? Wir haben noch Zeit, bis das Konzert beginnt?"

„Ja gerne", erwiderte ich. Wir gingen zur Bar herüber, auf dessen Tresen die Speisekarte lag. Zusammen schauten wir hinein. Ich entschied mich für die Spaghetti Bolognese und einen kleinen Salat. Nicolai wollte ein Steak mit Bratkartoffeln nehmen. Es klopfte an die Tür und ein Kellner trat ein. Er reichte Nicolai etwas, der sich bei ihm bedankte. Wir gaben bei ihm die Bestellung für das Essen auf und bestellten noch zwei Gläser Wein. Der Kellner notierte sich alles auf einen kleinen Block und verschwand.

„Was hat dir der Kellner gerade gegeben", fragte ich neugierig.

„Das wirst du gleich sehen. Mach erst einmal die Augen zu und heb die Arme", befahl er grinsend. Ich fragte mich zwar, warum ich das tun sollte, aber tat es dann einfach. Mir wurde etwas Weiches angezogen und ich war gespannt darauf, was es war. „Fertig. Du kannst die Augen wieder öffnen", sagte Nicolai. Ich tat, was er sagte und sah gleich an mir herunter. Er hatte mir ein weißes Tourshirt, auf dem die Band abgebildet war, angezogen. Ich schaute zu ihm auf und sah, dass er das gleiche T-Shirt trug. „Ich dachte mir, zu einem Konzert gehört auch ein Tourshirt und habe vorhin den Mitarbeiter beauftragt für uns welche zu besorgen. Gefällt es dir?" „Ja sehr. Danke." Ich schaute mir das T-Shirt genauer an und entdeckte zufällig, als Nicolai sich umgedreht hatte, dass auf dem Rücken der Tourname, das Datum vom Konzerttag und der Veranstaltungsort stand. Das musste auf meinem T-Shirt auch auf der Rückseite stehen. Ich ging zu Nicolai, der auf dem Balkon stand, und schaute mir die Halle an, die bereits gut gefüllt mit Menschen war. Die Bühne befand sich von uns aus gesehen an der linken Seite, mittig an der Wand, die gegenüber des Halleneinganges lag und wir hatten eine gute Sicht darauf. Es klopfte an die Tür und der Kellner kam mit einem Rollwagen, auf dem unser Essen und die Gläser mit dem Wein standen, herein. Er stellte die Teller auf dem Esstisch, an dem wir uns setzten, und reichte uns die Gläser. Wir bedankten uns bei ihm, und nachdem Nicolai ihm ein Trinkgeld gegeben hatte, verließ der Kellner den Raum. Das Essen schmeckte köstlich genauso wie der Wein. Als wir fertig waren, rief Nicolai beim Service an und bestellte zwei Gläser Cola, die wir mit auf den Balkon nehmen wollten, da das Konzert in fünfzehn Minuten begann. Der Kellner kam und brachte die Getränke. Nicolai bat ihn ein Foto von uns beiden mit meiner Digitalkamera zu schießen. Er tat uns den Gefallen und schoss sogar mehrere Fotos von uns auf dem Balkon. Damit wir welche zur Auswahl hatten. Nicolai gab ihm dafür ein großzügiges Trinkgeld. Der Kellner räumte den Tisch ab und verschwand mit den Tellern und den Gläsern aus dem Raum. Ich stand aufgeregt auf dem Balkon, als das Konzert begann. Natürlich kannte ich alle Lieder, die die Band spielte. Auch die Songs von ihrem neuen Album, welches vor zwei Monaten herausgekommen war, konnte ich schon mitsingen. Als der Song -Why are you quiet?- kam, wurde ich etwas traurig. Dieses Lied erinnerte mich an die Zeit, in der ich ganz alleine war und niemand mir geholfen hatte, als Steve mir all die schlimmen

Dinge angetan hatte. Nicolai, der hinter mir stand, schloss seine Arme fester um mich und zog mich enger an sich.

„Diese Zeiten sind vorbei. Ich bin bei dir und werde immer für dich da sein", flüsterte er mir ins Ohr.

„Danke. Ich bin so glücklich dich zu haben und so dankbar für alles, was du für mich tust. Ich liebe dich", erwiderte ich und drehte mich zu ihm um.

„Ich dich auch, Süße." Er beugte sich zu mir herunter und schon lagen unsere Lippen aufeinander. Es war ein kurzer aber doch sehr leidenschaftlicher Kuss. Da wir das Konzert noch zu Ende sehen wollten, mussten wir uns leider voneinander lösen. Insgesamt spielten D-A-W-N zwei Stunden lang, bevor sie nach zweimaliger Zugabe von der Bühne gingen. Nicolai und ich tranken in der Lounge zum Abschluss des gelungenen Abends noch ein Glas Wein, bevor er beim Kellner die Rechnung bezahlte und wir mit einem Taxi zurück zum Hotel fuhren.

„Hat dir der Abend gefallen", fragte Nicolai, als wir aneinander gekuschelt im Hotelbett lagen.

„Ja, er war sehr schön. Danke für den tollen Abend."

„Für dich habe ich es gerne gemacht. Mir hat der Abend auch sehr gefallen. Ich konnte Zeit mit meiner wunderschönen Verlobten verbringen und dazu noch ein tolles Konzert genießen", sagte er. Ich gähnte, denn ich war sehr müde. Es war ein sehr anstrengender Tag gewesen.

„Müde", fragte Nicolai schmunzelnd.

„Ja und wie", erwiderte ich und gähnte noch einmal.

„Schlaf meine Süße. Es war ein anstrengender Tag."

„Gute Nacht. Schlaf gut", nuschelte ich, denn mir fielen schon die Augen zu.

„Du auch. Ich liebe dich."

„Ich dich auch."

Am nächsten Morgen wurde ich von Nicolai um acht Uhr mit zärtlichen Küssen auf meinem Gesicht geweckt. Er hatte beim Zimmerservice schon Frühstück bestellt, welches wir im Bett genossen. Nachdem wir uns fertiggemacht hatten, fuhren wir mit dem Taxi zuerst zur Firma von Mr. Mansolt um die Karten für seine VIP-Lounge zurückzubringen. Mit den anderen hatten wir ausgemacht, dass wir uns um halb zwei in der Lobby des Hotels treffen würden, um dann zum Flughafen zu fahren. Unser Flug ging um vier Uhr und wir hatten genug Zeit zum Einchecken.

„Das Gebäude der Mansolt Cooperation hat übrigens mein Vater entworfen", sagte Nicolai, als wir aus dem Taxi ausgestiegen waren und vor einem hohen Geschäftsgebäude standen. Wir gingen hinein und Nicolai meldete uns am Empfang an. Die nette Empfangsdame sagte Mr. Mansolt Bescheid und schickte uns mit dem Aufzug in den zwölften Stock. Als wir dort ankamen, empfing uns ein leicht ergrauter, großer Mann.

„Guten Morgen, Mr. Fresco", begrüßte er Nicolai freundlich.

„Guten Morgen, Mr. Mansolt." Ah das war also der Mann, der uns diesen schönen Abend ermöglicht hatte.

„Ich nehme an, diese bezaubernde Frau ist Ihre Verlobte."

„Ja genau. Das ist Cheyenne Disseur", stellte Nicolai mich vor.

„Guten Morgen, Mr. Mansolt", sagte ich freundlich und reichte ihm die Hand. Er nahm sie und schüttelte sie, bevor er sie wieder losließ.

„Guten Morgen. Ich hoffe, Ihnen hat der Abend und das Konzert gefallen."

„Ja sehr. Vielen Dank, dass Sie uns die Karten und Ihre VIP-Lounge zur Verfügung gestellt haben. Es war ein sehr schöner Abend", bedankte ich mich bei ihm.

„Es freut mich, dass es Ihnen gefallen hat. Wie lange sind Sie denn noch in New York?"

„Heute Nachmittag fliegen wir wieder nach Hause. Wir wollen uns gleich noch die Freiheitsstatue und das Museum auf Ellis Island ansehen. Deshalb sind wir auch schon so früh hier, damit wir zeitlich alles schaffen", erklärte Nicolai ihm.

„Das ist schade, denn ich hätte Sie gerne heute Abend zum Essen eingeladen", sagte Mr. Mansolt.

„Wir würden gerne noch ein paar Tage in New York bleiben, aber wir müssen morgen beide wieder zur Uni", erwiderte Nicolai.

„Dann holen wir es einfach nach, wenn Sie wieder in New York sind", schlug Mr. Mansolt vor.

„Sehr gerne", lächelte Nicolai. „Wir müssen jetzt aber auch schon wieder los. Die Zeit ist leider sehr knapp."

„Ich wünsche Ihnen noch einen schönen Aufenthalt hier in New York und einen guten Rückflug", sagte Mr. Mansolt. Wir verabschiedeten uns von ihm und ich bedankte mich noch einmal für die Karten. Wir steigen in den Aufzug und fuhren ins Erdgeschoss. Als wir das Gebäude verließen, verabschiedeten wir uns auch von der Empfangsdame. Die arme Frau musste am Sonntag arbeiten. Ich hoffte, dass sie nicht extra wegen uns arbeiten kommen musste und bald Feierabend hatte. Nicolai winkte uns ein Taxi herbei, mit dem wir zum Hafen fuhren. Dort angekommen kauften wir uns am Tickethäuschen die Fahrkarten für das Boot, welches uns zur Freiheitsstatue bringen würde. Wir stiegen auf das Boot und legten einige Minuten später ab. Während der Fahrt schoss ich wieder einige Fotos von der Umgebung. Auf Liberty Island angekommen, betraten wir die Freiheitsstatue und fuhren mit dem Aufzug nach oben bis in die Krone. Von hier aus hatten wir eine wunderbare Aussicht auf New York. Wieder machte ich mit der Kamera einige Bilder und Nicolai fragte eine Frau, ob sie ein Foto von ihm und mir machen könnte. Sie war so freundlich und tat es. Im Gegenzug dazu sollte Nicolai mit ihrer Kamera ein Foto von ihr und ihrem Mann machen. Selbstverständlich tat er es auch. Wir hielten uns nicht lange in der Krone auf, da viele Touristen Liberty Island besuchten und alle von oben die Aussicht genießen wollten. Als wir mit dem Fahrstuhl wieder im Erdgeschoss ankamen, besuchten wir noch das Statue of Liberty National Monument im Sockel der Statue, bevor wir mit dem Boot weiter zu Ellis Island fuhren. Der Vormittag verging wie im Flug und bald mussten wir zurück zum Hotel. Wie vereinbart trafen wir uns mit den anderen um halb zwei in der Lobby des Hotels und fuhren zusammen zum Flughafen. Ich wäre gerne noch länger in New York geblieben und war etwas traurig, dass wir schon zurückmussten. Ich hatte das Wochenende sehr genossen und konnte einfach mal von der stressigen Zeit, die hinter uns lag, abschalten. Aber der Alltag rief und wir mussten wieder nach Hause.

Kapitel 13

„Was möchtest du denn heute Abend gerne machen",
fragte mich Nicolai am Dienstagabend, als wir in der Küche
standen und das Geschirr vom Abendessen in die Spülmaschine
räumten.
„Ich würde gerne mal unseren Pool einweihen. Ich müsste mal
wieder etwas Sport machen und eine Runde Schwimmen, wäre
nicht schlecht", erwiderte ich und putzte mit einem Lappen die
Arbeitsfläche ab.
„Das hört sich gut an. Ich komme mit. Etwas Sport müsste ich
auch wieder mal tun", grinste er.
„Okay. Ich gehe mich dann eben umziehen", sagte ich und ging
nach oben ins Schlafzimmer. Nicolai folgte mir. Ich holte meinen
dunkelblauen Bikini aus dem Schrank und begann mich umziehen.
Nicolai zog sich ebenfalls um. Als ich fertig war, warf ich mir einen
Bademantel über und holte zwei Badetücher aus dem Badezimmer.
Nicolai wartete im Flur auf mich und zusammen gingen wir die
Treppen herunter ins Erdgeschoss, wo wir durch den Essbereich
ins Poolhaus gingen. Ich legte meinen Bademantel und die
Badetücher auf die Liege. Nicolai schaltete das Licht im Pool ein,
welches ihn blau schimmern ließ.
„Du siehst so sexy in deinem Bikini aus. Ich könnte dich glatt
vernaschen", sagte Nicolai und schlank seine Arme von hinten um
meinen Bauch.
„Dann tu es doch", raunte ich ihm zu.
„Vielleicht nachher, aber erst einmal schwimmen wir eine Runde",
sagte er, hob mich hoch und sprang mit mir zusammen in den Pool.
Wir tauchten unter, wobei ich etwas Wasser schluckte. Nicolai ließ
mich los und wir schwammen an die Wasseroberfläche. Ich tauchte
auf und hustete. Das Wasser war angenehm. Nicht zu kalt und auch
nicht zu warm.
„Geht es dir gut", fragte Nicolai besorgt.
„Ja, es geht schon. Ich habe nur etwas Wasser geschluckt. Ich habe
ja nicht damit gerechnet, dass du mit mir ins Wasser springst."

215

„Tja das kommt davon, wenn du so ein heißes Teil trägst. Ich musste mich abkühlen, sonst wäre ich gleich über dich hergefallen. Und weil du schwimmen wolltest, habe ich dich mit in den Pool genommen."

„So so du musstest dich also abkühlen. Warte ich helfe dir, nicht dass dir schon wieder heiß wird", sagte ich und bespritzte ihn mit Wasser.

„Du kleines Biest. Na warte", rief er lachend und wollte mich schnappen. Doch ich drehte mich um und schwamm von ihm weg. „Fang mich doch", lachte ich und schwamm zum anderen Ende des Pools. Nicolai folgte mir. Er wollte mich gerade am Arm packen, als ich untertauchte und hinter ihm wieder auftauchte und wegschwamm. Ich kam an der anderen Seite an und drehte mich um, um zu sehen, wo Nicolai war, als ich erschrak, denn er stand direkt vor mir.

„Jetzt habe ich dich. Was mache ich nur mit so einem bösen Mädchen", sagte er und kam noch näher. Ich wich zurück und stieß dabei gegen den Beckenrand. Ich saß in der Falle. Nicolai strich mir mit seiner Hand eine nasse Haarsträhne aus dem Gesicht. Er beugte sich zu mir und legte seine Lippen auf meine.

„Du schmeckst so gut", raunte er zwischen einem Kuss und nahm gleich wieder meinen Mund in Beschlag. Ich stöhnte auf, als unsere Zungen ein wildes Spiel begannen, und strich mit meinen Händen seinen Rücken entlang. Nicolai zog mich näher an sich und begann meinen Hals zu küssen. Seine Hände glitten zu meinem Rücken und er öffnete mein Bikinioberteil, welches er mir anschließend auszog. Er beugte sich weiter herunter und bearbeitete nun mit seinen Lippen meine Brustwarzen. Ich stöhnte und glitt mit meinen Händen zu seinen Bauchmuskeln, über die ich strich. Nicolai stöhnte und drückte seinen Unterleib gegen meinen.

„Spürst du, was du mit mir machst", knurrte er und seine Hände legten sich auf meinen Po. Ich wusste sofort, was er meinte, denn ich spürte seine Erektion. In mir begann es vor Lust zu kribbeln und die Erregung nahm zu. Ich wollte ihn in mir spüren. Ich glitt mit meinen Händen zu seiner Badehose und zog sie ihn herunter. Nicolai half mir sie auszuziehen, machte sich aber gleich darauf an meiner Bikinihose zu schaffen. Nachdem er sie mir ausgezogen hatte, glitt seine Hand zwischen meine Beine und begann mich an meiner empfindlichen Stelle zu streicheln. Ich stöhnte auf und hielt

216

mich an ihm fest.

„Nicolai, bitte", flehte ich ihn an, denn ich wollte ihn spüren.

„Noch nicht. Du warst ein böses Mädchen und musst dafür bestraft werden", raunte er an meinem Ohr. Er steckte zwei Finger in mich und bewegte sie. Ich keuchte auf. Aber was er konnte, das konnte ich auch. Meine Hand glitt nach unten und umfasste sein steifes Glied. Ich bewegte die Hand auf und ab, was Nicolai zum Aufstöhnen brachte.

„Du bist wirklich ein fieses kleines Biest", sagte er und hob mich hoch. Ich schlang meine Beine um seine Hüften und er drang in mich ein. Wir stöhnten beide auf und er begann sich in mir zu bewegen. Unsere Münder fanden zueinander und wir verfielen in einen leidenschaftlichen Kuss. Wir beide kamen unserem Höhepunkt immer näher und Nicolais Stöße wurden schneller. Es dauerte nicht lange und wir sprangen beide über die Klippe. Keuchend und nach Luft schnappend hielt ich mich an Nicolais Schultern fest.

„Ich wollte schon immer mit dir Sex im Pool haben", grinste Nicolai.

„Also hast du den Pool deswegen bauen lassen", stellte ich fest.

„Nein, eigentlich sollte er wirklich zum Schwimmen sein. Aber man kann ja auch andere Dinge darin tun. So wie wir es gerade gemacht haben", erwiderte er. Ich löste meine Beine von seinen Hüften und Nicolai glitt aus mir heraus. Zum Glück war der Pool nicht so tief, sodass ich darinstehen konnte. Das Wasser ging mir bis zum Kinn.

„Wie gut, dass du undurchsichtige Scheiben genommen hast. Sonst hätten die Nachbarn uns noch gesehen", sagte ich und schaute nach draußen in den Garten.

„Ja, ich habe an alles gedacht", erwiderte er grinsend. Ich schaute weiter hinaus, als ich plötzlich eine Gestalt sah und erschrak.

„Nicolai, da ist jemand in unserem Garten", sagte ich und wurde panisch.

„Wo", fragte er und schaute ebenfalls hinaus.

„Da stand gerade jemand an der Hausecke an der Terrasse. Jetzt ist er weg."

„Bist du sicher", hakte er nach.

„Ja, ich habe da gerade jemand stehen sehen", erwiderte ich und schaute noch einmal zur Hausecke. Aber da war niemand mehr.

„Lass uns bitte am Laptop nachgucken. Bitte. Ich habe Angst."

„Na gut. Komm, wir gehen nachsehen." Nicolai kletterte aus dem Pool und half mir hinaus. Wir zogen uns die Bademäntel an und gingen ins Büro. Nicolai startete den Laptop und öffnete, nachdem er hochgefahren war, das Programm. Wir schauten uns über die Kamera das Grundstück an.

„Da siehst du? Da ist jemand", sagte ich und zeigte auf eine Person, die mit dem Rücken zur Kamera an der Haustür stand. Nicolai schaute sich die Person genauer an und begann zu lachen. Ich schaute ihn verdutzt an, denn ich wusste nicht, warum er am Lachen war.

„Süße, weißt du, wer das ist? Das ist Gavin und schau mal, wer da die Auffahrt gerade entlangläuft. Das ist Kate", grinste er und ich atmete erleichtert auf. In dem Moment klingelte es an der Haustür. Nicolai ging in den Flur und öffnete die Tür.

„Ihr seid ja doch da. Man ich habe schon dreimal geklingelt und bin um das Haus gelaufen, weil ich dachte, ihr seid vielleicht im Garten und hört die Klingel nicht", kam es von Gavin.

„Ah dann warst du das. Du hast Chey ganz schön erschreckt. Sie hatte jemanden gesehen. Hat dich aber nicht erkannt. Wir waren im Poolhaus und haben die Klingel nicht gehört", erklärte Nicolai und ließ die beiden herein. Ich ging ebenfalls in den Flur und begrüßte sie.

„Tut mir leid Kleine, dass ich dich erschreckt habe. Das wollte ich nicht", entschuldigte sich Gavin.

„Es ist schon gut. Ich bin froh, dass du es warst und nicht irgendjemand anderes."

„Er ist tot, Chey. Er kann dir nichts mehr tun", sagte Kate und umarmte mich.

„Ich weiß. Aber ich habe mich trotzdem ganz schön erschrocken."

„Geht doch schon mal ins Wohnzimmer. Wir gehen uns kurz umziehen", entgegnete Nicolai und wir gingen nach oben ins Schlafzimmer. Wir zogen uns schnell um und gesellten uns dann zu ihnen ins Wohnzimmer, wo wir uns unterhielten und noch einen schönen Abend hatten.

Am Freitagabend fand unser Junggesellenabschied statt. Wobei Nicolai und ich uns entschlossen hatten ihn zusammen zu feiern und daraus einen Mix aus Polterabend und Junggesellenabschied zu machen. Natürlich nur mit geladenen

Gästen, da wir nicht wollten, dass unerwünschte Leute dort auftauchten und auf gute Freunde machten, nur um kostenlos trinken zu können. Sie würden vielleicht noch Ärger machen und uns damit den Abend versauen. Nicolai hatte für die Feier wieder den VIP-Bereich im Sunrise gemietet.

„Hey Bruder, schade das ihr keinen richtigen Junggesellenabschied macht. Ich hatte schon ein paar Ideen, was wir hätten tun können", seufzte Gavin.

„Ich kann mir schon vorstellen, wie deine Ideen aussahen", kam es von Kate. „Eine Tabledance-Bar war bestimmt mit dabei."

„Aber Schatz, wir wären doch nur etwas trinken gegangen", versuchte Gavin sich herauszureden.

„Ja sicher doch. Und das soll ich dir glauben", fragte Kate ihn spöttisch.

„Du kannst ihr nichts vormachen, Gavin. Sie kennt dich einfach zu gut", lachte Nicolai.

„Da hast du recht. Kommt lasst uns etwas trinken. Dafür sind wir doch schließlich hier", sagte er und ging zur Bar. Wir folgten ihm und bestellten uns etwas zu trinken.

„Hallo Mom, hi Dad", begrüßte Nicolai seine Eltern, die gerade gekommen waren.

„Hallo Kinder", sagte Jade lächelnd.

„Es ist ganz schön lange her, dass ich in so einem Tanzlokal war. Damals gab es aber noch vernünftige Musik und der Tanzstil war auch anders. Das war noch eine gute Zeit", kam es von Cristobal.

„Dad, früher. Das ist schon ganz lange her. Die Zeiten haben sich geändert. Unsere Generation findet diese Musik und den Tanzstil gut. Außerdem ist das hier ein Club und kein Tanzlokal", erklärte ihm seine Tochter, die zu uns gekommen war.

„Willst du damit etwa sagen, ich wäre alt", fragte Cristobal gespielt ernst.

„Nein ... äh ..., das will ich nicht. Ich äh ... du ... . Komm Carlos, lass uns tanzen gehen", sagte Elle schnell, zog ihn am Arm und verschwand auf die Tanzfläche. Wir lachten alle über Elles Herausredeversuchen. Keiner von uns hatte sie je so stottern erlebt.

„Deine Tochter", kam es von Cristobal, der Elle kopfschüttelnd hinterher sah.

„Hey, sie ist auch deine Tochter", protestierte Jade lachend. Nach und nach trafen unsere Gäste im VIP-Bereich ein, die wir begrüßten. All unsere Freunde waren gekommen, um mit uns zu feiern. Selbst Nicolais Großeltern waren in den Club gekommen, obwohl sie sich zu alt für einen Clubbesuch fühlten. Doch wir hatten sie erfolgreich überreden können vorbei zu kommen. Ich fand es schade, dass Rupert und Jeanette nicht kommen konnten, aber sie würden bei unserer Hochzeit dabei sein. Auch Shelley konnte bei unserer Feier nicht dabei sein, da sie beruflich unterwegs war. Sie hatte allerdings versprochen, zu unserer Hochzeit zu kommen. Jades Schwester Amanda war weder zur Feier im Club erschienen, noch würde sie zu unserer Hochzeit kommen, was mir auch ganz recht war. Sie provozierte ständig Ärger und war letztes Jahr Weihnachten sogar handgreiflich gegen mich geworden, nur weil sie nicht einsehen wollte, was Steve für ein Mensch gewesen war. Sie hatte ihm damals verraten, dass Nicolai und ich in Aspen waren. Sie wusste zwar nicht, dass er die Informationen gebraucht hatte, um mich töten zu lassen, da er es, weil er im Gefängnis saß, nicht selbst tun konnte. Trotzdem war die Familie wegen dieser Sache nicht gut auf sie zu sprechen. Sie hatte damit, ohne ihr Wissen, Steve bei einer Straftat geholfen. Trotz allem hatten wir sie zur Feier und zur Hochzeit eingeladen. Sie war schließlich Nicolais Tante und gehörte zur Familie. Zudem konnte sie so nicht sagen, dass wir sie nicht dabeihaben wollten und nicht eingeladen hätten. Aber sie hatte die Einladung abgelehnt. Es war auch gut so, denn dann konnten wir in Ruhe feiern.

„Hallo ihr beiden", begrüßte uns Martin.

„Hi, schön dass du gekommen bist. Ist Gloria nicht mitgekommen", fragte ich und schaute mich nach ihr um.

„Nein, sie ist zu ihren Eltern nach Vancouver geflogen, um sie zu besuchen. Aber sie ist rechtzeitig zu eurer Hochzeit wieder zurück", erklärte er und wirkte dabei etwas nervös. Vielleicht war es ihm auch unangenehm, dass sie nicht mitgekommen war. Aber ich fand es nicht tragisch. Ich wäre froh, wenn meine Eltern noch leben würden und ich sie besuchen könnte. Aber sie waren leider tot und ich konnte nur zu ihrem Grab gehen.

„Ist doch nicht schlimm. Ich hoffe, ihren Eltern geht es gut und sie ist nicht wegen eines Krankheitsfalles zu ihnen geflogen", sagte ich.

„Nein, ihnen geht es gut. Glorias Großmutter feiert morgen ihren Geburtstag und wünschte sich, dass ihre Enkelin dabei ist. Sie verbindet den Besuch bei ihren Eltern mit dem Geburtstag ihrer

Großmutter. Sie wollte gerne zu eurer Feier kommen und hatte ein schlechtes Gewissen, weil sie nicht dabei ist. Aber auf der anderen Seite wollte sie auch gerne ihre Familie wiedersehen, die sie so selten sieht."
„Das ist doch verständlich. Familie ist schließlich das Wichtigste, was man hat. Ich hätte mich an ihrer Stelle genauso für die Familie entschieden", erwiderte ich.
„Wie gut das du ab nächste Woche richtig zu meiner Familie gehörst. Auch wenn du es schon lange tust, wird es dann offiziell mit meinem Nachnamen sein", hauchte Nicolai an meinem Ohr. Ich brauchte gar nicht lange zu überlegen, wie ich nach der Hochzeit mit Nachnamen heißen wollte. In dieser Sache war ich etwas altmodisch und wollte Nicolais Nachnamen annehmen. Ich fand, Cheyenne Fresco hörte sich doch gut an.
„Hey Martin, schön dass du da bist. Hast du schon etwas zu trinken? Heute geht alles auf die beiden. Komm ich besorge dir etwas", grölte Gavin und zog ihn mit zur Bar.
„Wie wäre es mit einem Tanz", fragte mich Nicolai.
„Sehr gerne", erwiderte ich und wir gingen zur Tanzfläche. Genau in diesem Moment begann ein ruhiges Lied. Ich schlank meine Arme um seinen Nacken und er legte seine um meine Taille. Eng umschlungen bewegten wir uns im Takt der Musik.
„Gefällt dir die Feier", fragte er.
„Ja sehr. Am schönsten finde ich, dass deine Großeltern gekommen sind. Und das, obwohl wir in einem Club feiern. Schau mal sie tanzen sogar", erwiderte ich und zeigte auf die beiden, die ebenfalls auf der Tanzfläche waren und uns zu lächelten.
„Ja, das finde ich auch sehr schön. Noch schöner finde ich es mit meiner Verlobten zu tanzen." Er zog mich noch enger an sich heran und küsste mich. „Ich liebe dich."
„Ich liebe dich auch."
„Entschuldigen Sie Mr. Fresco, am VIP-Eingang steht eine Frau, die unbedingt mit Ihnen sprechen möchte. Sie ist sehr hartnäckig und will erst gehen, wenn sie mit Ihnen gesprochen hat", störte ein Sicherheitsmitarbeiter unsere kleine Zweisamkeit.
„Na gut, ich komme. Mal sehen, wer das ist und was sie will", sagte Nicolai. Mit mir zusammen folgte er dem Mitarbeiter zum VIP-Eingang. Als ich sah, wer die Frau war, die mit Nicolai sprechen wollte, wurde ich wütend. Was für eine Dreistigkeit hier

aufzutauchen und uns bei unserer Feier zu stören. Was dachte sie sich eigentlich dabei?

„Was willst du, Susan", fragte Nicolai gereizt.

„Ich möchte mit dir sprechen. Allein", erwiderte sie und gab mir damit zu verstehen, dass ich nicht bei dem Gespräch dabei sein sollte.

„Du kannst ruhig vor meiner Verlobten sprechen. Wir haben keine Geheimnisse voreinander und ich würde ihr sowieso erzählen, was du gesagt hättest. Also", fragte er sie herausfordernd.

„Na gut. Du willst es ja nicht anders. Nicolai, ich wollte mit dir noch einmal über uns sprechen. Bitte gib mir noch eine Chance. Ich liebe dich und ich möchte dich zurückhaben. Ich habe damals einen riesen Fehler gemacht, als ich dich betrogen habe und ich bereue es sehr, was ich dir angetan habe. Bitte komm zu mir zurück." Ich schnaufte abfällig bei ihren Worten und Nicolai zog mich näher zu sich heran. Was glaubte diese Frau eigentlich? Dachte sie wirklich Nicolai würde sich von mir trennen und zu ihr zurückgehen nach allem, was sie ihm angetan hatte?

„Vergiss es, Susan. Ich habe die Liebe meines Lebens gefunden und ich werde mich hüten sie wegen so einem verlogenen Miststück, wie du es bist, zu verlassen. Ich dachte eigentlich, ich hätte mich im Krankenhaus klar genug ausgedrückt, als ich sagte, du sollst verschwinden. Das hieß, dass du aus meinem Leben verschwinden sollst. Ich möchte nichts mehr mit dir zu tun haben und ich will dich auch nie wiedersehen. Im Übrigen ist mir eines nach deinem Betrug klargeworden. Ich habe dich nie wirklich geliebt. Es war vielleicht nur eine Schwärmerei und ich habe mir damals selbst etwas vorgemacht, als ich dachte, ich würde dich lieben. Aber es war nie so. Ich habe dich nie geliebt und ich werde es auch nie tun. Ich weiß, es sind harte Worte, aber es ist die Wahrheit. Und jetzt geh. Ich will mit meiner Verlobten in Ruhe weiterfeiern", sagte er bissig. Seine Worte waren wirklich hart gewesen und ein wenig tat mir Susan leid. Wenn sie Nicolai wirklich liebte, wie sie sagte, mussten sie seine Worte schwer getroffen haben. Aber sie war selbst Schuld gewesen. Sie hätte Nicolai nicht betrügen dürfen. Etwas froh war ich über ihre Tat schon, denn wenn sie es nicht getan hätte, wären Nicolai und ich jetzt wahrscheinlich nicht zusammen und würden nicht heiraten.

„Aber ...", versuchte sie es. Doch sie wurde von Nicolai

unterbrochen.

„Nichts aber. Verschwinde aus meinem Leben", knurrte er und wandte sich dann an das Sicherheitspersonal. „Wenn sie nicht geht, werfen Sie sie raus. Ich bin mit ihr fertig."

„Natürlich Sir", erwiderte ein Sicherheitsmitarbeiter. „Sie haben ihn gehört, Miss. Gehen sie jetzt besser, sonst müssen wir Sie aus dem Club werfen."

„Aber Nicolai, ich liebe dich doch."

„Ich dich aber nicht und jetzt verschwinde", sagte er, drehte sich um und ging, wobei er mich mit sich zog. „Komm Süße, ich brauche jetzt erst einmal einen Drink." Wir gingen zur Bar und Nicolai bestellte sich einen Whiskey und mir einen Cocktail.

„Es tut mir leid, dass sie hier aufgetaucht ist. Ich dachte, sie hätte verstanden, dass sie mich in Ruhe lassen soll", entschuldigte er sich.

„Du brauchst dich nicht zu entschuldigen. Du kannst doch nichts dafür, dass sie hier aufgetaucht ist. Ich hoffe nur, sie hat es jetzt endlich verstanden."

„Das hoffe ich auch, denn ich liebe nur dich."

„Und ich nur dich", erwiderte ich und küsste ihn. Nicolai wollte gerade den Kuss erwidern, als wir gestört wurden. Mal wieder.

„Na ihr Turteltauben. Hier wird nicht herumgeknutscht, sondern es wird gefeiert", rief Gavin und kam zu uns. „Auf euch." Er hob sein Glas, welches er in der Hand hielt und wir stießen mit unseren Getränken, die der Barkeeper auf den Tresen gestellt hatte, an.

Der Abend verlief ohne weitere Störungen und wir feierten feucht fröhlich. Ich ging leicht schwankend zur Toilette. Ich hatte schon einiges getrunken und merkte die Wirkung des Alkohols bereits in meinem Kopf. Wenn ich so weitermachen würde, würde ich noch betrunken werden. Also beschloss ich mich nur noch an alkoholfreie Getränke zu halten. Man musste schließlich seine Grenzen kennen und ich hatte definitiv genug Alkohol für heute. Als ich fertig war, traf ich im Gang, der zu den Toiletten führte, auf Martin. Er lehnte mit dem Rücken an der Wand und sah irgendwie bedrückt aus.

„Hey, ist alles in Ordnung bei dir", fragte ich besorgt.

„Ja. Nein. Ach ich weiß auch nicht."

„Was ist denn los?"

„Ach es ist wegen Gloria. Sie ist nicht nach Vancouver geflogen, um den Geburtstag ihrer Großmutter zu feiern, sondern sie ist bei ihren Eltern, weil wir uns gestritten haben", gestand er.

„Oh, aber das wird sich doch bei euch wieder einrenken."

„Das glaube ich nicht. Sie glaubt, ich hätte sie betrogen."

„Wie kommt sie denn darauf?"

„Sie hat auf meinem Handy eine SMS gelesen. Sie war von einer ehemaligen Autorin. Sie hat mich schon öfter versucht anzumachen und ich habe ihr jedes Mal klargemacht, dass ich kein Interesse an ihr habe. Sie hörte allerdings nicht mit ihren Annäherungsversuchen auf und so haben Gregor und ich sie aus dem Verlag geworfen. Mit ihr zusammenzuarbeiten war unter diesen Umständen einfach nicht möglich. Ich habe Gloria davon nichts erzählt, weil ich sie nicht aufregen wollte. Die Autorin hörte nicht auf und schrieb mir eindeutige SMS, dass sie mich lieben würde und sie mich wiedersehen möchte. Gloria hat eine von diesen SMS gelesen und glaubt nun ich würde sie betrügen", erzählte er traurig.

„Hast du ihr denn dann das mit der Autorin erzählt?"

„Ja, das habe ich. Aber sie glaubt mir nicht. Ich habe ihr sogar angeboten Gregor anzurufen, damit er ihr die Geschichte bestätigt. Aber sie wollte nicht, da sie glaubt, dass er für mich lügt, da er mein bester Freund ist. Ich habe ihm von dem Streit nichts erzählt und möchte auch nicht, dass jemand davon weiß. Deshalb behalte es bitte für dich."

„Das werde ich. Kopf hoch. Es wird alles wieder gut. Gloria braucht wahrscheinlich nur etwas Abstand, um über alles nachzudenken. Ich bin mir sicher, dass sie dir glauben und zu dir zurückkommen wird", machte ich ihm Mut.

„Das hoffe ich. Könntest du sie nicht mal anrufen und mit ihr sprechen? Du bist eine Frau. Dir wird sie bestimmt eher zuhören. Bei mir geht sie gar nicht erst ans Handy. Bitte", flehte er mich an.

„Jetzt", fragte ich und sah auf meine Armbanduhr. Wir hatten schon kurz nach zwölf. Sie schlief doch bestimmt schon.

„Ja bitte. Gloria geht nie früh schlafen. Sie ist eigentlich immer bis ein Uhr wach. Bitte. Es ist sehr wichtig für mich."

„Okay. Ich hole nur eben mein Handy und dann können wir rausgehen. Hier drin ist es wegen der Musik zu laut und ich werde sie nicht verstehen können", stimmte ich zu und machte mich auf den Weg in den VIP-Bereich, wo meine Tasche stand. Ich holte mein Handy heraus und ging zu Nicolai, um ihm Bescheid zu sagen, wo ich war, falls er mich suchen sollte.

„Ich gehe eben mit Martin raus. Kleine Streitereien zwischen ihm und Gloria. Ich soll sie anrufen und Streitschlichter spielen. Bin gleich zurück."

„Ist gut, Süße. Viel Erfolg", erwiderte er schmunzelnd.

„Ich hoffe es." Ich gab ihm einen schnellen Kuss auf die Lippen und ging zum Eingang des VIP-Bereiches, wo Martin auf mich wartete. Zusammen kämpften wir uns durch die Menschenmenge, die sich im Club befand, nach draußen. Da die Musik aus dem Club heraus dröhnte und einige Leute vor dem Eingang standen, gingen wir zum Parkplatz hinüber und blieben vor einem Wagen stehen. Ich hatte erst gar nicht gemerkt, dass es Martins Wagen gewesen war, bis er die Fahrertür aufschloss und sie öffnete. Er holte eine Wasserflasche heraus und trank einen Schluck.

„Möchtest du auch etwas", fragte er und hielt mir die Flasche hin.

„Nein, danke. Ich habe keinen Durst. Soll ich sie jetzt wirklich um diese Zeit anrufen", fragte ich ihn unsicher.

„Ja, bitte. Wie ich schon sagte, sei wird noch wach sein."

„Okay", sagte ich und wählte auf meinem Handy Glorias Nummer. Es klingelte und ich hoffte, dass sie wirklich noch wach war.

„Sie geht nicht ans Handy", teilte ich Martin mit, als es schon mehrmals geklingelt hatte.

„Du musst länger klingeln lassen. Sie hat den Klingelton leise eingestellt und hört es nicht immer gleich", kam es von Martin, der in seinem Wagen gebeugt war und wahrscheinlich etwas suchte. Ich tat, was er sagte und ließ es länger klingeln. Ich sah zum Eingang des Clubs und entdeckte Nicolai, der seine Eltern an einem Taxi verabschiedete. Als er zum Parkplatz herübersah, winkte ich ihm zu, was er lächelnd erwiderte.

„Martin, sie geht immer noch nicht ans Handy. Vielleicht schläft sie ja doch schon", sagte ich und legte auf.

„Hm na dann", kam es von ihm direkt hinter mir. In dem Moment schlang er einen Arm um meinen Oberkörper und hielt dabei meine Arme fest. Mit der anderen Hand drückte er mir ein Tuch auf Nase und Mund. „Es tut mir leid", flüsterte er. Ich wehrte mich und versuchte mich zu befreien, doch sein Griff war so stark, dass ich mich nicht befreien konnte. Das Tuch stank fürchterlich und es war nass. Was war auf diesem Tuch? War es Chloroform? Das

225

hieße, ich dürfte es nicht einatmen, weil ich davon ohnmächtig werden würde. Ich hielt die Luft an. Ich schaute zum Club hinüber und sah, dass Nicolai sich mit jemanden unterhielt. Er schaute zu mir herüber und seine Augen weiteten sich erschrocken. Ich konnte die Luft nicht länger anhalten und musste atmen, obwohl ich es nicht wollte. Ich holte Luft. Im nächsten Moment wurde mir schwarz vor Augen und mein Körper sackte zusammen.

Kapitel 14

Mein Kopf dröhnte, als ich wieder zu mir kam. Ich öffnete meine Augen und musste einige Male blinzeln, bis ich wieder richtig sehen konnte. Wo war ich? Ich versuchte meine Arme zu bewegen, doch es ging nicht. Ich sah an mir herunter und stellte fest, dass ich an einem Stuhl gefesselt war. Was war hier los? Ich sah mich in dem Raum um. Er war spärlich mit einem Bett, einen Tisch und einen Stuhl möbliert. An den Wänden hingen alte, zum Teil schon abgerissene Tapeten. Ein muffiger Geruch lag in der Luft. Es musste schon lange nicht mehr gelüftet worden sein. Auf der rechten Seite befand sich ein vergittertes Fenster, durch das Tageslicht ins Zimmer kam. Auf der linken Seite saß Martin auf dem Boden. Er hatte die Beine angezogen und lehnte mit dem Rücken an der Wand. Sein Blick war auf mich gerichtet.

„Es tut mir so leid. Ich hatte keine andere Wahl", sagte er leise.

„Wo bin ich und was soll das hier alles? Warum bin ich gefesselt", fragte ich ihn.

„Wo du bist, darf ich dir nicht sagen. Den Rest erkläre ich dir", begann Martin und atmete einmal tief durch, bevor er weitersprach. „Ich musste dich entführen. Sie haben mir keine andere Wahl gelassen, denn sie haben Gloria in ihrer Gewalt."

„Wer sind sie", unterbrach ich ihn. Eine böse Vorahnung machte sich in mir breit. Aber das konnte doch nicht sein. Sie waren doch tot!

„Bozman und Cunningham."

„Nein, das kann nicht sein. Sie sind doch tot. Sie sind beide bei dem Autounfall ums Leben gekommen. Die Medien haben darüber berichtet und die Polizei hat es uns bestätigt", sagte ich und konnte einfach nicht glauben, was er gesagt hatte. Das komische Gefühl, was ich an dem Tag hatte, als die Meldung kam, dass sie beide tot wären, hatte also doch etwas zu bedeuten gehabt. Wenn das stimmte, was Martin sagte, waren sie noch am Leben. Oh mein Gott, das konnte doch nicht wahr sein. Sie hätten mir einfach so auflauern können und ich wäre ungeschützt gewesen. Die

Personenschützer wurden nach der Todesbestätigung der Polizei abgezogen, weil für uns keine Gefahr mehr bestanden hatte. „Sie haben ihren Tod nur vorgetäuscht. In ihrem Fluchtwagen saßen zwei andere Männer. Da sie zur Unkenntlichkeit verbrannt waren, nahm die Polizei an, dass es Bozman und Cunningham gewesen waren. Die beiden hatten am frühen Morgen den Wagen der beiden Männer angehalten, sie K.O. geschlagen und sie in den Mercedes gesetzt, den sie dann über den Abgrund rollen ließen", erklärte er mir.

„Das gibt es doch nicht. Und die Polizei hat es nicht gemerkt, dass sie gar nicht die Personen waren, die im Wagen verbrannt sein".

„Anscheinend nicht. Und so konnten sie unbemerkt mit dem Wagen dieser zwei Männer herumfahren."

„Und wo sind sie jetzt", fragte ich und bekam Angst, denn ich wusste, sobald sie hier wären, wäre mein Leben vorbei.

„Sie holen Gloria. Sie haben sie an einem anderen Ort festgehalten."

„Du hast mich mit einer Lüge aus dem Club gelockt, um mich an die beiden im Tausch gegen Gloria auszuliefern." Es war keine Frage, sondern eher eine Feststellung. Wut kam in mir auf. Wie konnte er so etwas nur tun? Er wusste doch ganz genau, dass Steve mich töten wollte und genau das würde er auch tun. Ich wollte nicht sterben. Ich war doch noch so jung und wollte mein Leben mit Nicolai genießen. Nicolai! Oh mein Gott, er hatte gesehen, wie Martin mich entführt hatte. Würde er mich retten kommen? Würde er mich überhaupt finden? Ich wusste doch selbst nicht, wo ich war. Waren wir überhaupt noch in Kanada?

„Ich musste es tun. Sie hätten Gloria sonst umgebracht. Ich hatte keine andere Wahl."

„Doch die hattest du. Du hättest die Polizei einschalten können. Sie hätten Gloria gerettet. Stattdessen hast du mich an Steve und Cunningham ausgeliefert, wobei du genau gewusst hast, dass sie mich töten werden", erwiderte ich bissig.

„Ich durfte die Polizei nicht einschalten. Sie hätten Gloria sofort umgebracht. Außerdem habe ich einen Plan. Sobald ich mit Gloria gehen darf und sie in Sicherheit ist, werde ich der Polizei sagen, wo du bist und sie werden dich dann retten kommen."

„Wenn ich bis dahin noch lebe", murmelte ich. Die Zimmertür wurde geöffnet. Er war da. Mein lebendiger Albtraum. Steve kam mit Cunningham zusammen ins Zimmer.

„Na wer ist denn da aufgewacht? Hallo Cheyenne. Wie schön dich wiederzusehen. Ich habe dir doch gesagt, dass ich dich kriegen werde", grinste er mich hämisch an. Ich schaute weg, denn ich wollte seine Visage nicht sehen.

„Wo ist Gloria", fragte Martin und stand auf.

„Deine kleine Freundin haben wir im Keller eingesperrt, damit sie uns nicht abhaut", erklärte ihm Cunningham.

„Sie haben doch gesagt, wenn ich Ihnen Cheyenne bringe, lassen Sie Gloria frei. Genau das habe ich getan. Also holen Sie Gloria, damit ich mit ihr verschwinden kann", forderte Martin die beiden auf.

„Hast du wirklich geglaubt, dass wir euch einfach so gehen lassen", fragte Steve ihn und lachte höhnisch auf. „Du weißt zu viel, Junge. Da werden wir doch nicht gehen lassen. Bei der erstbesten Gelegenheit rennst du zur Polizei und wirst ihnen verraten, wo wir sind. Das Risiko werden wir nicht eingehen."

„Was haben Sie vor", fragte Martin und ich konnte Angst in seinen Augen sehen.

„Du wirst dieses Haus nicht lebend verlassen, genauso wie unsere Cheyenne hier", beantwortete Cunningham seine Frage.

„Das können Sie nicht tun. Wir hatten eine Abmachung. Ich habe meinen Teil erfüllt und jetzt sind Sie dran. Wenn Sie mich nicht gehen lassen wollen, dann lassen Sie wenigstens Gloria frei. Sie hat doch mit dem allen nichts zu tun."

„Das geht nicht. Sie hat uns gesehen und weiß, wer wir sind."

„Nein, Sie werden sie nicht töten. Ich werde sie jetzt holen gehen und dann verschwinden wir hier, so wie es abgemacht war", sagte Martin. Ich hoffte, er tat jetzt nichts Unüberlegtes. Er hatte doch gegen die beiden keine Chance.

„Martin nicht", warnte ich ihn, doch er hörte nicht und lief auf die Tür zu. Steve und Cunningham stellten sich ihm in den Weg.

„Du kommst hier nicht raus, Junge. Du hättest dir damals schon überlegen sollen, ob du dieser Schlampe hilfst, als Warren den Auftrag hatte sie zu töten. Doch du musstest dich ja einmischen und hast ihn daran gehindert seinen Auftrag auszuführen. Jetzt musst du mit den Konsequenzen deines Handelns leben", entgegnete Steve.

„Niemals. Ich gebe nicht auf und sterben werde ich auch nicht", knurrte Martin und versuchte sich zwischen ihnen durchzuzwängen. Als er es nicht schaffte, schlug er Steve mit der Faust in den Magen und Cunningham verpasste er einen Tritt gegen den Oberschenkel. Aber die beiden blieben standhaft und begannen auf ihn einzuschlagen. Wie ich es schon befürchtete, hatte Martin keine Chance gegen die beiden. Oh mein Gott, sie würden ihn noch totschlagen.

„Hört auf", schrie ich vor lauter Angst. „Ihr bringt ihn noch um."

„Halt dein Maul", zischte Cunningham und verpasste Martin einen Schlag in die Rippen. Ich zerrte an meinen Fesseln, bekam meine Arme aber nicht frei. Ich musste Martin aber doch helfen, bevor sie ihn umbrachten. Hilflos musste ich mit ansehen, wie er erfolglos versuchte sich zu wehren. Steve zog eine Pistole aus der Tasche und ich wusste, was er damit vorhatte.

„Martin", schrie ich, um ihn zu warnen, aber es war zu spät. Steve richtete die Waffe auf ihn und drückte ab. Ein Schuss ertönte und Martin blieb leblos auf dem Boden liegen.

„Nein, ihr Bastarde", rief ich und schluchzte auf, als ich sah, wie Blut aus Martins Brust sickerte. Steve musste ihm genau ins Herz geschossen haben. Ich musste meinen Blick abwenden. Ich konnte es nicht sehen, wie das Blut an seinem Körper herunterlief und eine Pfütze auf dem Boden bildete. Wieder war ein Mensch meinetwegen gestorben. Auch wenn er mich an Steve und Cunningham ausgeliefert hatte, um Gloria zu retten, so war er doch ein guter Freund von mir gewesen und er hatte es nicht verdient zu sterben.

„So den hätten wir schon einmal erledigt und jetzt zu dir", sagte Cunningham und kam zu mir. „Du bist daran schuld, dass mein Leben zerstört ist. Ich habe deinetwegen meinen Job verloren. Meine Frau hat sich von mir getrennt und will nichts mehr mit mir zu tun haben. Ich war wegen dir im Gefängnis und werde nun von der Polizei gesucht. Nur meine Tochter hält noch zu mir."

„Das haben Sie sich alles selbst zuzuschreiben. Hätten Sie ihren Freund nicht geholfen, hätten Sie Ihren Job noch und Ihre Frau wäre auch noch bei Ihnen. Sie selbst haben Ihr Leben zerstört", erwiderte ich bissig.

„Du kleine Schlampe", knurrte er und schlug mir mit seiner Hand ins Gesicht. Durch die Wucht wurde mein Kopf zur Seite geschleudert. Ein Schmerz zog durch meine Wange. Ich biss die

Zähne zusammen und gab keinen Laut von mir. Auch die Tränen, die in mir aufkamen, kämpfte ich erfolgreich zurück, denn ich wollte nicht, dass sie mich weinen sahen. Meinen Tränen konnte ich immer noch freien Lauf lassen, wenn die beiden weg wären. Ich wollte ihnen nicht die Genugtuung geben zu sehen, dass sie mir wehtaten. Genau das wollten sie nämlich. Noch dazu wollten sie mich töten und davor hatte ich mehr Angst, als vor allem anderen, was sie mir antun könnten. Ich wollte nicht sterben. Ich war noch nicht bereit diese Welt zu verlassen.

„Komm Lewis. Wir besorgen uns jetzt erst einmal etwas zu essen. Anschließend entsorgen wir die Leiche und dann nehmen wir uns diese Schlampe vor", sagte Steve und ging zur Tür. Cunningham folgte ihm und zusammen verließen sie den Raum. Sie schlossen hinter sich die Tür und ich hörte den Schlüssel im Schloss. Sie hatten mich eingesperrt. Nun war ich mit Martins leblosen Körper alleine in diesem Raum. Sie wollten Martin einfach so entsorgen. Einfach wegwerfen, als wäre er kein Mensch, sondern ein Gegenstand. Dabei hatte er doch ein Recht auf eine anständige Beerdigung. Würden sie mich auch einfach so entsorgen? Würden sie mich einfach so verschwinden lassen, als ob es mich nie gegeben hätte? Und was war mit Gloria? Steve sagte, sie wäre hier im Haus. Aber war sie noch am Leben oder hatten sie Gloria vielleicht schon längst umgebracht? Ich hörte den Motor eines Wagens, der sich vom Haus entfernte. Sie waren also wirklich fort. Das war meine Chance ihnen zu entkommen. Ich musste mich nur von den Fesseln befreien. Ich zerrte an dem Seil, womit ich gefesselt war und versuchte eine Hand aus der Schlaufe heraus zu bekommen. Nach einigen Minuten schaffte ich es meine Hand zu befreien und löste das Seil vom anderen Arm. Ich war frei. Nun musste ich es nur noch schaffen aus dem Haus herauszukommen. Beziehungsweise musste ich vorher noch Gloria suchen und befreien. Ich würde sie nicht bei diesen Dreckskerlen zurücklassen. Ich rieb mir meine Handgelenke und stand auf. Etwas wackelig auf den Beinen ging ich zur Tür und probierte sie zu öffnen. Mist, sie war tatsächlich verschlossen. Ich hatte gehofft, dass sie die Tür, trotzdem ich den Schlüssel gehört hatte, nicht abgeschlossen hatten. Ich rüttelte an der Tür und trat mehrmals dagegen, aber ich bekam sie nicht auf. Ich ging zum Fenster und schaute es mir genau an. Das Fenster ließ sich zwar öffnen, doch die Gitterstäbe davor saßen so fest, dass ich sie nicht losbekam und so keine Chance hatte hinauszukommen. Ich schaute mir die Gegend an. Ich schien in einem Landhaus zu sein, denn ich sah Felder und eine Straße, die einige Meter vor dem Haus entlangging.

„Hilfe", schrie ich so laut ich konnte, denn vielleicht befand sich jemand in der Nähe des Hauses und würde mich hören. „Hilfe, ich bin hier eingesperrt. Hilfe." Ein Auto fuhr am Haus vorbei. Ich streckte beide Arme durch die Gitter und wedelte wild mit ihnen, um auf mich aufmerksam zu machen. „Hilfe." Der Wagen fuhr einfach weiter. Der Fahrer schien mich nicht bemerkt zu haben. „Hilfe", versuchte ich es noch einmal, zog meine Arme wieder zurück und schluchzte auf. Es brachte nichts. Das Haus lag so weit von der Straße entfernt, dass mich niemand hören würde. „Nicolai", schoss es mir in den Kopf. Er musste sich wahnsinnige Sorgen machen. Ich musste ihn irgendwie erreichen können. Mir fiel mein Handy ein, dass ich, bevor Martin mich in die Bewusstlosigkeit geschickt hatte, noch in der Hand gehalten hatte. Vielleicht hatte Martin es mir in die Tasche gesteckt. Ich klopfte meine Hosentaschen ab, aber da war nichts. Mein Blick fiel auf Martin. Vielleicht hatte er mein Handy eingesteckt, oder zumindest seines dabei. Ich ging zu ihm herüber und ließ mich auf die Knie sinken.

„Es tut mir leid", wisperte ich und schloss mit den Fingern seine Augenlider. Ich betastete seine Hosentaschen und fand in einer nach dem ich gesucht hatte. Ich holte ein Handy aus der Tasche. Es war seines. Ich hoffte nur, dass ich hier Handyempfang haben und das der Akku für einen Anruf ausreichen würde. Beides war zum Glück der Fall. Ich wählte Nicolais Handynummer und wartete. „Martin? Wo bist du? Was hast du mit Chey gemacht? Du elender Mistkerl, wenn du ihr auch nur ...", knurrte Nicolai ins Handy, als er nach dem dritten Klingeln drangegangen war. Der Empfang war sehr schlecht. Ich hoffte, er könnte mich verstehen. „Nicolai", schluchzte ich und Tränen liefen an meinen Wangen entlang.

„Chey? Oh mein Gott Chey. Wo bist du? Hat dir dieser Kerl etwas getan", fragte Nicolai und ich war froh seine Stimme zu hören. „Ich ... ich weiß nicht, wo ich bin. Nicolai, ich habe nicht viel Zeit. Sie können gleich zurückkommen."

„Wer sie", fragte er.

„Steve und Cunningham. Sie haben Martin erpresst, indem sie Gloria entführt und Martin gezwungen haben mich im Tausch gegen Gloria ihnen auszuliefern", berichtete ich ihm.

„Bozman und Cunningham? Aber sie sind doch tot", fragte er ungläubig und ich hörte im Hintergrund Stimmen, die durcheinanderredeten. Er war anscheinend nicht alleine.

„Sie haben ihren Tod nur vorgetäuscht. Das waren nicht sie, die in dem Wagen saßen. Sie haben einen Wagen mit zwei Männern angehalten, sie K.O. geschlagen und sie in den Wagen gesetzt, den sie dann in den Abgrund rollen ließen. Den Wagen, der zwei Männer, haben sie jetzt. Martin hat mir das alles erzählt, bevor sie ihn erschossen haben."

„Sie haben ihn erschossen? Süße, kannst du mir beschreiben, wo du dich befindest? Ist es ein Haus oder eine Wohnung? Was siehst du draußen", wollte er wissen.

„Es muss ein Landhaus sein. Etwas vom Haus entfernt ist eine Straße. Ansonsten sehe ich nur Felder, wenn ich aus dem Fenster sehe. Ich habe schon versucht aus dem Haus zu kommen, aber sie haben, als sie gegangen sind, die Zimmertür abgeschlossen und durch das Fenster komme ich nicht, denn es ist vergittert. Nicolai, Gloria ist auch hier im Haus. Sie soll im Keller eingesperrt sein", teilte ich ihm mit.

„Weißt du, ob sie noch lebt?"

„Nein. Ich hoffe es."

„Hör zu, Süße. Ich hole dich da raus. Die Polizei ist hier bei uns Zuhause und nach Martins Wagen wird auch schon gesucht", sagte er. Hoffnung machte sich in mir breit, dass Nicolai mich finden und retten würde, so wie er es gesagt hatte. Ich hörte ein Auto direkt vor dem Haus. Mist, sie waren zurück. Ich schloss schnell das Fenster. Sie sollten nicht mitbekommen, dass ich versucht hatte, um Hilfe zu rufen.

„Nicolai, sie kommen zurück", flüsterte ich, denn ich wollte nicht, dass sie mich hörten.

„Süße, du musst am Handy bleiben, damit die Polizei dich orten kann. Ein Beamter ist gerade dabei, aber er braucht noch ein paar Minuten, da er nur ein sehr schwaches Signal von dem Handy bekommt."

„Das geht nicht. Sie werden gleich hier rein kommen. Sie dürfen mich nicht mit dem Handy erwischen."

„Süße, ganz ruhig. Versteck das Handy, aber du darfst nicht auflegen."

„Ist gut. Ich liebe dich."

„Ich liebe dich auch, Süße. Und denk immer daran, ich werde dich da herausholen." Ich versteckte das Handy unterm Bett und setzte mich schnell auf den Stuhl. Gerade noch rechtzeitig, denn die Tür wurde aufgeschlossen und Steve kam mit seinem Freund herein. Ich hatte die Arme hinter der Stuhllehne verschränkt und tat so, als ob ich noch gefesselt wäre. Ich senkte meinen Kopf und stellte mich schlafend. Ich hatte einen Plan. Wenn sie Martins Leiche aus dem Raum schaffen würden, wollte ich probieren zu entkommen. Vorausgesetzt sie würden die Tür nicht wieder verschließen. Wenn ich es zumindest bis zur Straße schaffen würde, könnte ich ein Auto anhalten und der Fahrer müsste mir helfen.

„Oh die Schlampe schläft", hörte ich Cunningham höhnen.

„Lass sie nur. Nachher ist sie fällig", kam es von Steve. „Hilf mir jetzt mal die Leiche rauszubringen." Ich hörte es rumpeln und anschließend, wie sich Schritte entfernten.

„Was ist mit der Tür", fragte Cunningham.

„Sie ist gefesselt und schläft. Da wird sie kaum abhauen. Wenn es so sein sollte, werden wir es mitbekommen." Ich ließ meine Augen geschlossen und hörte die Schritte der beiden, wie sie aus dem Zimmer gingen. Ich wartete noch einen Moment, bis ich meine Augen öffnete und den Kopf langsam hob. Sie waren weg. Leise stand ich vom Stuhl auf und schlich zum Bett, unter dem ich das Handy hervorholte. Ich wollte es auf jeden Fall mitnehmen, denn wenn mir die Flucht gelang, konnte ich so Nicolai mitteilen, wo ich war. Ich sah auf das Handy und bemerkte, dass der Anruf beendet war. Ich schaute auf die Stelle, wo sich der Empfangsbalken befand. Dort stand allerdings -Kein Empfang-. Mist. Ich hoffte, es hatte ausgereicht und die Polizei hatte das Handy orten können, sonst würden sie mich nicht finden.

„Was tust du da", hörte ich Steve hinter mir und erschrak. Er kam zu mir und riss mir das Handy aus der Hand. „Schau mal an, das Miststück konnte sich befreien und wollte Hilfe rufen. Das wird aber nichts." Er warf das Handy mit voller Wucht auf den Boden und trat noch einmal drauf, sodass es kaputt und in mehreren Teilen auf dem Boden lag. Wenn er wüsste, dass ich schon längst Hilfe gerufen hatte. Ich konnte nur beten, dass ich auch gefunden wurde. Ich sah an ihm vorbei zur Tür. Steve war alleine in diesem Raum gekommen. Von Cunningham war weit und breit nichts zu sehen. Ich musste es jetzt versuchen. Vielleicht gab es nie wieder so eine Gelegenheit.

„So und jetzt zu dir", sagte Steve, packte mich am Arm und zog mich ein Stück näher an sich heran. Das war meine Chance. Ich hob mein Bein und rammte ihm mein Knie zwischen seine Beine. Er jaulte auf und ließ mich los. Ich rannte an ihm vorbei aus dem Zimmer. Ich lief den Flur entlang in einen großen Raum, was wohl das Wohnzimmer war und entdeckte vor mir die Haustür. Ich lief genau darauf zu, doch kurz bevor ich sie erreichte, wurde sie geöffnet und Cunningham kam herein,

„Na wo willst du denn hin", fragte er und schloss gleich hinter sich die Tür.

„Lewis, halte sie auf. Das Miststück will abhauen", rief Steve keuchend aus dem Flur.

„So so, du willst also abhauen. Das kannst du vergessen." Cunningham packte meinen Arm und hielt mich fest. Ich trat ihm mit all meiner Kraft gegen das Schienbein, wodurch er schwankte und mich losließ. Er fing sich aber gleich wieder und schlug mir mit der Faust ins Gesicht, sodass ich durch die Wucht auf den Boden knallte.

„Du kleines Drecksstück wirst nicht abhauen", schrie er und trat mit voller Wucht auf meinen Fuß. Ich hörte es knacken. Er hatte mir den Fuß gebrochen. Durch den Schmerz schrie ich auf. Obwohl ich es eigentlich nicht wollte. Aber der Schmerz war zu stark. Ich drängte meine Tränen zurück, denn ich musste stark sein.

„Schrei nur. Dich hört hier sowieso keiner", lachte Steve, der ins Wohnzimmer gekommen war.

„Los, lass sie uns zurückbringen und dieses Mal werden wir sie richtig fesseln. Dieser Junge war anscheinend unfähig das zu tun, sonst hätte sie sich nicht befreien können." Oder er hatte die Fesseln mit Absicht nicht so festgemacht, damit ich abhauen konnte.

„Los steh auf", brüllte Cunningahm mich an. Ich setzte mich auf und stöhnte leise, als ein Schmerz durch meine Rippen zog. Sie mussten etwas abbekommen haben, als ich auf dem Boden gefallen war. „Ich habe gesagt du sollst aufstehen." Cunningham fasste meinen Arm und zog mich hoch. Mein Fuß schmerzte höllisch, als ich mit ihm auftrat. Er musste wirklich gebrochen sein.

„Komm mit", befahl Cunningham mir und zog mich am Arm. Ich humpelte hinter ihm her, weil ich mit dem Fuß nicht normal laufen konnte. „Geht es auch etwas schneller? Ich habe nicht den ganzen Tag Zeit." Genervt legte er einen Arm um meinen Oberkörper und schliff mich hinter sich her. Im Zimmer angekommen ließ er mich bäuchlings auf das Bett fallen.

„Wo sind die Seile", fragte er Steve.

„Die liegen im Wohnzimmer auf den Esstisch. Aber bevor wir sie fesseln, wird sie noch dafür bestraft, dass sie abhauen wollte und uns getreten hat", sagte Steve und ich hörte, wie er seine Gürtelschnalle öffnete. Oh nein, nun würde er mich, wie damals mit dem Gürtel schlagen. „Tja Cheyenne, du hast es nicht anders verdient. Du hättest nicht versuchen sollen abzuhauen. Jetzt wirst du dafür bestraft", höhnte Steve hinter mir und schlug zu. Der Schmerz zog durch meinen ganzen Körper, aber ich schrie nicht. Genau das wollten die beiden hören. Ich biss die Zähne zusammen und versuchte stark zu bleiben. Ich musste einfach stark bleiben. Das sagte ich mir auch wie ein Mantra bei jedem Schlag, der folgte vor.

„Es reicht. Wir wollen doch nicht, dass sie uns jetzt schon wegstirbt. Schließlich wollen wir doch noch etwas Spaß mit ihr haben", stoppte Cunningham seinen Freund und die Schläge hörten auf.

„Du hast recht. Komm lass uns sie fesseln und dann essen wir erst einmal etwas."

„Ich gehe eben die Seile holen." Cunningham ging aus dem Zimmer und kam mit den Seilen wieder. Sie drehten mich auf den Rücken und banden Hände und Füße an das Bettgestell fest. Meinen gebrochenen Fuß bewegte Cunningham dabei mehrmals absichtlich, weil er genau wusste, was er getan hatte und dass mir die Bewegungen Schmerzen bereiteten. Aber ich blieb stark und verzog keine Miene. Als sie fertig waren, verließen sie den Raum und verschlossen die Tür. Nun lag ich gefesselt und alleine in diesem Raum und die Tränen begannen zu laufen. Hatte die Ortung des Handys funktioniert? Würde die Polizei mich finden? Und was wäre, wenn die beiden mich bis dahin schon längst umgebracht hätten? Würde ich Nicolai je wiedersehen?

Ich musste eingeschlafen sein, denn als ich wach wurde, dämmerte es draußen schon. Mein Fuß schmerzte und pochte, dass ich es kaum ertragen konnte. Er musste angeschwollen sein, denn ich merkte, wie er gegen den Schuh drückte. Am liebsten hätte ich den Schuh ausgezogen, aber durch die Fesseln konnte ich mich nicht bewegen. Der Rücken tat mir ebenfalls weh. Ich wusste nicht, ob ich offene Wunden von den Gürtelschlägen hatte, aber es fühlte sich so an. Zu den Schmerzen kam noch, dass ich Durst hatte. Mein Mund und mein Hals waren trocken. Ich hatte den ganzen Tag noch nichts getrunken. Ob sie mir überhaupt etwas zu trinken geben würden? Die Tür ging auf und Steve kam mit Cunningham herein. Er schaltete das Licht ein, was einfach nur eine Birne in einer Fassung war, die an der Decke hing.

„Na Cheyenne, hast du dich schon an dein neues Zuhause für die nächste Zeit gewöhnt", fragte er und grinste dabei hämisch.

„Kann ich etwas zu trinken haben", stellte ich eine Gegenfrage.

„Du möchtest also etwas zu trinken haben. Vergiss es. Du wirst weder etwas zu trinken, noch etwas zu essen bekommen. Das ist ein Teil deiner Strafe für das, was du uns angetan hast. Ich habe dir doch gesagt, dass ich mich an dir rächen werde. Und das ist meine Rache dafür, dass du mich ins Gefängnis gebracht hast."

„Du hast es nicht anders verdient", knurrte ich.

„Ich habe nichts davon verdient, du kleines Miststück", erwiderte er, kam zum Bett und schlug mir mit der Hand ins Gesicht. Danach ging er zum Ende des Bettes und löste das Seil an meinen Füßen. Oh nein, ich wusste genau, was nun kommen würde und genau das wollte ich nicht. Steve machte sich an meiner Hose zu schaffen, doch ich drückte meine Beine zusammen, damit er sie nicht ausziehen konnte.

„Hör auf deine Beine zusammenzudrücken", zischte er und zerrte weiter an der Hose, doch ich ließ es nicht zu, dass er mir sie ausziehen würde. „Ich sagte, du sollst damit aufhören." Er packte meinen Fuß und drückte zu. Der Schmerz, der dabei durch meinen Körper schoss, machte mich fast ohnmächtig und ich ließ die Beine locker. Er zog mir die Hose mitsamt dem Slip und den Schuhen aus.

„Dreh dich um, ich möchte dein Gesicht dabei nicht sehen", befahl er und half mir dabei mich auf den Bauch zu drehen. „Und jetzt knie dich aufs Bett." Ich tat, was er sagte, denn um so schneller hatte ich es hinter mir. Mein Fuß schmerzte dabei, aber ich versuchte es so gut es ging zu ignorieren.

„Gib mir mal ein Kondom. Wer weiß, welche Krankheiten sie hat. Ich möchte mich nicht anstecken", wandte er sich seinem Freund zu. Ich sollte Krankheiten haben? Nein, ich war gesund, aber wer weiß, wo er sein bestes Stück überall hineingesteckt und sich Krankheiten zugezogen hatte. Deshalb war ich froh, dass er ein Kondom nahm. Ich wollte nicht mitbekommen, was nun geschehen würde und deshalb versuchte ich mich, wie früher, in meine Traumwelt zu flüchten. Ich dachte an meine Eltern, wie wir abends zusammen ferngesehen hatten mit Chips, Popcorn, welches meine Mutter zubereitet hatte und Getränken. Sie hatten oft Familienfilme aus der Videothek ausgeliehen, die wir uns gemütlich auf der Couch zusammen angesehen hatten. Es waren immer sehr schöne Abende gewesen. Mein Martyrium dauerte länger als damals, denn nach Steve war Cunningham an der Reihe. Krampfhaft versuchte ich meine Traumwelt aufrechtzuerhalten und war froh, als sie endlich von mir abließen. Cunningham war so wild gewesen, dass er mir meine Bluse vorne aufgerissen hatte, um an meine Brüste zu kommen. Steve kam ans Kopfende des Bettes und band meine Hände los. Was würde jetzt kommen?

„Steh auf. Du darfst kurz ins Bad. Wir möchten ja nicht, dass du heute Nacht ins Bett pinkelst", sagte er grinsend. Jetzt wo er es erwähnte, ich musste wirklich mal auf die Toilette und war froh, dass sie mich gehen ließen. Ich stand vorsichtig vom Bett auf und humpelte aus dem Zimmer, wobei ich meinen Schambereich mit den Händen bedeckte.

„Du brauchst nichts zu verdecken. Wir haben dich gerade schon nackt gesehen", kam es von Cunningham, der mich ins Bad führte. „Beeil dich." Er blieb im Badezimmer stehen. Wollte er mir etwa beim Pinkeln zusehen?

„Ich kann nicht, wenn mir jemand dabei zusieht", sagte ich.

„Das ist mir egal. Ich gebe dir zwei Minuten, danach gehst du wieder ins Zimmer, egal ob du auf der Toilette warst oder nicht. Wenn du ins Bett pinkelst, dann wirst du in deiner Pisse liegen bleiben", drohte er mir. Ich setzte mich auf die Toilette und erledigte schnell mein Geschäft. Nachdem ich fertig war, humpelte ich zum Waschbecken und wusch mir die Hände. Wie gerne hätte ich etwas Leitungswasser getrunken, aber da Cunningahm genau hinter mir stand, ging es leider nicht. Er würde es nicht zulassen, dass ich etwas trank. Ich seufzte innerlich und trocknete mir die Hände am Handtuch ab, was neben dem Waschbecken an einem Haken hing. "Abmarsch", knurrte Cunningham, packte mich am Arm und zog mich mit sich. Wir kamen an einem Raum vorbei. Die Tür stand offen. Ich schaute mich kurz um. Von Steve war nichts zu sehen. Sollte ich es wagen? Ich könnte es noch einmal versuchen zu entkommen. Mit meinem Fuß würde es zwar nicht so leicht werden, aber ich musste es einfach probieren. Mit all meiner Kraft schubste ich Cunningham in den Raum hinein. Dabei flog er auf den Boden. Ich humpelte so schnell ich konnte den Flur entlang. "Steve", hörte ich Cunningham rufen und ich versuchte noch schneller voranzukommen. Ich musste es schaffen. Ich musste es einfach. Doch kurz bevor ich ins Wohnzimmer kam, wurde ich gepackt und hochgehoben.

"Du kleines Dreckstück. Das wirst du büßen", zischte Steve an meinem Ohr und trug mich zurück in den Raum. Er warf mich aufs Bett, griff nach meinen Armen und fesselte sie ans Bettgestell. Cunningham kam ebenfalls ins Zimmer und band meine Füße fest. "Ich sollte dich auf der Stelle umbringen", knurrte Steve, zog seine Waffe hinten aus dem Hosenbund und hielt sie mir an die Schläfe. Ich erschrak, sagte aber keinen Ton. "Na, was ist? Willst du sterben? Soll ich abdrücken", fragte er durch zusammengebissenen Zähnen. "Antworte. Willst du sterben?"

"Nein", kam es leise von mir.

"Das wirst du aber. Sag auf Wiedersehen", entgegnete er und ich kniff meine Augen zusammen. Ich wollte noch nicht sterben. Nein, ich wollte es nicht. Bitte, bitte nicht.

"Bitte lieber Gott, lass mich nicht sterben. Ich will doch noch gar nicht sterben. Ich bin doch noch so jung. Nicolai, ich liebe dich", dachte ich und Steve drückte ab. Ich hörte es klicken, aber es tat sich nichts. Es hatte sich kein Schuss gelöst. Stattdessen hörte ich Steve laut lachen. Erleichtert öffnete ich wieder meine Augen. Die Waffe war nicht geladen gewesen.

"Dachtest du wirklich, dass ich es dir so leichtmache? Dass ich dich jetzt schon sterben lasse? Nein, ich werde dich leiden lassen", sagte er und warf eine Decke über mich. "Wir wollen ja nicht, dass du frierst." Sie verließen den Raum und schalteten das Licht aus. Ich lag im Dunkeln. Tränen liefen über meine Wangen. Fast wäre ich gestorben. Wenn wirklich eine Kugel in der Waffe gewesen wäre, dann wäre ich jetzt tot. Ich fühlte mich elendig und dreckig. Am liebsten wäre ich duschen gegangen. Das hatte ich früher immer getan, wenn er mich genommen hatte. Aber ich konnte es nicht. Sie würden mich nicht duschen lassen. Genauso wie sie mir weder etwas zu trinken noch etwas zu essen geben wollten. Wie lange konnte ein Mensch ohne Trinken auskommen? Ich hatte mal gelesen, dass ein Mensch ohne Essen mehrere Wochen überleben konnte, wenn er genug trank. Aber ohne Trinken waren es wohl nur drei bis sechs Tage. Das hieß, wenn ich nicht gerettet wurde und sie mich vorher nicht umbrachten, würde ich dehydrieren und sterben. Ich hatte wahnsinnige Angst hier nicht mehr lebend herauszukommen. Ich dachte an Nicolai und hoffte, dass er mich, wie er gesagt hatte, retten würden. Mit seinem Gesicht vor meinem inneren Auge schlief ich ein.

Ich erwachte am nächsten Morgen mit einem wahnsinnigen Durstgefühl. Die Tür ging auf und Steve kam herein. „Guten Morgen. Du darfst kurz ins Bad und dich etwas frisch machen. Wir wollen doch nicht, dass du stinkst. Aber wehe du versucht noch einmal abzuhauen und trinkst auch nur einen Schluck Wasser", drohte Steve mir. Er kam zum Bett und löste die Seile an den Händen und Füßen. Ich stand auf und zuckte zusammen, als ich auf meinen Fuß trat, der sehr geschwollen war. „Los jetzt, bevor ich es mir anders überlege." Ich humpelte aus dem Zimmer, den Flur entlang ins Bad. „Die Tür bleibt offen. Wir wollen doch nicht, dass du irgendetwas anstellst", sagte er, als ich die Tür schließen wollte. Er lehnte sich an die Wand gegenüber und beobachtete mich. Als ich zur Toilette ging und mich daraufsetzte, drehte er sich anstandsmäßig weg. Ich musste nicht viel. Das war aber auch kein Wunder, denn ich hatte am Vortag nichts getrunken. Als ich fertig war, humpelte ich zum Waschbecken und wusch mir die Hände. Anschließend wusch ich mich, so gut es ging. Duschen würden sie mich bestimmt nicht lassen. Ich schöpfte Wasser in meine Handflächen und wusch mir das Gesicht. Dabei öffnete ich leicht den Mund und trank kleine Schlucke von Wasser. Es tat richtig gut und ich genoss es. Am liebsten hätte ich noch mehr getrunken, doch ich hatte Angst, dass Steve es bemerken würde. Hauptsache mein Mund und der Hals waren nicht mehr so trocken. Vielleicht könnte ich später noch einmal ein paar Schlucke trinken. Das hieß, wenn sie mich an diesem Tag noch einmal ins Bad ließen. „So das reicht. Zurück ins Zimmer", befahl Steve. Ich wischte mir mein Gesicht am Handtuch ab und humpelte zurück. „Leg dich auf das Bett", kam es von Steve, der die Seile in der Hand hielt. Kaum hatte ich mich hingelegt, fesselte er mich wieder ans Bettgestell. Allerdings nur die Hände. Oh nein, bitte nicht. Bitte nicht schon wieder. „Dreh dich um. Ich weiß, dass du etwas getrunken hast, obwohl ich es dir verboten habe. Dafür stehst du mir jetzt zur Verfügung", knurrte er und ich tat, was er verlangte, weil ich befürchtete, wenn ich mich weigerte, würde ich dafür bestimmt betraft werden. Ich wollte keine weiteren Verletzungen, deshalb ließ ich es einfach über mich ergehen. Steve würde sich sowieso von mir nehmen, was er wollte. Er zog mich an der Hüfte hoch, sodass ich vor ihm kniete. Ich hörte, wie er etwas aufriss. Das musste das Kondom sein. Ich wollte nicht mitbekommen, was nun kommen würde, deshalb tauchte ich in meine Traumwelt ab. Ich stellte mir vor, wie die Hochzeit von Nicolai und mir wäre. Ich wusste nicht, ob ich sie je erleben würde oder ob ich bald tot wäre. Deswegen wollte ich sie mir wenigstens in meiner Traumwelt vorstellen, wo meine Eltern bei der Hochzeit dabei sein würden. Ich trug mein Kleid, welches ich mir in New York gekauft hatte und mein Vater führte mich durch den Gang der Kapelle zum Altar, wo Nicolai schon wartete. Er lächelte mich an und seine Augen strahlten glücklich. „Hey, lass mich auch noch ran", hörte ich Cunningham rufen, der mich damit in die Realität zurückholte. Gleich darauf war er hinter mir auf dem Bett. Wieder hörte ich das Reißen eines Kondompäckchens und ich tauchte wieder ab.

Als sie fertig waren, wurde ich wieder auf dem Rücken gedreht und Steve warf die Decke über mich. Die Füße fesselten sie mir dieses Mal nicht. Vielleicht dachten sie, dass ich wegen meines Fußes sowieso nicht abhauen könnte. Ich hatte es zwar versucht, aber Steve hatte mich ja gleich wieder eingefangen. Die Zimmertür verschlossen sie trotzdem, nachdem sie hinausgegangen waren. Die paar Schlucke Wasser, die ich getrunken hatte, hatten nicht gereicht, meinen Durst zu stillen. Was würde ich jetzt für eine

Flasche Wasser geben? Dazu knurrte mein Magen unaufhörlich. Das Letzte hatte ich Freitagabend bevor wir in den Club gefahren waren gegessen. Das war schon über einen Tag her. Wie lange würde ich in dieser Hölle überleben? Wie lange würde ich vor allem ohne Trinken durchhalten? Eines stand fest. Ich musste stark bleiben und so lange kämpfen bis Nicolai käme und mich retten würde. Ich glaubte ganz fest daran, dass er mich finden würde. Meine Augen wurden schwer. Sie fielen mir zu und ich schlief ein.

„Hey aufwachen, Schlampe. Du bist hier nicht im Erholungsurlaub", hörte ich Cunningham rufen und öffnete meine Augen. Dieser Kerl ging mir ziemlich auf die Nerven. Durch den Stand der Sonne, die durch das Fenster schien, musste es schon später Nachmittag sein. Ich hatte den halben Tag geschlafen. Zwischendurch war ich immer mal wieder aufgewacht, weil mein Fuß so sehr schmerzte und ich so einen Durst hatte. Ich fühlte mich schwach und hatte Mühe die Augen offen zu halten.
„Na möchtest du vielleicht das hier", fragte er grinsend und hielt mir eine Flasche Wasser entgegen.
„Ja bitte", krächzte ich, denn mein Hals war so trocken.
„Vergiss es. Du bekommst nichts zu trinken. Ich werde die Flasche hier auf den Tisch stellen. Du kannst ja versuchen an sie heran zu kommen", höhnte er.
„Warum tötet ihr mich nicht einfach? Das ist doch das, was ihr eigentlich wollt", fragte ich ihn.
„Weil du für das, was du uns angetan hast, leiden sollst. Wir wollen dich leiden sehen", antwortete Steve, der mit einem Handy in der Hand ins Zimmer kam. Er zog die Decke weg, schnappte sich meine Füße und fesselte sie ans Bett.
„So nun wollen wir mal ein schönes Foto von dir machen", sagte er und machte mit der Handykamera ein Bild von mir, wie ich halbentblößt und gefesselt auf dem Bett lag. „Oh das sieht gut aus. Möchtest du es mal sehen?" Er kam zu mir ans Kopfende und hielt mir das Handy vor die Augen. Als ich das Foto sah, erschrak ich, denn ich sah schlimm aus. Meine Wange war blau und geschwollen, von den Schlägen, die ich bekommen hatte. Meine Augen waren halb geschlossen und mein Oberkörper war mit Blutergüssen übersät. Das musste Cunningham gewesen sein, als er mich genommen und mich hart angefasst hatte. „Das Foto werde ich

242

deinem Freund schicken. So kann er dich wenigstens noch ein letztes Mal sehen, bevor du stirbst." Steve tippte auf dem Handy herum.

„Ich habe ihm noch einen schönen Text dazu geschrieben. Jetzt brauche ich nur noch seine Handynummer. Also", forderte er mich auf. Aber ich sagte kein Wort. Ich würde ihm die Nummer nicht geben. „Gib mir jetzt die Nummer", knurrte er mich an.

„Niemals", erwiderte ich bissig.

„Na schön, du hast es nicht anders gewollt." Er zog seine Waffe hervor und hielt sie mir an den Kopf. „Dieses Mal ist sie geladen. Sag mir jetzt die Nummer oder du stirbst", drohte er. Angst stieg in mir hoch. Er schien es wirklich ernst zu meinen. Aber ich wollte ihm die Nummer nicht geben. Ich wollte nicht, dass Nicolai mitansehen musste, was diese beiden Kerle mir angetan hatten.

„Die Schlampe hat wohl Todessehnsucht", höhnte Cunningham.

„Na das wollen wir doch mal sehen. Gibst du mir jetzt die Nummer oder ich drücke ab. Ich zähle bis drei. Eins." Ich weigerte mich weiterhin. Nicolai sollte mich so nicht sehen.

„Zwei." Nicolai würde zusammenbrechen, wenn er das Foto sah. Er würde sich Vorwürfe machen, dass er mir nicht helfen konnte.

„Drei", sagte er und ich sah aus dem Augenwinkel, wie er den Finger auf den Abzug legte. Mir blieb nur eine Möglichkeit, wenn ich nicht sterben wollte. Und genau das wollte ich nicht. Ich seufzte innerlich und gab ihm das, was er wollte. Nicolais Handynummer. Steve tippte sie gleich ins Handy ein, hielt mir aber weiterhin die Waffe an den Kopf.

„Siehst du, es geht doch. Braves Mädchen", grinste er und nahm die Waffe von meinem Kopf, die er sich wieder in den Hosenbund schob. „Versendet."

„Schalte das Handy aus, bevor uns die Polizei orten kann", kam es von Cunningham, der immer noch am Tisch stand. Vielleicht hatte es die Polizei ja schon längst. Immerhin wollten sie Martins Handy orten. Aber wenn sie es wirklich geschafft hätten, warum waren sie dann bis jetzt noch nicht hier? Sollte der Empfang wirklich nicht ausgereicht haben? Das hieße ja, dass Nicolai mich nie finden würde. Nein, so durfte ich nicht denken. Er würde mich finden und er würde mich auch retten. Ich musste nur fest daran glauben. Ich durfte die Hoffnung nicht aufgeben. Niemals.

„Oh natürlich." Steve schaltete sein Handy aus und steckte es in die

Hosentasche. „So nun können sie uns nicht mehr finden. Ich hoffe, dein Freund freut sich über das Bild."

„Du verdammtes Arschloch. Das wirst du noch bereuen. Nicolai wird mich finden und hier herausholen", schrie ich ihn an, was mich viel Kraft kostete. Ich war so wütend auf ihn, dass er Nicolai das Foto geschickt hatte. Das Bild würde ihn fertigmachen. Das wusste Steve und freute sich auch noch darüber.

„Du kleines Dreckstück beleidigst mich nicht noch einmal", knurrte Steve und boxte mir mit seiner Faust in die Rippen, sodass ich aufstöhnte. Der nächste Faustschlag, den er mir verpasste, war gegen das Kinn und ich wurde ohnmächtig.

Ich spürte eine Berührung an meinem Bein und schlug die Augen auf. Draußen war es dunkel und das Licht war im Zimmer eingeschaltet. Ich schaute zum Bettende und sah Steve, wie er gerade meine Beine, die nicht mehr ans Bett gefesselt waren, auseinander drückte und sich dazwischen positionierte. Ich schloss schnell wieder meine Augen, denn ich wollte es nicht sehen und schon gar nichts davon mitbekommen. Die Ohnmacht empfing mich mit offenen Armen und ich sank dankbar hinein.

Kapitel 15

Durch lautes Getöse im Haus wurde ich wach. Ich öffnete meine Augen. Im Zimmer war es dunkel. Nur das Licht des Mondes schien durch das Fenster. „Lassen Sie die Waffe fallen", hörte ich jemanden rufen. „Vergiss es, Bulle", erwiderte Steve nahe an der Zimmertür. Bulle? Meinte er damit etwa einen Polizisten? War die Polizei hier? Hatten sie mich etwa gefunden und wollten mich nun hier herausholen? Ich wollte mir keine großen Hoffnungen machen. Vielleicht träumte ich es auch nur. Ein Schuss fiel und ich schreckte zusammen. Was war da los? Ich bekam Angst. Was wäre, wenn sie hier ins Zimmer kommen würden. Ich konnte mich doch nicht vor den Schüssen schützen. Ich wollte an den Fesseln zerren, um mich zu befreien, doch ich war zu schwach und konnte mich einfach nicht bewegen. Geschrei ertönte, aber ich konnte kein Wort verstehen. Wieder wurde geschossen und ich hörte einen Aufschrei. War das etwa Steve gewesen? Wurde er getroffen? Zwei weitere Schüsse folgten. Einen kurzen Moment später hörte ich Schritte. „Sie sind tot", rief jemand vor der Tür. Wer war tot? Etwa Steve und Cunningham? Sollte es wirklich so sein? Ich musste wirklich träumen, denn es war schwer vorstellbar, dass die beiden wirklich tot waren. Das hatten alle schon einmal geglaubt und es war ein Irrtum gewesen. Aber was wäre, wenn die Polizei gar nicht wusste, dass ich hier war? Wenn sie vielleicht gar nicht nach mir suchen würden? Ich konnte mich nicht alleine befreien. Würde ich dann hier sterben? Ich bekam Panik. Sie durften jetzt nicht gehen. Sie mussten mich doch erst noch hier herausholen.

„Mr. Fresco, Sie sollten lieber draußen bleiben", hörte ich jemanden sagen. Fresco? War Nicolai etwa hier? Sollte er mich wirklich retten wollen, so wie er es gesagt hatte?

„Nein, ich muss sie finden. Cheyenne", rief er laut. „Cheyenne, wo bist du?"

„Hier. Ich bin hier", krächzte ich und hoffte, dass er mich gehört hatte. Der Schlüssel im Schloss wurde herumgedreht. Im nächsten

Moment öffnete sich die Tür und Nicolai kam zusammen mit Gavin herein.

„Chey? Oh mein Gott, Chey", sagte er und kam zu mir.

„Nicolai", fragte ich und sah ihn an. Er sah müde aus und hatte dunkle Ränder unter den Augen. Hatte er die letzten Tage etwa nicht geschlafen? Rasiert hatte er sich auf jeden Fall nicht, denn er trug einen Zweitagebart, welcher ihm aber gut stand.

„Ja Süße, ich bin hier. Ich habe dir doch versprochen, dich hier herauszuholen", erwiderte er und löste meine Fesseln. Kaum hatte er meine Hände befreit, zog er mich in seine Arme. Ich stöhnte auf, als ich mich bewegte und ein Stich zog sich durch meine Rippen. Nicolai schaute mir erst erschrocken ins Gesicht und anschließend an meinen Körper hinunter. Sein Blick blieb an meiner Hand hängen, die ich auf meine schmerzenden Rippen gelegt hatte. Er brauchte gar nicht erst fragen und wusste sofort, dass Steve und Cunningham mich dort verletzt haben mussten.

„Oh Süße, was haben diese Bastarde dir nur angetan", wisperte er und zog mich vorsichtig noch enger an sich heran. Ich schluchzte auf. Meine Augen brannten, aber es kamen keine Tränen. Das musste am Wassermangel liegen, da ich nichts getrunken hatte.

„Bist du wirklich hier oder träume ich nur", fragte ich, denn ich musste es einfach wissen.

„Nein, du träumst nicht. Ich bin wirklich hier. Du bist jetzt in Sicherheit", sagte er und gab mir einen Kuss auf das Haar. Ich träumte also nicht. Nicolai hatte mich wirklich gerettet. Die Müdigkeit überkam mich wieder. Ich hatte kaum noch Kraft meine Augen offen zu halten. Nicolai bemerkte, dass etwas nicht stimmte, und sah mich besorgt an.

„Süße, was ist los?"

„Ich bin so müde. Ich kann meine Augen nicht aufhalten."

„Bleib wach, Chey", forderte er mich auf und wandte sich dann seinem Bruder zu. „Gavin hol bitte sofort einen Arzt."

„Ich bin schon unterwegs", erwiderte er und lief aus dem Zimmer.

„Wir brauchen hier sofort einen Arzt", rief er durch den Flur.

„Süße, du musst wach bleiben", sagte Nicolai.

„Ich kann nicht. Ich bin so müde. Ihr müsst Gloria retten. Sie ist im Keller", nuschelte ich.

„Chey, haben sie dir irgendetwas gegeben? Drogen oder so etwas?"

„Nein nichts. Auch kein Essen oder Trinken." Ich hörte Schritte, die zum Bett kamen.

„Miss Disseur? Mein Name ist Dr. Angelina Hunter, ich werde Sie jetzt untersuchen", hörte ich eine Stimme neben mir, aber ich reagierte nicht darauf. Ich war zu schwach um etwas zu sagen und meine Augen waren zu schwer. Deshalb schloss ich sie. „Miss Disseur? Hören Sie mich?" Natürlich hörte ich sie. Aber die Müdigkeit überkam mich und ich sank in die Schwärze, die mich umfing.

„Wann wacht sie denn endlich auf", hörte ich Nicolai verzweifelt fragen.

„Ihr Körper muss sich von den Strapazen erholen und das kann er am besten im Schlaf. Sie hat in den letzten Tagen viel durchgemacht. Dazu kam noch, dass diese Schweine ihr weder etwas zu essen noch etwas zu trinken gegeben haben. Du hast die Ärzte doch selbst gehört, als sie sagten, dass Cheys Körper es nicht mehr lange mitgemacht hätte. Noch einen weiteren Tag ohne Wasser und sie wäre dehydriert", erklärte Cristobal ihm. Ich hätte also nur noch einen Tag zu leben gehabt. Oh mein Gott, wenn Nicolai und die Polizei mich nicht gefunden hätten, wäre ich wirklich gestorben.

„Ich weiß und ich bin so froh, dass wir sie noch rechtzeitig gefunden haben."

„Ich auch. Du solltest dich aber auch mal ausruhen. Dein Körper muss sich auch erholen. Fahr nach Hause und schlaf dich mal aus. Ich bleibe solange hier, und wenn es etwas Neues gibt, rufe ich dich an", schlug Cristobal seinem Sohn vor.

„Nein, ich bleibe hier bei Chey. Ich will sie nicht alleine lassen." Ich hörte Cristobal aufseufzen. Er hatte anscheinend schon des Öfteren versucht seinen Sohn dazu zu bewegen nach Hause zu fahren, um sich auszuruhen. Aber ich kannte Nicolai. Er hatte einen Dickkopf und setzte ihn auch durch. Ich öffnete meine Augen und musste sie gleich wieder schließen, da es so hell im Zimmer war. Ich blinzelte einige Male, bis ich mich an das Licht gewöhnt hatte. Ich brauchte gar nicht erst fragen, denn ich wusste gleich, dass ich im Krankenhaus war. Ich hörte dieses nervige Piepen neben mir und sah die Schläuche, an denen ich angeschlossen war.

„Schau mal", sagte Cristobal zu Nicolai und lächelte mich an.

Nicolai, der auf einen Stuhl neben meinem Bett saß, wandte seinen Kopf zu mir und blickte mich an. Sein Blick wandelte sich von verzweifelt in überrascht.

„Chey, Süße, du bist wach. Endlich." Erleichtert stand er auf und kam zu mir ans Kopfende. Er beugte sich zu mir herab und küsste mich auf die Stirn. Sein Bart kratzte an meiner Haut. Es war kein Zweitagebart mehr. Wie lange war ich denn nicht bei Bewusstsein gewesen?

„Wie lange war ich bewusstlos", krächzte ich, da ich immer noch einen trockenen Hals hatte.

„Zwei Tage. Dein Körper hat den Schlaf gebraucht, um wieder etwas zu Kräften zu kommen", erklärte Cristobal mir.

„Zwei Tage? So lange?"

„Wie fühlst du dich denn", fragte Nicolai besorgt.

„Es geht schon. Ich bin nicht mehr so müde."

„Die Müdigkeit kam von dem Wasserverlust den Sie erlitten haben, als Sie nichts getrunken haben", sagte Dr. Clarks, der gerade mit einer Krankenschwester ins Zimmer kam. „Miss Disseur, Sie haben sehr viel Glück gehabt. Ihr Körper hätte ohne Flüssigkeit nicht mehr lange durchgehalten. Wir haben Ihnen Infusionen gegeben, um den Flüssigkeitsverlust wieder auszugleichen."

„Was ist mit meinem Fuß und meinen Rippen", fragte ich, als mir meine Verletzungen wieder einfielen.

„Ihr Mittelfußknochen ist gebrochen. Es ist allerdings, so wie wir auf dem Röntgenbild gesehen haben, ein glatter Bruch, sodass wir nicht operieren mussten. Wir haben Ihren Fuß mit einem Gips ruhiggestellt und sie dürfen den Fuß sechs Wochen lang nicht belasten."

„Sechs Wochen", fragte ich entsetzt.

„Ja, so lange dauert es, bis der Bruch verheilt ist. Sie werden von uns Unterarmgehstützen bekommen, damit Sie laufen können. Bei Ihren Rippen haben Sie mehr Glück gehabt. Die sind nur geprellt. Trotzdem sollten Sie sich schonen."

„Wie lange muss ich denn im Krankenhaus bleiben", fragte ich und mir graute es schon vor der Antwort, denn ich befürchtete, dass ich nicht sofort nach Hause dürfte.

„Mit einer Woche müssen Sie schon rechnen. Je nachdem wie schnell sich Ihr Körper regeneriert. Mit so einem extremen Flüssigkeitsverlust, wie sie ihn hatten, ist nicht zu spaßen.

Deswegen werden Sie weiterhin Infusionen bekommen." Eine Woche. Ich hatte es doch geahnt, dass ich hier nicht so schnell herauskommen würde.

„Kann ich etwas zu trinken bekommen? Mein Hals ist so trocken", fragte ich Dr. Clarks.

„Natürlich. Aber Sie sollten erst einmal nur kleine Schlucke trinken. Außerdem sollten Sie langsam wieder mit richtiger Nahrung anfangen. Aber wie gesagt langsam, denn Ihr Magen muss sich erst wieder an feste Nahrung gewöhnen", erwiderte er. „So ich werde Sie dann mal wieder in Ruhe lassen. Schwester Samantha wird Ihnen gleich etwas zu trinken bringen. Ruhen Sie sich aus. Ich werde morgen wieder nach Ihnen sehen."

„Warten Sie bitte. Ich habe noch eine Frage. Darf Nicolai hierbleiben?" Zumindest hoffte ich, dass er bei mir bleiben würde, denn ich wollte nicht alleine sein.

„Natürlich darf er bei Ihnen bleiben. Ich habe mir so etwas schon gedacht. Ich werde ihnen gleich ein zweites Bett bringen lassen", lächelte er und verließ mit der Krankenschwester das Zimmer.

„Ich werde eben mal rausgehen und den anderen Bescheid geben, dass du wieder wach bist", sagte Cristobal und ging ebenfalls aus dem Zimmer.

„So so, ich soll also bei dir bleiben", schmunzelte Nicolai und setzte sich zu mir auf das Bett.

„Nur wenn du möchtest." Ich wollte ihn schließlich nicht zwingen bei mir zu bleiben. Wenn er lieber nach Hause wollte, konnte er ruhig fahren. Aber mir wäre es lieber, wenn er bei mir bleiben würde.

„Natürlich bleibe ich bei dir. Ich werde dich nicht alleine lassen", versicherte er mir und strich mir sanft mit dem Handrücken über die Wange. „Ich bin so froh, dass wir dich gefunden haben."

„Ich auch. Ich habe keinen Moment aufgehört zu hoffen, dass du mich retten kommen würdest. Wie habt ihr mich eigentlich gefunden? Hat der Empfang vom Handy ausgereicht, denn er war plötzlich weg?"

„Nein, der Empfang blieb nicht lange genug stabil um dich orten zu können. Aber Bozman hat einen Fehler gemacht. Er hat ein Foto von dir geschickt, wie du gefesselt auf dem Bett gelegen hast." Er verzog schmerzerfüllt das Gesicht. Ich hatte es geahnt, dass es ihn fertiggemacht hatte.

„Ich weiß. Er hat mir das Bild vorher gezeigt und mich gezwungen ihm deine Nummer zu geben, damit er es dir schicken konnte. Ich … ich wollte ihm die Nummer nicht geben. Ich … ich wollte nicht, dass du mich so siehst. Aber er hat … mir eine Waffe an den Kopf gehalten und ich … ich wollte nicht sterben", brachte ich schluchzend heraus und Tränen liefen meine Wangen entlang.

„Scht es ist gut, Süße. Jetzt ist alles gut", beruhigte mich Nicolai und nahm mich in den Arm.

„Weißt du, er hat mir das Foto geschickt und es war schrecklich für mich dich so zu sehen. Vor allem, mit dem Wissen, dass ich dir nicht helfen konnte. Ein Gutes hatte das Foto allerdings. Bozman hat vergessen in seinem Handy die Standortfunktion bei Fotos auszuschalten. So konnten wir genau sehen, wo das Bild entstanden ist und dich retten. Gleich, nachdem wir es wussten, habe ich mich ins Auto gesetzt und bin losgefahren. Gavin ist mitgekommen, weil er mich nicht alleine fahren lassen wollte. Der Polizei passte es zwar nicht, dass wir zum Haus gefahren sind, weil sie befürchteten, dass wir uns in Gefahr bringen, aber wir ließen uns nicht abschütteln.

„Wo war ich eigentlich?"

„In Oshawa. Das ist ungefähr sechzig Kilometer von Toronto entfernt. Du hattest aber recht. Es war ein Landhaus. Nach deiner Rettung bist du erst dort ins Krankenhaus gekommen. Als du soweit stabil warst, haben wir dich hierher verlegen lassen. Dr. Clarks ist einer der besten Ärzte hier in der Gegend und ich wollte für dich die beste Behandlung. Außerdem kennt er dich und die ganze Situation. Aber er erlaubt mir immer wieder bei dir zu bleiben."

„Sind Steve und Cunningham wirklich tot", wollte ich wissen. Ich hatte zwar die Schüsse gehört und jemand hatte gesagt, sie wären tot, aber Namen wurden dabei nicht erwähnt. Und ich musste es einfach wissen.

„Ja, das sind sie. Die Polizei hat das Haus gestürmt gehabt, nachdem wir dich gefunden haben und bei einer Schießerei wurden die beiden erschossen. Ein Polizist, sowie ein Arzt haben den Tod der beiden bestätigt. Du brauchst keine Angst mehr zu haben. Jetzt können sie dir wirklich nichts mehr tun", versicherte er mir.

„Das haben sie zu genüge. Ich habe so eine Angst gehabt, da nicht mehr lebend herauszukommen."

„Das glaube ich dir. Aber nun ist alles gut und niemand wird dir mehr etwas antun. Die beiden sowieso nicht mehr. Sie werden in der Hölle schmoren." Sanft strich er mir über den Rücken. Die Verletzungen von den Schlägen mit dem Gürtel mussten schon verheilt sein, weil ich keine Schmerzen mehr hatte. „Was ist eigentlich mit Gloria? Ist sie am Leben? Geht es ihr gut", fragte ich und wurde panisch, denn ich hatte an sie gar nicht mehr gedacht. „Ihr geht es gut. Sie haben ihr soweit nichts getan. Sie hat nur ein paar Blutergüsse von Schlägen, die sie bekommen hat, wenn sie geschrien hat. Essen und Trinken haben sie ihr aber gegeben. Trotzdem ist sie einen Tag im Krankenhaus gewesen. Elle und Kate wollten sie besuchen, aber sie will niemanden von uns sehen. Sie weigert sich mit uns zu sprechen." Sie wollte uns nicht sehen? Aber warum nicht? Und dann wurde es mir klar.

„Sie gibt mir die Schuld daran, dass sie entführt wurde und Martin tot ist. Und da ihr zu mir steht, möchte sie euch nicht sehen", sprach ich meine Vermutung aus.

„Ja", sagte Nicolai und sah mich bedauernd an. „So hat sie es Elle und Kate gesagt, bevor sie die beiden aus dem Krankenzimmer geworfen hat. Bitte Süße, tu mir einen Gefallen und gib dir nicht selbst die Schuld daran. Du weißt genau, dass du nichts dafürkannst. Martin hat dich schließlich entführt und dich an Bozman und Cunningham ausgeliefert, wobei er genau gewusst hat, dass sie dich umbringen wollten. Auch wenn er von ihnen erpresst wurde und sie Gloria in ihrer Gewalt hatten, so hätte er einfach nur die Polizei einschalten müssen. Die hätten sich darum gekümmert und hätten Gloria befreit. Dann wäre Martin jetzt auch noch am Leben", sagte er und ich konnte seine Wut über Martins Tat spüren.

„Hat die Polizei ihn eigentlich gefunden", fragte ich und mir lief ein Schauer über den Rücken, als ich an seine Leiche dachte.

„Ja, die beiden haben ihn einfach in der Nähe einen Abhang hinuntergeworfen. Sie dachten wohl, es würde ihn dort niemand finden. Allerdings ist unter dem Abhang ein Wandergebiet. Zwei Wanderer haben die Leiche gefunden und haben die Polizei informiert", erzählte er mir.

„Wann ist denn die Beerdigung?"

„Nächste Woche."

„Ich möchte hingehen", sagte ich.

„Meinst du wirklich, dass es eine gute Idee ist? Schließlich hat er dich entführt und Gloria möchte uns nicht sehen. Ich möchte nicht, dass sie dich angreift und du dich hinterher schuldig fühlst, denn eines ist klar, du hast weder Schuld an Martins Tod, noch an der Entführung von Gloria", machte Nicolai mir klar.

„Ich möchte mich aber von ihm verabschieden. Auch wenn er mich entführt hat, so war er doch ein Freund. Er wollte eigentlich, sobald er mit Gloria hätte verschwinden können, die Polizei informieren und ihnen sagen, wo sie mich finden könnten. Aber aus seinem Plan wurde nichts. Sie wollten ihn nicht gehen lassen und haben ihn nach einem Kampf erschossen."

„Das hätte er eigentlich wissen müssen, dass sie ihn nicht gehen lassen würden. Sie mussten doch Gefahr laufen, dass er sie verrät, so wie er es auch vorhatte. Gloria wird das Ganze aber nicht interessieren. Sie wird dich psychisch fertigmachen und das sollst du dir nicht antun."

„Ich möchte aber hingehen. Bitte Nicolai. Es ist wichtig für mich."

„Wir schauen mal, wie es dir gesundheitlich geht", gab er schließlich nach.

„Sag mal, wo ist eigentlich mein Handy? Auf dem Parkplatz hatte ich es noch, bevor ich bewusstlos wurde und danach war es weg", fragte ich Nicolai.

„Dein Handy ist leider kaputt. Martin hat es dir aus der Hand genommen und hat es auf dem Boden geworfen, als er dich ins Auto verfrachtet hat. Als er mit dir wegfuhr, ist er mit dem Reifen über dein Handy gefahren. Es war nicht mehr zu retten. Ich werde dir ein Neues kaufen, wenn du aus dem Krankenhaus heraus bist."

Die Zimmertür wurde geöffnet und die Krankenschwester brachte mir etwas zu trinken. Nicolai nahm die Flasche Wasser und das Glas entgegen und goss mir etwas ein.

„Langsam Süße", warnte er mich, als er mir das Glas gab. Ich trank ein paar Schlucke und stellte das Glas auf den Nachttisch ab. Als Nächstes wurde das Bett und ein Nachttisch für Nicolai gebracht, wobei Cristobal den Krankenschwestern half. Anschließend kam Schwester Samantha mit einem Teller Suppe herein und stellte ihn auf das Nachttischtablett. Ich hatte eigentlich keinen Hunger und Suppe gehörte sowieso nicht zu meinen Lieblingsessen.

„Süße, du musst etwas essen. Dein Körper muss zu Kräften kommen", sagte Nicolai.

„Ich habe aber keinen Hunger. Und Suppe mag ich doch nicht."

„Ich weiß, Süße. Aber es wird deinem Magen guttun. Na komm, tu es für mich. Wenigstens ein paar Löffel. Du möchtest doch schließlich so schnell wie möglich aus dem Krankenhaus raus und dafür musst du aber wieder essen." Oh, er setzte unfaire Mittel ein. Erstens wusste er, dass ich alles für ihn tun würde und zweitens wusste er ebenfalls, dass ich Krankenhäuser nicht leiden konnte und ich hier schnell herauswollte. Ich tat ihm den Gefallen und begann langsam die Suppe zu essen. Sie schmeckte mir zwar nicht, aber ich aß Nicolai zuliebe die Hälfte der Suppe. Mehr schaffte ich nicht, denn mein Magen meldete sich, dass er voll wäre. Das war verständlich, denn der Magen verkleinerte sich, wenn er weniger oder gar nichts zu essen bekam. Er musste sich erst wieder an normales Essen gewöhnen. Nach dem Essen kamen Kommissar Wellington und ein Polizeibeamter zu mir, um meine Aussage aufzunehmen. Cristobal hatte Kommissar Wellington angerufen, dass ich aufgewacht war. Er sollte ihm Bescheid sagen, sobald ich wach war. Es fiel mir sehr schwer ihnen alles zu erzählen, was in dem Haus passiert war. Mir liefen ständig die Tränen und Nicolai musste mich mehrmals beruhigen. Er selbst spannte sich des Öfteren an, als er hörte, was Steve und Cunningham mir angetan hatten. Cristobal, der ebenfalls bei dem Gespräch dabei war, ging es nicht anders. Kommissar Wellington erzählte mir, dass sie am Samstagmorgen von der Gerichtsmedizin die Nachricht erhalten hatten, dass die beiden Leichen nicht Steve und Cunningham gewesen waren. Die Leichen wurden noch einmal untersucht, nachdem einem Polizisten aufgefallen war, dass die zwei Männer, die seit zwei Wochen als vermisst gemeldet waren, morgens genau die Strecke gefahren waren, wie Steve und sein Freund. Ein Zeuge hatte sich gemeldet und hatte die beiden Männer in ihrem Wagen auf der Straße an diesem Morgen gesehen, als Steve und Cunningham ihren Tod vorgetäuscht hatten. Es klopfte an die Tür und Jade kam herein.

„Oh, störe ich", fragte sie, als sie die Polizisten sah.

„Nein, Sie stören nicht. Wir sind hier fertig und wollten sowieso gerade gehen", sagte Kommissar Wellington und wandte sich dann wieder mir zu. „Miss Disseur, ich wünsche Ihnen erst einmal eine gute Besserung und alles Gute in Ihrem weiteren Leben, welches Sie nun angstfrei leben können.

„Danke schön. Ich wünsche Ihnen beiden auch alles Gute",

erwiderte ich. Die beiden Polizisten verabschiedeten sich und verließen das Zimmer. Jade kam zu mir und umarmte mich.

„Ich bin so froh, dass die Polizei dich noch rechtzeitig gefunden hat. Ich hatte sehr große Angst um dich", flüsterte sie, und als sie sich von mir löste, hatte sie Tränen in den Augen.

„Nicht weinen. Ich lebe noch. Darüber bin ich auch sehr froh", wisperte ich und hatte dabei selbst Tränen in den Augen.

„Wie geht es dir denn", fragte Jade und setzte sich auf einen freien Stuhl neben meinem Bett.

„Es geht schon. Meine Rippen und mein Fuß schmerzen ab und zu, aber das Durstgefühl ist weg und mein Rücken tut auch nicht mehr weh." Als ich meinen Rücken erwähnte, verzog Nicolai schmerzvoll das Gesicht. Er dachte wahrscheinlich daran, wie ich den Polizisten erzählt hatte, dass Steve mich mit dem Gürtel geschlagen hatte.

„Sie hat vorhin einen halben Teller Suppe gegessen", berichtete er seiner Mutter.

„Oh, das ist gut. Du musst schließlich wieder zu Kräften kommen", sagte sie und wandte sich dann ihrem Sohn zu. „Und du solltest nach Hause fahren und dich ausruhen. Du hast seit Tagen nicht mehr richtig geschlafen."

„Ich möchte aber bei Chey bleiben. Ich würde nur eben nach Hause fahren, mich frisch machen und Sachen für Chey und mich holen. Bleibt ihr solange bei ihr", fragte er seine Eltern.

„Natürlich. Fahr ruhig. Wir bleiben hier", erwiderte Jade.

„Soll ich dir noch etwas mitbringen", fragte Nicolai mich.

„Neben Anziehsachen und Badartikel vielleicht noch etwas zum Lesen."

„Bringe ich dir mit, Süße." Er gab mir einen Kuss und verließ das Zimmer.

„Hat er wirklich die letzten Tage kaum geschlafen", fragte ich Jade und Cristobal.

„Die zwei Tage, wo du gefangen gehalten wurdest, hat er höchstens mal zwei drei Stunden geschlafen. Er wollte halt immer bei der Suche nach dir dabei sein. Als sie dich dann gerettet und ins Krankenhaus gebracht haben, war er die ganze Zeit bei dir. Nachts hat er dann mal ein paar Stunden an deinem Bett geschlafen, wenn ihn die Müdigkeit übermannt hat, aber viel war es nicht", erzählte mir Cristobal. Ich fühlte mich schuldig. Meinetwegen hatte er nicht geschlafen.

„Du solltest auch noch etwas schlafen. Dein Körper braucht die Ruhe", sagte Jade, als ich gähnte.

„Aber was macht ihr denn dann in der Zeit?" Ich fand es unhöflich, wenn ich schlafen würde und sie eigentlich meinetwegen hier waren.

„Wir bleiben hier. Ich gehe eben in die Cafeteria und hole uns Kaffee und eine Zeitung. Du brauchst dir keine Gedanken zu machen. Schlaf ruhig", entgegnete Cristobal. Ich war wirklich wieder müde. Das Gespräch mit den Polizisten hatte mich sehr angestrengt und mir fielen nun die Augen zu.

„Schlaf Liebes. Wir sind hier", sagte Jade leise und ich schlief ein.

Am nächsten Tag kamen Elle, Kate, Carlos und Gavin zu Besuch. Eigentlich wollten sie den Tag zuvor schon kommen, aber Jade hatte es ihnen verboten, damit ich Ruhe hatte.

„Chey", schrie Elle und rannte auf mich zu. Sie flog mir regelrecht in die Arme, was meinen Rippen gar nicht guttat und ich aufstöhnte. „Oh tut mir leid. Ich bin nur so froh, dass du lebst", schluchzte sie.

„Hey, ich will auch mal", beschwerte sich Kate, als Elle mich nicht losließ. Sie drängte Elle zur Seite und war nun diejenige, die mich umarmte. „Wir hatten alle große Angst um dich", sagte sie leise und hatte Tränen in den Augen. Es rührte mich alles so sehr, dass ich ihnen etwas bedeutete, dass mir ebenfalls die Tränen kamen. Nach dem Tod von meiner Mutter hatte ich nicht wirklich jemanden, der sich Sorgen um mich gemacht hatte. Gut James, Ashton und Shelley. Aber sie waren nicht immer da und ich durfte ihnen auch nie etwas von meinem Leid erzählen. Es war eine schreckliche Zeit für mich gewesen. Und dann lernte ich Nicolai kennen.

„Du glaubst gar nicht, wie froh ich bin, dass wir dich gefunden haben. Jetzt sind diese Dreckskerle wirklich tot und niemand wird dir mehr etwas tun", sagte Gavin, der mich als Nächstes umarmte. Nun war Carlos an der Reihe.

„Hey Kleine, wie geht es dir", fragte er.

„Soweit eigentlich ganz gut. Ich habe ab und zu noch Schmerzen. Aber es geht schon", erwiderte ich. Sie setzten sich auf die Stühle, die im Zimmer standen und wir unterhielten uns über allgemeine Dinge. Alle mieden das Thema mit der Entführung.

„Carlos kannst du mir einen Kaffee holen", bat Elle ihn.

„Na gut. Möchte sonst noch jemand etwas", fragte er in die Runde.

„Also einen Kaffee könnte ich auch vertragen", kam es von Kate.

„Kaffee hört sich gut an." Das war Gavin.

„Da müssten aber noch jemand mitkommen. Ich kann nicht alles alleine tragen", sagte Carlos,

„Dann geht ihr Jungs doch in die Cafeteria", schlug Kate vor.

„Und was macht ihr", fragte Gavin.

„Wir quatschen über Frauenthemen", erwiderte Elle grinsend.

„Alles klar, ich gehe mit in die Cafeteria. Möchtest du einen Kakao", fragte Nicolai mich.

„Ja gerne."

„Gut, dann lasst uns gehen", sagte Carlos und die Jungs verließen das Zimmer.

„Nicolai hat mir erzählt, dass ihr bei Gloria im Krankenhaus ward", begann ich ein Gespräch.

„Ja, aber sie wollte uns nicht sehen", kam es von Elle.

„Weil ihr auf meiner Seite steht."

„Ja, aber das ist doch wohl verständlich. Das, was Martin getan hat, war falsch. Er hat in Kauf genommen, dass du ... dass du getötet wirst", sagte Elle und ihre Stimme brach.

„Elle, bitte weine nicht. Bitte. Ich lebe doch", erwiderte ich.

„Ich weiß. Darüber bin ich auch unendlich froh. Die Zeit, das Bangen um dich. Das war so schlimm. Und Nicolai, wie er gelitten hat. So habe ich ihn noch nie gesehen. Als er das Foto von dir gesehen hat ... ."

„Elle", ermahnte Kate sie. Anscheinend sollte sie darüber nicht reden.

„Ich weiß von dem Foto", sagte ich.

„Du weißt davon", fragte Kate überrascht.

„Ja. Steve hat es mir gezeigt, bevor er es verschickt hat. Ich wusste, wenn Nicolai das Foto sieht, dass er zusammenbrechen würde."

„Das ist er auch. Als er das Foto gesehen hatte, ist er vollkommen zusammengebrochen. Er hat sogar geweint und das habe ich seit Jahren nicht mehr bei ihm gesehen", sagte Elle leise. Ich hatte es gewusst. Ich hatte gewusst, dass es ihn fertiggemacht hatte. Es schmerzte mich zu hören, wie er meinetwegen gelitten hatte. Wie alle wegen mir gelitten hatten. Nicolai hatte sogar wegen mir geweint. Es brach mir das Herz, wenn ich mir vorstellte, was er durchgemacht haben musste.

„Nachdem er das Foto gesehen hatte, wollte er sogar sein Handy gegen die Wand werfen, weil er es nicht ertragen konnte. Gavin konnte ihn gerade noch davon abhalten. Die Polizei hat dann im Handy nachgeschaut, ob man sehen konnte, woher das Foto kam und so haben sie dich gefunden", erzählte Kate mir.

„Wie gut, dass Gavin ihn davon abgehalten hat. Wenn das Handy kaputtgegangen wäre, hätten sie Chey nie gefunden", sagte Elle. Da hatte sie allerdings recht. Wobei ich Nicolai auch verstehen konnte, dass er es tun wollte. Er war einfach verzweifelt und wütend, dass er mir nicht helfen konnte.

„Naja, es ist ja noch alles gut gegangen. Du lebst und das ist das Wichtigste", kam es von Kate.

„Da hast du recht. Und nun kann ich mein Leben auch endlich genießen. Die beiden sind tot und ich brauche keine Angst mehr zu haben", erwiderte ich. Es klopfte an die Tür und die Jungs kamen mit den Getränken wieder. Damit war unser Gespräch beendet.

In den folgenden Tagen bekam ich sehr viel Besuch. Nicht nur unsere Freunde kamen zu Besuch, sondern auch James und Ashton. In der Zeit, wo ich in der Gewalt von Steve und Cunningham war, blieb weder das Telefon bei uns Zuhause still noch war Nicolai mal alleine. Ständig rief jemand an oder kam vorbei, um zu erfahren, ob es etwas Neues gab. Nicolai hatte mir erzählt, dass die Polizei die Suche von uns Zuhaus leiten wollte, falls einer meiner Entführer auf dem Festnetz angerufen hätte. So hätten sie gleich die Nummer orten können, oder wie es nun der Fall war das Handy. Also war bei uns Zuhause immer Highlife. Nicolai war die ganze Zeit im Krankenhaus bei mir, worüber ich sehr froh war, denn ich wollte nicht alleine sein. Ich hatte zwischendurch immer mal wieder Angstzustände. Besonders wenn die Krankenzimmertür geöffnet wurde. Es erinnerte mich immer an die Zeit, wo ich in diesem Haus war und Steve mit seinem Freund hereinkam. Dazu kamen noch, wenn ich schlief die Albträume. Ich durchlebte immer wieder die Entführung. Die Panikattacken, wo ich Steve nach einem Albtraum im Raum stehen sah, waren leider auch wieder da. Nicolai versuchte mich dann zu beruhigen. Er nahm mich jedes Mal in den Arm und sprach beruhigende Worte. Dafür war ich ihm sehr dankbar. Ich hätte nicht gewusst, was ich ohne ihn hätte tun sollen. Mir ging es eigentlich wieder gut. Mein Körper hatte sich von dem Wasserverlust wieder erholt und essen konnte ich auch wieder normal. Naja normal war beim Krankenhausessen nicht das richtige Wort, denn es schmeckte mir nicht, weshalb Nicolai mir ab und an etwas anderes besorgte, wie zum Beispiel einen Hamburger oder eine Pizza. Er war wirklich süß und ich fragte mich immer wieder, wie ich so einen Mann nur verdiente. Die Krankenschwestern sagten nichts zu den Essenslieferungen. Sie waren nur daran interessiert, dass ich überhaupt etwas aß, damit ich wieder gesundwurde. Natürlich berichteten die Medien über die Entführungen von Gloria und mir. Immer wieder wollten Reporter Interviews mit mir führen. Aber ich lehnte ab. Ich wollte nicht in der Öffentlichkeit stehen und immer wieder erzählen müssen, was Steve und Cunningham mir angetan hatten. Ich wollte einfach nur meine Ruhe haben. Der Sicherheitsdienst vom Krankenhaus hatte alle Hände voll zu tun die Reporter und Kameramänner vom Eindringen ins Krankenhaus abzuhalten. Ich wusste nicht, woher sie erfahren hatten, dass ich in Toronto im Krankenhaus gelegen hatte, denn eigentlich hatte das Krankenhauspersonal eine Schweigepflicht und durften keine Auskunft über Patienten geben. Aber vielleicht hatte ja doch jemand geplappert. Man konnte nie wissen. Durch die Reporter konnte ich auch nicht raus in die Gartenanlage des Krankenhauses. Schließlich musste ich damit rechnen, dass sie mich dort sehen würden und dann hätte ich keine Ruhe mehr. Zum Glück besaß das Krankenhaus eine Dachterrasse, auf die Nicolai und ich ab und zu gingen, um etwas an die frische Luft zu kommen oder auch um eine Zigarette zu rauchen. Nicolai besorgte mir dann immer einen Rollstuhl, damit ich nicht mit den Krücken laufen musste.

Am Freitagnachmittag klopfte es an die Krankenzimmertür und wurde geöffnet. Ich war sehr überrascht, wer ins Zimmer kam. Es waren Rupert, Jeanette und Lilly. Nicolais Großeltern waren auch schon zu Besuch gekommen. Ich war so gerührt, dass sie alle an mich dachten und mich besuchen kamen. Damit hatte ich gar nicht gerechnet. Und schon gar nicht, dass Rupert und Jeanette extra aus Columbus hier herfliegen würden.
„Chey, Nicolai", rief Lilly und wollte zu uns laufen, doch sie wurde

von Rupert am Arm festgehalten.

„Denk daran, was ich dir gesagt habe. Chey ist verletzt und du musst ganz vorsichtig sein, sonst tust du ihr weh", ermahnte er sie. „Ja, ich weiß." Er ließ sie los und sie kam zu unseren Betten. Sie ging zu Nicolais Bettseite und wurde von Nicolai auf das Bett gehoben.

„Hallo Nicolai", sagte sie und umarmte ihn.

„Na Kleine", erwiderte er lächelnd. „Was machst du", fragte er verwundert, als sie sich die Schuhe auszog und auf den Boden fallen ließ.

„Mom hat mir beigebracht, dass ich nicht mit Schuhen auf das Bett darf", erklärte sie ihm und krabbelte zu mir. „Hallo Chey", begrüßte sie mich und legte ihre kleinen Arme vorsichtig um meinen Hals. Ich war ganz überrascht, denn so hatte sie mich noch nie begrüßt. Sonst hatte sie mir immer nur die Hand gereicht.

„Hallo Lilly", erwiderte ich und drückte sie kurz an mich. Als sie sich von mir löste, kamen Jeanette und Rupert zu uns und begrüßten uns ebenfalls. Auch von ihnen wurde ich umarmt.

„Das ist ja eine Überraschung, dass ihr hier seid. Hat Lilly noch Ferien", fragte Nicolai.

„Ja. Am Montag fängt erst die Schule wieder an. Als wir gehört haben, was passiert ist, war klar, dass wir herfliegen würden. Unsere Flugtickets hatten wir doch bereits, weil dieses Wochenende doch eigentlich eure Hochzeit stattfinden sollte", erklärte Jeanette.

Stimmt, eigentlich wollten wir diesen Samstag unsere Hochzeit feiern. Daraus wurde jetzt nichts. Wir hatten die Hochzeit erst einmal auf unbestimmte Zeit verschoben und Nicolai hatte die Trauung und die Feier abgesagt. Einerseits war ich traurig darüber, denn ich wollte Nicolai am liebsten sofort heiraten, aber andererseits wollte ich auch erst einmal wieder gesundwerden. Ich hatte keine Lust mit einem Gipsfuß zu feiern.

„Naja die Hochzeit ist jetzt erst einmal verschoben. Der Gips passt nicht zum Brautkleid", erwiderte ich grinsend.

„Da hast du recht. Werde erst einmal gesund und dann könnt ihr immer noch heiraten", sagte Rupert.

„Wie lange bleibt ihr", fragte ich.

„Bis Sonntag, dann müssen wir zurück, weil Lilly am Montag in die Schule muss."

„Leider", murrte Lilly. „Die Ferien waren viel zu kurz."

„Du hattest doch wohl lange genug frei. Die Ferien sind seit Ende Juni. Das reicht doch wohl", entgegnete Rupert.

„Übrigens sind Ben und Catherine auch hier. Sie wollen euch morgen besuchen kommen, weil es sonst zu voll in diesem Zimmer wird. Deine Eltern wollen nachher nämlich auch noch vorbeikommen", sagte Jeanette und beim letzten Satz wandte sie sich an Nicolai.

„Ja, ist gut", kam es von ihm.

„Chey? Mummy hat gesagt, dass du einen schlimmen Unfall hattest. Du wärst die Treppe heruntergefallen. Stimmt das", fragte Lilly.

„Ja, das stimmt. Ich bin auf Socken die Treppen heruntergelaufen. Dabei bin ich ausgerutscht", log ich, denn ich konnte Jeanette nicht in den Rücken fallen. Es hatte schon seinen Grund, warum sie ihrer siebenjährigen Tochter nicht die Wahrheit über das, was wirklich passiert war, erzählt hatte. Lilly war noch viel zu jung um es zu verstehen, was Steve und Cunningham getan hatten und ich wollte ihr mit den Grausamkeiten keinen Schock einjagen. „Schau mal", sagte ich und schob die Bettdecke, die über meinen Füßen lag, weg. „Ich habe mir dabei den Fuß gebrochen und jetzt muss ich einen Gips tragen."

„Oh, das tut bestimmt weh", sagte Lilly und besah sich den Gips.

„Ja, das tut es."

„Lilly, wie wäre es, wenn wir beide in die Cafeteria gehen und dir ein Eis kaufen", schlug Nicolai vor.

„Oh ja, das wäre toll und Chey bringen wir auch eins mit", rief sie erfreut und sprang vom Bett um ihre Schuhe anzuziehen.

„Möchtest du auch ein Eis oder etwas anderes", fragte mich Nicolai schmunzelnd.

„Ich nehme ein Eis", erwiderte ich, denn darauf hatte ich gerade wirklich Lust.

„Okay. Möchtet ihr auch etwas? Einen Kaffee vielleicht", wandte er sich an Rupert und Jeanette und stand vom Bett auf. Auch er zog sich seine Schuhe an.

„Ein Kaffee wäre nicht schlecht", erwiderte Rupert und Jeanette nickte zustimmend.

„Gut, dann sind wir mal eben in der Cafeteria." Er ging zusammen mit Lilly zur Tür und die beiden verließen das Zimmer.

„Danke, dass du Lilly das mit dem Treppensturz bestätigt hast", kam es von Jeanette. „Ich wollte ihr nicht sagen, was wirklich

passiert ist. Sie würde es noch nicht verstehen."
„Das ist doch kein Problem. Sie muss diese schrecklichen Dinge auch noch gar nicht wissen. Sie wird aus den Medien noch früh genug erfahren, welche Grausamkeiten es auf der Welt gibt", erwiderte ich.

„Wie geht es dir denn", fragte sie nun und sah mich besorgt an.

„Es geht schon. Mein Körper erholt sich langsam wieder aber die Angstzustände und die Albträume, die ich habe, machen mir sehr zu schaffen."

„Das kann ich verstehen. Wir sind froh, dass die Polizei dich gefunden und gerettet hat. Als wir erfahren haben, was passiert ist, hatten wir große Angst und Sorge um dich. Jade musste uns immer auf den Laufenden halten, ob es etwas Neues gab", sagte Jeanette.

„Die Zeit war wirklich schrecklich. Selbst Ben rief ständig bei Nicolai an, um zu fragen, ob er etwas Neues wüsste. Er muss ihm ganz schön auf die Nerven gegangen sein. Wir sind auf jeden Fall froh dich, wenn auch noch nicht ganz gesund, zurückzuhaben", kam es von Rupert.

„Danke. Ich ... ich bin echt gerührt. Ich kenne das gar nicht, dass sich so viele Menschen Sorgen um mich machen. Oder anders gesagt, bevor ich Nicolai und euch alle kennengelernt habe, hat es nach dem Tod von meiner Mutter fast niemand mehr getan." Ich wischte mir eine Träne von der Wange, die sich vor Rührung aus meinem Auge gestohlen hatte.

„Ach Liebes", sagte Jeanette, stand von ihrem Stuhl, auf dem sie gesessen hatte, auf und umarmte mich. „Nun ist alles anders. Diese schreckliche Zeit ist vorbei und jetzt sowieso. Dieser Bozman und sein Freund sind tot und sie können dir nichts mehr antun.

„Darüber bin ich auch sehr froh. Endlich kann ich mein Leben wieder richtig genießen, ohne Angst vor den beiden haben zu müssen. Nur die Albträume und die Angstzustände stören noch."

„Hast du eigentlich mal über eine weitere Therapie nachgedacht? Sie hat dir das letzte Mal doch so gut geholfen", fragte Rupert.

„Nein, bis jetzt noch nicht. Ich werde aber mal darüber nachdenken." Die Tür ging auf und Lilly kam gefolgt von Nicolai ins Zimmer.

„Hier bitte, Chey", sagte Lilly und reichte mir ein Eis.

„Danke schön", bedankte ich mich.

„Was hast du denn da", fragte Rupert seine Tochter.

„Eine Zeitschrift. Da sind Filzstifte mit bei", erwiderte sie und wandte sich dann zu mir. „Darf ich deinen Gips etwas verschönern? Nicolai hatte die Idee, aber ich sollte dich erst fragen, ob ich es darf."

„Na gut, aber iss erst dein Eis auf, bevor es schmilzt", entgegnete ich lächelnd.

„Okay", kam es von ihr. Sie setzte sich an einen kleinen Tisch, der mit im Zimmer stand, und begann ihr Eis zu essen.

Wie Jeanette schon gesagt hatte, kamen wenig später Nicolais Eltern vorbei. Wir unterhielten uns und Lilly verschönerte meinen Gips mit Blumen, Herzen und einer Sonne. Sie konnte schon richtig gut malen für ihr Alter. Der Gips sah, als sie fertig war, gut aus. Nicht mehr so langweilig weiß.

„So wir werden dann mal gehen. Chey du brauchst Ruhe. So viel Besuch kann ziemlich anstrengend sein. Wir kommen euch aber noch einmal besuchen, bevor wir wieder nach Hause fliegen. Entweder hier im Krankenhaus, oder falls ihr schon Zuhause sein solltet, dann dort. Wir haben das Haus doch noch gar nicht gesehen", sagte Jeanette. Sie hatte recht. Sie waren, seitdem wir umgezogen waren, noch gar nicht wieder hier gewesen und hatten das Haus noch nicht gesehen. Sie verabschiedeten sich alle von uns und verließen das Zimmer. Jeanette hatte recht. Besuch war anstrengend. Ich merkte, dass ich müde wurde. Ich wollte aber noch nicht schlafen. Denn eigentlich wollte ich mit Nicolai einen Film auf dem Laptop schauen.

„Was hast du denn vor", fragte Nicolai, als ich mir die DVDs schnappte.

„Ich suche einen Film für uns aus."

„Bist du nach dem Besuch nicht müde?"

„Ein bisschen. Aber ich will noch nicht schlafen. Ich möchte lieber in deinen Armen liegen, mit dir kuscheln und einen Film schauen."

„Das hört sich gut an", erwiderte Nicolai lächelnd und schaltete den Laptop ein, der auf dem Nachttischtablett stand. Ich reichte ihm eine DVD, die er ins DVD-Laufwerk einlegte. Er schob den Nachttisch so zurecht, dass wir beide gut sehen konnten und startete, nachdem ich mich in seine Arme gelegt hatte, den Film.

Kapitel 16

In der letzten Nacht, bevor ich entlassen wurde, erwachte ich durch seltsame helle Blitze. Es war komisch, denn ein Gewitter konnte es nicht sein. Es gab nach dem Blitz keinen Donner. Ich öffnete meine Augen und erschrak, als es genau in dem Moment vor meinen Augen blitzte. Das Seltsame war nur, dass der Blitz mitten im Zimmer war.

„Nicolai! Nicolai, wach auf", rief ich und rüttelte an seinem Arm, bis er wach war.

„Was ist los, Süße", fragte er schlaftrunken. Ich beantwortete seine Frage nicht, denn in dem Moment sah ich eine Gestalt, die auf mein Bett zu kam. Ich schrie auf und rutschte über unser, durch zwei Betten zusammengestelltes Doppelbett, zu Nicolai herüber. Nun war Nicolai richtig wach und nahm mich beschützend in den Arm, denn auch er sah die Gestalt, die nun neben meinem Bett stand. Nicolai drehte sich, ohne mich loszulassen kurz um und betätigte den Lichtschalter. Ich blinzelte kurz, bis ich den Mann richtig erkennen konnte, der mit einer Kamera in der Hand vor dem Bett stand und uns anstarrte.

„Wer sind Sie und was haben Sie in unserem Zimmer zu suchen", knurrte Nicolai.

„Mein Name ist Jerry Bauer. Ich bin Reporter von der lokalen Zeitung hier in Toronto", stellte er sich vor. Er war etwa ein Meter fünfundsiebzig groß, hatte schwarze längere Haare, die ihm bis zur Schulter gingen, und hatte einen schlaksigen Körper. „Miss Disseur, ich würde gerne ein Interview mit Ihnen führen." Wie bitte? Das konnte doch wohl nicht wahr sein.

„Sie wollen was? Geht es Ihnen noch ganz gut? Sie kommen mitten in der Nacht ins Zimmer, fotografieren mich und wollen dann noch ein Interview", fragte ich wütend und wurde dabei immer lauter.

„Es ist sehr schwer an Sie heranzukommen. Deshalb musste ich diesen Weg gehen. Beantworten Sie mir nur ein paar Fragen und dann bin ich auch schon wieder weg. Sie tun es doch nicht umsonst. Der Verlag wird Sie gut für das Interview bezahlen", versuchte er mich zu locken. Hatte er sie eigentlich noch alle? Die Wut brodelte in mir. Er besaß wirklich die Frechheit nachts in mein Zimmer zu kommen, um mit mir ein Interview zu führen. Dazu bot er mir noch Geld an.

„Ich habe mich doch klar genug ausgedrückt, als ich alle Anfragen abgelehnt habe. Auch von Ihrer Zeitung. Ich habe deutlich gesagt, dass ich keine Interviews geben werde. Und wenn ich keine sage, dann meine ich auch keine", machte ich ihm mit lauter Stimme klar. „Und jetzt raus hier."

„Guten Abend. Fresco hier. Ein Reporter ist bei uns ins Krankenzimmer eingedrungen und belästigt uns", sprach Nicolai in sein Handy. Er telefonierte mit der Polizei.

„Bitte Miss Disseur. Ich habe doch nur ein paar Fragen."

„Verschwinden Sie. Sofort", schrie ich nun. Die Tür ging auf und die Nachtschwester kam herein.

„Was ist denn hier los", fragte sie.

„Wir werden von einem Reporter belästigt. Ich habe gerade schon die Polizei verständigt. Könnten Sie bitte den Sicherheitsdienst rufen, bis die Beamten hier eintreffen", bat Nicolai sie.

„Ja natürlich. Das gibt es doch nicht, wie dreist diese Reporter doch sind." Kopfschüttelnd verließ sie das Zimmer und schloss die Tür hinter sich, damit die anderen Patienten nicht belästigt wurden. Ich schaute ihr nach und sah es wieder blitzen. Das war doch jetzt nicht wahr. Dieser aufdringliche Typ hatte mich schon wieder fotografiert.

„Lassen Sie das. Wehe Sie veröffentlichen diese Fotos", warnte ich ihn. Am liebsten wäre ich aufgestanden und hätte ihm die Kamera weggenommen. Aber durch meinen Fuß ging es leider nicht. Nicolai hatte den gleichen Gedanken. Er sprang vom Bett, ging gezielt auf den Typen zu und riss ihm so schnell die Kamera aus der Hand, dass dieser nicht reagieren konnte.

„Hey, was tun Sie da? Das ist meine Kamera", protestierte Bauer und wollte sie sich zurückholen. Aber Nicolai wich ihm aus.

„Chey, nimm die Kamera und lösche die Bilder", sagte Nicolai und gab mir die Kamera.

„Geben Sie die Kamera her. Sie war teuer", forderte Bauer mich auf.

„Sie bekommen sie wieder, wenn ich die Bilder gelöscht habe", sagte ich und schaltete die Kamera ein. Zum Glück war es eine

Digitalkamera. So konnte ich die Bilder direkt auf dem Gerät löschen.

„Nein, Sie geben sie sofort her", knurrte er und wollte gerade auf mich zustürmen, als die Tür aufging und zwei Sicherheitsbeamte hereinkamen. Sie schnappten sich Braun und brachten ihn zu Boden.

„Schön langsam, Junge. Patienten belästigen und auch noch angreifen ist aber nicht die feine Art. Macht man das als Reporter, heutzutage so", fragte einer der Sicherheitsmänner.

„Sie haben mir meine Kamera geklaut", keuchte Braun, der von den beiden Männern auf den Boden gedrückt wurde.

„Weil Sie Fotos von mir gemacht haben und ich es nicht wollte", gab ich zurück.

„Wie bist du eigentlich hier hereingekommen", fragte der Sicherheitsmann.

„Durch den Nebeneingang. Am Haupteingang bin ich ja nicht hereingelassen worden. Deshalb habe ich mir einen anderen Weg gesucht", erklärte er.

„Na wen haben wir denn da? Mr. Jerry Braun, der Reporter. Ein alter Bekannter von uns", sagte ein Polizeibeamter und kam mit seinem Kollegen ins Zimmer. Oh Braun war also bei der Polizei bereits bekannt. Was er wohl angestellt hatte? „Wir übernehmen jetzt", wandte er sich an das Sicherheitspersonal.

„Natürlich. Ihr könnt ihn haben." Sie ließen Braun los. Verabschiedeten sich von uns und verließen den Raum. Nicolai berichtete der Polizei, was genau passiert war. In der Zeit löschte ich die Fotos von der Kamera.

„Ich habe die Fotos von der Kamera gelöscht. Das war doch in Ordnung, oder", fragte ich einen der beiden Polizisten, als ich ihm die Kamera gab.

„Das ist schon in Ordnung. Wenn Sie es nicht getan hätten, dann hätten wir sie gelöscht. Schließlich hat Mr. Braun sie unerlaubt von Ihnen gemacht. Im Übrigen hätte die Zeitung die Fotos nicht ohne Ihre Zustimmung veröffentlichen dürfen. Vor allem nicht, weil diese Fotos Ihre Privatsphäre verletzt hätten", erklärte er mir.

„So Mr. Braun. Sie werden uns jetzt zum Revier begleiten. Das wäre dann schon Ihre dritte Anzeige wegen Belästigung. Sie sollten sich langsam mal überlegen, ob Reporter der richtige Beruf für Sie ist", sagte der andere Polizeibeamte, der ihm am Arm packte.

„Ich wollte doch nur ein Interview", verteidigte sich Bauer.

„Ja, das kennen wir schon. Bei den anderen beiden Personen, die Sie belästigt haben, wollten Sie auch nur ein Interview. Im Übrigen wird das Krankenhaus Sie wegen Hausfriedensbruch belangen. Ihnen war der Zutritt nicht gestattet. Alles Weitere klären wir auf dem Revier", sagte der Polizist zu ihm und zog ihn zur Tür. Die Polizisten verabschiedeten sich von uns und gingen aus dem Zimmer.

„Geht es dir gut", fragte Nicolai besorgt und kam zu mir.

„Ja, alles gut. Ich habe mich nur so erschrocken, als ich diesen Typen im Dunkeln auf mich zukommen sah. Ich dachte ... ich dachte, es wäre ... Steve", brachte ich mit zitternder Stimme heraus und hatte Mühe die Erinnerungen zurückzudrängen.

„Süße, er kann dir nichts mehr tun. Er ist tot. Im Übrigen lasse ich nicht mehr zu, dass dir jemand wehtut. Egal wer es ist. Ich hätte letzte Woche auch besser auf dich aufpassen sollen. Wäre ich doch nur mit dir und Martin nach draußen gegangen, dann hätte ich verhindern können, dass er dich zu diesen Bastarden bringt. Wenn ich doch nur schneller gewesen wäre, als er dich ins Auto verfrachtet hat und mit dir weggefahren ist. Aber als ich bei euch ankam, ist er gerade davongerast", sagte er und senkte den Kopf.

„Hör auf dir Vorwürfe zu machen. Niemand wusste, dass die beiden noch am Leben waren und ihren Tod nur vorgetäuscht hatten. Martin war unser Freund. Es konnte doch keiner ahnen, dass er so etwas tun würde. Naja, etwas Gutes hat das Ganze ja. Auch wenn der Tod nicht gut ist, so habe ich aber mein Leben wieder und kann es in Ruhe genießen."

„Da hast du recht. Lass uns versuchen noch etwas zu schlafen", schlug Nicolai vor und gähnte. Wir legten uns wieder ins Bett und Nicolai schaltete das Licht aus. Es dauerte eine ganze Weile, bis wir beiden wieder einschliefen.

Am nächsten Tag durfte ich endlich nach Hause. Da der Haupteingang des Krankenhauses von Reportern belagert war, gingen wir durch einen Nebeneingang hinaus, wo uns Sean mit seinem Wagen abholte. Nicolais Wagen stand auf dem Parkplatz vor dem Haupteingang. Wir hätten ihn nie erreichen können, ohne dass uns ein Reporter bemerkt hätte. Wir wollten nicht, dass uns jemand bis nach Hause folgte, denn die Reporter sollten nicht wissen, wo wir wohnten. Sean fuhr ein paar Umwege, um Verfolger, falls uns doch jemand gesehen hatte und nun hinter uns herfuhr, abzuschütteln. Gavin würde am Abend Nicolais Wagen vorbeibringen. Als wir Zuhause ankamen, brachte mich Nicolai zur Couch, wo ich mich hinlegen sollte. Er nahm die Anweisungen des Arztes sehr ernst und ich sollte mich ausruhen.

„Kann ich dir etwas bringen", fragte er.

„Ja, ich bräuchte meinen Terminkalender, das Telefon und mein Tagebuch bitte."

„Wird gemacht", lächelte er und brachte mir die Sachen. Als Erstes suchte ich in meinem Terminkalender nach der Visitenkarte von Mrs. Snyder. Ich hatte im Krankenhaus mit Nicolai darüber gesprochen, ob ich wieder eine Therapie machen sollte. Sie hatte mir beim letzten Mal schon sehr geholfen. Nun wollte ich Mrs. Snyder anrufen und einen Termin vereinbaren. Ich fand die Visitenkarte im Seitenfach des Kalenders und wählte die Nummer. Nach dem dritten Klingeln ging Mrs. Snyder dran. Ich brauchte ihr gar nicht so viel zu erzählen, was passiert war und warum ich wieder eine Therapie machen wollte, denn Mrs. Snyder wusste schon einiges aus den Nachrichten. Wir vereinbarten einen Termin noch für die folgende Woche. Ich war sehr froh darüber, denn so konnte ich gleich mit der Therapie beginnen. Ich wollte die Albträume und die Angstzustände einfach nur loswerden und das konnte ich nur mit einer Therapie. Ich nahm mir mein Tagebuch zur Hand, schlug es auf und begann zu schreiben.

Endlich ist alles vorbei. Steve und Cunningham haben ihren Tod nur vorgetäuscht und mich durch Martin entführen lassen. Nun sind sie tot. Wirklich und endgültig tot und können mir nichts mehr tun. Ich weiß, man soll niemanden den Tod wünschen, aber die beiden haben es verdient und nur so kann ich ein Leben ohne Angst leben. Ich hätte immer damit rechnen müssen, dass sie aus dem Gefängnis freikommen und sich an mir rächen würden. Ich hätte kein ruhiges Leben haben können, doch jetzt habe ich es. Das Tragische an der ganzen Sache ist nur, dass zwei Menschen ihr Leben lassen mussten. Und das nur, weil Steve hinter mir her war. Joshua, der mich beschützen wollte und Martin, der mich an die beiden ausgeliefert hatte, um seine Freundin zu retten. Ich bin nicht wütend auf Martin, dass er es getan hat, denn im Endeffekt wurde er von Steve und Cunningham erpresst und musste um Glorias Leben fürchten. Natürlich hätte er die Polizei einschalten können, aber er hatte einfach nur Angst, dass die beiden Gloria umbringen würden. Ich

konnte ihn und seine Angst verstehen. Er wollte doch auch nur den Menschen,
den er liebte, beschützen beziehungsweise retten, so wie ich meine Familie und
meine Freunde beschützen wollte.
In zwei Tagen ist seine Beerdigung. Auch wenn die anderen mir davon abraten,
werde ich hingehen und mich von ihm verabschieden.

Am Mittwochvormittag fuhren wir zum Friedhof in
Mississauga, wo Martin beerdigt wurde. Am Parkplatz trafen wir
uns mit Elle, Kate, Gavin und Carlos, die sich ebenfalls von Martin
verabschieden wollten. Sie gingen mit gemischten Gefühlen zu
dieser Beerdigung. Einerseits waren sie wütend auf ihn, weil er
mich Steve und Cunningham ausgeliefert und somit in Kauf
genommen hatte, dass sie mich töteten. Andererseits war er aber
auch ihr Freund gewesen. Zusätzlich wollten sie mir beistehen,
wenn Gloria versuchen sollte mich fertigzumachen. Nicolai war nur
meinetwegen mitgekommen. Er konnte Martin nicht verzeihen, was
er getan hatte. Ich hatte Nicolai gesagt, dass er ruhig Zuhause
bleiben könnte und nicht extra meinetwegen mit zu dieser
Beerdigung gehen bräuchte. Aber er ließ sich nicht davon
abbringen. Er hatte mir einen Rollstuhl besorgt, damit ich nicht die
ganze Zeit mit den Krücken und auf einem Bein stehen musste,
denn auf den gebrochenen Fuß durfte ich immer noch nicht
auftreten. Allerdings kam ich mit den Krücken gut zurecht und
konnte mich gut damit fortbewegen. Wir hielten uns, wie auch
schon auf Joshuas Beerdigung im Hintergrund, da Gloria nichts
mehr mit uns zu tun haben wollte. Als der Pfarrer beim
Trauergottesdienst über Martin sprach, was für ein herzensguter
Mensch er doch gewesen war, brodelte die Wut in Nicolai und ich
musste ihn beruhigen, damit er nicht vor all den Menschen
ausflippte. Nachdem der Gottesdienst vorbei war, gingen wir zum
Grab. Naja die anderen gingen. Ich wurde gefahren. Der Pfarrer
sprach noch einige Worte, bevor der Sarg ins Grab gelassen wurde.
Mir liefen die Tränen über die Wangen und ich hörte Elle und Kate
neben mir schluchzen. Ich spürte Nicolais Hände auf meinen
Schultern, die mich trösteten. Wir sahen den Leuten zu, wie sie sich
von Martin verabschiedeten. Estelle und Gregor waren ebenfalls
dabei, die danach zu uns kamen. Estelle beugte sich zu mir herunter
und umarmte mich kurz. Sie war in einem Zwiespalt, denn sie war
mit Gloria und mit uns befreundet und wusste nicht, wie sie sich

deswegen Gloria gegenüber verhalten sollte, da sie mit uns keinen Kontakt mehr wollte. Nachdem ich aus dem Krankenhaus gekommen war, hatte ich Gloria mehrmals versucht anzurufen. Ich wollte wissen, wie es ihr ging und einfach die ganze Sache klären. Zumindest wollte ich sie überreden, wenn sie mich schon nicht sehen wollte, dann die Freundschaft zu den anderen aufrechtzuerhalten. Denn sie konnten doch erst recht nichts dafür, was passiert war. Aber sie war gar nicht erst ans Telefon gegangen. „Wie geht es dir", fragte sie.

„Es geht mir soweit ganz gut. Meine Rippen tun kaum noch weh. Es nervt nur, dass ich wegen meines Fußes nicht richtig laufen kann."

„Das kann ich mir vorstellen. Bleibt es dabei, dass ich dich am Montag zur Uni abhole?"

„Ja natürlich."

„Wie du willst wieder zur Uni", fragte Nicolai. Oh das hatte ich ihm noch gar nicht erzählt. Ich wollte wieder zur Uni gehen. Ich konnte kaum die nächsten Wochen, bis mein Fuß wieder heil war, zu Hause bleiben. Auch wenn ich von Amber jeden Tag den Unterrichtsstoff entweder per Telefon oder von ihr persönlich vorbeigebracht bekam. Deshalb hatte ich Estelle gefragt, ob sie mich morgens abholen könnte, da ich wegen des Fußes nicht selbst Auto fahren konnte. Sie hatte zugestimmt und wollte mich nicht nur abholen, sondern nach dem Unterricht auch wieder nach Hause bringen.

„Ja, ich habe keine Lust den ganzen Tag Zuhause herumzuhängen. Abgesehen davon musst du auch wieder zur Uni", erklärte ich ihm. Nicolai hatte sich mit Genehmigung von Mr. Johnson die Tage, wo ich im Krankenhaus war und diese Woche von der Uni freigenommen, um bei mir sein zu können und lernte von Zuhause aus für seine Kurse.

„Stimmt. Nächste Woche schreibe ich zwei Klausuren. Da sollte ich mich an der Uni blicken lassen. Aber meinst du, es wäre gut für dich, wenn du jetzt schon zur Uni gehen würdest? Nicht nur wegen deines Fußes. Deine Mitstudenten werden durch die Medien mitbekommen haben, was passiert ist", wandte Nicolai besorgt ein.

„Ich weiß, aber es ist egal, ob ich nächste Woche oder erst in zwei oder drei Wochen zur Uni gehe. Wenn die anderen mich dazu etwas fragen wollen, dann werden sie es auch tun. Egal wann ich hingehe", erwiderte ich.

„Da hast du auch wieder recht."

„Was wollt ihr hier? Ich habe doch gesagt, dass ich euch nicht sehen will. Und dich schon gar nicht", sagte Gloria bissig und schaute mich wütend an. „Estelle, ich verstehe gar nicht, warum du dich mit denen abgibst. Sie halten zu der Frau, die meinen Mann auf den Gewissen hat."

„Sie sind halt meine Freunde. Außerdem hat Chey Martin nicht auf dem Gewissen. Dieser Typ hat ihn erschossen", antwortete Estelle ihr.

„Das kann sein. Trotzdem ist das alles nur ihretwegen passiert. Ich wurde wegen ihr entführt und war tagelang eingesperrt. Und Martin wurde ihretwegen erschossen. Wenn sie nicht gewesen wäre, würde er jetzt noch leben."

„Gloria, es reicht", ermahnte Gregor sie.

„Dein Mann hat Chey entführt und diesen beiden Bastarden ausgeliefert, obwohl er genau wusste, dass sie Chey töten würden. Klar, er hat es gemacht, um dich zu retten. Er hat dabei aber einen Fehler gemacht. Er hat ihnen die Lüge abgekauft, dass sie euch danach gehen lassen würden. Dabei hätte er wissen müssen, dass sie das nicht tun würden, weil ihr sie verraten konntet. Deshalb wurde Martin umgebracht. Chey und du hättet ebenfalls sterben müssen. Sie hätten euch nicht am Leben gelassen. Martin hat den Fehler gemacht ihnen zu vertrauen. Er hätte, anstatt Chey in Gefahr zu bringen, zur Polizei gehen sollen. Sie hätten dich gerettet", sagte Nicolai wütend und musste sich zusammenreißen, dass er sie nicht anschrie.

„Trotzdem ist sie daran schuld. Hätten Gregor und Martin sie damals in Aspen nicht vor diesem Typen gerettet, wäre ich nicht entführt worden und er wäre noch am Leben", fauchte sie. Und ich wäre tot. Wenn Gregor und Martin damals nicht gewesen wären, hätte Warren mich im Auftrag von Steve umgebracht. Sie konnten ihn vertreiben und er hatte keine Chance mich mit seinem Messer umzubringen. Ich war nicht nur den beiden dafür dankbar. Olivia hatte, dadurch, dass sie die beiden angesprochen hatte, ebenfalls mein Leben gerettet. Ich schluckte hart. Es versetzte mir einen Stich ins Herz von ihr zu hören, dass sie mir den Tod wünschte. Auch wenn sie es nicht direkt ausgesprochen hatte. So wäre Martin noch am Leben. Das von ihr zu hören war noch schlimmer, als von

Joshuas Frau. Denn ich dachte eigentlich, dass Gloria eine Freundin war. Da hatte ich mich wohl getäuscht und das tat weh. Auch wenn ich wusste, dass sie wütend war, weil ihr ein geliebter Mensch genommen wurde und sie die Wut loswerden wollte, konnte ich trotzdem nicht verstehen, wie sie so etwas sagen konnte.

„Gloria, verdammt noch mal. Hast du sie eigentlich noch alle", schrie Gregor sie an. „Hast du schon einmal darüber nachgedacht, dass Chey jetzt tot wäre, wenn wir ihr damals nicht geholfen hätten? Außerdem war es unsere Pflicht zu helfen. Wenn wir weggeschaut hätten, so wie es viele Menschen auf dieser Welt tun, wäre es unterlassene Hilfeleistung gewesen. Ich hätte nicht damit leben können, wenn meinetwegen ein Mensch gestorben wäre, nur weil ich weggeschaut hätte. Nicolai hat ganz recht. Martin hätte die Polizei rufen sollen. Sie hätten dich gerettet. So hat er sich und Chey zusätzlich in Gefahr gebracht. Was bist du nur für ein Mensch, der einer Freundin den Tod wünscht?" Abfällig schüttelte Gregor den Kopf.

„Hey, Martin war doch auch dein Freund und du bist auf ihrer Seite", fragte Gloria ungläubig.

„Ja, er war sogar mein bester Freund. Und das seit Kindertagen an. Aber was er getan hat, war falsch. Er hat in Kauf genommen, dass Chey stirbt, um dich zu retten, obwohl es noch eine andere Möglichkeit gab, dich aus den Fängen dieser Typen zu befreien", erwiderte er.

„Immer dreht sich alles nur um dieses arme kleine Mädchen. Denkt auch jemand mal an mich? Ich wurde entführt und tagelang gefangen gehalten. Martin wollte mich einfach nur retten", schrie Gloria.

„Chey, hat an dich gedacht. Sie hat dreimal versucht zu flüchten und wollte dich dabei erst befreien. Sie wollte mit dir zusammen abhauen. Cunningham hat ihr dabei den Fuß gebrochen und trotzdem hat sie es noch einmal versucht, wobei sie dabei fast gestorben wäre, weil sie mit ihr danach russisches Roulette gespielt haben. Als wir euch gerettet haben, hat sie, bevor sie ohnmächtig wurde, noch gesagt, dass wir dich retten sollen. Wir sollten dich nicht vergessen. Hättest du das auch getan? Hättest du an Chey gedacht", schrie Nicolai empört.

„Nicolai beruhige dich, bitte. Es ist doch alles gut gegangen. Wir leben und das ist das Wichtigste", versuchte ich ihn zu beruhigen.

271

„Sie hätten dich fast getötet. Ich hätte dich fast verloren. Wie soll ich mich da beruhigen", fragte er mich und ich sah in seinem Gesicht, wie er sich an die Entführung erinnerte und wie sehr er gelitten hatte. Tränen glitzerten in seinen Augen. Es musste ihn wehtun, daran noch einmal erinnert zu werden. Ich bekam ein sehr schlechtes Gewissen. Ich hätte nicht auf diese Beerdigung gehen sollen. Nur meinetwegen wurde Nicolai nun wieder an diese schreckliche Zeit erinnert. Weil ich unbedingt auf diese Beerdigung wollte.

„Komm her", sagte ich und zog ihn zu mir herunter in meine Arme. Er kniete sich neben den Rollstuhl und drückte sich fest an mich. „Es ist gut. Ich bin da. Ich lebe. So schnell wirst du mich nicht los", flüsterte ich ihm zu.

„Oh, wie süß", kam es von Gloria herablassend.

„Halt deine Klappe", fauchte Kate sie an.

„Glaubst du wirklich, sie hätten euch einfach so gehen lassen, nachdem Martin ihnen Chey gebracht hatte? Ihr wäret dort nicht lebend herausgekommen. Sie hätten euch alle drei umgebracht", versuchte Carlos ihr klar zu machen.

„Ach denkt doch, was ihr wollt. Ihr seid für mich alle als Freunde gestorben", sagte Gloria und stolzierte davon. Nicolai löste sich von mir und wir schauten uns an.

„Geht es dir gut", fragte ich besorgt.

„Ja, es geht schon wieder. Tut mir leid. Meine Gefühle haben mich übermannt."

„Du brauchst dich nicht zu entschuldigen. Ich weiß, dass dich die Entführung sehr mitgenommen hat."

„Das hat sie auch und ich bin so froh, dass du lebst. Ich liebe dich, Süße", sagte er leise.

„Ich liebe dich auch."

„Nehmt es euch nicht so zu herzen, was Gloria gesagt hat. Sie ist einfach nur wütend, dass Martin gestorben ist. Dazu kommt noch die Entführung und das Trauma, was sie davon bekommen hat", sagte Gregor und legte Nicolai und mir jeweils eine Hand auf die Schultern.

„Ich weiß", erwiderte ich.

„Lasst uns zum Grab gehen und uns verabschieden", schlug Kate vor. Gregor und Estelle begleiteten uns. Auf dem Weg dorthin sagte niemand etwas. Jeder hing seinen Gedanken nach. Wir kamen am Grab an und einer nach dem anderen verabschiedete sich von Martin. Sogar Nicolai.

„Ruhe in Frieden, Martin. Es tut mir leid, was passiert ist", sagte ich.

Am Freitag hatte ich meine erste Therapiestunde. Nicolai begleitete mich, blieb aber während der Sitzung im Wartezimmer sitzen. Es war schlimm für mich noch einmal erzählen zu müssen, was in dem Haus passiert war. Aber da musste ich durch, wenn ich das Geschehene verarbeiten wollte. Nach fünfundvierzig Minuten hatte ich es geschafft und die Therapiestunde war vorbei. Mrs. Snyder und ich vereinbarten, dass ich zweimal die Woche zur Sitzung vorbeikommen sollte und ich machte bei ihrer Empfangsdame die Termine für die nächste Woche aus. Da wir sowieso in Toronto waren, fuhren Nicolai und ich noch zum Friedhof. Steve und Cunningham wurden auf den gleichen Friedhof, wie meine Eltern begraben. Ihre Beerdigung war ebenfalls in dieser Woche gewesen. So wie die von Martin. Ich war aber nicht hingegangen. Mich hätte dort sowieso niemand sehen wollen. Aber was hätte ich auch dort gewollt? Sie waren tot und ich hatte mein Leben wieder. Ich wollte einfach nur in Ruhe leben. Mehr hatte ich nie gewollt. Und genau das konnte ich nun. Klar ich hätte mich von ihnen verabschieden können. Aber warum sollte ich das tun? Für all das Leid, was sie mir angetan hatten? Auf keinen Fall. Wie immer besorgte ich frische Blumen für die Gräber. Nicolai hatte den Rollstuhl dabei, sodass er mich über den Friedhof schieben konnte. Nachdem wir bei meinen Großeltern waren, besuchten wir das Grab von meinen Eltern. Der Grabstein war von Steves Schmierereien befreit worden und nun wieder sauber. Ashton hatte ihn gesäubert, nachdem er von dem Vorfall auf dem Friedhof, wobei Joshua gestorben war, erfahren hatte. Nach dem Vorfall hatte er mir verboten auf den Friedhof zu gehen, solange Steve und Cunningham noch auf freien Fuß waren. Nicolai wechselte die Blumen in der Grabvase, da ich es wegen meines Fußes nicht konnte.

„Hallo Mom, hi Dad. Es ist endlich vorbei. Steve und Cunningham sind tot und können mir nichts mehr tun. Ihr braucht euch meinetwegen keine Sorgen zu machen. Mir geht es gut. Ich hatte heute meine erste Therapiestunde. Die Therapie brauche ich wieder, um alles zu verarbeiten. Nicolai hilft mir ebenfalls. Er ist immer für mich da, wenn ich Albträume oder Angstzustände habe."

„Das tue ich gerne", flüsterte Nicolai, der hinter mir stand, an meinem Ohr und küsste mich aufs Haar.

„Ihr würdet ihn sehr mögen. Er ist der perfekte Schwiegersohn. Apropos Schwiegersohn. Unsere Hochzeit ist erst einmal verschoben. Ich möchte schließlich nicht mit einem Gipsfuß heiraten. Einen neuen Termin haben wir noch nicht, aber euch werde ich ihn als Erstes mitteilen", sagte ich und wandte mich dann zu Nicolai, denn mir war gerade eine Idee gekommen. „Können wir Eisessen gehen?"

„Natürlich, Süße", lächelte er. Ich wollte einfach wieder etwas ganz Normales tun. Das war in den letzten Wochen gar nicht möglich gewesen. Einfach unbeschwert und ohne Angst etwas zu tun, das war das, was ich wollte. Ich verabschiedete mich von meinen Eltern und Nicolai schob mich zum Parkplatz, wo unser Wagen stand.

„Wir müssen aber erst noch am Handyshop vorbeifahren", sagte Nicolai.

„Wieso", fragte ich verwundert.

„Na wir müssen dir doch ein neues Handy kaufen", erklärte er und wir kamen beim Wagen an.

Kapitel 17

Acht Monate waren seit der Entführung vergangen und mein Leben verlief wieder normal. Mein Fuß war wieder vollständig heil und ich konnte wieder normal laufen. Ich hatte die Therapie, die mir sehr geholfen hatte, erfolgreich beendet. Nun konnte ich nachts wieder ruhig schlafen und hatte keine Albträume mehr. Auch die Angstzustände waren verschwunden. Aber nicht nur Mrs. Snyder hatte mir geholfen, sondern auch Nicolai. Er war immer für mich da gewesen, was mir sehr geholfen hatte. Wir hatten allerdings auch wieder die Boxsacktherapie, wie im Jahr zuvor, angewandt, wo ich meine ganze Wut über Steve und Cunningham herauslassen konnte. Nach der Entführung dauerte es lange, bis ich mit Nicolai wieder intim werden konnte. Immer wieder hatte ich die Bilder von den Vergewaltigungen vor den Augen. Nicolai war aber so einfühlsam und ließ mir alle Zeit der Welt. Wir tasteten uns langsam Schritt für Schritt heran, bis es dann in der Silvesternacht endlich funktioniert hatte. Es war so wunderschön gewesen ihn endlich wieder in mir zu spüren und anstatt die Bilder, ihn dabei zu sehen, dass mir vor Freude und Glück die Tränen gekommen waren. Ich war heilfroh und überglücklich, dass ich so einen einfühlsamen, fürsorglichen und liebevollen Mann bekommen hatte, und war dankbar für alles, was er besonders in der schweren Zeit für mich getan hatte. Unsere Liebe zueinander war nach dieser Entführung noch größer geworden, wenn das überhaupt noch ging. Aber nicht nur in unserer Beziehung lief alles gut, sondern auch in der Uni. Estelle und Amber standen mir in der ersten Zeit nach der Entführung zur Seite und hielten alle davon ab mir irgendwelche Fragen über die Tat zu stellen. Amber hatte es besonders schwer, da es zwei Studenten gab, die auch noch jeden Kurs mit uns zusammen hatten und immer wieder Fragen stellen wollten. Sie ließen sich nicht von Amber abbringen und gingen mir richtig auf die Nerven. Irgendwann war mir dann der Kragen geplatzt und ich hatte sie mitten im Kursraum angeschrien, dass sie mich endlich in Ruhe lassen sollten. Seitdem gingen sie mir aus dem Weg. Das war auch gut so. Sie waren wirklich sehr hartnäckig gewesen. Es gab aber auch viele Studenten, die mich verstanden, dass ich nicht über die Tat sprechen wollte. Sie wünschten mir nur, dass ich das Trauma verarbeiten und ich wieder ein normales Leben führen konnte. Neben den Studenten gab es ja noch die Reporter. Es hatte einige Zeit gedauert, bis sie mich endlich in Ruhe ließen. Leider hatten einige herausgefunden, wo ich wohnte und auf welche Uni ich ging. An beiden Orten tauchten sie natürlich auf und ließen mich nicht in Ruhe. Verzweifelt hatte ich mich an James gewandt, der sämtlichen Zeitungen und Fernsehsender in Toronto und Umkreis mit einer einstweiligen Verfügung drohte, wenn mich ihre Angestellten nicht in Ruhe ließen. Und siehe da, die Drohung hatte bei den meisten gewirkt. Es gab noch drei Reporter, die sich von der Drohung nicht einschüchtern ließen. Gegen sie hatte James die einstweilige Verfügung schließlich bei Gericht beantragt, die sie dann verhängt hatten. Seitdem herrschte wieder Ruhe und Frieden bei uns Zuhause und an der Uni. Stella, Cooper und deren Freunde ließen mich nun auch in Ruhe. Naja eher gezwungenermaßen, denn es stellte sich heraus, dass sie mich nicht nur ausspioniert und mir Steves Briefe zukommen gelassen hatten, sondern dass sie den beiden auch bei der Flucht geholfen hatten. Sie hatten den Hubschrauber besorgt und das Landhaus, in dem Gloria und ich gefangen gehalten wurden, gehörte Ryans Eltern, die es geerbt hatten. Da sie aber selbst ein Haus besaßen, wollten sie das Landhaus eigentlich verkaufen. Sie hatten nur noch keinen Käufer gefunden. Als Steve und Cunningham das Haus brauchten, waren Ryans Eltern für zwei Monate geschäftlich in Europa unterwegs. Und so konnten sie das Haus nutzen, ohne Gefahr zu laufen, dass Ryans Eltern dort auftauchten, um nach dem Rechten zu sehen. Für Ryan war es eine Art Rache, dass er den beiden half. Schließlich war er meinetwegen von der Uni geflogen und hatte zusätzlich noch eine Bewährungsstrafe bekommen, weil er mich sexuell belästigt hatte. Stella, Cooper und Ryan saßen nun im Gefängnis. Sie wurden wegen Beihilfe zur Freiheitsberaubung und zum versuchten Mord verurteilt. Alle drei bekamen eine Freiheitsstrafe von drei Jahren. Carter und Sienna kamen beide mit einer Bewährungsstrafe und einigen Sozialstunden davon, weil sie mit der Hilfe beim Ausbruch und der Entführung nichts zu tun hatten.

Sienna hatte sich auch für all ihre Taten bei mir entschuldigt. Ich nahm ihre Entschuldigung an, aber ich wollte nichts mehr mit ihr zu tun haben. Wie ich es vermutet hatte, waren es Cooper, Ryan und Carter gewesen, die auf unserem Grundstück waren und den Terror an unserem Haus veranstaltet hatten. Wir hätten sie noch wegen Hausfriedensbruch anzeigen können, da sie unerlaubt auf unserem Grundstück waren, aber wir beließen es einfach dabei und waren froh, endlich Ruhe zu haben.

Steves Anhänger hatten immer noch nicht verstanden, was er für ein Mensch gewesen war. Sie ließen mich immer noch nicht in Ruhe und machten mich für seinen Tod verantwortlich. Ich ließ sie reden. Es kümmerte mich nicht mehr, was die Leute sagten. Vielleicht würden sie eines Tages doch die Wahrheit über Steve Bozman erkennen. Von Gloria hatten wir seit dem Streit auf Martins Beerdigung nichts mehr gehört. Wir wussten nur, dass sie ihren Job in der Boutique gekündigt hatte und zu ihren Eltern nach Vancouver gezogen war. Selbst Estelle hatte keinen Kontakt mehr zu ihr. Sie hatte einige Male versucht mit Gloria zu reden, aber sie ging nie an ihr Handy und schrieb auch weder per SMS noch per E-Mail zurück, wenn sie ihr eine schickte. Estelle war zwar traurig, dass sie eine Freundin verloren hatte, aber sie hatte, wie auch ich, eine dazugewonnen. Und zwar Amber. Ich hatte sie eigentlich schon am ersten Tag in der Uni ins Herz geschlossen. Sie war so herzensgut und lebensfroh. Auch wenn sie viel redete. Aber sie war eine der Personen, die mir in der schweren Zeit sehr geholfen hatte. Als ich sie Estelle vorgestellt hatte, verstanden sich die beiden sofort, was mich sehr freute. Amber und ihr Freund Luke, mit dem wir uns ebenfalls sehr gut verstanden, gehörten fest zu unserem Freundeskreis und wir unternahmen oft etwas zusammen.

Ich hatte nicht in Jades Firma angefangen zu arbeiten. Zeitlich hatte ich es einfach nicht geschafft. Nicht nur wegen meines Fußes, mit dem ich, nachdem der Gips abgenommen wurde, auch noch zweimal wöchentlich zur Krankengymnastik musste, sondern auch mit der Therapie. Dazu kam meine Psyche. Besonders die erste Zeit nach der Entführung gab es Tage, an denen ich so fertig war, dass ich mich im Bett verkroch und nur den Tränen freien Lauf ließ. Jade verstand es und war der Meinung, dass meine Gesundheit erst einmal vorgehen würde. Aber sie musste jemand anderes einstellen und ich empfahl ihr Amber, die sowieso eine Arbeit neben der Uni suchte und sie dankend annahm. Nach unseren Flitterwochen würde ich bei James in der Kanzlei angefangen. Er suchte noch eine Aushilfe, und da ich sowieso wieder neben der Uni arbeiten wollte, nahm ich die Stelle an. Ich würde kleine Aufgaben erledigen, wie Telefondienst oder die Post bearbeiten. James würde mir aber auch einiges zeigen, was ich später, wenn ich Anwältin wäre, gut gebrauchen konnte. Er wollte mich auch mit zu Gerichtsverhandlungen nehmen. So würde ich noch einiges dazu lernen. Gavin und Kate waren im Januar nach London gezogen. Gavins Zweigstelle des Familienbetriebes lief gut und er hatte eine Menge Aufträge. Kate hatte sich selbstständig gemacht und hatte ihre eigene Zeitschrift herausgebracht. Natürlich war Mode das Hauptthema. Ich freute mich für die beiden, dass es bei ihnen so gut lief. Sie hatten beide ihre Drohungen wahrgemacht und wir hörten fast jeden Tag etwas von ihnen. Sei es per Telefon, Internet oder Handy.

Heute war der 14.05.2011. Das war ein ganz besonderer Tag, denn heute würde ich endlich Nicolai heiraten. Ich war schon sehr aufgeregt und hoffte, dass nichts schiefgehen würde. Nervös saß ich am Nachmittag in meinem Hochzeitskleid in Cristobals Wagen und wir fuhren zur Kapelle, wo Nicolai und ich getraut wurden. Cristobal fuhr auf den Parkplatz der Kapelle und wir stiegen aus. Vor dem Eingang warteten meine Trauzeuginnen Elle und Kate schon, da es bald losging. Unsere Gäste sowie mein baldiger Ehemann waren schon in die Kapelle gegangen. Das war auch gut, denn Nicolai sollte mich erst am Altar sehen. Wir wollten nicht noch eine Tradition brechen. Das hatten wir in der vergangenen Nacht schon getan, als wir nicht getrennt geschlafen hatten. Dafür wurde ich am Morgen schon früh von Elle abgeholt, damit sie mich für die Hochzeit fertigmachen konnte. Das taten wir bei ihr Zuhause. Die Jungs hatten sich bei Nicolais Eltern umgezogen und zurechtgemacht. Im Anschluss wurde ich dann von Cristobal abgeholt. Wir hatten extra etwas gewartet, bis wir losgefahren waren, damit schon alle in der Kapelle waren und nicht doch die Gefahr bestand, dass Nicolai mich sah. Wir hatten dieses Mal auf einen Junggesellenabschied beziehungsweise Polterabend verzichtet. Irgendwie war uns beiden nicht danach, was an der Erinnerung, an unserer Feier im September lag. Deshalb hatten wir nur die Familie einen Abend vorher zum Grillen eingeladen. Aber auch dieser Abend war sehr schön gewesen.

„Wie geht es dir", fragte Kate, als wir bei ihnen ankamen.

„Gut soweit. Ich bin nur so nervös", gestand ich ihr.

„Das glaube ich dir. Man heiratet schließlich nicht jeden Tag."

„Da seid ihr ja. Das ist gut, dann können wir gleich anfangen", sagte Jade, die zu uns nach draußen gekommen war. „Oh Chey, du siehst so schön aus." Sie wollte mich umarmen, wurde aber von ihrer Tochter davon abgehalten.

„Mom nicht. Du zerknüllst noch ihr Kleid und ihre Frisur könnte davon kaputtgehen." Ja die Frisur. Elle saß fast zwei Stunden daran, um mir eine perfekte Hochsteckfrisur, aus der vereinzelt Strähnen herunterhingen, zu zaubern. Dazu trug ich das Diadem, welches ich mir in New York gekauft hatte. Die Arbeit hatte sich wirklich gelohnt und es sah einfach toll aus.

„Oh, natürlich. Entschuldige", erwiderte Jade.

„Ist schon gut, Mom."

„Seid ihr soweit? Dann kann ich dem Pfarrer Bescheid geben, dass wir anfangen können", fragte Jade und sah mich an.

„Ja, wir sind soweit", erwiderte ich und wurde noch nervöser. Jade ging wieder in die Kapelle und wenige Minuten später erklang die Orgel mit dem Hochzeitsmarsch.

„Na dann mal los", kam es von Cristobal, der mir seinen Arm hinhielt. Ich hakte mich bei ihm ein und meine Trauzeuginnen stellten sich hinter uns in Position. Dann war es endlich soweit und wir gingen los. Als wir die Kapelle betraten, drehten sich alle Anwesenden zu uns um. Ich konzentrierte mich auf meine Schritte, denn ich hatte Angst zu fallen. Das wäre eine riesengroße Blamage für mich gewesen.

„Schau nach vorne. Ich passe schon auf, dass du nicht fällst", flüsterte Cristobal mir zu. Ich hob meinen Kopf, schaute einfach nur geradeaus und da sah ich ihn. Er trug einen schwarzen Anzug mit einem beigen Hemd und einer weinroten Krawatte. Seine dunkelblonden Haare waren mit Gel verstrubbelt. Nicolai sah einfach atemberaubend gut aus. Er sah mich aus seinen grünen Augen an, die vor Glück und Liebe nur so strahlten. Als wir beim Altar ankamen, überreichte mich Cristobal an seinen Sohn. Meine Trauzeuginnen stellten sich an ihren Platz und Cristobal ging zu seinem neben Jade in die erste Reihe und setzte sich auf den Stuhl.

Nicolai hielt meine Hand in seiner und strich beruhigend mit dem Daumen über meinen Handrücken. Ich schaute lächelnd zu ihm auf und er erwiderte das Lächeln.

„Ich liebe dich", formte er mit den Lippen.

„Ich liebe dich auch."

„Verehrte Anwesende. Wir sind heute hier zusammengekommen damit diese beiden Menschen den Bund der Ehe schließen", begann Pfarrer Owen Tunner. Ich sah immer noch in Nicolais Augen, worin ich versank. Ich bekam um mich herum nichts mehr mit. Es zählte nur noch Nicolai.

„Möchten Sie Nicolai Fresco, die hier anwesende Cheyenne Disseur zu Ihrer Ehefrau nehmen, sie lieben und ehren, bis das der Tod Sie scheidet", fragt Pfarrer Tunner ihn und ich kam in die Realität zurück.

„Ja, ich will", sagte er und lächelte mich dabei voller Liebe an.

„Und möchten Sie Cheyenne Disseur, den hier anwesenden Nicolai Fresco zu Ihrem Ehemann nehmen, ihn lieben und ehren, bis das der Tod Sie scheidet", wandte sich Pfarrer Tunner an mich.

„Ja, ich will", erwiderte ich. Nicolai drehte sich zu Gavin um, der unsere Eheringe hatte. Nicolai hatte sich Gavin und Carlos als seine Trauzeugen ausgesucht. Er nahm meinen Ring von dem Kissen, auf dem er lag, und steckte ihn mir an den rechten Ringfinger. Dann war ich an der Reihe. Ich nahm mir Nicolais Ring und schob ihn über seinen rechten Ringfinger.

„Kraft meines Amtes erkläre ich Sie hiermit zu Mann und Frau", sagte Pfarrer Tunner. „Sie dürfen die Braut jetzt küssen." Nicolai schlank seine Arme um meine Taille, beugte sich zu mir herab und küsste mich. Ich erwiderte den Kuss und legte meine Hände auf seine Oberarme. Unsere Familie und Freunde klatschten und jubelten. Lächelnd lösten wir uns voneinander. Pfarrer Tunner gratulierte uns als Erster und wir mussten noch ein Dokument unterschreiben, wobei ich es mit meinen neuen Nachnamen tun musste, bevor uns der Pfarrer entließ. Es war schon komisch mit Fresco, anstatt mit Disseur zu unterschreiben, aber daran würde ich mich schon noch gewöhnen. Nun kamen alle zu uns und gratulierten. Es gab Umarmungen und Glückwünsche.

„Herzlichen Glückwunsch, meine Kleine. Deine Mutter wäre so stolz auf dich", sagte Ashton, als er mich umarmte und mir gratulierte.

„Danke", erwiderte ich, und bevor ich noch etwas sagen konnte, wurde ich auch schon vom nächsten umarmt. Fotos wurden ebenfalls von uns gemacht. Gregor hatte unseren Camcorder und hatte die ganze Trauung gefilmt. Er hatte von mir den Auftrag bekommen, ebenfalls auf der anschließenden Feier zu filmen. Wir verabschiedeten uns von Pfarrer Tunner, der uns noch einmal alles Gute wünschte, und verließen die Kapelle. Draußen wurden weitere Fotos geschossen. Mit Eltern, ohne Eltern, mit Geschwister, ohne Geschwister und so weiter. Aber ich war froh darüber, denn ich wollte alle diese Fotos als Erinnerung an diesen schönen Tag haben. Im Anschluss fuhren wir zum Hotel Lacante, wo wir den Saal für unsere Feier gemietet hatten. Des Weiteren würden wir auch die Nacht im Hotel verbringen. Nicolai hatte für uns die Hochzeitssuite gebucht. Während unsere Gäste in den Saal gingen, checkten Nicolai und ich für unser Zimmer im Hotel ein. Unser kleines Gepäck brachte ein Page auf unser Zimmer und wir machten uns auf den Weg in den Saal. Im Saal gab es mehrere runde Tische, an denen acht Personen platz hatten. Ich kannte den Saal schon von den Weihnachtsbanketts, die hier stattfanden und zu denen ich früher mit meinen Eltern gegangen war. Die letzten zwei Heiligabende war ich mit den Frescos hier gewesen. Der Saal gefiel mir recht gut. Deshalb hatte ich Nicolai vorgeschlagen hier zu feiern. Auf der Bühne im Saal würde später eine Band spielen. Davor hatten wir Platz zum Tanzen gelassen, bevor die Tische kamen. Wir nahmen an unserem Tisch Platz, wo die Familie schon saß.

Gegen Abend wurde es Zeit eine kleine Ansprache zu halten und das Buffet zu eröffnen. Nicolai und ich gingen auf die Bühne, wo ein Mikrofon stand und bedankten uns bei den Gästen für ihr kommen und dass sie mit uns feiern wollten. Im Anschluss eröffneten wir das Buffet. Es gab verschiedene Fleischsorten, wie Braten oder Filets. Dazu gab es eine Auswahl an Beilagen und Soßen. Zum Nachtisch hatten wir uns Mousse au Chocolat und Vanillemousse mit Früchten ausgesucht. Das Essen schmeckte köstlich und es war reichlich da, dass all unsere Gäste satt wurden. Auch Gavin. Er war natürlich als Erster am Buffet gewesen und hatte sich seinen Teller vollgemacht. Aber dafür war das Essen auch gedacht. Im Anschluss gab es von einigen Gästen kleine

Ansprachen, in denen sie uns Glück und alles Gute wünschten, worauf wir jedes Mal anstießen. Gregor nahm seine Aufgabe sehr ernst und filmte die ganze Zeit. Ich war wirklich gespannt, was alles in dem Video zu sehen wäre, wenn Nicolai und ich es uns ansehen würden.

„Komm Süße", sagte Nicolai, als die Band mit dem Spielen begann.

„Wohin", fragte ich verdutzt.

„Na unser Hochzeitstanz ist jetzt an der Reihe", grinste er. Oh daran hatte ich gar nicht mehr gedacht. Ich nahm seine Hand, die er mir entgegenstreckte, und stand auf. Zusammen gingen wir auf die Tanzfläche und begannen zum Takt der Musik zu tanzen. Es war ein langsames Lied und die Band spielte nur die Akkustikversion. Erst jetzt erkannte ich die Melodie des Liedes und schaute Nicolai überrascht an.

„Das ist ja Deadly Love von D-A-W-N."

„Ja genau. Und weil es dein Lieblingslied ist, habe ich mir gedacht machen wir es doch zu unserem Hochzeitstanzlied", sagte er lächelnd.

„Danke, du bist so süß."

„Habe ich dir heute schon gesagt, dass du wunderschön aussiehst?"

„Nein, ich glaube nicht", erwiderte ich grinsend.

„Das tust du aber. Du siehst nicht nur wunderschön aus, du bist es auch. Wie fühlst du dich als Mrs. Fresco?"

„Wunderbar. Ich kann es immer noch nicht glauben, dass ich nun endlich deine Frau bin."

„Endlich. Es wurde aber auch Zeit", grinste er. „Gefällt dir die Hochzeit?"

„Ja. Ich hatte schon Angst, dass irgendetwas schiefgehen würde. Aber es ist alles gut. Nur ...", brach ich ab und wurde traurig.

„Nur was, Süße? Was ist los?"

„Naja, es wäre halt perfekt, wenn meine Eltern dabei wären. Aber das ist ja nicht möglich", seufzte ich.

„Sie sind doch bei dir."

„Wie", fragte ich und verstand nicht, was er meinte.

„Na, sie sind doch hier drin", sagte er und legte seine Hand auf die Stelle, wo mein Herz war. „Und somit sind sie doch immer bei dir. Sie sind bestimmt sehr stolz auf dich, wie du dein Leben meisterst und die schrecklichen Dinge, die du erleben musstest, verarbeitet hast. Also ich bin es auf jeden Fall."

„Wirklich?"

„Ja. Ich bin wahnsinnig stolz auf dich und so froh, dass es dir wieder gut geht. Und ich bin überglücklich, dass du endlich meine Frau bist", sagte er und küsste mich. „Ich liebe dich."

„Ich liebe dich auch." Kaum hatte ich das gesagt, lagen seine Lippen auch schon wieder auf meinen. Es war zwar ein kurzer, aber doch sehr intensiver Kuss. Wir lösten uns voneinander. Ich lehnte meinen Kopf an seine Schulter und genoss den Tanz. Nachdem das Lied zu Ende war und das nächste begonnen hatte, kamen auch unsere Gäste auf die Tanzfläche. Den ganzen Abend über musste ich immer wieder mit jemanden tanzen. Mal war es mit Cristobal, mal mit James. Ich wurde nach jedem Lied an einen anderen Tanzpartner weitergereicht. Um Punkt zwölf Uhr schnitten Nicolai und ich zusammen die Hochzeitstorte an und verteilten die Tortenstücke anschließend an die Gäste. Im Anschluss daran schnappte ich mir das Mikrofon und rief alle ledigen Leute im Saal zur Bühne. Es war Zeit den Brautstrauß zu werfen. Dabei wollte ich nicht nur die ledigen Frauen, sondern auch die Männer haben. Schließlich gab es ja keine Regeln, dass nur Frauen dabei mitmachen dürften. Ich drehte mich um und warf den Strauß mit viel Schwung über meinen Kopf. Ich hörte Geschrei und Gelächter hinter mir und drehte mich um. Ich musste grinsen, als ich sah, wer den Strauß gefangen hatte. Es war Gavin, der ihn triumphierend mit der Hand hochhielt.

„Glückwunsch Bruder. Und wann ist die Hochzeit", fragte Nicolai.

„Das weiß ich noch nicht. Ich warte noch auf den Antrag. Aber erst einmal feiern wir eure zu Ende", erwiderte er, schnappte sich sein Glas vom Tisch und stieß mit seinem Bruder an.

Es war eine sehr schöne Hochzeitsfeier. Es wurde geredet, getanzt, gelacht und viel getrunken. Zum Glück wurden mit uns keine Spiele gemacht oder gar die Braut entführt. Beides wollte ich nicht. Das Letzte erst recht nicht. Ich hatte von Entführungen genug. Da brauchte ich es nicht noch auf einer Hochzeit. Um zwei Uhr morgens fuhren Nicolai und ich mit dem Fahrstuhl in den sechsten Stock, wo sich unser Zimmer befand. Unsere Gäste waren alle gegangen und nun hatten wir endlich Zeit für uns. Wir stiegen aus dem Fahrstuhl aus und gingen den Flur entlang, bis wir an der Suite ankamen. Nicolai holte den Schlüssel aus der Hosentasche und schloss die Zimmertür auf. Bevor wir allerdings die Suite betraten, hob er mich auf seine Arme.

„Was wird das denn", fragte ich belustigt.

„Ich trage dich über die Schwelle. Wenn wir morgen nach Hause fahren, werde ich dort das Gleiche noch einmal tun. So etwas tut der Bräutigam bei einer Hochzeit nun mal", erklärte er mir und trug mich hinein. Mit dem Fuß schloss er die Tür hinter uns. Ich staunte nicht schlecht, als ich die Hochzeitssuite sah. Sie bestand aus einem großen Wohnbereich, einem Schlafzimmer und einem Badezimmer. Die Wände waren in einem Champagnerton gestrichen und der Fußboden war mit einem weinroten Teppich ausgelegt. Die Möbel waren passend dazu aus dunklem Holz. Nicolai stellte mich im Wohnbereich vor dem Kamin auf den Boden. Im Kamin glühte das Feuer. Davor lagen Decken und Kissen. Das mussten die Hotelangestellten alles vorbereitet haben.

„Setz dich", hauchte Nicolai an meinem Ohr und ich tat es, nachdem ich mir die Schuhe ausgezogen hatte. Mir taten die Füße weh. Es war auch ein langer Tag gewesen. Nicolai kam mit zwei Gläsern Champagner, wovon er mir eines reichte, zur Decke und setzte sich neben mich. Auch er hatte seine Schuhe schon ausgezogen. Sein Jackett und die Krawatte trug er ebenfalls nicht mehr.

„Auf meine wunderschöne Ehefrau", sagte er.

„Auf meinen atemberaubenden Ehemann", erwiderte ich und wir stießen an.

„Ich hoffe, Sie waren mit der Hochzeit zufrieden, Mrs. Fresco", grinste er.

„Ja, sehr sogar, Mr. Fresco."

„Das freut mich. Dann können wir ja jetzt zum besten Teil des Tages übergehen. Unsere Hochzeitsnacht", raunte er, nahm mir mein Glas aus der Hand und stellte es auf einen kleinen Tisch, der neben dem Kamin stand, ab. Er wandte sich wieder mir zu und schon lagen unsere Lippen aufeinander und wir küssten uns. Meine Zunge bat an seinen Lippen um Einlass, den er mir gleich gewährte. Kurz danach begannen unsere Zungen ein wildes Spiel. Meine Hände glitten von seinen Schultern zu seiner Brust und ich machte mich an den Knöpfen von seinem Hemd zu schaffen. Als ich alle Knöpfe geöffnet hatte, zog ich ihm das Hemd aus und seine wundervolle muskulöse Brust kam zum Vorschein. Langsam glitt ich mit meinen Händen darüber und zeichnete mit den Fingern die Konturen der Muskeln nach. Nicolai stöhnte auf und begann meinen Hals zu küssen. Seine Hände glitten zu meinen Rücken, wo er den Reißverschluss meines Kleides öffnete und es mir auszog. Nicolai ließ seinen Blick über meinen Körper schweifen.

„Du bist so wunderschön", flüsterte er an meinem Ohr und küsste sich dann seinen Weg vom Hals über das Schlüsselbein bis zur Schulter, was mich zum Stöhnen brachte. Seine Hände machten sich nun am Verschluss von meinem BH zu schaffen. Als er ihn geöffnet hatte, zog er ihn mir aus und warf ihn hinter sich. Er umfasste mit seinen Händen meine Brüste und knetete sie sanft. Er beugte sich herunter und liebkoste mit seinen Lippen meine Brustwarzen. Ich keuchte auf und die Erregung wuchs in mir. Ich konnte es kaum erwarten ihn in mir zu spüren. Ich glitt mit meinen Händen von seiner Brust über seinen Bauch und machte mich an seiner Hose zu schaffen. Nicolai half mir dabei sie auszuziehen und entledigte sich auch gleich seinen Socken. Ich legte meine Hand auf sein Glied und begann ihn durch den Slip hindurch zu streicheln. Nicolai stöhnte und krachte mit seinem Mund auf meinen, wo wir in einen leidenschaftlichen Kuss verfielen. Langsam ließen wir uns auf die Kissen sinken. Nicolai war über mir und küsste sich seinen Weg an meinen Körper entlang zu meinem Bauch. Er ließ eine Hand über meine Beine gleiten und zog mir die Feinstrumpfhose zusammen mit dem Slip aus. Seinem Slip entledigte er sich ebenfalls. Er fuhr zärtlich mit seinen Händen meine Oberschenkel entlang, spreizte meine Beine und begann mich an meiner heißen Mitte mit seiner Zunge zu liebkosen. Wellen der Lust durchströmten mich und ich wollte nicht länger warten. Ich zog ihn zu mir hoch und küsste ihn. Dabei reckte ich ihm mein Becken entgegen als Zeichen, dass ich ihn sofort wollte. Nicolai ließ mich auch gar nicht lange warten und drang in mich ein. Langsam bewegte er sich in mir. Wir schauten uns tief in die Augen und ich spürte seine tiefe innige Liebe. Nicolai legte seine Lippen wieder auf meine und stieß schneller zu. Wir stöhnten in den Mund des anderen und schon bald sprangen wir beide über die Klippe.

„Ich liebe dich", brachte ich nach Luft schnappend heraus.

„Ich liebe dich auch, Süße", erwiderte mein Mann.

Am nächsten Tag fuhren wir nach einem ausgiebigen

Frühstück nach Hause. Nicolai trug mich, wie er es am Abend zuvor schon angekündigt hatte, über die Türschwelle unseres Hauses.

„Ich habe eine Überraschung für dich", sagte Nicolai und setzte mich im Flur ab.

„Na da bin ich ja mal gespannt", erwiderte ich.

„Dann komm."

„Hey", protestierte ich, als er mir mit seiner Hand die Augen zu hielt.

„Es soll doch eine Überraschung sein. Keine Angst. Ich werde dich führen und aufpassen, dass du nicht irgendwo gegen läufst", sagte Nicolai schmunzelnd und führte mich. Nach einigen Metern blieben wir stehen und er nahm seine Hand von meinen Augen. Wir standen im Wohnzimmer, aber mein Blick war auf das gerichtet, was nun vor mir stand. Das konnte doch nicht wahr sein. Das gab es doch nicht.

„Ein Klavier", fragte ich meinen Mann fassungslos.

„Ja. Du spielst doch bei meinen Eltern so gerne Klavier, und weil Bozman deines verkauft hat, dachte ich mir, dass ich dir eins zur Hochzeit schenke." Er war wirklich der beste Ehemann, den man sich wünschen konnte.

„Aber du hast mir doch schon das Haus zur Hochzeit geschenkt. Da brauchtest du mir doch nicht noch etwas schenken."

„Das Haus hätte ich uns sowieso bauen lassen. Außerdem höre ich dir gerne beim Klavierspielen zu", erwiderte er.

„Danke für das Klavier und für alles, was du für mich tust. Jetzt kann ich endlich wieder spielen, wann ich möchte und muss nicht warten, bis wir mal zu deinen Eltern fahren." Ich fiel ihm um den Hals und küsste ihn.

„Du brauchst dich nicht zu bedanken. Das habe ich doch gerne gemacht, weil ich wusste, wie gerne du Klavier spielst."

„Ich habe auch etwas für dich", sagte ich und löste mich von ihm. „Ich bin gleich wieder da." Ich ging ins Büro und holte aus der Schublade vom Schreibtisch einen Umschlag. Ich war lange am Überlegen, was ich ihm schenken konnte. Es war gar nicht so leicht ein Geschenk für einen Mann zu finden, der sich alles kaufen konnte. Ich ging zu ihm zurück ins Wohnzimmer und überreichte ihm den Umschlag.

„Danke. Du brauchtest mir aber doch nichts kaufen", sagte er

286

lächelnd und öffnete ihn. Ich hoffte, ihn würde mein Geschenk auch gefallen.

„Du auch nicht", erwiderte ich. Er holte die Karte heraus, die sich in dem Umschlag befand und grinste.

„Eine Ballonfahrt", hakte er nach.

„Ja. Mit anschließendem Abendessen in einem Restaurant deiner Wahl. Ich weiß, es ist nichts Teures, aber ich dachte mir, so etwas macht man nicht jeden Tag," sagte ich.

„Ich brauche auch keine teuren Geschenke. Ich habe das wertvollste Geschenk bekommen, und zwar dich", erwiderte er und nahm mich in den Arm. „Trotzdem nehme ich dein Geschenk an und freue mich schon mit dir zusammen in einem Ballon über die Stadt zu fliegen." Er beugte sich zu mir herunter und küsste mich. Ich war erleichtert, dass ihm mein Geschenk gefiel und gerührt von seinen Worten, dass ich sein wertvollstes Geschenk wäre. „Wir sollten jetzt langsam unsere Koffer packen, sonst kommen wir zu spät in unsere Flitterwochen", sagte Nicolai, als er sich von mir löste.

„Wo geht es denn eigentlich hin", fragte ich neugierig.

„Das verrate ich dir nicht. Aber es wird dir mit Sicherheit gefallen."

Epilog

Zwei Monate war unsere Hochzeit nun her. Nicolai und ich waren für drei Wochen in die Flitterwochen geflogen. Wir hatten eine kleine Europatour gemacht und hatten uns Städte wie Berlin, Rom, Barcelona, Paris und London angesehen. In London besuchten wir Gavin und Kate und sie zeigten uns die Stadt. Sie hatten sich dort ein schönes Haus gekauft und sich gut eingelebt. Kate hatte uns ihre Firma gezeigt, mit der sie ihre Zeitschrift herausbrachte und Gavin zeigte uns die Zweigstelle des Familienbetriebes, die er dort eröffnet hatte. Beide fühlten sich in London sehr wohl, auch wenn sie ihre Familien und Freunde vermissten. Zu unserer Überraschung trug Kate am linken Ringfinger einen Verlobungsring. Gavin hatte ihr einen Heiratsantrag gemacht. Von all den Städten, die wir besichtigt hatten, gefiel mir Paris besonders gut. Es war so eine romantische und schöne Stadt. In jeder Stadt hielten wir uns ein paar Tage auf, um uns alles ansehen zu können. Den Rest der Länder hätte ich auch gerne erkundet, aber dafür war zu wenig Zeit. Wie sagte Nicolai: „Wir haben das ganze Leben noch zusammen vor uns und werden uns jedes Land einmal ansehen!" Das wäre wirklich schön und ich freute mich auf unser gemeinsames Leben.

Ich saß im Büro am Laptop und klickte den Ordner mit unseren Urlaubsbildern zu. Ich öffnete eine Textdatei, da ich nun etwas anderes zu tun hatte. Gregor, der den Buchverlag nun alleine führte, da Martin leider gestorben war, hatte es tatsächlich geschafft mich zu überreden, meine Geschichte aufzuschreiben. Nachdem er lange auf mich eingeredet hatte, stimmte ich unter zwei Bedingungen zu. Erstens würde ich mir einen Pseudonym zulegen und zweitens würde ich andere Namen für die Personen nehmen, die in der Geschichte vorkamen. Ich wollte weder mir noch jemanden anderes schon wieder die Presse auf den Hals hetzen und genau das würde passieren, wenn sie herausbekämen, dass ich das Buch geschrieben hatte. Ich wollte mit meinem Leid kein Profit machen, denn Geld hatte ich genug. Aus diesem Grund würde das Geld, welches ich mit den Büchern verdiente, an eine Organisation gespendet werden, die missbrauchten Kindern half. Mit dem Buch wollte ich einfach nur eine Geschichte erzählen. Meine Geschichte. Ich überlegte kurz, wie ich anfangen sollte und begann zu schreiben.

Ich hatte keine Angst vor der Hölle. Ich lebte in einer. Mein Leben war die Hölle!

Bücher von Ally Trust:

Thriller:

The Hell – Hol mich hier raus!

The Hell – Du entkommst mir nicht!

Fantasie:

**The Guardian Angels – Himmlische Verführung
Band 1**

**The Guardian Angels – Himmlische Küsse
Band 2**

**The Guardian Angels – Himmlische Sehnsucht
Band 3**